# ÜBER DIE AUTORIN

Viola Plötz, Jahrgang 1979, studierte Kommunikationsdesign und machte sich nach ihrem Abschluss als Hochzeitsfotografin und Designerin selbstständig.

Im Jahr 2014 ereilte sie eine Midlife-Crisis und sie beschloss, endlich ihren langersehnten Lebenstraum vom eigenen Roman zu verwirklichen. Im Dezember 2014 veröffentlichte sie unter dem Pseudonym Violet Truelove über neobooks ihren Roman »Ein Surfer zum Verlieben«, der es auf die Shortlist für den Indie Autor Preis schaffte. Kurze Zeit später wurde sie durch ihren erfolgreichen Debütroman entdeckt und unterzeichnete einen Autoren-Vertrag für ihre New Adult Reihe »Waves of Love«, die sie als Ava Innings schreibt, bei feelings (Droemer Knaur).

Die Autorin lebt zusammen mit ihrem Mann und ihren zwei Kindern in einem Mehrgenerationenhaus im Taunus, also viel zu weit vom Meer, welches sie so liebt und das ihre Geschichten prägt, entfernt.

Doch nicht nur für das Wellenreiten kann sie sich begeistern, sondern auch für Yoga, die Fotografie und das Lesen.

AVA INNINGS

# CALIFORNIA Bad Boy

# IMPRESSUM



Ava Innings / Violet Truelove
www.truelovejoy.de
Industriestrasse 11
65529 Waldems

Lektorat: Serena Avanlea (www.herzensbuecher-schreiben.de)

Korrektorat: Sabine Albrecht (www.benisa-werbung.de), Anja Hapka

Cover: Truelove Coverdesign | www.truelovejoy.de

Bildnachweis Cover: g-stockstudio / shutterstock

Druckerei: SOWA Sp. z o.o. 05-500 Piaseczno ul. Raszynska 13

1. Auflage Bestellung und Vertrieb: Nova MD GmbH, Vachendorf

ISBN: 978-3-96443-362-6

FÜR

meine Mutter
und
in Gedenken an meine Großmutter.

# VORWORT

Liebe Leserin, lieber Leser,

in diesem Buch wirst du auf einige Begriffe stoßen, die dir – solltest du dich mit dem Wellenreiten nicht auskennen – nicht geläufig sein werden.

Strider denkt aber natürlich nicht en Detail darüber nach, was genau er macht, wenn er ins Line Up paddelt und daher gibt es hinten ein kleines Glossar, in dem die – meist englischsprachigen Surfbegriffe – erläutert sind. Keine Sorge, es sind lediglich eine Handvoll. Das gilt auch für die hawaiianischen Ausdrücke, die ich ebenfalls noch eingefügt habe.

# Prolog
# Alkoholkonsum & Arschlochtendenzen

## PATRICIA | OAHU | HAWAII | 07.12.2013

Mir egal, wenn sie behauptet, dass jeder in der *Wavehunters*-Redaktion wüsste, dass ich auf den Junior-Chef stehe. Obwohl die Worte meiner Mitpraktikantin Mel mir noch in den Ohren klingen, frage ich: »Kann ich sonst noch etwas für dich tun, Dean?«

»Nein, ich habe alles im Griff«, erwidert er gedankenverloren. Seine Stirn liegt in Furchen, wie immer, wenn er ins Grübeln gerät. Ich weiß das, denn auch wenn ich es eben vor Mel bestritten habe, sehe ich ihn oft an. Zu oft. Gegen den Begriff ›schmachtend‹ verwehre ich mich jedoch nachdrücklich und ganz sicher habe ich ihn nicht ›wehleidig angeschmachtet‹ – wobei sein kleiner Flirt mit der hübschen Bedienung mir schon einen Stich versetzt hat.

Zwar hat sie ihm ihre Nummer zugesteckt, doch ein Wasser hat sie ihm nicht gebracht. Dabei muss er gleich auf die Bühne und die Preisverleihung moderieren.

Er räuspert sich. Ob er aufgeregt ist?

»Sicher?«, hake ich nach. »Magst du die Begrüßungsrede vielleicht mit mir durchgehen? Ich …«

»Trish, ich komme zurecht. Du hast jetzt Feierabend. Geh und amüsiere dich. Du hast es dir wirklich verdient.«

»Vorhin sagtest du aber, dass …«

»Ich war gestresst, Trish«, unterbricht er mich. »Was ich gesagt habe, war nicht fair. Du hast die letzten Tage einen tollen Job gemacht. Keine Ahnung, wo mir ohne dich der Kopf stehen würde. Und nun komm runter, entspann dich und genieß den Abend.«

Er wendet sich wieder den Karteikarten zu, um eine kurze Notiz darauf zu kritzeln. Trotz seiner lobenden Worte bin ich geknickt. Ein leises, sehnsüchtiges Seufzen entfährt mir.

Dean schaut von seinen Unterlagen auf und mustert mich eingehend. Ertappt beiße ich mir auf die Unterlippe und hoffe bloß, dass ich unter seinem durchdringenden Blick nicht erröte.

»Hey, es wird schon schiefgehen«, sagt er. »Ich meine es ernst, mach dir nicht so viele Gedanken.«

»Du hast leicht reden.«

»Ich verstehe das. Vor ein paar Jahren, als ich so jung war wie du, da war ich vor diesem Abend auch extrem aufgeregt, doch inzwischen …« Er zuckt vielsagend mit den Schultern. Für ihn ist der Abend des *Wavehunters*-Events mittlerweile ein alter Hut.

Sicherlich denkt er, ich sei wegen all der berühmten Surfer nervös, aber davon kann nicht die Rede sein. Seit er vor einem knappen halben Jahr an meiner Uni einen Vortrag zum Thema ›Printmagazine im digitalen

Zeitalter‹ gehalten hat, habe ich nur Augen für ihn. Selbst wenn der Hollywood-Actionstar Curtis Dixon mit uns in einem Raum wäre, ich glaube, mir würde das nicht einmal auffallen.

Leider beruhen meine Gefühle für Dean offensichtlich nicht auf Gegenseitigkeit. Manchmal frage ich mich, ob er mich überhaupt als Frau wahrnimmt. Bin ich ihm zu jung? Ist es das oder findet er mich nicht hübsch genug? Vielleicht bin ich auch einfach nicht sein Typ?

»Bist du denn gar nicht aufgeregt?«

Interesse paart sich an dieser Stelle mit dem Unwillen, ihn zu verlassen. Ich bin gern mit ihm zusammen – auch wenn ich mich in seiner Gegenwart immer geradezu lächerlich peinlich verhalte, wie Mel behauptet hat.

»Alles eine Sache der Erfahrung, Trish.«

Räuspernd widmet er sich wieder seinen Notizen.

»Hast du einen trockenen Hals? Soll ich dir ein Wasser holen?«

Fragend sehe ich ihn an. Himmel, er ist so attraktiv, dass ich wirklich jedes Mal in seiner Nähe Probleme habe, ihn nicht einfach anzustarren. Groß, muskulös, charismatisch. Und dazu noch diese Augen! Unnatürlich grün sind sie, mit unzähligen goldenen Sprenkeln darin. Sie sind ein echter Frauenmagnet. Dean hat die große Auswahl. Er muss sich nicht mit neunzehnjährigen Praktikantinnen, deren Knie weich werden, wenn er sie nett anlächelt, zufriedengeben.

Und genau das passiert, als er mir ein dankbares Lächeln schenkt. »Das wäre sehr lieb. Vielen Dank.«

»Mach ich gern«, stoße ich hervor. Der akute Luftmangel rührt daher, dass ich vor erwartungsvoller

Anspannung, vergessen habe zu atmen. »Bin schon unterwegs«, lasse ich ihn wissen und eile davon.

Ich bin fast an der Tür, als mir etwas einfällt, ich kehrt mache und ihn frage: »Mit oder ohne Sprudel?«

»Vor etwas Derartigem«, er nickt in Richtung Bühne, »immer ohne Kohlensäure. Wäre echt peinlich, wenn man vor dem Publikum aufstoßen müsste.« Er zwinkert mir zu und dennoch komme ich mir wie die letzte Idiotin vor, weil ich nicht selbst daran gedacht habe.

»Klar … natürlich … kommt sofort«, stammle ich und verlasse fluchtartig den Raum.

Der Weg an die Bar führt mich durch den großen Saal, in dem sich die Gäste befinden. Surfer, Shaper, Fotografen, Sponsoren und Journalisten. Einige haben bereits Platz genommen, der Großteil steht jedoch in kleinen Gruppen zusammen und unterhält sich angeregt. Wortfetzen fliegen mir zu, verfangen sich in meinen Gehörgängen, sickern in mein Hirn und verdampfen dort.

Dean hat recht, ich sollte mich wirklich entspannen. Die letzten Wochen habe ich unter Hochdruck gearbeitet – immer mit der Angst im Nacken, ich könnte etwas Wichtiges vergessen haben. Trotz unzähliger To-do-Listen kam ich gegen die Sorge zu versagen und Dean zu enttäuschen nicht an. Ich hoffe wirklich, dass nichts schiefgeht.

»Eine Flasche stilles Wasser und ein Glas, bitte.«

Der Barkeeper nimmt meine Bestellung mit einem knappen Nicken entgegen. Er schiebt mir beides rüber und fragt, ob er sonst noch etwas für mich tun kann.

»Nein. Vielen Dank.«

Ich bahne mir den Weg zurück durch die Menschenmenge und denke erneut über Mels Worte nach. Sie nagen an mir und ich frage mich, ob Mel möglicherweise recht hat. Beachtet Dean mich nicht, weil ich eine sichere Nummer bin?

»Es liegt nun mal in der menschlichen Natur, die Dinge zu begehren, die wir nicht haben können«, hatte sie gesagt und hinzugefügt: »Und Dean weiß ganz genau, dass er bloß schnippen bräuchte, und du würdest dein Höschen für ihn fallen lassen.«

Aber so ist es nicht. Mir geht es nicht um Sex mit ihm – wobei ich natürlich nichts gegen Sex mit ihm einzuwenden hätte. In meiner Fantasie ist er ein ganz wundervoller Liebhaber, doch dort ist er auch ein großartiger Ehemann und Vater. Liebevoll, zuverlässig, treu … Allerdings werde ich nie die Gelegenheit haben herauszufinden, ob es wirklich so sein könnte, wenn ich nicht endlich den Mut finde, zu meinen Gefühlen zu stehen.

Mel ist der Überzeugung, dass ich Dean eifersüchtig machen soll, doch ich will ihn nicht manipulieren. Ich möchte, dass er von sich aus erkennt, wie gut wir zusammenpassen. Denn das tun wir. Wir haben so viele Gemeinsamkeiten. Möglicherweise irrt Mel sich ja auch und er ignoriert meine Bemühungen gar nicht, sondern hat wirklich nicht bemerkt, dass ich verliebt in ihn bin.

Ich sollte es ihm sagen. Jetzt, denn nur so …

»Hey, Trixie!«, grölt jemand neben mir. Die Lautstärke lässt mich zusammenzucken.

Strider Sinclair – noch betrunkener, als vor einer halben Stunde. Hätte nicht gedacht, dass das möglich ist.

Bloß weg hier. Schlimm genug, dass es von mir und diesem Typen ein Foto gibt … Nun ja, nicht wirklich von ihm und mir. Mit auf dem Bild sind auch Mel sowie Striders Teamkollegen Rory Johnson und Russel Reynolds. Rus ist Deans kleiner Bruder. Alle drei sind Profi-Surfer und alle haben ihren Ruf weg. Sie sind erfolgreich, verdienen durch die Sponsorengelder Unsummen und die Frauenwelt liegt ihnen zu Füßen. Strider ist sogar Weltmeister, auch wenn er den Titel in diesem Jahr wahrscheinlich nicht verteidigen kann. Dafür ist er für Rus in Reichweite. Ihm fehlen nur noch wenige Punkte. Er ist Kane dicht auf den Fersen. Deans kleiner Bruder könnte wirklich Weltmeister werden und das wäre eine Sensation. Er ist schließlich erst seit einem Jahr auf Tour.

»Hey, nun lauf doch nicht weg!«

Striders Hand, die sich um mein Handgelenk schließt, verhindert mein Vorankommen.

»Ich will dir meine Jungs vorstellen, Trixie, du …«

Erst da verstehe ich, dass er mit Trixie mich meint.

»Trish!«

»Trish? Wer ist Trish?«

»Ich bin Trish«, erkläre ich ihm. »Nicht Trixie!«

Seine Team-Kameraden, die das Schauspiel aufmerksam beobachten, lachen.

»Okay, okay, dann eben Trish«, meint Strider und klingt, als würde er mir einen Gefallen tun, indem er mich bei meinem richtigen Namen nennt.

»Das würde ich in der Tat bevorzugen, aber nur wenn es keine Umstände macht.«

Erneut wird mein Kommentar mit Gelächter quittiert, etwas, das Strider gar nicht passt, denn er mault: »Willst du nun meine Jungs kennenlernen, oder …«

»Klar, aber ich kenne sie bereits alle.« Ich deute auf den dunkelhaarigen Mann, der neben Strider steht. »Cullen Blake,

Nummer sieben auf der Weltrangliste. Wie du«, sage ich an Strider gerichtet, »stammt er aus Kalifornien, Größe …«

»Oh, du weißt, wo ich herkomme.« Er wackelt anzüglich mit den Augenbrauen, was in seinem Zustand einfach nur unkoordiniert und lustig aussieht.

»Na ja, das ist ja kein Staatsgeheimnis. Dazu muss man schließlich bloß einen Blick in euer Profil auf der *World Surf League* Seite werfen und schon sieht man, dass ihr beide aus dem Golden State stammt.«

»Califooooornia!«, grölt Strider. Er trifft sogar halbwegs die Melodie des *Phantom-Planet*-Songs, der zur inoffiziellen Staatshymne mutiert ist.

Cullen schüttelt amüsiert den Kopf. »Und du, woher kommst du?«, erkundigt er sich.

Ehe ich antworten kann, mischt Strider sich ein: »Okay, okay, das reicht. Ich habe sie zuerst gesehen.«

»Ja, aber sie redet gerade mit mir, Bro! Gönn mir doch den Spaß. Ich grätsche dir doch auch nicht rein, wenn du mit deinen Fans zugange bist.«

»Ich bin kein Fan«, werfe ich ein.

»Oh«, macht Strider betont bedauernd. »Doch kein Fan. Sorry, Alter, aber unter uns: Das hätte mich auch schwer gewundert.« Er klopft seinem Teamkameraden tröstend auf die Schulter.

»Fick dich, Sinclair«, brummt Cullen. Die harschen Worte stehen jedoch in krassem Kontrast zu seinem Tonfall. Er klingt nicht angefressen, sondern belustigt.

»Also, Trixie, jetzt musst du dich auch zu uns setzen und Cullen trösten.«

»Ich soll was? Du bist doof zu ihm und ich muss es ausbaden, oder wie?«

»Und uns unterhalten. Mach weiter mit deinem kleinen Zirkustrick. Was weißt du denn über mich?«

Am liebsten würde ich erwidern, dass er offensichtlich ein gönnerhafter, besoffener Arsch ist, doch das verkneife ich mir. Strider Sinclair eilt schließlich ein gewisser Ruf voraus. Er ist nicht nur ein Playboy, sondern hat auch ein ernsthaftes Aggressionsproblem. Erst neulich wurde er verhaftet, als er randaliert hat.

»Hör zu California Bad Boy, ich habe keine Zeit für deinen Schwachsinn! Mein Chef wartet hinter der Bühne auf sein Wasser.«

»Dein Chef?«

»Dean Reynolds. Ich bin Praktikantin bei *Wavehunters*.«

»Du arbeitest für *Wavehunters*? Ich dachte du wärst …«

Ich kann mir verdammt gut vorstellen, was er denkt, das ich wäre!

»… eine von Rorys kleinen Bewunderinnen.«

Er sagt es auf eine Art, die ich unmöglich ignorieren kann.

»Dann nenn das Kind doch beim Namen, Strider, oder fehlt dir dafür der Mumm? Du hältst mich für ein Groupie. Punkt. Aber damit liegst du falsch.«

»Nun ja, vielleicht arbeitest du für *Wavehunters*, WEIL du ein Groupie bist, mmh? Das eine schließt das andere ja nicht aus. Im Gegenteil, so sitzt du quasi an der Quelle und …«

Schnaubend unterbreche ich ihn. »Hörst du dir eigentlich manchmal beim Reden zu?«

»Hey, jetzt werde mal nicht unverschämt.«

»Unverschämt? Ich? Wer stempelt mich denn hier öffentlich als Beach-Bitch ab? Aber ich bin keines deiner kleinen Strandflittchen. Ich …«

»Stimmt, du bist bloß eine kleine Praktikantin, und wenn du schon dabei bist Drinks zu servieren … Ich hätte gerne noch einen Whiskey on the Rocks.«

»Du hattest offensichtlich bereits genug! Und ich bin nicht hier, um dir einen Drink zu bringen.«

»Kleine Lektion fürs Leben, Trixie. Wenn dir ein amtierender Weltmeister sagt, was du zu tun hast, dann …«

Ich lache spöttisch auf. »Echt jetzt? Du kommst mir mit der Nummer? Und das bloß, weil du einmal Glück hattest? Denn diese Saison lief ja nicht so pralle.«

»Geh mir einen Drink holen!«, knurrt er beleidigt, dabei ist es bloß die Wahrheit. Er ist nicht fokussiert. Würde er weniger Party machen und saufen, dann würde er vielleicht auch bessere Platzierungen einfahren. Russel hat ihn mit links in Frankreich aus dem Heat gekickt.

»Nein!«

Mein Widerspruch scheint ihm sauer aufzustoßen. Seine Miene verfinstert sich und ich weiß, dass ich in Schwierigkeiten stecke, als sein Blick sich auf etwas hinter mir heftet. »Hey, Sean! Komm doch mal kurz her.«

Ich drehe mich um. Deans Vater, mein Boss-Boss, steht keine zwei Meter von mir entfernt.

Oh nein, das wagt er nicht.

»Eure kleine Praktikantin sagt, es gäbe keine Drinks mehr.«

Sean kommt tatsächlich zu uns rüber.

Verdammt!

»Mister Sinclair hat da etwas falsch verstanden. Ich sagte, dass ich keine Zeit habe, ihm einen Drink zu bringen, weil Dean auf sein Wasser wartet«, rechtfertige ich mich vor meinem Chef und halte wie zum Beweis Flasche und Glas hoch.

Er nimmt mir beides ab.

»Das kann ich machen. Ich bin ohnehin auf dem Weg hinter die Bühne.«

»Klar«, murmle ich kleinlaut.

»Dann sei so gut und hol Strider einen Drink. Was bekommst du, Junge?«

»Ich hätte gerne einen Whiskey on the Rocks. Noch immer …«

Strider grinst mich hämisch an und erntet meinen besten Fick-dich-du-dämlicher-Scheißkerl-Blick.

»Natürlich«, entgegne ich zuckersüß. Was bleibt mir auch anderes übrig? Der Befehl kam schließlich direkt von meinem Chef.

»Danke, Trixie.«

Mit aufeinander gepressten Zähnen stapfe ich zur Bar und bestelle für diesen aufgeblasenen Wichtigtuer den Whiskey.

»Welcher genau darf's denn sein?«

»Den Günstigsten, den Sie haben und wenn er auch noch grässlich schmeckt, wäre mir das am liebsten.«

Der Barkeeper lacht. Aber er hat ja keine Ahnung, was gerade passiert ist. Strider Sinclair ist definitiv ein Weltmeister. Ein größeres Arschloch ist mir nämlich noch nicht untergekommen.

Als eine der Kellnerinnen an die Bar kommt, fange ich sie ab. »Hey, Mister Sinclair …« Ich deute durch den Raum hinweg auf Strider. Zu übersehen ist er nicht. Groß, blond, maßlos attraktiv … Kein Wunder, dass er, dermaßen vom Schicksal begünstigt, ein Mistkerl werden musste. »… hätte gern diesen Whiskey.«

Sie stellt das Glas auf ihr Tablett und marschiert schnurstracks in seine Richtung. Als die Kellnerin den Drink vor ihm abstellt, wirft er einen Blick zur Bar. Ich winke ihm grinsend zu. Nimm das, Blödmann! Niemals im Leben werde ich diesem Typ einen Drink holen – eher friert die Hölle zu.

FÜNF JAHRE SPÄTER.

# KAPITEL 01 HOCHZEITSGLOCKEN & HÖLLENHUND

## PATRICIA | NEW YORK CITY | 16.10.2018

Es gibt Dinge, die sich einfach nicht vertragen. High Heels und Schnee stehen dabei ganz oben auf der Liste. Doch wer eine echte New Yorkerin sein will, zieht seine *Manolo Blahniks* sogar dann an, wenn andere selbst auf Langlaufskiern ins Schliddern geraten würden – und ich will eine echte New Yorkerin sein. Jung, dynamisch, erfolgreich – gut, an dem letzten Punkt arbeite ich noch.

Eisiger Wind streckt seine Klauen nach mir aus. Er fegt die Schneeflocken erbarmungslos vor sich her.

An die Kälte werde ich mich wohl nie gewöhnen.

Vorsichtig stöckle ich über die geschlossene Schneedecke. In diesem Moment bete ich inständig, dass die halsbrecherischen Absätze mir nicht zum Verhängnis werden. Mein Chef, Mister Avery, Spitzname *Der Höllenhund*, würde ausflippen, wenn er nicht seine Mittagsportion *Pumpkin Spiced Latte* von *Starbucks* bekommt. Wenn man ihn damit abfüllt, ist es, als würde man ihm einen Kauknochen hinwerfen – dann ist er erst einmal friedlich.

Zum Glück ist der Weg zum Eingang des Bürogebäudes, in dem sich die Redaktion von *Hot Stars* befindet, nicht mehr allzu weit entfernt. Das kurze Stück ist zwar der reinste Eiertanz, aber schließlich schaffe ich es und so stehe ich kurz darauf im Aufzug, der mich in den vierundzwanzigsten Stock befördert.

»Sie sind ein Engel«, bekundet mein Chef keine drei Minuten später und nimmt einen tiefen Schluck von seinem Kaffee.

Heute hat er einen guten Tag. Irgendwer muss ein Opferlamm geschlachtet haben, um ihn milde zu stimmen. Der Mann ist das reinste Pulverfass und so wankelmütig, dass jeder in der Redaktion in ständiger Angst lebt. Die meisten sehnen das Ende seiner Schreckensherrschaft herbei, ich für meinen Teil habe vor, so viel wie möglich von Mister Avery zu lernen. Er gilt als harter Hund, ein echter Schleifer, der nicht an harscher Kritik spart, und nur selten ein Lob über die Lippen bringt.

»Genau das, was ich jetzt gebraucht habe«, sagt er nach einem weiteren Schluck.

Ich wünschte, seine Dankbarkeit würde sich darin äußern, dass er mir eine Story zuweisen würde. Eine echte Story wohlgemerkt, denn für das, was ich hier im Moment mache, hätte ich nicht Journalismus studieren müssen.

»Kann ich noch etwas für Sie tun?«, frage ich, dabei bin ich es so leid, den Speichellecker zu mimen.

»Fürs Erste nicht«, erwidert der Höllenhund mit einem unterschwelligen Knurren und entlässt mich.

Einen Moment lang bin ich versucht ihn zu fragen, ob er Gelegenheit hatte, sich meine Ideen für mögliche Artikel anzuschauen, denn schließlich hat er einen guten Tag und die sind – wir wissen es alle – rar gesät. Doch da ich weiß, wie sehr er es hasst, bedrängt zu werden, übe ich mich in Geduld. Ich will mein Glück nicht überstrapazieren – immerhin verlasse ich sein Büro lebend.

Seufzend setze ich mich an meinen Schreibtisch. Es ist einer dieser Momente, in denen ich mich frage, was ich hier eigentlich mache. Hoffnungslosigkeit durchdringt jede Zelle meines Körpers. Sie wächst, wird größer und größer, bis ich von Kopf bis Fuß überzeugt davon bin, dass sich nie etwas ändern wird. Ich werde immer nur eine bessere Assistentin sein. Austauschbar. Verkannt. Unwichtig.

Ich kann schreiben. Ich weiß es. Man muss mir nur eine Chance geben. Doch in den rund vier Jahren, die ich bereits hier bin, bin ich einfach nicht von der Stelle gekommen. Natürlich wäre es vermessen zu glauben, ich hätte hier, in einer großen Redaktion wie dieser, all die Freiheit, die ich damals bei *Wavehunters* genossen habe, doch das tue ich gar nicht.

Wie immer, wenn ich an meine Zeit bei dem marktführenden Surfmagazin denke, macht sich Wehmut in mir breit. Ich vermisse nicht nur die Freiheiten, die ich hatte, sondern auch das Leben auf Oahu – und im Moment ganz besonders die tropischen Temperaturen.

Ich würge den Seufzer, der meiner Kehle entsteigen will, hinunter, denn schließlich gibt es kein Zurück mehr. Mit meinem Ex-Freund Dean, dem Sohn des Herausgebers, zusammenzuarbeiten, wäre noch das kleinste Übel. Viel schlimmer ist jedoch die Tatsache, dass mich nach der Geschichte mit Rory Johnson keiner der Jungs mehr für voll nimmt. Sie fanden es nie toll, von einer Reporterin interviewt zu werden, aber wenn ihnen aufging, dass ich Ahnung von der Materie habe, wurde früher oder später jeder von ihnen handzahm. Den Respekt, den ich mir über Monate hinweg so hart erarbeitet hatte, habe ich durch diese Aktion auf einen Schlag verloren.

Den Rest des Tages verbringe ich damit, Texte anderer zu redigieren und Korrektur zu lesen – ich hasse es. Nicht weil ich der Meinung bin, dass ich alles besser könnte – wobei zugegeben der ein oder andere lieblos dahingeschmierte Artikel dabei ist –, sondern weil ich das Schreiben vermisse.

Es ist spät, als ich nach Hause komme. Der Schnee ist zum Glück nicht liegen geblieben, was meine Laune immerhin etwas steigert. Seit ich während meines ersten Winters in New York von einem Bomben-Zyklon epischen Ausmaßes überrascht wurde, bin ich skeptisch, sobald mehr als drei Schneeflocken fallen. Abgesehen davon, ist dieser verfrühte Wintereinbruch an sich die reinste Zumutung. Wir haben schließlich erst Mitte Oktober. Ich hoffe, das Ganze ist bloß so eine Scheinattacke und die Temperaturen pendeln sich noch einmal auf einem erträglichen Maß ein.

Auf dem Weg zum Fahrstuhl blättere ich durch den Stapel Post, den ich soeben aus dem Briefkasten gefischt habe. Rechnung, Werbung, Werbung, Rechnung, Rechnung … Oh, die Speisekarte einer Pizzeria, die ich noch nicht kenne. Rechnung … Das Leben in New York ist kostspielig.

Ein cremefarbener Umschlag aus edlem Leinenpapier zieht meine Aufmerksamkeit auf sich. Ich kenne diese Art von Umschlägen und weiß genau, worum es sich handelt. Stöhnend schließe ich die Augen. Eine Hochzeitseinladung! Wer ist es dieses Mal, frage ich mich, ehe ich einen Blick riskiere. Der Brief stammt von Hawaii, wie mir der Poststempel verrät.

Was zur Hölle … Wer? Ich drehe den Umschlag herum, doch ehe ich den Absender entziffern kann, höre ich, dass der Aufzug angekommen ist. Da ich gedankenverloren direkt vor der Tür herumgelungert habe, mache ich einen Schritt zur Seite, als mein neuer Nachbar heraustritt. Seine mürrische Miene hellt sich auf, als er mich sieht.

»Hi!«

Ich erwidere sein Lächeln.

»Hi!« Himmel, Trish, das kannst du doch besser! Die einsilbige Begrüßung hält nicht ansatzweise den Erwartungen stand, die ich an mich selbst stelle. Als Journalistin sollte ich schließlich dazu in der Lage sein, auch aus dem Stegreif einen geraden Satz zu formulieren.

»Harter Tag?«

»Mmh«, brumme ich zustimmend und schiebe mich an ihm vorbei in den Aufzug. Die Kabine ist winzig und der Duft meines neuen Nachbarn, von dem ich nicht mal den Namen weiß, hüllt mich ein. Aber immerhin riecht er gut.

»Schätze, man sieht sich.« Er strahlt noch immer.

»Bestimmt«, gebe ich zurück und möchte mich am liebsten für mein Unvermögen ohrfeigen. Was Flirten anbelangt, bin ich eine wandelnde Katastrophe. Die Menschheit wäre längst ausgestorben, wenn alle in diesem Bereich so beschränkt wären wie ich.

Unbehaglich trete ich von einem Bein auf das andere. Die Aufzugtüren schließen sich und als der Fahrstuhl sich ruckelnd in Bewegung setzt, verleihe ich meiner Frustration mit einem genervten Schnauben Ausdruck. Was, bitte schön, ist so schwer daran, ihn nach seinem Namen zu fragen oder mich mit meinem vorzustellen? Oder sich zu erkundigen, ob er sich bereits eingelebt hat? Oder wo er herkommt …

In diesem Moment fällt mir der Brief wieder ein. Es kostet mich all meinen Mut, mir den Absender genauer anzuschauen. Insgeheim rechne ich mit dem Schlimmsten. Mein Horror-Szenario wäre, dass er von meinem Ex stammt. Dean, der seine Samantha – besser bekannt als das niederträchtige Miststück, das ihn mir ausgespannt hat – ehelicht und mich einlädt. Warum sollte er, spreche ich mir Mut zu. Wir haben schließlich keinen Kontakt mehr, und abgesehen davon: Wer weiß, ob sie überhaupt noch zusammen sind. Die beiden sind schließlich völlig durchgeknallt. Ihre Story klingt, als wäre sie einer schlechten Soap entsprungen. Meine Gedanken wandern zu dem Moment, als ich Dean zuletzt gesehen habe. Es ist ein Augenblick, auf den ich nicht stolz bin, denn ich habe ihn geschlagen. Fest. Ins Gesicht.

Mit einem *Ping!* öffnen sich die Aufzugtüren. Energisch schiebe ich die Vergangenheit beiseite, denn natürlich will sich ein Teil von mir rechtfertigen, und ja, ich weiß nicht, ob ich, zurückgeworfen in die Situation, anders reagieren würde. Ich befürchte, ich könnte es nicht. Er hat mich so verletzt.

Meine Wohnung ist ein Mahnmal. Sie erinnert mich daran, dass ich nicht hierhergehöre, denn ganz egal, wie gemütlich ich sie einrichte, ich habe nie das Gefühl, nach

Hause zu kommen, wenn ich sie betrete. Auch nach fast vier Jahren ist sie mir fremd.

Ich streife die Schuhe von den Füßen, lege die Post beiseite, um mich der klammen Nylonstrumpfhose zu entledigen und in dicke, kuschelige Socken zu schlüpfen. Besser! Viel besser!

Früher hat Dean mir immer die Füße massiert, wenn wir nach einem langen Arbeitstag in sein luxuriöses Appartement am Ala Moana Boulevard gekommen sind. In dieser Wohnung habe ich mich so viel heimischer gefühlt, als ich es hier jemals könnte.

Doch auch was diese Beziehung betrifft, gibt es kein Zurück mehr. Ich habe Dean aus meinem Leben verbannt – und nach allem, was er getan hat, kann mir das keiner verübeln. Er selbst hat nur ein einziges Mal den Versuch unternommen, die Wogen zu glätten. Als er mich Monate nach dem katastrophalen Ende unserer Beziehung kontaktiert hat, war ich kurz davor einzuknicken, doch dann habe ich mich an all das erinnert, was er getan hat, und habe seine Nachricht ungelesen gelöscht. Bis heute frage ich mich manchmal, was er von mir wollte. Vielleicht, sich entschuldigen? Oder wollte er eine weitere Chance? Oder hat er von der Sache mit Rory Wind bekommen und wollte mir sagen, wie dumm das war?

Egal! Ich habe all diesen Mist hinter mir gelassen. Dean Reynolds spielt keine Rolle mehr in meinem Leben.

*Genau, und deshalb zierst du dich auch wie die Jungfrau vorm ersten Mal, wenn es um das Öffnen dieses Briefes geht*, spottet die Stimme in meinem Kopf, die mich angesichts meiner erbärmlichen Flirtversuche bereits im Aufzug verhöhnt hat.

Augen zu und durch, sage ich mir und reiße den Umschlag auf, ohne dem Absender vorher noch einmal Beachtung zu schenken.

Vielleicht hätte ich das tun sollen. Möglicherweise wäre der Schock dann nicht derart groß gewesen.

Das darf doch nicht wahr sein, denke ich überrascht, und lasse mich auf mein hübsches Designersofa plumpsen.

In der Tat handelt es sich um die Einladung zu einer Hochzeit. Niemals hätte ich es jedoch für möglich gehalten, dass einmal der Tag käme, an dem mein Bruder Jacob heiratet.

Noch einmal lese ich den beiliegenden Brief Wort für Wort, einfach, weil ich meinen Augen nicht traue.

*Liebe Trish,*

*vermutlich bist du nicht weniger überrascht als ich, aber ich versichere dir: Es ist wahr! Ich werde heiraten.*

*Ja, ja, ich weiß, ich habe gesagt, dass ich das niemals tun würde, aber damals kannte ich Susan noch nicht, und nein, bevor du fragst: Sie ist NICHT schwanger. Gib ruhig zu, dass das dein erster Gedanke war und mach dir nichts draus, denn wirklich jeder fragt mich danach.*

*Mir ist ja auch selbst klar, wie das wirken muss. Dass ausgerechnet ich mich doch noch ›in Ketten legen lass‹, erscheint völlig verrückt. Aber die Sache ist die: Ich liebe Susan wirklich und ich möchte den Rest meines Lebens mit ihr verbringen.*

*Und was ich auch möchte, ist, dass du an diesem Tag – von dem ich nie gedacht hätte, dass er jemals eintreten würde – dabei bist.*

*Alles Liebe, der beste Bruder auf der Welt.*

Wie betäubt sitze ich auch nach dem zweiten Mal Lesen da und blicke auf den Brief hinab. Der beste Bruder der Welt? Das ich nicht lache! Jacob ist nicht nur ein Schwerenöter, sondern auch der Bruder aus der Hölle – zumindest kam es mir so vor, als ich klein war. Er wollte nie Zeit mit mir verbringen und ich war ihm immer lästig, was wohl an dem gravierenden Altersunterschied liegen dürfte. Welcher Fünfzehnjährige legt Wert darauf, Zeit mit seiner sieben Jahre jüngeren Schwester zu verbringen?

Aber er will heiraten und er will mich dabeihaben. Ich knabbere auf meiner Unterlippe herum, während meine Hände über das edle Büttenpapier streichen.

Der Gedanke, nach Hawaii zurückzukehren, bereitet mir ein solches Unbehagen, dass es in meinem Bauch wild zu rumoren beginnt. Seit fast vier Jahren zögere ich diesen Moment hinaus. Meine Familie habe ich mit mehr oder weniger fadenscheinigen Erklärungen abgespeist. Zweimal haben sie mich hier in New York besucht, einmal haben wir uns in Miami getroffen und dort ein paar schöne Tage nach der *Tropical Plant Industry Exhibition* verbracht und einmal in Vegas, wo es auch eine große Blumenmesse gibt, zu der meine Eltern regelmäßig reisen.

Doch nun muss ich zurück. Jacob lässt mir keine andere Wahl, und es gibt keine Ausrede, die meine Familie mir verzeihen würde. Nein, dieses Mal kann ich mich unmöglich vor einer Rückkehr drücken, auch wenn allein der Gedanke daran mich in Panik versetzt.

Ich sehe mir noch einmal das Datum an. Von heute an sind es noch acht Wochen. Acht Wochen, in denen ich mich mit der Vorstellung heimzukehren anfreunden oder deswegen den Verstand verlieren kann.

»Und wie war dein Date?«, erkundigt sich Heather, sobald ich die Redaktion betreten habe. Sie ist Mediengestalterin, alleinerziehend, und da ihr Liebesleben aufgrund des stressigen Jobs und der üblen Trennung brachliegt, etwas sensationslüstern.

Leider gibt es nichts, das ich ihr bieten könnte. »Es war ein Flop!« Ich seufze matt, denn eigentlich ist das noch eine Untertreibung für den katastrophalen gestrigen Abend.

»So schlimm kann es nicht gewesen sein«, meint sie, aber sie war ja nicht dabei.

Keith, so heißt mein neuer Nachbar, hat ein hübsches Lächeln und riecht gut. Das sind die Pluspunkte, der Rest an ihm stinkt jedoch zum Himmel – und zwar so derb, dass selbst die hartgesottenen New Yorker Tauben röchelnd herabfallen würden.

»Es war die Hölle. Er hat drei Stunden lang nur über sich gequatscht. Er ist so ein Finanzheini, verdient jede Menge Schotter und glaubt, er könne sich alles kaufen. Er fragte direkt, ob er mich übers Wochenende in die Hamptons einladen dürfte.«

»Und was hast du gesagt?«

»Nein, was denn sonst?«

Heather schaut empört aus, was ich verstehen kann, denn ihr Mann zahlt keine Alimente und sie muss seit der Trennung jeden Cent umdrehen. Klar, dass ihr Keith da wie ein Gottesgeschenk vorkommen muss, aber mir ist Geld nicht wichtig.

»Er hat sich kein einziges Mal erkundigt, was ich mache, oder woher ich komme.« Nicht, dass ich gerne über Hawaii gesprochen hätte. Noch drei Wochen sind es bis zu meiner Abreise, und je näher dieser Tag rückt, umso unbehaglicher fühle ich mich. Trotzdem hätte ich mir während des Dates gewünscht, Keith hätte mehr Interesse an mir als Person gezeigt.

»Vielleicht war er bloß nervös. Du weißt doch, wie Männer …«, beginnt Heather, wird jedoch durch unseren Chef unterbrochen.

Er steckt bloß kurz den Kopf aus seiner Tür, bellt ein »Patricia, in mein Büro. Sofort!« und schließt sie wieder hinter sich.

Heather und ich werfen uns einen panischen Blick zu – jeder weiß, wenn der Alte in der Stimmung ist, dann sollte man sich warm anziehen.

Ich nehme mir die Zeit, einmal tief durchzuatmen und mich gegen das zu wappnen, was kommen wird – was genau auch immer das sein mag.

Mit einem mulmigen Gefühl im Magen betrete ich sein Büro.

»Setzen!«

»Mister Avery, Sir, ich …«

»Sie haben nichts falsch gemacht«, unterbricht er mich. Was rein gar nichts bedeutet. Er ist ein wankelmütiger Choleriker der schlimmsten Sorte und sein Zorn kann jeden treffen, der sich in Schussreichweite befindet. Seine verbalen Attacken sind so heftig, dass einen nicht mal eine kugelsichere Weste schützen könnte.

Die Durchschlagskraft seiner Urteile hat bereits ganze Existenzen vernichtet.

»Sie werden ab sofort die Leitung der Schlussredaktion übernehmen.«

Ich blinzle verwirrt, denn damit habe ich nicht gerechnet.

»Zumindest bis Sie in Urlaub fahren.«

»Es ist kein Urlaub«, erwidere ich. »Mein Bruder heiratet. Es ist …«

»Ja, ja, das verstehe ich«, brummt er und macht eine wegwerfende Handbewegung. »Ab wann sind Sie noch einmal weg?«

»Anfang Dezember«, murmle ich kleinlaut, denn die Hochzeit ist erst zwei Wochen später. »Es gibt viel zu tun und meine Familie bat mich, bei den Vorbereitungen zu helfen. Hätte ich gewusst …«

»Ersparen Sie uns Ihre Entschuldigungen. Es ist, wie es ist. Sie haben eine Ausgabe Zeit, mir zu beweisen, dass ich mich für die Richtige entschieden habe.«

Er nickt zur Tür und ich verstehe den Wink.

Ich habe die Hand bereits auf dem Knauf, als er sagt: »Patricia?«

»Ja, Sir?«

»Ich kann doch auf Sie zählen?«

»Natürlich, Sir«, entgegne ich hastig und verlasse dann das Büro.

Heather reagiert mit der Geschwindigkeit einer Flugabwehrrakete. Kaum trete ich aus dem Flur hinaus, da ist sie zur Stelle. »Und?« Die Neugier steht ihr ins Gesicht geschrieben.

»Er hat mir die Schlussredaktion anvertraut«, wispere ich und ziehe sie zur Seite. »Was bedeutet …« Ich verstumme, als mein Vorgänger, der unglückselige Larry, mit einer Kiste, die die Habseligkeiten seines geräumten Schreibtischs beinhaltet, auf uns zukommt.

»… dass Larry gefeuert wurde«, vervollständigt Heather meinen Satz, nachdem er in den Aufzug gestiegen ist. »Ist ein heißer Stuhl, auf dem du nun sitzt.«

Ich plustere die Backen auf und lasse die Luft langsam wieder entweichen. Wem sagt sie das? Ein Fehler und … Ich blicke in Richtung von Larrys leerem Schreibtisch.

»Ist aber auch die ultimative Bewährungsprobe«, ergänzt Heather und klopft mir auf die Schulter.

Damit hat sie natürlich absolut recht. Dies ist der Zeitpunkt, mich zu beweisen und Mister Avery zu zeigen, dass ich der Verantwortung gewachsen bin. Da Surfen nur eine unbedeutende Randsportart ist, zählen die Erfahrungen, die ich bei *Wavehunters* sammeln konnte, für die meisten meiner Kollegen nicht.

»Wir werden das Ding schon rocken«, spreche ich mir Mut zu, denn dass jeder meiner Schritte beurteilt werden wird, ist klar. Diese Sache darf ich unmöglich in den Sand setzen. Zumal ich nur eine einzige Chance habe, um mich zu behaupten, ehe ich nach Hawaii reisen muss.

Die letzten drei Tage waren die knackigsten meines Lebens. Mit Dean habe ich mir bei *Wavehunters* auch die ein oder andere Nacht um die Ohren geschlagen, um eine Ausgabe noch fertig zu bekommen, doch zwischen dem Surfmagazin und *Hot Stars* liegen Welten. Es geht nicht nur um den Umfang, sondern es werden auch viel mehr Themen angesprochen. Themen, von denen ich teilweise keine Ahnung habe, weshalb ich mich dann mit dem entsprechenden Redakteur oder Ressortleiter kurzschließen muss.

Es ist zweiundzwanzig Uhr, als mir das finale Layout auf DIN-A3-Bögen vorgelegt wird.

»Was zum Teufel …«, brause ich auf, als ich die Coverline sehe. *Battle of the Dicks – Wer hat das größere Stehvermögen?* Mir ist sofort klar, auf welchen Artikel diese sich bezieht. Die Rivalität der Hollywood-Actionstars Curtis Dixon und Holden Dick Fanning geht in die nächste Runde, denn beide sind im Gespräch für die Verfilmung des actionreichen Besteller-Romans *Ladies Vendetta*. Wäre es meine Entscheidung: Ich fände Curtis Dixon passender – zumindest entspricht er mehr meiner Vorstellung des Romanhelden.

»Battle of the Dicks? Das ist doch wohl ein schlechter Scherz. Das kann unmöglich …«

Heathers Lachen und das der beiden verantwortlichen Redakteure lässt mich aufschauen, denn noch immer starre ich die untragbare Coverline an.

Meine Mundwinkel beginnen zu zucken – ganz gegen meinen Willen, denn eigentlich habe ich für so einen Mist gar keine Kapazitäten mehr. Ich fühle mich wie ein Luftballon, drei Wochen nach der großen Party. Die Luft ist raus, und die Erschöpfung so groß, dass ich bei der kleinsten zusätzlichen Belastung entweder an die Decke gehen oder in Tränen ausbrechen könnte – gerne auch beides zur gleichen Zeit.

In diesem Moment zerbricht die mühsam aufrechterhaltene Selbstkontrolle und ich beginne schallend zu lachen.

»Battle of the Dicks«, japse ich und krähe dann: »Stehvermögen!«

Die anderen drei, die ebenso überspannt und übernächtigt sind wie ich, fallen in mein hysterisches Gelächter ein.

»Sehr witzig«, befinde ich, nachdem ich mich halbwegs beruhigt habe. Ich nicke in Richtung des Bogens, den Heather mir vorenthält und sage: »Her mit dem richtigen Cover! Ich will Feierabend machen.«

Kampf der Giganten, heißt es da und auch von *Stehvermögen* spricht niemand mehr.

»Komm schon, es war wirklich lustig.«

Heather wischt sich die letzten Lachtränen aus dem Gesicht. Auch sie hat viele Extrastunden geschoben, die ihren Tribut gefordert haben. Die tiefen Schatten unter ihren Augen sprechen Bände.

»Hast du mal diese bescheuerte Teeniekomödie gesehen?« Ich wende mich an CJ, von dem ich weiß, dass er sich ständig irgendwelche Filme reinzieht. »Wie heißt die?«

Er weiß genau, welchen Streifen ich meine. »Yolo«, erwidert er prompt.

»Genau.«

»Yolo?«, fragt Heather. »Nie gehört.«

»You only live once«, klärt CJ sie auf, und ich hoffe inständig, dass er auch den Part mit der Battle-of-the-Dicks-Geschichte übernimmt. Tut er aber nicht.

»Und was ist mit dieser grässlichen Teeniekomödie?«

CJ und Benny schauen mich feixend an.

Ich erröte. »Die sind auf so einer Party und die Jungs spielen da ein Spiel. *Battle of the Dicks*. Man zieht sich nackt aus und dann werden die Penisse aneinandergeschlagen. Wer zuerst hart wird, verliert. Du siehst …«

Heather prustet los und auch CJ und Benny finden das Ganze ungemein witzig.

»Kekswichsen für Anfänger«, meint Benny.

Ich schlage die Hände vorm Gesicht zusammen. »Diese Bilder!«, stöhne ich. Männer können so widerlich sein. Warum nur?

Nachdem sich alle beruhigt haben, sage ich: »Okay, dann sind wir ready, oder? Seht zu, dass ihr das richtige Cover bereitstellt und dann ab nach Hause.«

Ich bin wohl das, was man einen Morgenmenschen nennt. Kaum habe ich die Augen geöffnet, bin ich hellwach und einsatzbereit. Dean fand das immer *unmenschlich* – seine Worte, nicht meine –, denn bevor er keinen Kaffee hatte, war er zu nichts zu gebrauchen.

Obwohl ein Morgen in New York City nicht mit einem auf Hawaii mithalten kann – denn mal ehrlich: Wie sollte das auch möglich sein? –, ist dies ein guter Morgen.

Heute erscheint die neue *Hot Stars*-Ausgabe. Meine *Hot Stars*-Ausgabe. Was für ein verrücktes Gefühl! Ich bin nervös und stolz zugleich. Zugegeben, ich kann es kaum erwarten, sie in den Händen zu halten, und dennoch versuche ich mich nicht zu hetzen und entspannt mein Frühstück zu genießen.

Ich habe es mir nach dem Stress der vergangenen Woche verdient, es auch mal langsam angehen zu lassen.

Also frühstücke ich in aller Ruhe und weder Keith, dem ich im Treppenhaus begegne, der mich jedoch nicht mehr grüßt, noch das hektische New Yorker Stadtleben, das – kaum habe ich die Straße betreten – droht mich zu verschlingen, können daran etwas ändern.

Aus der U-Bahn ausgestiegen steuere ich auf den nächstgelegenen Zeitungskiosk zu. Ich kann nicht anders. Ich will sie sehen. Jetzt! Das finale, gedruckte Werk zu begutachten, kann einfach nicht länger warten. Ich finde die Ausgabe auf Anhieb und …

Oh. Mein. Gott.

Oh. Mein. Gott.

Oh. Mein. Gott.

Meine Rechte schießt vor, schnappt sich die Ausgabe. Ich umklammere die hundertvierzig Seiten, suche an ihnen Halt. Um mich herum steppt der Bär. Autos hupen. Menschen marschieren an mir vorbei, doch für mich bleibt die Zeit stehen. Ich vergesse zu atmen.

»Nicht lesen, ehe Sie gezahlt haben, Miss!«, raunzt mich der Zeitungsverkäufer an.

Seine Worte wabern durch meinen vom Schock sedierten Verstand. Ergeben keinen Sinn. Das hier ist ein Albtraum. Das hier MUSS ein Albtraum sein.

Fassungslos starre ich auf die Coverline der eben erschienen Ausgabe. *Battle of the Dicks* steht da. Ich blinzle.

Einmal.

Zweimal.

Dreimal.

Das Klingeln meines Handys reißt mich aus meiner Paralyse. Heather. Ich nehme den Anruf entgegen.

»Es tut mir so leid«, schluchzt sie. »Ich weiß nicht, wie das passieren konnte. Ich verstehe das nicht. Ich …« Im Hintergrund brüllt mein Chef nach ihr. Er brüllt nach mir.

Oh. Mein. Gott.

Ich lege auf, zahle und renne dann so schnell ich kann zur Redaktion. Als Letzte stolpere ich in den großen Konferenzraum, wo die aktuelle Ausgabe in der Mitte des Tischs liegt. Obwohl dessen Ausmaße gigantisch sind und locker zwanzig Leute daran Platz finden, wird der gesamte Raum von dem Magazin dominiert.

Es ist, als würde ein entlaufener Königstiger dort thronen.

Mister Avery sieht zum Fürchten aus. Sein feuerroter Kopf könnte jedem Hydranten Konkurrenz machen.

»Das wird ein Nachspiel haben. Wenn Sie Ihren Job nicht mehr wollen, hätten Sie nur einen Ton sagen müssen, anstatt so eine gequirlte Scheiße veranstalten. Oder was sollte das Ganze?« Er gestikuliert fahrig zur Tischmitte, während Heather schluckt. Er hat sie neulich schon verwarnt, weil sie es wegen der Kleinen mal wieder nicht pünktlich geschafft hatte hier zu sein.

»Da draußen warten mindestens zwanzig Mediengestalter, die mir die Füße küssen würden, um einen Job wie diesen zu bekommen. Was haben Sie sich dabei gedacht?«, brüllt er Heather an, deren gräuliche Gesichtsfarbe ihr das Aussehen einer angemoderten Leiche verleiht.

Und ja, in der Tat trennt uns davon nicht mehr viel. Bald sind wir tot. Vergessen. Begraben - wenn wir nicht vorher von diesem wütenden Höllenhund zerfleddert werden.

Vielleicht ist es das Wissen darum, dass sowieso alles vorbei ist, oder es ist Heathers zitternde Unterlippe und die feuchtschimmernden Augen, die mir den Mut geben, das Wort zu ergreifen.

»In erster Linie haben wir an den Absatz gedacht.«

Mister Averys Kopf ruckt in meine Richtung. »Sie haben die Änderung der Headline angeordnet?« Seine Augen verengen sich zu schmalen Schlitzen und er sieht aus, als würde er mir den Kopf abbeißen wollen. »Das darf doch nicht wahr sein!«

»*Kampf der Giganten* klingt nach einer Zeitschrift für alte Leute. *Battle of the Dicks* hingegen hat das Potenzial …«

»Uns gewaltig um die Ohren zu fliegen«, unterbricht er mich und schlägt so laut auf den Tisch, dass alle zusammenzucken. »Wer hat Ihnen einen Alleingang dieser Größenordnung erlaubt, Miss Jeffries?«

»Sie haben mir die Schlussredaktion anvertraut. Ich dachte …«

»Sie dachten?«, faucht er aufgebracht. »Sie sollen nicht denken! Ihr Job ist es, das Magazin vor peinlichen Fehlern wie diesem zu bewahren.«

Er wendet sich an das Team.

»Sie können gehen!«

Dass niemand bei der überstürzten Flucht verletzt wird, grenzt ein Wunder.

Die Tür fällt unheilverkündend ins Schloss und ich sitze in der Falle.

»Ursprünglich hatte ich vermutet, dass Miss Stone ein Fehler unterlaufen ist, mit ihrer Vorgeschichte hätte ich …«

Schnell schüttle ich den Kopf. »Nein, Heather hat nichts damit zu tun. Das war allein meine Idee«, flunkere ich, denn Heather darf ihren Job nicht verlieren.

Argwöhnisch mustert der Höllenhund mich. »Halten Sie diese Coverline ernsthaft für eine gute Idee?«

»Sex sells«, käue ich die alte Marketing-Platitude wieder. »Sie werden sehen, das wird die Auflage deutlich steigern.«

Ich wünschte, ich wäre nur halb so überzeugt, wie ich klinge.

»Dafür sollten Sie beten, Patricia. Ich habe mich für Sie ins Zeug gelegt, habe Sie protegiert und so danken Sie es mir? Sie machen mich zum Gespött der *Harlem Media Group*.«

Mit fest aufeinander gepressten Lippen lausche ich den Vorwürfen und Bedenken. Stimmt es, was er behauptet? Ist es so? Hat er mich wirklich unterstützt?

»Dixon und Fanning könnten uns verklagen, und das alles bloß wegen ihres falschen Ehrgeizes.«

»So war es nicht!«, werfe ich ein.

»Ach nein? Sie wollten sich nicht profilieren? Sie versuchen doch schon die ganze Zeit, die nächste Stufe der Leiter zu erklimmen. Ich dachte, Sie seien bereit, doch scheinbar habe ich Ihnen zu viel zugemutet. Habe Sie überschätzt und nun haben wir den Schlamassel.«

Er wendet sich ab. Starrt zum Fenster hinaus und fragt leise: »Was mache ich bloß mit Ihnen?«

Ich weiß es nicht, will ich am liebsten erwidern, doch eher würde ich mir die Zunge abbeißen. Soll er ruhig glauben, alles wäre auf meine Order hin geschehen. Lieber ehrgeizig, als unfähig, denn Fakt ist: Ich habe

Mist gebaut. Ich hatte mein Team nicht im Griff. Meine Leitung, meine Verantwortung.

»Ihr Hawaii-Trip … Ab morgen sind Sie weg, richtig?«

Er schaut über die Schulter zu mir.

Ich nicke, rechne damit, dass er sagt, ich bräuchte nicht wiederkommen.

»Sicherlich haben Sie viel vorzubereiten. Warum machen Sie nicht schon heute frei?«

Das ist kein Vorschlag, sondern ein Befehl. Wäre seine Stimme noch etwas frostiger, würde es mit Sicherheit eine Reihe von Glatteisunfällen auf dem Time Square geben.

»Wir sehen uns im neuen Jahr. Bis dahin überlege ich mir, wie ich mit Ihnen und dieser Sache verfahren werde. Vielleicht haben Sie Glück und Ihre Rechnung geht auf, aber vielleicht …«

Er hebt bedeutungsschwanger beide Hände. Vielleicht war es das auch für mich.

»Das klingt fair!« Ich zwinge mich zu einem Lächeln.

Mit einem knappen Nicken, entlässt er mich. Ich hebe zum Abschied die Hand – noch immer lächelnd.

Die Fassade hält. Sie hält, als ich hinaus ins Büro trete, hält, während mich alle prüfend mustern und auch, als ich meine Sachen zusammenpacke und vorzeitig in meinen Urlaub verschwinde.

Erst im Aufzug klammere ich mich am Kabinengeländer fest, weil meine Knie so weich und nachgiebig geworden sind, dass es mir unmöglich ist zu stehen. Mit aller Kraft ringe ich die einsetzende Panik nieder. Dafür gibt es schließlich keinen Grund, denn alles wird gut. Sex sells!

Leider glaube ich mir selbst kein Wort. Während die Kabine in die Tiefe gleitet, wird das Gefühl, dass heute mein letzter Tag bei *Hot Stars* war, zur Gewissheit.

Ich bin erledigt! Das war's! Mit den Zähnen bringe ich meine zitternde Unterlippe zum Schweigen. Heulen kannst du, wenn du zu Hause bist und keine Sekunde früher.

Dem Befehl meiner inneren Stimme folgend, trete ich aus dem Aufzug ins Foyer und kurz darauf hinaus auf die Straße. Der stürmische Wind, der die Ostküste heimsucht, schließt mich in eine eisige Umarmung, doch frostiger als meine Stimmung in diesem Moment kann er nicht sein.

# KAPITEL 02

## VOLLBUSIGES VERGNÜGEN & VIELFLIEGERMEILEN

### STRIDER | LOS ANGELES | 27.11.2018

Fuck, denke ich, als die Titelmelodie von *Der weiße Hai* aus meinem Handy dringt und meinen Körper in Alarmbereitschaft versetzt. Ich kann förmlich spüren, wie das Adrenalin ausgeschüttet wird. Die Frequenz meines Herzschlags schnellt in die Höhe und steigert sich noch einmal, als ich die drei Buchstaben auf dem Display sehe. *Mom.*

»Ich muss da rangehen«, erkläre ich der vollbusigen Blondine, die mir gegenübersitzt, und verlasse den Raum. Auf dem Weg hinaus weicht mir der Rest der Filmcrew aus. Beinahe stoße ich mit der Praktikantin – oder was auch immer sie ist – zusammen. Dieses Mal bin ich es, der ausweicht – wäre von ihr, bepackt mit einem großen Tablett voller Kaffeetassen, auch zu viel verlangt.

Nachdem die Tür hinter mir ins Schloss gefallen ist und ich in meinem Schlafzimmer stehe, ringe ich noch einen Augenblick lang mit mir. Ich sollte nicht rangehen. Es gibt ohnehin nur zwei Gründe, weshalb sie mich anruft: Entweder ist sie stockbesoffen, dann erzählt sie mir, was für ein beschissener Sohn ich bin, oder sie braucht Geld. Oder, meldet sich die ängstliche Stimme in mir zu Wort, sie liegt wieder im Krankenhaus. Das kommt in letzter Zeit immer häufiger vor.

Das Verantwortungsgefühl siegt. Ich gehe ran.

»Strider, mein lieber Junge«, säuselt sie.

Fuck! Ich bin so ein scheiß dämlicher Trottel. So ein Gott verdammter Idiot, so ein …

»Wie geht es dir?«

Als ob sie das interessieren würde. Das hat es nie und das wird es nie, aber um zu bekommen, was sie will, ist sie natürlich bereit, so zu tun, als ob ich ihr am Herzen liege.

»Gut«, brumme ich knapp, während ich mich weiter über mich selbst ärgere. War eigentlich klar, dass sie wieder pleite ist und nur Kohle will.

Und nun lasse ich diese Fernsehleute stehen. Dass mein Agent Bobby mich in diese TV-Show gebracht hat, in der Promis ihre Häuser zeigen, ist zum jetzigen Zeitpunkt meiner Karriere superwichtig, doch was mache ich? Ehrlich! Ich könnte mir in den Arsch beißen.

»Und dir? Wie geht es dir, Mom?«

Auch mein Interesse ist nicht aufrichtig, was daran liegt, dass ich die Antwort kenne. Sie ist Alkoholikerin – wie gut kann es ihr also schon gehen?

»Mir geht es großartig«, zwitschert sie. »Ich ziehe demnächst um.«

Mal wieder. Ich wette, sie hat seit Monaten keine Miete gezahlt und ist deshalb rausgeflogen. Natürlich klingt ihre Story anders.

»Ich habe nun eine hübsche Wohnung drüben in South Central.«

Mein Beschützerinstinkt presst ein »South Central« hervor, ehe ich ihm Einhalt gebieten kann.

»Ich weiß, die Ecke ist nicht die Beste«, entgegnet sie auch prompt, »aber etwas anderes kann ich mir einfach nicht leisten.«

Und da sind wir auch schon beim eigentlichen Grund ihres Anrufes. Jetzt heißt es hart bleiben. Ich gebe mir keine Mühe, den Patzer von eben auszubügeln. Klar könnte ich behaupten, dass South Central sich in den letzten Jahren gemacht hätte, aber sind wir ehrlich: Das ist Schwachsinn! »Mom, ich habe dir gesagt, wie das läuft: Du bekommst von mir das hübscheste Apartment, das du dir vorstellen kannst, wenn du einen Entzug machst.«

Was nun folgt, kenne ich zur Genüge. Innerlich wappne ich mich gegen den Sturm, den ich mit meinen Worten heraufbeschworen habe, doch wie immer sind alle Schutzmaßnahmen vergebens. Mit der Wucht einer Abrissbirne reißt sie die Mauern, die ich zu errichten versuche, nieder.

»Du undankbarer Mistkerl!«, kreischt sie unvermittelt.

Wie jedes Mal reagiert ein Teil von mir panisch. Seit zwanzig Jahren mache ich diesen Scheiß mit, aber ich bin nicht mehr der Neunjährige von damals. Ich bin kein kleiner, hilfloser Hosenscheißer, der ihr auf Gedeih und Verderb ausgeliefert ist. Ich bin Strider Sinclair. Ich bin zweifacher Weltmeister. Jeden verdammten Tag riskiere ich mein Leben, denn ich surfe Wellenberge, die jeden Normalsterblichen in Angst und Schrecken versetzen. Mir das klarzumachen, mich daran zu erinnern, wer ich jetzt bin, hilft. Es gibt nichts, was ich fürchten müsste, denn ich habe alle Gemeinheiten, die sie aufbieten kann, schon mindestens einmal gehört.

»Weißt du, was ich alles für dich getan habe?«

Nichts, denke ich und presse meine Zähne so fest aufeinander, dass mein Kiefer schmerzt.

»Großgezogen habe ich dich. Allein! Dein Vater wollte dich nicht!«

Niemand wollte mich. Ich habe mich großgezogen. Allein! Denn sie lag die meiste Zeit besoffen auf dem Sofa. Ich kann mich nicht daran erinnern, dass es jemals anders war. Seit ich denken kann, war sie abhängig und lange Zeit habe ich alles dafür getan, um diesen Umstand zu vertuschen. Ich habe für uns gesorgt, doch das sage ich nicht. Sie hat ihre eigene Wahrheit. Eine, in der ich sie immer nur ausgenutzt habe. Eine, in der sie die aufopferungsvolle, liebende Mutter war. Ich habe sie kaputtgemacht – das hat sie mir oft genug gesagt, und Jahre lang habe ich es geglaubt.

»Ja, ja, ich weiß. Wir müssen wohl beide damit leben, dass ich ein egoistisches, rücksichtsloses Arschloch bin.«

»Was habe ich getan, um einen verkorksten Sohn wie dich zu verdienen?« Ich höre sie durch den Hörer schniefen.

Tief durchatmen, befehle ich mir. »Mom, ich lege jetzt auf. Melde dich, wenn du den Entzug machen willst. Ich sorge dafür, dass du in eine gute Klinik kommst und dein Alkoholproblem …«

»Ich habe kein Alkoholproblem! Du weißt ja nicht, was du redest.«

»Hör zu, ich habe zu tun und ich werde in den kommenden Wochen nicht gut zu erreichen sein.«

»Jettest du wieder in der Weltgeschichte herum? Das sieht dir ähnlich, du kaltblütiges Scheusal! Machst Urlaub und liegst auf der faulen Haut, während deine arme, kranke Mutter gezwungen ist, in einem Loch zu leben. Kein Wunder, dass du kein Geld hast, um mich zu unterstützen, aber ich brauche meine Medizin«, wimmert sie.

»Das ist kein Urlaub«, erkläre ich und versuche, gelassen zu bleiben. »Das ist Arbeit.«

»Was bitteschön ist daran Arbeit?«

Die Leier wieder. Verdammt! Klar, ich liebe meinen Job. Er hält mich bei Verstand, wenn man so will. Schon immer habe ich im Wasser das gefunden, was mir daheim gefehlt hat – genaugenommen ist der Ozean mein Zuhause.

»Du surfst den ganzen Tag und dann all diese aufgetakelten Weiber, die sich dir an den Hals schmeißen. Die führst du schick aus.«

Meine Mutter ignoriert mein freudloses Auflachen und lamentiert darüber, wie ungerecht ihr Leben ist und wie selbstgefällig und egoistisch ich bin.

»Wer könnte deinem Vater vorwerfen, dass er dich verlassen hat? Schon immer musste sich alles um dich drehen«, wirft sie mir vor.

Was sie von sich gibt, ist der reinste Blödsinn. Ich weiß das, und dennoch trifft es mich. Es ist egal, wie oft ich mir sage, dass ich ein Säugling war, als mein Vater verschwand, ich fühle mich schuldig.

»Ich war die Liebe seines Lebens, aber du hast alles kaputt gemacht. Du allein …«

Wut wallt in mir auf. »Ich? Ich war ein Baby! Wie kannst du mir die Schuld daran geben, dass es mit euch nicht geklappt hat?«

»Weil es so ist!«, giftet sie.

Ich balle meine Hände zu Fäusten, öffne sie und schließe sie wieder, doch der Druck, der sich mittlerweile in mir aufgebaut hat, lässt nicht nach – egal, wie sehr ich mich auch bemühe, mich zu beruhigen.

»Wir waren ein Herz und eine Seele, bis *du* zur Welt kamst.« Sie speit das *Du* aus, wie einen Fluch. »Ich hätte dich abtreiben sollen! Nichts als Ärger hat man mit dir! Du denkst nur an dich!«

»Und du denkst nur an den nächsten Schluck«, fahre ich sie unvermittelt an. Ich bebe. Jede Faser meines Seins ist durchdrungen von dem Schmerz der Ablehnung. Noch mehr trifft mich jedoch die Ungerechtigkeit. Ihre Vorwürfe sind so verdammt unfair.

Ich wäre der Erste, der sie in ein schickes Restaurant ausführt, wenn sie nur endlich, endlich den Absprung schaffen und trocken werden würde. Sie könnte das teuerste Gericht auf der Karte bestellen. Sie könnte alles von mir haben, und das habe ich ihr wieder und wieder gesagt. Aber das wird nicht passieren. Wenn man mich in Interviews fragt, was ich mir am meisten wünsche, dann wäre die ehrliche Antwort: »Ich wünsche mir, dass meine Mutter keinen Alkohol mehr anrührt.« Natürlich sage ich das nicht. Ich spreche nie über sie – beinahe so, als würde sie nicht existieren. Vielleicht hat sie recht und ich bin doch bloß ein mieser Egoist.

»Mach den Entzug und wir können reden«, murmle ich resigniert. »Ich kann dir kein Geld geben, Mom, denn dann kaufst du davon Schnaps und ich will nicht, dass du dich totsäufst, verstehst du das?«

So ist es und wenn ich will, dass sie aufhört zu trinken, dann darf ich sie nicht unterstützten – in keiner Weise.

»Du selbstgerechter Bastard«, keift sie. »Als ob du dich nie betrunken hättest. Ich weiß noch, als man dich mit Alkoholvergiftung ins Krankenhaus geschafft hat. Tagelang habe ich um dein Leben gebangt. Wie kannst du mir das antun? Wie …«

Ja, auch ich erinnere mich daran. Es war mein Schuss vor den Bug. Meine Warnung, nicht so zu enden wie sie. Ich habe keine Ahnung, wann ich das letzte Mal Alkohol getrunken habe. Es ist Wochen her.

»Ruf mich nicht mehr an!«, sage ich entschlossen und lege auf.

Danach sitze ich da, halte das Telefon in der Hand und weiß nicht, was ich tun soll. Ich würde diese ganze kranke Beziehung so gerne beenden, aber ich bringe es nicht über mich, den Kontakt endgültig abzubrechen. Sie ist schließlich meine Mutter, doch wir drehen uns im Kreis. Wieder und wieder – seit so vielen Jahren. Ich bin müde.

Das Handy klingelt erneut. Dieses Mal gehe ich nicht ran, sondern schalte es einfach ab. Ich fühle mich beschissen. Das nicht einmal zehnminütige Telefonat hat mich mehr geschlaucht, als ein ganzer Tag im Wasser. Die Erschöpfung greift nach mir, droht mich niederzuringen. War ich zu hart zu ihr? War ich gemein? Sie bringt meine schlechtesten Seiten zum Vorschein. Gespräche mit ihr machen aus mir jemanden, der ich nicht sein will. Wie oft ich sie schon angeschrien und ihr gesagt habe, dass ich sie hasse. Sie für ihre Schwäche verachte. Doch dieses Mal war ich nicht fies – nicht wirklich zumindest. Alles, was ich gesagt habe, war die Wahrheit – und es gibt nur wenig, was schmerzhafter ist.

Nun ja, dann hätte sie zumindest einen Grund, um sich besinnungslos zu saufen, denke ich zynisch. Wie oft habe ich als Ausrede für ihre Exzesse herhalten müssen?

Trotzdem will ich sie nicht absichtlich verletzen, aus dem Alter – oder richtiger, aus der Phase der Co-Abhängigkeit – bin ich raus und ja, ich glaube, ich habe heute die Kurve bekommen, indem ich aufgelegt habe.

Das war gut, lobe ich mich, denn wie immer, wenn sie mich anruft, drohe ich, in alte Muster zurückzufallen. Als ich jung war, da habe ich ihren Lügen geglaubt. Ich war überzeugt, dass ich schuld an ihrem Zustand bin und dass sie nur so am Ende ist, weil mein Vater mich und damit auch sie verlassen hat. Später dann war mir meine Säufer-Mutter einfach nur peinlich und ich habe gelernt, sie zu hassen. Ich habe versucht, all das, was bei uns schieflief, vor Lehrern, Nachbarn und meinen Freunden zu vertuschen. Ich habe unbewusst ihre Sucht unterstützt, denn dadurch, dass ich sie gedeckt habe, wurde ich zu ihrem Komplizen. Ihre Trinkerei hatte nie ernsthafte Konsequenzen für sie. Sie musste sich nie damit auseinandersetzen. Wenn sie volltrunken war und nicht zur Arbeit konnte, dann habe ich dort angerufen und gesagt, dass sie erkältet sei. Ich habe mir Geschichten ausgedacht und so oft gelogen, dass ich manchmal selbst nicht mehr wusste, was genau die Wahrheit ist. Selbst heute noch ertappe ich mich manchmal dabei, wie Lügen einfach so und ohne mein Zutun über meine Lippen schlüpfen. Dabei ist das, was einst eine wichtige Überlebensstrategie war, schon lange nicht mehr nötig.

Erst vor ein paar Jahren habe ich realisiert, dass sie krank ist – und auch, dass sie mich krank macht.

Heute ist mir klar, dass ich ihr nicht helfen kann, denn die traurige Wahrheit ist, sie will meine Hilfe nicht. Schon vor langer Zeit hat sie sich für den Alkohol und gegen mich entschieden, und dennoch ist mein Wunsch, sie zu retten, so stark wie eh und je.

Ich ringe ihn mühsam nieder, atme tief durch und gehe zurück ins Wohnzimmer, um mich den Fragen der Reporterin zu stellen.

Dass es weder um mich, noch um mein Haus geht, realisiere ich, als sie auf Curtis Dixon zu sprechen kommt. Irgendwas ist durchgesickert. Die Reporterin lässt nicht locker, versucht mich zu ködern und spielt mit mir das Ich-weiß-doch-sowieso-schon-alles-aber-ich-bin-an-ihrer-Meinung-interessiert-Spielchen.

»Curtis Dixon, das ist doch dieser Hollywood-Action-Star, oder?«, stelle ich mich dumm.

Die Blondine verzieht schmollend den Mund. »Sie enttäuschen mich, Mister Sinclair«, säuselt sie. »Ich weiß genau, dass man Sie als Stunt-Double für Dixons neuen Film engagiert hat.«

»Ich bin Profi-Surfer, Schätzchen. Mit Film und Fernsehen habe ich nichts am Hut. Ich meine, ich besitze nicht mal einen Fernseher, also …« Sie folgt meiner Geste und schaut sich im Wohnzimmer um. Okay, ich besitze keinen Fernseher mehr. Vor ein paar Wochen wurde hier eingebrochen und man hat mir die Bude komplett leergeräumt. Der neue Fernseher – eine Spezialanfertigung – wird nächste Woche geliefert, aber warum sollte ich ihr das verraten?

»Aber dieses Foto zeigt Sie zusammen mit Dixon auf der Album-Releaseparty von Reagan Sweets und Fletcher Donavon vor zwei Tagen.«

»Das ist Dixon?« Ich reiße die Augen auf und nehme ihr das Bild aus der Hand. »Verdammt! Ich dachte, der Typ wäre Holden Fanning. Ich verwechsle die beiden immer.«

Und wenn die beiden mich in diesem Moment hören könnten, würde mir jeder von ihnen den Arsch aufreißen – schließlich sind sie erklärte Rivalen. Sie hassen einander und lassen kein gutes Haar an ihrem Konkurrenten.

»Und? Wie war Dixon so? Was hat er gesagt?«

»Sind Sie denn sicher, dass das Dixon ist? Während unserer kurzen Unterhaltung …«

»Man sagt sich, Sie hätten den ganzen Abend miteinander verbracht.«

»Echt? Ich kann mich beim besten Willen nicht erinnern. Ich weiß bloß noch, dass diese scharfe Blondine irre gut gesungen hat«, behaupte ich und weiß genau, sollte dieser Satz Reagan jemals zu Ohren kommen, werde ich dafür bluten.

Abwehrend hebt die anwesende – nicht gänzlich unattraktive – Blondine die Hände. »Okay, okay, ich habe verstanden.«

Keine Sekunde nehme ich ihr ab, dass sie aufgibt, und ich liege mit meiner Vermutung goldrichtig.

»Sie haben eine NDA unterzeichnet und dürfen nichts zu dem Thema sagen«, mutmaßt sie, womit sie wiederum richtig liegt. Ja, ich habe eine Verschwiegenheitserklärung unterschrieben. Natürlich. Das ist schließlich so üblich.

»Zu welchem Thema, Schätzchen, darf ich nichts sagen?«

Sie rollt mit den Augen, startet aber noch einen Versuch: »Jeder in Hollywood weiß, dass man Sie unter Vertrag genommen hat. Sie werden Dixon in *Eiskalte Wellen* doubeln. Alles, was ich will, ist eine Bestätigung.«

»Soll ich zwinkern? Einmal für ja, zweimal für nein?«

»Wenn Sie es so machen möchten.«

Ich zwinkere zweimal und grinse.

»Fuck!«, fluche ich, als mein Wecker klingelt. Mit einem Mal bin ich hellwach. Ich rüttle an der Schulter der Reporterin und versuche sie mit einem »Hey, aufstehen, Schätzchen!« aufzuwecken.

Wie hieß sie doch gleich? Cindy? Sandy? Candy? Egal! Ihr Versuch, mehr aus mir herauszubekommen, endete damit, dass wir zusammen im Bett gelandet sind.

Nun ja, eigentlich sind wir dort gelandet, weil ich es nicht ertragen habe, nach dem schrecklichen Telefonat mit meiner Mutter allein zu sein.

»Komm schon! Mein Flieger geht in drei Stunden. Ich muss mich fertig machen und gepackt habe ich auch noch nichts.«

»Wohin geht es denn?«, nuschelt sie schlaftrunken ins Kissen.

»Kein investigativer Journalismus am frühen Morgen!«

»Ist das eine Hausregel?« Sie rollt sich auf die Seite, um mich anzusehen.

»Yep!«

»Wie du vielleicht gemerkt hast, sind Regeln nicht so meins. Also …«, sagt sie gedehnt und baut ein verführerisches Schnurren in das Wort ein, »… fliegst du zum Drehort von *Eiskalte Wellen*?«

»Ich bin dann mal duschen«, verkünde ich und strebe dem Badezimmer entgegen. Der Boden unter meinen Füßen fühlt sich warm an. Selbst die Morgensonne besitzt im *Golden State* einiges an Kraft.

»Darf ich mitkommen?«

Ich halte inne, ringe einen Moment lang mit mir. Schließlich drehe ich mich über die Schulter zurück und entgegne: »Lieber nicht.«

»Klingt nicht sehr überzeugt.« Sie richtet sich hoffnungsvoll auf.

Zwar geht mir die ständige Fragerei auf den Sack, aber einem guten Morgenfick war ich noch nie abgeneigt.

»Ich habe nicht viel Zeit«, warne ich sie vor.

»Damit kann ich leben.«

»Und? Verrätst du mir jetzt, wohin du fliegst?«, fragt sie, nachdem ich mit ihr noch einmal durch die Laken gepflügt bin.

Es ist wie beim Pokern, sage ich mir, bevor ich den Mund öffne und ein lässiges »Hawaii natürlich.« von mir gebe.

Sie blinzelt verständnislos.

»Die Eröffnungszeremonie des *Eddies* in drei Tagen, das *Wavehunters* Event, die *Pipemasters*«, helfe ich ihr auf die Sprünge.

Was ich ihr erzähle, ist kein Quatsch. All das ist die reine Wahrheit und weil sie gute Instinkte hat, weiß sie das auch.

»Aber …«, beginnt sie, doch ich unterbreche sie, und sage: »Hey, ich habe dir von Anfang an gesagt, dass an der Curtis-Dixon-Sache nichts dran ist. Keine Ahnung, woher du den Scheiß hast, Süße, aber ich bin bloß ein Surfer und jetzt beginnt die beste Zeit des Jahres.«

Ich grinse sie wölfisch an, denn ich liebe die großen Wettkämpfe auf Hawaii und die gigantischen Winterwellen.

»Aber du warst hier. Mitten in der Saison.«

»Doch bloß zur Eröffnung des *Mad Crush*-Stores am Ocean Front Walk und dann für den Dreh gestern.«

Sie sieht so enttäuscht aus, dass ich beinahe Mitleid mit ihr habe.

»So, aber jetzt muss ich mich wirklich beeilen. Du weißt ja, so ein Flieger wartet nicht.«

Ich zwinkere ihr zu. Zum Glück versteht sie den Rauswurf und nimmt ihn anstandslos hin.

Vor der Tür dreht sie sich noch mal um. »Vielleicht rufst du mich mal an, wenn du wieder in der Stadt bist.«

»Ja, vielleicht«, erwidere ich vage.

Wir wissen beide, dass das nicht passieren wird. Ein enttäuschter Ausdruck stiehlt sich in ihre Augen, und einen Moment lang, komme ich mir mies vor.

Ich würde mir wünschen, sie würde dieses Gefühl mitnehmen, als sie geht, doch es ist noch da, während ich in Windeseile mein Zeug zusammenpacke. Mindestens drei Wochen werde ich auf Hawaii sein – vermutlich länger, denn ich bin nicht scharf darauf, Weihnachten hier in L.A. zu feiern. Allein.

*Du könntest ja Cindy/Sandy/Candy anrufen*, denke ich. Die völlig absurde Idee entlockt mir ein Lächeln.

Als ich eine Viertelstunde später im Taxi sitze, habe ich das schlechte Gewissen abgeschüttelt. Die Reporter-Tussi hatte schließlich ihren Spaß – zumindest klang es so. Dass für sie nicht das dabei rumgekommen ist, was sie sich eigentlich erhofft hatte, ist nicht mein Problem.

Allerdings kannte sie eine ganze Menge Details, selbst die Summe meiner Gage stimmte. Irgendwo gibt es eine undichte Stelle. Vielleicht in der Kanzlei, die den Vertrag aufgesetzt hat, vielleicht – und das wäre übel – bei meinem Agenten. Bobby selbst würde nie etwas durchsickern lassen – für kein Geld der Welt. Der Typ stammt aus einer anderen Generation. Er vertritt echte Werte, und Ehrlichkeit ist einer davon. Bobby ist vertrauenswürdig und loyal, aber wer weiß, wer noch Zugang zu seinem Büro hatte?

Ich zücke mein Handy, schalte es ein und zu meinem Entsetzen habe ich mehr als dreißig Anrufe in Abwesenheit. Die Mailbox quillt über. Jede Einzelne stammt von meiner Mutter. Ich wünschte, sie würde diese Energie darauf verwenden, trocken zu werden.

Egal! Ich werde keine davon abhören. Nicht jetzt und auch nicht später.

Entschlossen rufe ich Bobby an. »Wir haben ein Problem«, sage ich statt einer Begrüßung und erzähle ihm dann von dem gestrigen Tag und meinem Zusammentreffen mit der Reporterin. Hin und wieder checke ich, was der Taxifahrer so tut. Von dem Gespräch bekommt er hoffentlich nichts mit, denn ich spreche leise und die Plexiglasscheibe trennt uns schließlich auch noch.

»Fuck!«, murmelt Bobby, als ich meinen Bericht abgeschlossen habe.

»Das kannst du laut sagen! Dass es irgendwo eine undichte Stelle gibt, ist klar, oder?«

»Ja, definitiv«, stimmt er mir zu.

»War jemand in deinen Geschäftsräumen? Jemand, dem du nicht vertraust, meine ich?«

Für einen Moment geht er in sich. »Nein, nicht dass ich wüsste.«

»Dann sind die Informationen über die Kanzlei, die den Vertrag aufgesetzt hat, nach außen gedrungen.« Ich weiß jedoch nicht, was ich in diesem Fall tun soll.

»Wir sollten unbedingt Dixons Agenten Bescheid geben«, sinniert Bobby.

»Okay, das mache ich.«

Bobby und ich beenden das Gespräch. Mittlerweile haben wir die Marina del Rey erreicht. Meine beste Freundin Willow und ihr Verlobter Chandler besitzen hier ein Apartment. Es ist ewig her, dass ich beide getroffen habe – umso mehr freue ich mich auf unser Wiedersehen in wenigen Stunden.

Nachdem ich einmal tief durchgeatmet habe, rufe ich Dixons Agenten an. Er ist nicht da, sondern für zwei Wochen im Urlaub, wie mir die Vertretung mitteilt.

»Wollen Sie eine Nachricht hinterlassen?«

»Nein, das ist nicht nötig«, behaupte ich, denn im Augenblick weiß ich nicht, wem ich trauen kann.

Eine Person fällt mir jedoch ein. Wilder Benedict. Wilder würde nie etwas tun, was diesen Film gefährdet, denn dieser Film ist gut für *Mad Crush*, meinen Hauptsponsor. Zwar ist Wilder lediglich der Surfteam-Manager, aber er hat sich *Mad Crush* mit Leib und Seele verschrieben.

Daher rufe ich ihn an und erzähle auch ihm meine Story. Er gibt ein frustriertes Knurren von sich, als ich anmerke, dass ich mit der Reporterin im Bett war.

»Was für eine Schlampe! Aber, dass man für eine gute Story die Beine breit macht, ist ja nichts Neues.«

»Von mir hat sie nichts bekommen!«

»Außer deinem Schwanz, meinst du, nicht wahr?«

Ich übergehe seine Bemerkung. »Ich weiß nicht, woher sie die Informationen hat, aber sie stimmen.«

»Okay.« Wilder klingt verärgert.

»Echt, Mann, ich habe nichts gesagt. Kein einziges Wort.«

»Schon gut. Ich denke bloß nach. Neugierige Schnüffler können wir hier nicht gebrauchen. Dixon flippt aus, wenn die Presse hier aufläuft. Du weißt ja, was er von Reportern hält und die, die du dir da geangelt hast, scheint für eine gute Story alles zu tun.«

»Ja, sieht so aus«, gebe ich ihm Recht. »Okay, du bist nun jedenfalls im Bilde. Ich mach mal Schluss. Wir sehen uns ja dann in ein paar Stunden.«

»Bis dann«, meint Wilder bloß, ehe er auflegt.

Kurz darauf erreichen wir den LAX. Um mich herum herrscht emsiges Summen, als ich das Flughafengebäude betrete. Unzählige Stimmen in verschiedenen Sprachen verschwimmen zu einem einzigen lauten Rauschen. Ich hasse Menschenansammlungen. Ich hasse alles daran. Den Lärm, die Gerüche, die Tatsache, dass ich nicht die Kontrolle habe … Im Laufe der Jahre habe ich jedoch gelernt, wie ich damit umgehen kann. Die Unsicherheit weicht, sie ordnet sich meiner Vorstellung unter und einen Moment später sind mir all die anderen Reisenden egal.

Trotzdem bin ich froh, als ich die *Delta Sky Club Lounge* betrete und meinen Teamkameraden Cullen entdecke. Er ist so etwas wie mein bester Freund – falls es das unter Konkurrenten überhaupt geben kann. Ich gehe in seine Richtung. Er tippt gerade wie wild auf seinem Handy rum und bemerkt mich nicht, weshalb ich zur Begrüßung sacht gegen die Sohlen seiner schweren Boots trete. Er zuckt zusammen, zieht die ausgestreckten Beine an, gleichzeitig ruckt sein Kopf hoch. Für den Bruchteil einer Sekunde lang ist sein Körper komplett angespannt, als Cullen jedoch checkt, dass von mir keine Gefahr ausgeht, grinst er und relaxt merklich.

»So schreckhaft heute?«, ziehe ich ihn auf.

»Setz dich, du Arsch, und steh hier nicht so dämlich in der Gegend rum.«

Er deutet auf den freien Loungesessel neben sich und ich lasse mich darauf fallen. »Wie ist das Essen heute?«

Cullen speist mich mit einem Schulterzucken ab. »Hab keinen Hunger.«

Das kann ich kaum glauben, denn er ist total verfressen. Skeptisch sehe ich zu ihm rüber und mir fällt auf, dass er ununterbrochen mit dem rechten Bein wippt.

»Alles okay?«

»Yep.«

»Und warum zappelst du dann so rum?«

»Ich freue mich bloß auf Hawaii. Das ist alles.«

Lächelnd nicke ich, denn hey, mir soll es recht sein, wenn er nicht darüber sprechen mag. Das geht für mich klar. Jeder hat schließlich Geheimnisse. Einen dummen Spruch kann ich mir dennoch nicht verkneifen.

»Ist wegen einer Frau, oder? Du musst keine Angst haben, ich spanne sie dir schon nicht aus.«

Er zeigt mir den Finger und ich lache.

»Wirst du vom Flughafen abgeholt?«, wechselt er das Thema.

»Ja, Willow sammelt mich ein. Willst du mitfahren? Warte, ich schreib ihr kurz und frage sie.«

Cullen winkt ab. »Musst du nicht, wenn es vor Ort nicht passt, dann nehme ich mir einfach wie geplant einen Wagen. Ist vielleicht ohnehin nicht schlecht, wenn ich etwas mobiler bin.«

Zwar stellt uns *Mad Crush*, wenn wir auf Oahu sind, einige Fahrzeuge zur Verfügung, doch da das ganze Team sie nutzen darf, muss man sich immer gut absprechen. Dass Cullen ungebundener sein will, kann ich verstehen.

»Hey!« Unvermittelt stößt Cullen mich mit dem Ellbogen an. »Siehst du, was ich sehe?« Er nickt in Richtung einer Sitzgruppe, die sich an der Fensterfront befindet.

»Ach, schau einer an«, sage ich erstaunt, als ich Logan und Drew, zwei unserer Teamkameraden, sehe. Sie liegt an ihn gekuschelt in seinen Armen und hat ein Bein über seine gelegt.

»Ich habe dir gesagt, dass da was läuft, aber du glaubst mir ja nicht.«

»Das da hat noch gar nichts zu bedeuten.« Ich zucke mit den Schultern. »Du hast auch gesagt, dass da was zwischen Willow und mir wäre und …«

»Und, hast du mit ihr gevögelt oder nicht?«

Ich verdrehe die Augen. »Das war bloß ein einziges Mal.«

»Ja, und danach warst du im Willow-Fieber.«

»Blödsinn!«, widerspreche ich energisch – möglicherweise etwas zu energisch, denn irgendwie ist an Cullens Aussage was dran. Diese Nacht hat mein Leben verändert.

»Und was sagst du nun?«, will Cullen wissen, als Drew ausgelassen über etwas lacht, das Logan sagt.

»Rein freundschaftlich.«

Er streicht ihr eine Haarsträhne aus dem Gesicht.

Bestimmt freundschaftlich.

Dann nimmt er es in beide Hände und küsst Drew verlangend.

»Ja, rein freundschaftlich, ist klar!« Cullen feiert sich, als hätte er gerade einen entscheidenden Heat gewonnen. Fehlt nur noch, dass er hier seinen affigen Siegertanz aufführt.

»Oh bitte, dann haben sie halt was miteinander«, tue ich die ganze Sache ab.

»Ja, und wer hat es von Anfang an gesagt? Und wer hatte mal wieder recht?« Er deutet mit beiden Daumen auf sich, ehe er einen schrillen Pfiff ausstößt und grölt: »Nehmt euch ein Zimmer, ihr zwei! Hier sind Kinder anwesend!«

Unzählige Augen heften sich auf uns. Ich wiederum rolle mit meinen, registriere jedoch durchaus, dass Logan und Drew erschrocken auseinanderfahren. Der panische Blickwechsel, der zwischen ihnen folgt, als sie uns entdecken, ist beinahe noch aussagekräftiger als der Kuss.

»Lass uns zu ihnen gehen«, schlage ich Cullen vor, doch noch bevor wir unser Zeug zusammengepackt haben, sind Drew und Logan schon bei uns.

»Hey!«, begrüßt er uns, während sie uns ein verhaltenes Lächeln schenkt. Sie setzen sich. Sowohl Cullen als auch ich wissen, was gerade Sache ist. Die Klausel in unseren *Mad Crush*-Verträgen ist in diesem Punkt unmissverständlich: Keine Beziehungen innerhalb des Teams.

»Und?«, frotzelt Cullen prompt. »Wann gibt es die ersten *Mad Crush*-Babys?«

Drews finster Blick schießt in Cullens Richtung: »Wenn du zu irgendwem ein Wort sagst, Danger, dann schneide ich dir im Schlaf den Schwanz ab und serviere ihn dir am nächsten Morgen zum Frühstück. Was da zwischen uns läuft, geht niemanden etwas an.«

Hilfesuchend äugt sie in meine Richtung. Ihr Blick verfehlt ihre Wirkung nicht. Ich mag die Kleine irgendwie. Sie hat was drauf – und damit meine ich nicht bloß, dass sie mich mit einem einzigen Blickwechsel spielend um den kleinen Finger wickeln kann.

»Schon gut, Babe. Von uns erfährt niemand etwas, nicht wahr, Cullen?«

Keiner von uns lässt sich gerne Vorschriften machen. Ich denke, dass das mit unserem Freiheitsdrang und unserem Streben nach Unabhängigkeit – Eigenschaften, die uns Surfern im Blut liegen – kollidiert. Cullens Miene ist dementsprechend mürrisch, als er ein knappes »Klar!« brummt.

Drew hingegen fällt sichtlich ein Stein vom Herzen und sie vergisst sogar, mich für das *Babe* anzumaulen.

Logan greift nach ihrer Hand und drückt sie.

Ich frage mich, was zwischen ihnen ist. Klar, sie haben etwas miteinander, keine Frage. Aber ob es Liebe ist? Das würde alles verdammt kompliziert machen.

Wenig später, als ich mir etwas zu essen hole, gesellt sich Logan zu mir.

»Danke, Mann, dass du Cullen einen Maulkorb verpasst hast«, sagt er, während wir uns am Buffet bedienen.

»Keine Ursache.«

»Denkst du, er hält wirklich die Klappe?«

Ich zucke mit den Schultern. Wer weiß schon, was Cullen tut und warum.

Logan ist anzusehen, dass ihm der Arsch auf Grundeis geht.

»Und wenn ihr es beendet?«, schlage ich vor.

Er denkt einen Augenblick darüber nach und schüttelt dann den Kopf.

»Liebst du sie?«

»Nein, wir sind bloß Freunde, aber …« Er verstummt seufzend und ich denke schon, dass es das war, als er überraschend hinzufügt: »Ich brauch das. All diese Groupies und so, das gibt mir nichts, aber mit Drew …« Als ich ihn neugierig mustere, presst er die Kiefer aufeinander und murmelt: »Du verstehst das vermutlich nicht.«

Er irrt sich. Ich verstehe es nur allzu gut. Aus dem gleichen Grund habe ich damals überhaupt etwas mit Willow angefangen. Es ist eben doch ein gewaltiger Unterschied, ob man mit *irgendwem* ins Bett geht oder mit jemandem, den man wirklich mag.

Was mich hingegen erstaunt, ist die Tatsache, dass Logan noch so verdammt jung ist und er bereits jetzt diesen Punkt erreicht hat. Seine Karriere kommt gerade erst ins Rollen, und sind wir ehrlich, ich habe in seinem Alter einfach nur aus dem Vollen geschöpft. Ich war sogar der festen Überzeugung, dass all die Groupies das Beste am Erfolg seien, und es hat mich Jahre gekostet zu erkennen, dass ich damit vollkommen falsch liege.

»Mach dir keine Sorgen, Kleiner. Ich sehe zu, dass ich Cullen unter Kontrolle halte.«

Es fällt mir nicht schwer, Logans spöttischen Blick zu ignorieren. Wir wissen schließlich beide, dass Cullen zu zähmen, ein Ding der Unmöglichkeit ist. Er ist wie eine Katze auf LSD – total durchgeknallt. Er macht, was er will und hält sich an keine Regeln. Niemand ist in der Lage, ihm den Mund zu verbieten – nicht einmal ich.

»Kopf hoch, es wird schon keinen Ärger mit *Mad Crush* geben.«

Logan lacht bitter auf. »Du denkst, das sei mein Problem?«

Mit gerunzelter Stirn schaue ich ihn an. Wenn nicht das, was dann?

»Ich will nicht, dass ihr euch über Drew das Maul zerreißt. Sie ist meine beste Freundin, aber wenn rauskommt, dass sie was mit mir hat, dann … Nun ja, du weißt doch selbst, wie die Jungs so sind.«

Später im Flieger denke ich über Logans Einschätzung der Dinge nach und komme zu dem Schluss, dass er übertreibt. Warum sollte ihre Affäre Drew schaden? Glaubt er wirklich, ihr Ruf würde darunter leiden, wenn die Sache zwischen ihnen ans Licht käme? Natürlich wäre es denkbar, dass der ein oder andere einen dummen Spruch loslassen würde … Okay, mit absoluter Sicherheit würden blöde Kommentare kommen, aber Drew ist schließlich keine Strandprinzessin, die hofiert werden will, sondern sie ist eine von uns. Sie weiß, wie wir ticken, und kann damit umgehen. Vielleicht ist Logan, so beschützend wie er sich gerade verhält, doch in sie verknallt.

Auch das würde mich nicht wundern, denn nach dieser Sache mit Willow ging es mir ebenso. Es hat eine Weile gedauert, bis mir klar wurde, dass es nicht in erster Linie um sie, sondern vielmehr um ein bis dato unbekanntes Gefühl ging.

Bei ihr konnte ich ich selbst sein – ohne Wenn und Aber. Ich konnte mich öffnen, habe mich wohl und sicher gefühlt, und selbstverständlich ist sie unbestritten eine wundervolle Frau – sie ist schließlich nicht umsonst meine beste Freundin – aber irgendetwas hat trotzdem gefehlt. Etwas, das sie inzwischen bei Chandler gefunden hat, und ich gönne den beiden ihr Glück von ganzem Herzen.

Ich wünschte bloß, ich würde auch jemanden finden, der mir unter die Haut geht und der sich nicht nur wegen meines Geldes oder meines Erfolgs an mich ranwanzt – oder wie im Fall von Cindy/Sandy/Candy in der Hoffnung, dass dabei eine Story rausspringt.

## PATRICIA | AUF DEM WEG NACH HAWAII | 28.11.2018

Langstreckenflüge sind an sich schon grässlich. So viele Menschen auf engstem Raum gehen einem an die Substanz. Meine Nerven zumindest sind bereits nach der Warterei in der Abflughalle zum Zerreißen strapaziert. Heulende Babys, tobende Kinder, ungewaschene Teenager … das alles wäre zu verkraften, doch kaum gestartet wird klar: Meine Sitznachbarinnen sind völlig verrückt. Eine andere Beschreibung wird ihrem Verhalten nicht gerecht. Die Mädels sind komplett überdreht.

Wir sind noch keine halbe Stunde in der Luft, und schon wird die zweite Runde Dosensekt verteilt. Wenn ich mich nicht irre, dann ist es der Fusel, für den das It-Girl London Hyatt wirbt. Allein bei dem Gedanken an das Zeug schüttelt es mich. Allerdings wären die drei Ladys, die sich mit mir die Sitzreihe teilen, mit etwas Alkohol intus sicherlich wesentlich leichter zu ertragen.

Sie sind lustig und laut – etwas, das mit meinem aktuellen Gemütszustand kollidiert, denn dass ich mich auf dem Weg nach Hawaii befinde, ist schlicht und ergreifend falsch. Ich sollte nicht hier sein. Aber hätte ich die Hochzeit meines einzigen Bruders absagen sollen? Das war ohne triftigen Grund kaum möglich. Zwar habe ich einen überaus triftigen Grund, aber keinen, den meine Familie erfahren darf. Also bin ich gezwungen, diese Reise – trotz aller Ängste – anzutreten.

»Auf deinen Junggesellinnenabschied!«, kreischt es neben mir und die Frau im pinken Shirt und dem Haarreif mit den Micky Mouse-Ohren hält ihre Dose in die Luft.

»Auf uns«, quietscht die zukünftige Braut. Die drei Frauen, die im Alter meiner Mutter sind, stoßen überschwänglich an. »Ach, das wird so toll, Mädels!«

»Es wird der Hammer, Amy!«, sagt die Dame neben mir gackernd. Sie hat lange blonde Haare und war in ihrer Jugend sicherlich einmal eine echte Schönheit. Attraktiv ist sie auch jetzt noch, doch die Zeit hat ihre Spuren in dem schmalen Gesicht hinterlassen.

»Ich wollte schon immer mal nach Hawaii«, seufzt Amy sehnsüchtig.

»Wer nicht?«, fragt meine direkte Sitznachbarin.

Ich, denke ich im Stillen. Ich will nicht nach Hawaii. Jedes Mal, wenn ich mir vorstelle, wie ich aus dem Flieger steige, wird mir flau im Magen. Alles in mir sträubt sich gegen meine Rückkehr. Wochenlang hatte ich Zeit, mich mit dem Gedanken vertraut zu machen, doch meine Ängste sind von Tag zu Tag bloß größer geworden.

Tief durchatmend angle ich nach meiner Tasche, die ich unter dem Sitz meines Vordermanns verstaut habe.

Irgendwo müssen meine Noise-Cancelling-Kopfhörer sein. Dieses fröhliche Geschnatter erträgt ja kein Mensch.

Erleichtert schnaufe ich durch, als ich sie zu fassen bekomme. Mein Blick fällt auf die Zeitschrift, die ich eben noch in der Flughafen-Buchhandlung mitgenommen habe. Warum habe ich das Drecksding bloß gekauft?

Hastig schließe ich die Tasche und verstaue sie wieder. Aus den Augen, aus dem Sinn … Vielleicht gilt Gleiches auch für die Ohren und es gelingt mir, mit ein wenig akustischer Unterstützung, die Junggesellinnen auszublenden. Das alberne Gelächter verstummt auf Knopfdruck und Fletcher Donavons melodische Stimme ersetzt die schrillen Laute. Ich brauche ein halbes Dutzend Atemzüge, dann bin ich ganz bei ihm.

Fletcher stammt von Oahu und ich war bereits ein Fan, lange bevor er international erfolgreich wurde. Es gibt keinen Singer-Songwriter, der mich mehr berührt. Seit mehr als einem Jahrzehnt begleitet mich seine Musik. Das neue Album hat er zusammen mit Reagan Sweets aufgenommen und ich bin begeistert. Ich liebe die Duette der beiden, wenn ich sie höre, dann vergesse ich, dass ich der Liebe abgeschworen habe.

Allerdings ist Musikhören nichts, womit man einen fast elfstündigen Flug überbrücken kann und nach einer Weile merke ich, dass meine Gedanken immer wieder zu dem Magazin in meiner Tasche huschen – oder besser zu den Männern, die auf dem Cover abgebildet sind, und dem, der Mitherausgeber ist. Dean.

Irgendwann gewinnt die Neugier – der Grund, aus dem ich die *Wavehunters*-Ausgabe gekauft habe, schätze ich. Es könnte natürlich auch eine masochistische Anwandlung gewesen sein, oder ein Rückfall in selbstverletzendes Verhalten, wer weiß. Der Drang, das Magazin genauer anzusehen, nimmt mit jeder Minute zu. Irgendwann gebe ich nach – ich bin schließlich auch nur ein Mensch.

Um es so schnell wie möglich hinter mich zu bringen, grabsche ich hastig nach der Tasche, zerre sie auf meinen Schoß und hole die Zeitschrift hervor.

Siehst du, tut gar nicht weh, sage ich mir, als mein Blick über die Körper der Männer wandert, die für das Titelblatt posiert haben. Ich kenne sie alle. Vier von ihnen habe ich interviewt. Der Attraktivste von ihnen ist der, mit dem ich noch eine Rechnung offen habe. Strider Sinclair. Mit Schrecken denke ich an den Abend auf dem *Wavehunters*-Event vor fünf Jahren zurück. Er war so ein Ekel. Sein erster Weltmeistertitel war ihm definitiv zu Kopf gestiegen. Vielleicht war es aber auch der *Whiskey on the rocks*, wer weiß? Ob er immer noch so ungehobelt und arrogant ist? Hält er sich nach wie vor für ein Geschenk an die Frauenwelt?

Ein Stoß mit dem Ellbogen in meine Rippen lässt mich zusammenzucken. Ich wende mich meiner Sitznachbarin zu, deren Mund sich unablässig bewegt. Verdammt! Widerwillig nehme ich meine Kopfhörer ab.

»Ja?«, frage ich und gebe mir Mühe, nicht allzu genervt zu klingen.

»Meine Fresse, da ist ja einer heißer als der andere«, platzt es aus ihr heraus. Sie grinst mich an. »Hi, ich bin Jenny.«

»Hi«, erwidere ich. »Ich bin Patricia.« Ihre Bemerkung zu den Surfern lasse ich unkommentiert. In der Tat sehen sie alle verdammt gut aus. Wer bei einem großen Boardsport-Label wie *Mad Crush* unter Vertrag genommen wird, der muss sich einerseits über seine sportliche Leistung auszeichnen und andererseits über eine gehörige Portion Attraktivität verfügen.

Jenny ist jedenfalls völlig gefesselt von dem Cover, das die Weltklasse-Surfer in trauter Einigkeit zeigt – so viel sei verraten: Der Schein trügt. Nur weil sie Teamkameraden sind, heißt das nicht, dass sie beste Freunde sind. Bradley Hoover und Strider Sinclair können sich beispielsweise überhaupt nicht ausstehen – vielleicht weil sie sich zu ähnlich sehen, oder vielleicht auch bloß, weil Strider so ein blödes, arrogantes Arschloch ist. Wobei Brad echt alt geworden ist, wie ich ungnädig feststelle, als ich die beiden miteinander vergleiche. Auch vor dem schönen Brad, der zu seinen Glanzzeiten wie ein Rockstar gehypt wurde, macht das Alter nicht halt. Fünfunddreißig müsste er jetzt sein, wenn ich mich nicht irre.

»Hast du einen Favoriten?«, fragt Jenny mich interessiert. »Ich finde den da megahot.« Ihre Wahl fällt auf Brad. Er sieht aus, als wäre er gerade aus dem Bett gefallen – natürlich nicht ohne vorher wilden Sex gehabt zu haben. Sein dichtes blondes Haar ist verstrubbelt und eine Strähne fällt ihm in die Stirn seines kantigen Gesichts, das aussieht wie aus Stein gemeißelt. Die meisten Frauen haben eine Schwäche für sein Kinngrübchen und seine cognacfarbenen Augen – ich für meinen Teil finde, das Charmanteste an Brad ist die verblasste Narbe unter diesem markanten Kinn. Sie macht den Mann, der so unfassbar perfekt aussieht, ein ganzes Stück menschlicher – das Gleiche gilt für die Falten, die er mittlerweile hat.

Tja, Brad, wir werden alle nicht jünger, tröste ich ihn in Gedanken, denn gerade für einen Profisportler ist die

Sache mit dem Alter nicht immer einfach. Jung sterben, wie Deans kleiner Bruder Russel es getan hat, ist allerdings auch keine Option. Sein Tod war ein Schock, nicht nur für die Familie, sondern auch für all die Fans und die Surfwelt an sich. Russel ließ uns alle atemlos zurück.

»Sind die beiden da Brüder?«, will Jenny wissen und deutet auf Strider und Brad.

»Könnte man meinen, aber das ist nicht der Fall«, erwidere ich, verzichte jedoch darauf hinzuweisen, dass die namhaften Boardsport-Label einfach einen gewissen Typ Mann bevorzugen. Weiß, blond, attraktiv, groß … Dabei ist Größe für einen Surfer wegen des Schwerpunkts sogar eher von Nachteil.

Die zukünftige Braut linst ihrer Freundin über die Schulter. »Oh, der Blonde mit den Engelslocken ist niedlich«, säuselt sie.

Rory Johnson. Was ihn betrifft, kennt meine Abneigung keine Grenzen. Ich hasse ihn! Scheinbar sieht man mir das an, denn Amy fragt: »Oder nicht?«

»Er ist ein Mistkerl!«, grummle ich.

Jenny und Amy werfen sich einen sonderbaren Blick zu, weshalb ich hinzufüge: »Ich weiß das aus erster Hand. Ich kenne ihn persönlich.«

»Oh«, machen sie unisono. Die Betroffenheit steht ihnen ins Gesicht geschrieben.

Es ist Amy, die sich fängt und fragt: »Was hat er denn getan?«

Ich winke ab, allerdings kann ich die verräterische Röte, die mir in die Wangen schießt, nicht verbergen, weshalb Jenny schlussfolgert: »Lief da etwa was mit dem?« Ihre Augen sind weit aufgerissen. Sensationslust steht ihr ins

Gesicht geschrieben. Vermutlich denkt sie, dass er – nur weil er auf dem Cover eines Magazins abgebildet ist, etwas Besonderes ist. Gut, das denkt er auch, aber er irrt sich. Er ist bloß ein Idiot in Boardshorts.

*Ja, einer der sich zwei Weltmeistertitel sichern konnte*, unkt eine sarkastische Stimme in mir.

*Auch das macht ihn nicht zu etwas Besonderem*, widerspreche ich ihr.

Zum Glück gibt es niemanden, der diesem gestörten inneren Dialog zuhören könnte – ich würde mich sonst vermutlich in Kürze in einer geschlossenen Einrichtung wiederfinden, wo ich dann im Stuhlkreis sitzend über meinen inneren Zyniker berichten müsste.

»Nun sag schon«, drängt Jenny mich.

»Ja, wir hatten mal was miteinander«, gebe ich zähneknirschend zu. »Es war nicht der Rede wert.« Um das Thema zu wechseln, füge ich hinzu: »Ist dir schon mal aufgefallen, wie oft Frauen sich über Männer unterhalten? Ich meine, es gibt so viele andere, viel interessantere und lohnenswertere Dinge, über die man sprechen könnte. Klimawandel oder Weltpolitik oder …«

»War wohl eine schlimme Trennung.« Ihre Stimme ist voller Mitgefühl.

»Wir waren nie ein Paar«, korrigiere ich sie.

Jenny hebt die Augenbrauen bis an die Flugzeugdecke und beugt sich dann näher zu mir. »War es denn wenigstens gut?«

Himmel, Alkohol enthemmt wirklich – zumindest hoffe ich für sie, dass ihre Aufdringlichkeit nicht Standard ist. Andererseits würde sie vermutlich eine bessere Journalistin abgeben, als ich es bin. Idealerweise hat man weder moralische Bedenken, noch scheut man sich davor, intime Fragen zu stellen.

»Äh, ja schon.« Was den Sex anbelangt, gab es wirklich nichts zu meckern, dafür war sein Verhalten hinterher unter aller Sau. Ich kann nicht anders, ich hasse ihn wirklich, diesen Karrierekiller.

»Der sieht auch aus wie einer, der in der Horizontalen was draufhat.« Mit Kennerblick nickt sie zum Zeitschriftencover.

»Die sehen alle so aus, als würden sie in dem Bereich keine Wünsche offen lassen«, kommt es von Amy. »Darf ich?«, fragt sie, und ehe ich etwas erwidern kann, hat sie sich auch schon das Magazin geschnappt, um es der Dritten im Bunde zu zeigen.

Ich höre Gelächter. Super, dann macht die blöde Rory Johnson-Story auch hier die Runde. Egal. Soll mich doch alle Welt für ein Groupie halten. Dann ist das eben so, denke ich resigniert und schlucke den bitteren Beigeschmack herunter.

»Magst du auch ein Sektchen?«, fragt Jenny und ich sage aus vollem Herzen »Ja!« – ganz egal, wie widerlich ich diesen Dosensekt finde. Geht das nur mir so, oder schmeckt der immer irgendwie metallisch?

»Danke«, murmle ich und greife nach dem Getränk.

Sie zwinkert mir verschwörerisch zu. »Sekt ist gut für die Nerven und die Laune.«

Wollen wir es hoffen. Keine Ahnung, ob es an der Höhe liegt oder daran, dass ich ohnehin keinen Sekt vertrage, doch nach drei Schluck stellt sich in der Tat ein sehr fluffiges Gefühl ein.

Rory Johnson? Wer bitte schön ist Rory Johnson?

*Der Typ, wegen dem du Hals über Kopf fluchtartig deine Heimat verlassen hast.*

Ich versuche, meinen inneren Zyniker mit einem weiteren Schluck Sekt zum Schweigen zu bringen. Mittlerweile schmeckt der auch gar nicht mehr so furchtbar. Ist scheinbar nur der erste Schluck, der einem das Geschmackserlebnis verleidet.

Als das Magazin zu mir zurückkommt, habe ich die Dose bereits geleert. Was vielleicht erklärt, weshalb ich in haltloses Gelächter ausbreche, als ich sehe, was Amy und ihre Freundin mit Rory angestellt haben. Sie haben ihm Teufelshörnchen und ein diabolisches Grinsen verpasst. Fledermausflügel ragen hinter ihm in die Höhe und ein Teufelsschwanz zeigt auf die Stelle, an der sich sein Penis befindet. *I'm a dick*, steht auf seinem Bauch.

Jenny fällt in mein Gelächter ein. »Kristie hat es echt drauf, oder?«

Unfähig etwas zu entgegnen, denn ich kann nicht aufhören zu lachen, nicke ich bloß. Nach einer halben Ewigkeit gelingt es mir dann doch, mich zu beruhigen. Ich wische mir eine Träne aus dem Augenwinkel, beuge mich vor und lasse Kristie wissen: »Du hast meinen Tag gerettet!«

Sie zwinkert mir zu und Amy stellt uns einander vor. Da wir beide ganz außen sitzen, hat es etwas von *Stille Post*, als sie mich nach den anderen Athleten auf dem Cover fragt. Bereitwillig lasse ich Kristies talentierten Fingern wieder das Magazin und die nötigen Informationen zukommen.

Passenderweise erhält Cullen Blake – genannt *Danger* –, der als verrückter Adrenalinjunkie gilt, einen irren Blick und einen Fallschirm.

Bradley Hoover, der für seine endlosen Frauengeschichten berüchtigt ist, bekommt einen ejakulierenden Riesenpenis mit gigantischen Hoden und eine barbiehafte Schönheit mit üppiger Oberweite an seine Seite – was, sollte er noch mit Deans kleiner Schwester Joe zusammen sein, absolut zutreffend ist.

Am gnädigsten verfährt Kristie mit Logan Ryan, der kriegt bloß einen Schnuller und Windeln verpasst – einfach, weil er der Jüngste in der Truppe ist und sie behauptet, bei seinem Anblick würde ihr die Milch einschießen.

»Du musst nicht rot werden, meine Liebe, nur weil wir so dreckig daherreden. Gönn uns alten Weibern ein wenig Spaß. Im Übrigen: Ich würde keinen von ihnen von der Bettkante stoßen, auch den Kleinen nicht, denn ich halte mich da an Madonna, die sagte: Ich bevorzuge junge Männer. Sie wissen zwar nicht, was sie tun - aber sie tun es die ganze Nacht.«

Hyänenhaftes Gelächter erschüttert den hinteren Teil des Flugzeugs und etliche Passagiere drehen sich zu uns um. Ich schenke ihnen ein entschuldigendes Lächeln, während Kristie, Amy und Jenny sich einfach weiter amüsieren.

Richtig lustig wird es, als Kristie sich ordentlich an Strider austobt. Seine blauen Augen weichen Stielaugen mit Herzchen drin, als er sich im Handspiegel betrachtet. Der Schriftzug *California Bad Boy* prangt nun fortan auf seinem *Mad Crush*-Shirt.

Das passt zu diesem aufgeblasenen Trottel, denke ich, bevor ich Kristie bitte, mir ihr Kunstwerk zu signieren.

»Warum weißt du eigentlich so viel über diese Typen?«, will Jenny wissen.

»Ich habe mal für *Wavehunters* gearbeitet«, gebe ich zurück.

»Du kennst die echt alle persönlich?«

Auch mich enthemmt der Alkohol, denn ich erwidere: »Die meisten habe ich interviewt und einige kenne ich näher, als es mir im Nachhinein lieb ist.«

»Hat der echt so einen Riesenschwanz?«, fragt sie und deutet auf Brad.

Ich zucke mit den Schultern. »Keine Ahnung, aber scheinbar ist er nicht dazu in der Lage, ihn in der Hose zu lassen – zumindest, wenn man den Gerüchten glaubt.« Was ich nicht zwingend tue, aber jeder weiß, dass Brads Ex-Frau ihn wegen einer Affäre verlassen hat.

Sie grinst. »Dann ist er genau wie mein Ex-Mann – nur, dass er besser aussieht.«

»Und vermutlich mehr Kohle hat«, gebe ich zu bedenken.

»Echt? Man kann mit Surfen Geld verdienen?«, mischt sich Amy zweifelnd ein.

»Wenn man ein Mann ist, schon.« Aber weil es ja so pauschal nicht stimmt, füge ich hinzu: »Und natürlich, wenn man Talent hat und gut aussieht.« Wobei es natürlich auch einige Frauen gibt, die ganz gut verdienen.

»Und die Jungs da sind gut?«, hakt Amy skeptisch nach.

»Rory Johnson und Strider Sinclair sind jeweils zweifache Weltmeister und Brad konnte sich diesen Titel ebenfalls schon sichern. Er ist zwar nicht der erfolgreichste, aber definitiv der Berühmteste von ihnen. Er hat Generationen von Surfern durch seinen Stil geprägt. Er ist einfach umwerfend!« Als ich die amüsierten Blicke bemerke, konkretisiere ich meinen letzten Satz: »Sein Stil! Nicht er!«

»Oh, ich finde schon, dass er umwerfend ist«, witzelt Jenny. Gekicher ist die Folge.

Ich ignoriere die Albernheiten und fahre mit meinem Exkurs über die Surfwelt fort. »Das meiste Geld verdienen sie allerdings nicht über die Preisgelder, sondern über die Einnahmen, die sie durch Sponsorenverträge erhalten«, informiere ich die Damen. »*Mad Crush*, eines der angesagtesten Boardsport-Label, ist ihr Hauptsponsor.«

Fragend sehen sie mich an.

»Ihr könnt euch das wie *Nike* oder *Adidas* vorstellen, nur eben für Brett-Sportarten, also Snowboarden, Skaten und Surfen. Die Jungs sind allesamt Millionäre oder auf dem besten Weg dorthin.«

Jenny beginnt durch das Magazin zu blättern. »Ich dachte immer, beim Surfen hat man ein Segel.«

»Beim Windsurfen, aber nicht beim Wellenreiten und diese Jungs sind alle Wellenreiter.«

»Und du? Surfst du auch?«

Ich schüttle den Kopf. »Nicht mehr. Das ist … vorbei. Ich habe damit abgeschlossen.« Ganz rigoros habe ich alles, was mich an diese Ära in meinem Leben erinnert, verbannt. Längst vergessen geglaubte Erinnerungen drängen an die Oberfläche und ich schlucke hart gegen den Kloß in meinem Hals an, der mir einen Augenblick lang droht, den Atem zu rauben.

Ein Zischen neben mir lässt mich zusammenzucken. Jenny reicht mir eine weitere Sektdose und ich nehme sie dankbar an.

»Weißt du, woran ich immer denke, wenn mich die Vergangenheit einholt?«

Ich schüttle den Kopf.

»An *I will survive* von Gloria Gaynor. Kennst du den Song?«

»Natürlich!« Ich bin fast schon empört. Das Lied ist schließlich Kult. Es nicht zu kennen, ist eine Bildungslücke.

»Na ja, ich frage ja bloß, weil du so unverschämt jung bist.«

»Ja, die Tragik meines Lebens.«

Jenny stößt mir erneut den Ellbogen in die Rippen. Mühsam unterdrücke ich ein »Autsch!«. Was für eine grässliche Unart! »Alt werden wir von ganz alleine, junges Fräulein«, erinnert sie mich.

»Stimmt auch wieder«, zeige ich mich einsichtig. Leider hilft es mir in meiner momentanen Situation ganz und gar nicht.

Jenny neben mir lacht bitter auf. »Wie alt bist du, meine Liebe?«

»Vierundzwanzig.«

»Ich würde alles dafür tun, noch einmal vierundzwanzig zu sein und so auszusehen wie du.« Sie seufzt und schwelgt einen Moment in der Vorstellung. »Das wäre was!«

»Davon kann man sich nichts kaufen, und bei meinem Job hilft es auch nicht wirklich, jung und weiblich zu sein.«

Der Job … Ein Teil von mir ist froh, New York und das Desaster hinter sich zu lassen. Heather stand gestern noch unerwartet vor meiner Tür, um zu Kreuze zu kriechen. Es fiel mir schwer, so zu tun, als wäre alles in Ordnung, denn das ist es nicht. Ich werde meinen Job verlieren.

Scheiße!

Der Gedanke jagt mir eine solche Angst ein, dass ich die aufsteigenden Tränen wegblinzeln muss. Ich schaffe es nicht, irgendwo noch mal von vorne anzufangen. Der Neustart in New York war so kräftezehrend und …

»Hey, Liebes, alles gut? Willst du darüber reden?«

Ich atme tief durch, schlucke meine Gefühle hinunter und würge mühsam ein »Da gibt es nichts zu reden.« hervor.

»Na ja, besonders scharf scheinst du ja auf diesen Hawaii-Trip nicht zu sein, oder täusche ich mich?«

Ich schüttle den Kopf. Nein, sie irrt sich nicht. Trotz all des beruflichen Chaos will ich nicht nach Hawaii zurückkehren.

»Was machst du dort überhaupt?«

Seufzend antworte ich: »Mein Bruder heiratet in Kürze.« Auf ihren fragenden Blick hin, erkläre ich: »Ich stamme ursprünglich von Hawaii. Oahu, um genau zu sein.«

»Und wie lange bleibst du?«

Deutlich länger als ich gerne würde, doch Mom hat mich dazu überredet bereits zwei Wochen vor der Hochzeit anzureisen, damit ich Susan – meine zukünftige Schwägerin – kennenlernen kann.

»Bis nach Weihnachten.«

»Und was hat dich nach New York verschlagen?«

Feigheit, denke ich, sage jedoch: »Berufliche Gründe.«

»Vermisst du es?

»Was genau?«

Jenny lächelt mich milde an. »Dein altes Leben. Hawaii, deinen Job bei diesem Surfmagazin, deine Familie … einfach alles.«

Ich unterdrücke das verräterische Zittern meiner Unterlippe. Ja, ich vermisse es tierisch. Alles davon. Wie idiotisch. Es gibt kein Zurück. Rory Johnson hat mir all das kaputt gemacht. Er hat mein Leben zerstört und ich muss nun das Beste aus dem, was davon übrig ist, machen. So habe ich das nicht geplant! Wut und Verzweiflung flackern auf, doch die Traurigkeit siegt – wie immer. Mein Herz wird bleischwer und das Gewicht macht es mir unmöglich zu atmen.

Nachdem ich mich so weit unter Kontrolle habe, gebe ich Jenny die Antwort, die ich ihr schulde. »Klar habe ich hin und wieder ein wenig Heimweh.« Ich zwinge mich zu einem Lächeln. »Leider läuft es im Job momentan auch nicht wirklich rund«, gestehe ich ihr und erzähle ihr die ganze leidige Geschichte.

Eine Weile hocken wir anschließend schweigend nebeneinander. Ich blicke aus dem Fenster und nippe an der Dose, als Jenny mich unvermittelt anstupst. »Was du brauchst, meine Liebe, ist ein Knaller!«

Einen Moment lang stehe ich auf dem Schlauch und glaube, sie spricht von Sex, doch als sie ergänzt »Eine Story mit der du alle umhaust.«, gelingt es meinem alkoholgetränkten Hirn ihrem Gedankengang zu folgen.

Ich blicke auf, will erwidern, dass das nicht so einfach ist, doch dann erinnere ich mich daran, dass ich genauso mein Praktikum bei *Wavehunters* bekommen habe. *Der große Traum* lautete die Headline meines Artikels und ich hatte verschiedene Surfer interviewt, die alle davon träumten, von einem bekannten Boardsport-Label unter Vertrag genommen zu werden. Sie alle wünschten sich nichts sehnlicher als Profi-Surfer zu sein. Logan Ryan, die Schnullerbacke, war eine der Personen, die sich bereit erklärte, mir meine Fragen zu beantworten. Keine Sekunde habe ich daran gezweifelt, dass er es schaffen würde – nicht, nachdem ich ihn habe surfen sehen. Er war ehrgeizig und willensstark. Er hatte ein Ziel und er war bereit, alles zu geben.

Eine Welle der Euphorie erfasst mich. Jenny hat recht. Alles, was ich brauche, ist ein Knaller beziehungsweise ein Knüller, um den Battle-of-the-Dicks-Patzer wieder wettzumachen. Nur so kann ich den Respekt des *Höllenhunds* zurückgewinnen und verhindern, dass er mich feuert.

Die nächsten paar Minuten versuche ich krampfhaft, nüchtern zu werden. Mein Hirn fühlt sich träge und matschig an – völlig unbrauchbar. So wird mir nie der zündende Einfall zu meiner Hammerstory kommen.

»Erde an Patricia«, reißt Jenny mich aus meinen Bemühungen. »Alles okay?«

»Ich versuche bloß zu planen, denn deine Idee ist wirklich, wirklich gut. Du hast recht!« Ich will erklären, in welche Richtung ich denke, doch ich schaffe es nicht. »Dieser Sekt ist das reinste Teufelszeug. Mein Hirn fühlt sich so flauschig wie ein Entenküken an und meine Gedanken wabern ziellos durch die Gegend. Ich bekomme sie nicht zu fassen. Aber ich weiß, ich brauche eine explosive Story.«

»Oder eine exklusive.«

»Mmh, ja, oder eine exklusive«, stimme ich ihr zu.

»Vielleicht setzt du die Dinger auf und ruhst dich etwas aus«, schlägt sie vor und zupft am Kabel der Kopfhörer. Auch die Idee ist nicht übel.

Kurz darauf füllt Reagan Sweets unvergleichliche Stimme meine Ohren, meinen Kopf und mein Herz. Sie singt von Liebe und davon, dass diese viele Facetten haben kann. Fletcher säuselt zurück, dass das okay ist.

Unwillkürlich überlege ich, ob sie für ihre ungewöhnliche Beziehung ein ›Okay‹ braucht. In Interviews weicht sie Fragen zu dieser stets aus. Ich wünschte, ich könnte mit ihr reden und dieses Thema ansprechen. Mich würde brennend interessieren, wie es ist, zwei Männer zur gleichen Zeit zu lieben und mit beiden zusammen zu sein und ich bin mir sicher, dass ich nicht der einzige Mensch bin, der neugierig ist und wissen will, wie so etwas funktionieren kann.

*Das* wäre eine Story, denke ich und seufze innerlich. Dann könnte ich mir auch gleich Tipps geben lassen, wie es ihr gelingt, zwei Kerle bei Laune zu halten. Weder für Dean, noch für Kyle war ich auf Dauer interessant. Kyle hat mich mehrfach betrogen und Dean hat mich für Samantha, seine große Liebe, verlassen …

Himmel, warum muss mein bescheuerter Bruder auch sesshaft werden? In New York war ich glücklich, doch nun holt mich die Vergangenheit ein.

Die Stimme, die mir immer alles madig macht, ätzt, dass ich auch in New York nicht glücklich war. Sie behauptet, dass das ein Zustand ist, den ich nie erreichen könnte – selbst dann nicht, wenn ich einen Knüller landen würde und fortan eine angesehene Journalistin wäre.

Meine Gedanken wandern zu Reagan Sweets zurück. An die ist leider kein Rankommen, aber vielleicht schaffe ich es, Fletcher Donavon zu interviewen. Ich sollte dringend checken, ob er auf Tour ist. Allerdings gibt Fletcher nicht viel her. Der Mann ist ein Heiliger und hat keine Leichen im Keller.

Jeder hat Leichen im Keller, behauptet die investigative Reporterin in mir.

Während Flechter davon singt, wie tief und rein seine Liebe ist und er Reagan ewige Treue schwört, denke ich darüber nach, welche das in seinem Fall sein könnten. Denn es stimmt: Jeder hat Leichen im Keller. Selbst ich.

Als wir landen, hängt mir der verrückte Traum, den ich während des Flugs hatte, noch nach. Ich kann mich nicht wirklich daran erinnern, worum es ging, doch ich fühle mich nachhaltig verstört und das kann nichts Gutes bedeuten.

Jenny behauptet, ich hätte im Schlaf geredet. Nun ja, eigentlich hat sie sich sogar erdreistet zu behaupten, ich hätte Striders Namen gestöhnt und es hätte geklungen, als hätte ich jede Menge Spaß mit ihm gehabt. Klar, als ob ich von Strider Sinclair träumen würde. Ausgerechnet von ihm. Pah! Im Leben nicht!

Während wir darauf warten, das Flugzeug zu verlassen, zieht Jenny mich mit meinem angeblichen Sextraum auf. Ich bin so nervös und angespannt, dass ich sie am liebsten mit meiner Handtasche niederstrecken würde. Der Gedanke es mit einem Widerling wie ihm zu tun ist … nun ja, der ist schlicht und ergreifend widerlich!

»Ich kann das schon verstehen. Optisch ist der Typ ja auch zum Dahinschmelzen«, witzelt Kristie, während wir zur Gepäckausgabe laufen.

»Echt jetzt?«, frage ich sie. »Von Jenny und Amy hätte ich das erwartet, aber nicht von dir.«

»Hey, ich bin auch bloß eine Frau in den Wechseljahren«, verteidigt sie sich. »Aber ich schwöre, die Hitzewallungen, die ich bei seinem Anblick bekomme, die haben damit nichts zu tun.«

Ich verdrehe die Augen und versuche, die drei und ihre dummen Sprüche zu ignorieren. Sie sind bester Stimmung, während mir mit jedem Schritt etwas unbehaglicher zumute wird.

Alles wird gut, spreche ich mir Mut zu und ärgere mich im nächsten Moment darüber, dass ich Deans Leitspruch derart verinnerlicht habe. Nach dem Tod seines kleinen Bruders hat er sich an diese Worte ebenso geklammert wie an mich. Das hätte uns beide beinahe zerstört! Denn – und das ist die traurige Wahrheit – damals war rein gar nichts gut.

Wenn ich mich jedoch daran erinnere, in welchem Zustand er sich befand, dann fällt es mir schwer, wütend auf ihn zu sein. Er war so verloren. Zweifellos hat er mich gebraucht. Ich wünschte bloß, er wäre auch dazu imstande gewesen, mich zu lieben.

Wenn mich jemand nach Dean fragt, dann sage ich nie etwas Schlechtes über ihn. Ich lobe ihn als Chef, erwähne, dass er das reinste Arbeitstier ist, preise sein Verantwortungsgefühl und seine Loyalität gegenüber seiner Familie und *Wavehunters*, und ich gestehe, dass ich ihn als Journalist bewundere, denn er kann großartig schreiben … Niemals jedoch erzähle ich davon, was für ein entsetzlicher Partner er war. Ich weiß nicht, ob es nur an Russels Tod lag, dass er sich mies verhalten hat, oder ob ich mich einfach grundlegend in ihm geirrt habe.

Die sich bahnbrechende Vergangenheit befeuert das mulmige Bauchgefühl. Es gefällt mir nicht, es zuzugeben, aber ich habe Angst. Angst davor, dass all die Wunden wieder aufreißen, und auch, dass irgendwer die Leichen, die sich in meinem Keller befinden, ausbuddeln könnte. Nicht auszudenken, wenn meine Familie Wind von der Rory-Johnson-Sache bekommen würde.

Bei dem Gedanken an sie breitet sich eine unglaubliche Freude in mir aus. Ich habe sie so sehr vermisst. Zwar haben wir regelmäßig geskypt und über Facetime gesprochen, aber das ist nun einmal nicht das Gleiche, wie wenn man sich wirklich sieht. Zwar wollte ich das die vergangenen Monate über nicht wahrhaben, doch so ist es.

Ich versuche, die widerstrebenden Gefühle, die in mir toben, zu ignorieren und hefte meinen Blick auf den Schriftzug *Aloha! Welcome to Hawaii*, der die Reisenden begrüßt.

*Aloha* bedeutet *Hallo*, aber auch *Freundschaft* und natürlich *Liebe* in jeglicher Form.

Liebe. Und wieder denke ich unwillkürlich an Dean. Die Stadt ist groß. Ich werde ihm nicht begegnen.

»Komm schon, Patricia!«, ruft Jenny.

Ich habe gar nicht gemerkt, dass ich hinter der Gruppe zurückgefallen bin. Rasch schließe ich zu meinen ehemaligen Sitznachbarinnen auf, doch das Unbehagen lässt sich nicht abschütteln – schlimmer noch, es lässt sich nicht einmal ignorieren.

Am Gepäckband, mein Koffer kommt als Erstes, verabschiede ich mich von den drei New Yorkerinnen – nicht ohne zuvor Nummern ausgetauscht und ihnen angeboten zu haben, die Reiseführerin für sie zu spielen.

Mit dem Trolley im Schlepptau marschiere ich in Richtung Ausgang und bin gespannt, wer von meiner Familie mich abholen wird. Vermutlich Dad. Sein kleines

Mädchen in Empfang zu nehmen, lässt er sich mit Sicherheit nicht entgehen.

Meine Knie zittern vor Aufregung, als ich die Gepäckausgabe hinter mir lasse. Mein Herz schlägt mir bis zum Hals, und meine Absätze klackern bei jedem Schritt. Begleitet wird das Geräusch vom Surren der Rollen meines Koffers.

Meine größte Angst, so muss ich mir eingestehen, ist es, dass meine Familie hinter den wahren Grund für meinen Umzug und mein Fernbleiben gekommen ist. Die Vorstellung alleine sorgt dafür, dass mir der Schweiß ausbricht.

Die Rory-Johnson-Sache würde Dad umbringen. Er würde bei dem Gedanken daran, was passiert ist, durchdrehen. Wobei, vermutlich würde er ihn umbringen.

Kaum bin ich draußen, ruft irgendwer meinen Namen. Ich schaue mich um und da ist meine Familie. Nicht nur Dad ist da. Alle sind gekommen, um mich zu begrüßen. Freude und Rührung toben in mir und spülen all meine Zweifel und Ängste fort. Gerade noch rechtzeitig stelle ich den Koffer ab, denn schon zieht mein Vater mich in seine Arme, wirbelt mich herum und drückt mich so fest, dass mir beinahe die Luft wegbleibt. Er ist ein Bär von einem Mann.

»Lass mich runter, Dad!«, quietsche ich.

Widerwillig setzt er mich ab und hält mich dann noch einen Augenblick fest an sich gedrückt.

»Mein kleines Mädchen ist zurück«, flüstert er, küsst meinen Scheitel und lässt mich los, damit Mom mich begrüßen kann.

Sie mustert mich einen Moment. Besorgnis steht ihr ins Gesicht geschrieben. Jahrelang war Jacob das

Sorgenkind, dann wurde ich es. Ich ringe mich zu einem Lächeln durch, das ihr versichern soll, dass alles okay ist. Zum Glück bin ich eine gute Schauspielerin.

»Gut siehst du aus, Trish.« Sie schließt mich in die Arme.

Ich sauge ihren vertrauten Geruch ein. Seit ich denken kann, trägt sie jeden Tag das gleiche Parfüm, weil mein Dad es liebt.

»Hattest du einen angenehmen Flug?«, fragt sie, als wir uns voneinander lösen.

»Ja, Mom, alles bestens. Er war sehr amüsant. Ich habe sogar neue Freundinnen gefunden.«

Ihre blauen Augen, die ich von ihr ebenso geerbt habe wie meine schwarzen Locken, funkeln erfreut. Sie tritt beiseite, um Jacob Platz zu machen.

»Die verlorene Tochter kehrt heim und alle sind außer Rand und Band«, kommentiert er das Verhalten meiner Eltern spöttisch. »Und ich bekomme Ärger, wenn ich nicht jeden Sonntag zum Essen komme.«

»Armer schwarzer Kater«, necke ich ihn und fürchte einen Moment lang, dass er wegen des Wirbels um meine Person ernsthaft sauer sein könnte, doch dann zieht er mich in eine nicht minder stürmische Umarmung, die im krassen Kontrast zu seinen Worten steht.

Während ich nach meiner Mutter komme, schlägt bei seinem Aussehen unser Vater durch. Auch Jacob ist riesig, und er knuddelt mich so herzlich, dass es beinahe wehtut.

»Hilfe, du erdrückst mich!«, presse ich hervor und versuche, mich aus seinem Klammergriff zu lösen.

Aus dem Augenwinkel erregt etwas meine Aufmerksamkeit, und ich schaue zu einer Menschentraube, die dort beisammensteht.

Ein Mann starrt in unsere Richtung. Ich erkenne ihn trotz der Baseballkappe, die er trägt. Ja, selbst, wenn ich mir heute nicht die *Wavehunters* Ausgabe mit seinem Konterfei auf dem Cover gekauft hätte, würde ich Strider Sinclair überall erkennen.

Mit seiner bloßen Anwesenheit kann ein Mann wie er einen kompletten Ballsaal dominieren – und das ebenso mühelos, wie er während eines Wettkampfs die Gegner in seinem Heat beherrscht.

Und noch während ich versuche herauszufinden, was genau diese Ausstrahlung ausmacht, denn sein unverschämt gutes Aussehen allein ist es nicht, flackern in meinem Hirn schlagartig Bilder auf. Strider über und tief in mir. Seine Hände und Lippen auf meiner Haut, sein athletischer Körper unter meinen Fingerkuppen, sein Atem, der sich mit meinem paart. Die Vorstellung zwingt meinen Körper zu reagieren. Ich keuche leise auf, als mein Unterleib sich sehnsüchtig zusammenzieht.

Du meine Güte, Jenny hat recht: Ich hatte wirklich einen Sextraum von Strider Sinclair. Röte schießt mir in die Wangen. Ich wirble herum, falle fast über meinen Koffer. Dads Hand schnellt vor, packt mich am Arm und verhindert meinen Sturz.

Ich blicke panisch über die Schulter zurück. Cullen und Strider lachen beide … Sie lachen über mich – genau wie früher. Himmel, wie ich diese Arschlöcher hasse. Stehen da und machen sich über mich lustig. Striders Blick heftet sich auf mein Gesicht.

Ja, lach bloß, du Scheißkerl, denke ich und versuche, all die hämischen Kommentare, die ich mir nach der Rory-

Johnson-Sache anhören musste und die nun in meinem Kopf widerhallen, zu ignorieren.

Kopflos greife ich nach meinem Trolley und fliehe im Stechschritt vor den beiden Surfern und den üblen Erinnerungen.

Mein Dad ruft mich, fragt, was los ist, doch ich haste weiter. In meinem Kopf herrscht das reinste Chaos. Inständig hoffe ich, dass meine Familie nichts von dem Vorfall mitbekommen hat. Ich weiß beim besten Willen nicht, wie ich Dad das alles erklären sollte.

Erst als ich aus dem Gebäude hinaustrete, gelingt es mir, mich zu beruhigen.

»Hey, Trish, was ist los?« Mein Vater fasst mich am Ellbogen und zieht mich zu sich herum. Ein Blick in mein Gesicht genügt, und er schließt mich in die Arme. Ich inhaliere die Geborgenheit und seine Stärke.

»Was ist mit ihr?« Die Stimme meiner Mutter klingt besorgt.

Ich löse mich von Dad und wende mich ihr zu. »Nichts ist mit mir, Mom, alles ist gut!«

»Aber du … weinst du?«

»Nein! Ich weine nicht!«, erwidere ich, als wäre das völlig abwegig, dabei bin ich definitiv kurz davor, vor lauter Wut in Tränen auszubrechen.

»Ich bin bloß etwas gerührt. Ich habe mich einfach so schrecklich gefreut euch zu sehen«, lüge ich schamlos.

Dad drückt mich an sich und lächelt auf mich herab »Wir freuen uns auch, dich zu sehen.«

Dankbarkeit erfüllt jede Zelle meines Körpers und sie nimmt ungeahnte Ausmaße an, als er auf Moms eindringliche Frage, ob wirklich alles in Ordnung sei, sagt: »Lass sie doch erst einmal ankommen, Nora. Sie war lange weg.«

Die ängstliche Miene meiner Mutter schmerzt mich, weshalb ich nach ihrer Hand greife. »Es ist wirklich alles gut.«

Ich werfe einen nervösen Blick in Richtung des Ausgangs. Doch es sind nicht die Surfer, die dort heraustreten, sondern Jacob und Susan. Susan … ich habe sie gar nicht begrüßt, sondern bin stattdessen weggerannt. Was muss sie bloß von mir denken? Sicherlich hält sie mich für eine völlig überspannte Zicke.

Als Jacob und seine Verlobte uns erreichen, schenke ich Susan ein entschuldigendes Lächeln.

»Es tut mir so leid«, sage ich. Und es stimmt. Ich bedauere wirklich, dass ich mich von diesen Idioten einfach habe in die Flucht schlagen lassen.

Da stehe ich zum ersten Mal meiner zukünftigen Schwägerin gegenüber und schaffe es nicht einmal, eine ordentliche Begrüßung hinzubekommen. Wie peinlich ist das denn?

Was hättest du denn sonst machen sollen?, verteidigt die Stimme der Vernunft mein Handeln.

Ich weiß es nicht, aber dass es diesen Typen nach all der Zeit gelungen ist, mich durch ihre bloße Anwesenheit derart aus der Bahn zu werfen, ärgert mich – und auch, dass ich Susan vermutlich gekränkt habe. Ich an ihrer Stelle wäre jedenfalls verunsichert.

»Euch alle wiederzusehen, war einfach so …« Ich beende meinen Satz nicht, sondern zucke lediglich mit den Schultern.

Susan entzieht meinem Bruder ihre Hand, macht einen Schritt auf mich zu und schließt mich in die Arme. Ich bin froh, dass sie mir meinen Auftritt so rasch verzeiht und drücke sie herzlich.

»Schon okay, Trish, es ist wirklich toll, dass du da bist. Und das eben ist gar nicht schlimm.«

»Wirklich?«, hake ich nach.

»Ja, mach dir keine Sorgen.«

Jacob neben uns gibt ein amüsiertes Schnauben von sich und Susan wirft ihm einen säuerlichen Blick zu, der ihn wohl zum Schweigen bringen soll, doch stattdessen fragt er: »Was denn? Es ist bloß lustig, weil du eben noch felsenfest davon überzeugt warst, dass Trish dich hasst.«

»Ich …«, beginnt Susan, doch ich falle ihr ins Wort.

»Ich könnte dich niemals hassen. Wie denn auch? Du hast dich bereit erklärt, Jacob zu heiraten und dafür sollte man dir einen Orden verleihen. Ich meine, es gibt schließlich Gründe, weshalb er mit zweiunddreißig noch nicht unter der Haube ist.«

Alle lachen über meinen Scherz, und mein peinlicher Auftritt scheint fürs Erste vergessen.

Jacob legt mir den Arm um die Schulter und Seite an Seite laufen wir zum Wagen. Auf dem Weg beschwört er Susan, mir kein Wort von dem, was ich über ihn und seine Vergangenheit erzählen werde, zu glauben.

»Du willst wohl nicht, dass sie kalte Füße bekommt?«

Sein Blick sagt mehr als tausend Worte. Liebe und Unsicherheit paaren sich darin, weshalb ich meine unbedachten Worte inständig bereue.

»Ich würde dich nie verlassen«, versichert Susan ihm. »Ganz egal, was mir über deine wilde Vergangenheit noch so zu Ohren kommt.«

Er lächelt sie erleichtert an, beugt sich zu ihr und küsst sie. Er wirkt so verliebt, dass ich mir ein Schmunzeln nicht verkneifen kann.

## STRIDER | OAHAU | HAWAII | 28.11.2018

Mein Herz schlägt schneller, als ich hawaiianischen Boden betrete. Ich liebe Oahu. Seit einer Weile schon überlege ich, hierher zu ziehen. Chandler hat Willow ein Haus an der North Shore in unmittelbarer Strandlage gekauft – hätte ich vorher Zweifel an seinen Absichten gehabt, hätte er sie dadurch zerstreut. Wobei einem Kerl wie ihm die paar Millionen mehr oder weniger nicht wehtun. Ich für meinen Teil werde die Immobilie in L.A. aufgeben müssen, um mir diesen Traum zu erfüllen. Beides geht nicht.

Aber wenn ich ehrlich mit mir bin, dann ist es nicht das Geld, was mich davon abhält, nach Hawaii zu ziehen, sondern es ist meine Mutter.

Die meiste Zeit des Jahres bin ich unterwegs und jette – wie nannte sie es noch? – in der Weltgeschichte herum, aber das ist mein Job. Die Championship-Tour beginnt jedes Jahr im März in Australien und zieht sich über die schönsten Spots von Südamerika, Afrika, den Staaten und Europa, ehe sie im Dezember an Oahus North Shore endet.

Und obwohl ich dieser Gegend seit meinem ersten Jahr auf Tour verfallen bin, kann ich mein Leben in L.A. nicht einfach hinter mir lassen. Ich kann *sie* nicht hinter mir lassen, obwohl ich weiß, dass ich genau das tun sollte. Ich sollte anfangen, mein eigenes Leben zu leben. Mom hat sich nie für mich interessiert, also warum sollte ich mich um sie kümmern? Warum mache ich mir immer noch Gedanken darum, ob sie zurechtkommt, oder ob sie wieder einmal droht, an ihrer Kotze zu ersticken? Und so satt ich das auch habe, so überdrüssig ich ihrer auch bin, so kann ich dennoch nicht aus meiner Haut. Sie im Stich zu lassen, erscheint mir noch immer unmöglich.

Logan lädt – ganz gentlemanlike – Drews Gepäck auf den Wagen. Ich beobachte die beiden verstohlen. Sie gehen nett miteinander um, aber schmachtende Blicke sucht man vergebens. Vielleicht stimmt es ja doch, was er gesagt hat, und sie sind bloß Freunde mit gewissen Vorzügen.

»Na, wenn das mal gutgeht«, raunt Cullen mir zu. »Nicht, dass das Ganze dann so endet wie bei dir und Willow.«

Als Antwort auf meinen Ach-halt-doch-die-Fresse-Blick, wackelt er mit den Augenbrauen und grinst belustigt.

Egal, was er sagt: Ich hatte keinen Liebeskummer. Es war bloß schrecklich für mich zu sehen, dass es plötzlich einen anderen Mann in ihrem Leben gab, als sie Chandler kennenlernte. Er ist eben nicht so ein Trottel wie ihr

Ex, mit dem sie ohnehin nie ihr Leben lang zusammengeblieben wäre.

Ich glaube, was mich damals am meisten gestört hat, war die Tatsache, dass ich von heute auf morgen nicht mehr die erste Geige in ihrem Leben gespielt habe.

Als sie mich jedoch wenig später zur Begrüßung umarmt, ist davon nichts zu spüren, und da ich mich nicht minder freue, sie zu sehen, lasse ich meine Reisetasche fallen, hebe Willow hoch und wirble sie herum.

»Lass mich runter, du verrückter Kerl!«, wehrt sie sich gegen meine stürmische Begrüßung.

»Nur wenn du lieb bitte, bitte sagst«, erwidere ich und drehe uns weiterhin im Kreis.

»Bitte, bitte hör auf!«

»Noch eine Runde.«

Lachend genieße ich die Nähe und das Gefühl, willkommen zu sein. *Ohana* sagt man auf Hawaii zu Menschen, die man als Familie betrachtet. Dafür muss man nicht blutsverwandt sein, und Willow ist meine Ohana – die Einzige, die ich habe. Der Gedanke erfüllt meinen Brustkorb mit einer gewaltigen Schwere. In mir herrscht mit einem Mal ein Druck, wie ich ihn nicht einmal spüre, wenn ich von einer brechenden Monsterwelle in die Tiefe gerissen werde und meine Lunge auf die Hälfte ihrer Größe zusammenschrumpft.

Um ihn loszuwerden, gönne ich mir noch eine Runde, woraufhin Willow energisch »Schluss jetzt!« ruft. Widerwillig setze ich sie ab und mustere sie prüfend. Sie sieht verdammt gut aus – glücklich, gesund, zufrieden.

Erst Cullens Räuspern von der Seite bringt mich dazu, meinen Blick von ihr abzuwenden.

»Sag mal, ist es okay, wenn wir die drei noch mitnehmen?« Ich deute auf meine Kollegen. »Hättest du genug Platz für alle?«

Willow wirft einen abschätzenden Blick auf unsere Boardbags und das restliche Gepäck.

»Das sollte hinhauen«, befindet sie, ehe sie sich Cullen zuwendet und ihn zur Begrüßung ebenfalls umarmt. Nicht, dass der Mistkerl es verdient hätte.

Ich lasse meinen Blick durch die Empfangshalle schweifen. Etwas tief in mir zwickt unangenehm, als ich all die Familien sehe, die an diesem Ort wiedervereint werden.

Mein Blick bleibt an einer Ansammlung von Leuten hängen. Er ruht auf der jungen Frau, die von mehreren Personen um sie herum freudig begrüßt wird. Ich kann meine Augen nicht von ihr wenden, denn sie ist unglaublich hübsch und wird noch eine Million Mal schöner, als sie aus vollem Hals zu lachen beginnt, während auch sie hochgehoben und herzlich gedrückt wird.

»Lass mich runter, Dad!«, jauchzt sie protestierend.

Es muss schön sein, eine Familie zu haben, die einen liebt und glücklich ist, wenn man nach einer Reise heimkehrt. So herzlich, wie die Begrüßung ausfällt, könnte man meinen, die Frau wäre jahrelang fort gewesen und vielleicht ist das ja auch so.

Meiner Mutter würde es nicht auffallen, wenn sich der Erdboden auftun und ich von heute auf morgen verschwinden würde. Ich habe es ausprobiert. Als Teenager bin ich einmal sechs Wochen lang nicht nach Hause gekommen – mit dem Ergebnis, dass man ihr den Strom abgestellt hatte, doch auch das hat sie nicht gestört.

Bevor die junge Frau auch das letzte Familienmitglied – eine niedliche Rothaarige – begrüßen kann, bemerkt sie meinen neugierigen Blick. Sie sieht in meine Richtung und das Lächeln, das eben noch ihre Lippen umspielt hat, verschwindet schlagartig. Doch das ist noch nicht alles. Die junge Frau mit den langen, dunklen Locken errötet heftig und wendet sich hastig ab. Dabei stolpert sie über ihren Koffer und wäre sicherlich hingefallen, hätte ihr Vater sie nicht geistesgegenwärtig am Arm gepackt und den Sturz dadurch verhindert.

»Na, du hast ja heute mal wieder eine umwerfende Wirkung auf Frauen.« Cullen grinst, woraufhin ich ihm den Finger zeige.

Der Wichser schüttelt sich vor Lachen.

Ich sehe zu der Familie. Die Dunkelhaarige streift die Hand ihres Vaters ab und sieht noch einmal in unsere Richtung. Blanke Wut schlägt mir entgegen, als unsere Blicke sich treffen. Warum sieht sie mich so – ja, beinahe schon hasserfüllt – an? Sie wendet sich ab, schnappt sich ihren Trolley und stolziert hoch erhobenen Hauptes dem Ausgang entgegen.

Nach einem Moment der Verwirrung, den ich definitiv teile, folgen die Angehörigen ihr. Die Rothaarige und der junge Mann fallen etwas zurück und sprechen miteinander. Es sieht nach einem Streit aus – oder zumindest nach einer hitzigen Debatte. Schließlich nimmt der hochgewachsene Kerl das Gesicht der Rothaarigen in seine Hände und spricht eindringlich auf sie ein. Sie nickt, woraufhin er sie an der Hand fasst und sie den anderen hinterhergehen.

»Eine Verflossene von dir?«, will Willow, die das Spektakel allem Anschein nach ebenfalls mitbekommen hat, wissen.

»Was? Nein!«

»Na, das würde aber alles erklären!«, höhnt Cullen. »Vor deinem kleinen Schwanz würde ich auch die Flucht ergreifen.«

Drew und Logan kichern, aber als ich in ihre Richtung sehe, verstummt das Glucksen, und sie werfen mir einen entschuldigenden Blick zu.

»Vielleicht hat deine hässliche Visage sie ja in die Flucht getrieben, Danger«, gehe ich zum Gegenangriff über. Er hasst den Spitznamen, den die Medien ihm verpasst haben.

»Ach, mir gefällt die Striders-kleiner-Pimmel-hat-es-nicht-gebracht-Theorie viel besser«, meint er breit grinsend. Ja, der Mann liebt es wirklich gefährlich.

»Ich hatte nichts mit ihr.« Genervt deute ich zum Ausgang hin, doch sie ist bereits verschwunden.

»Vielleicht kannst du dich bloß nicht mehr erinnern«, fällt Willow mir in den Rücken. »Bei deinem immensen Frauenverschleiß wäre das kein Wunder.«

Ich gebe ein freudloses Schnauben von mir. »Witzig!«

»Komm schon, du kannst mir nicht erzählen, dass du jede einzelne Frau, mit der du mal geschlafen hast, im Kopf behalten hast.«

»Nein, natürlich nicht«, gebe ich widerstrebend zu, »aber an eine wie sie hätte ich mich definitiv erinnert.«

»Ja, die Kleine war ziemlich heiß«, stimmt Cullen mir zu. »Die würde ich mir auch gerne mal vornehmen!«

Willow verpasst ihm einen saftigen Stoß in die Rippen, was zur Folge hat, dass er sie an sich zieht und sagt: »Nicht eifersüchtig sein, Süße. Auch du kannst ein Stück vom Cullen-Kuchen haben, wenn du willst.«

»Der Cullen-Kuchen?«, fragt sie ungläubig und prustet dann los. Drew fällt ein.

Cullen gibt sich Mühe, weiterhin cool zu wirken, doch wirklich gelingen will es ihm nicht. Als sie darüber philosophieren, welche Art von Kuchen er sei und Logan mit dem Begriff *Cream Pie* um die Ecke kommt, mache ich mir kurz Sorgen um die Gesundheit unseres Nachwuchsstars.

»Hey, so einen Scheiß will ich nicht gehört haben, Kleiner!«, raunzt Cullen ihn an.

Die heitere Stimmung endet abrupt. Logan murmelt eine Entschuldigung und wir ziehen los.

»Was zur Hölle war das denn?«, fragt Willow mich im Flüsterton und sieht unsicher zwischen Logan und Cullen hin und her.

Ich grinse breit.

»Strider?«

»Google es mal, aber beschwer dich nicht, wenn du auf irgendwelchen Pornoseiten landest.«

»Vielleicht will ich es gar nicht wissen.«

»Ja, vielleicht willst du es gar nicht wissen«, stimme ich ihr zu.

»Sag es mir doch einfach.« Neugierig blickt sie zu mir auf.

»Nein, dann muss ich mir wieder anhören, was für einen furchtbaren Einfluss ich auf dich habe. Ich bin doch ohnehin schuld an deinem verpfuschten Leben.«

Willow stöhnt auf. »Komm schon, wer gibt etwas darauf, was meine Eltern sagen. Und hey, du kannst sie ohnehin nicht leiden, von daher wäre das doch eine gute Möglichkeit, ihnen eins reinzuwürgen.«

»Du willst also, dass ich dich versaue, ja?«

»Unbedingt!«, meint sie enthusiastisch.

Lachend lege ich ihr den Arm über die Schulter, beuge mich zu ihr und kläre sie flüsternd auf.

»Hey Mann, hör auf, Willow anzügliche Schweinereien ins Ohr zu hauchen. Sie wird schon ganz rot.« Cullen klopft mir auf die Schulter.

»Sie hat förmlich darum gebettelt, dass ich das tue«, lasse ich ihn wissen.

»Dann bleibt mir wohl nichts anderes übrig, als euch das Gleiche zu sagen, wie den beiden Jungspunden da vorne.« Er macht eine dramatische Pause, bevor er – jedes Wort betonend – hinzufügt: »Nehmt euch ein Zimmer!«

Dieses Mal zeigt Willow ihm den Mittelfinger.

Während wir Richtung Ausgang laufen, kommt Cullen noch mal auf die verschreckte Schönheit zu sprechen: »Weißt du, was echt verrückt ist? Mir kommt diese Kleine, die bei deinem Anblick fast in Ohnmacht gefallen ist, wirklich irgendwie bekannt vor.«

»So?«

»Ja, schon.« Seine Stirn kräuselt sich. »Komm schon, Mann, es ist, wie du sagtest, eine wie die, die vergisst man doch nicht. Hast du dir mal ihren Hammerbody angeschaut?«

Meine Antwort besteht aus einem knappen Schulterzucken. Natürlich ist mir nicht entgangen, wie hübsch sie war. Wie könnte es auch? Sie war außergewöhnlich attraktiv und das, obwohl sie dunkle, fast schwarze Haare hatte, und ich eigentlich auf Blondinen stehe.

»Hey, Jungs, da sind Fans von euch«, klinkt Willow sich in unsere Unterhaltung ein und deutet auf eine Gruppe aus drei Frauen, die aufgeregt miteinander tuscheln und in unsere Richtung zeigen. »So wahllos wie ihr seid, hattet ihr vermutlich mit denen auch mal was.«

»An die könnte ich mich hundertprozentig erinnern. Ich schwöre es.«

»Oh ja, das wäre definitiv eine unvergessliche Nacht«, stimmt Cullen mir zu. »Wie alt sind die? Fünfzig?«

»Du kannst doch nicht immer nur unschuldige Achtzehnjährige flachlegen.« In Willows neckendem Kommentar versteckt sich ein leicht vorwurfsvoller Unterton. Man muss sie gut kennen, um ihn herauszuhören und ich kenne sie gut – sehr gut sogar. Abgesehen davon habe ich etwas Ähnliches von ihr auch schon zu hören bekommen. Ich meine, zu mir hätte sie damals gesagt, dass ich dringend aufhören müsse, Groupies zu knallen.

Cullen scheint weniger einsichtig zu sein, denn er winkt lachend ab und schaut keine drei Sekunden später einer Gruppe attraktiver Stewardessen hinterher. Er braucht nicht zu sagen, was er denkt. Es steht ihm ins Gesicht geschrieben, trotzdem kann er nicht an sich halten.

»Heiß! Da steht regem Flugverkehr nichts mehr im Weg.«

»Apropos heiß: Wie nennt man eine hässliche Stewardess?«

»Oh Mann, Strider, der ist so alt wie du! Die nennt man Notrutsche, ist doch logisch!«

Willow verzieht angewidert ihr Gesicht. »Bäh, ihr seid so eklig, Jungs, und nun muss ich mich mit zwei von eurer Sorte rumschlagen. Echt unmöglich! Ihr seid ein schlechtes Vorbild für Logan. Nicht nur, dass ihr mies surft, sondern auch …«

Ich schnappe sie und kitzle sie durch, weshalb sie es nicht schafft, den Satz zu beenden. Was auch immer sie sagen wollte, geht in ihrem Gekicher unter.

Während unsere Fünfergruppe den Flughafen verlässt, denke ich darüber nach, woher ich die Frau, die sich bei ihrer Flucht vor mir fast ihre endlos langen Beine gebrochen hätte, kennen könnte.

Aber nur, weil sie weiß, wer ich bin, bedeutet das nicht, dass wir uns mal begegnet sind. Viele Menschen kennen mich schließlich – oder meinen mich zu kennen. Das ist nun einmal so, wenn man berühmt ist. Ja, und alle wollen mit einem befreundet sein – nur sie nicht. Sie ist völlig kopflos vor mir geflohen – fast so, als wäre ich der Teufel in Person.

»Magst du zum Abendessen kommen?«, fragt Willow mich, als sie uns am *Mad Crush*-Haus absetzt.

Das Haus, wo sie inzwischen lebt, liegt nicht allzu weit entfernt.

»Klar, ich komme liebend gerne«, meint Cullen.

»Dich habe ich nicht gefragt, du Esel!«

»Aber bei mir, Zuckermaus, bist du auf der sicheren Seite. Ich werde beim Anblick deines vollkommenen

Glücks sicherlich nicht in eine Sinneskrise geraten. Strider hier hingegen …«

Ich gebe ihm nicht die Möglichkeit, den Satz zu beenden, sondern scheuche ihn mit einem entschlossenen »Verschwinde, du dummer Hund!« davon.

Er trollt sich mit einem lässig dahingeworfenen »Man sieht sich und danke fürs Mitnehmen«. Drew und Logan verabschieden sich ebenfalls von Willow und folgen Cullen ins Haus.

»Sinnkrise, also«, hakt sie nach, nachdem alle verschwunden sind.

»Hat nichts mit dir zu tun« Ich winke ab.

»Hast du etwa eine Midlife-Crisis?«, spöttelt sie.

»Ja, so was in der Art wird es schon sein.« Auch wenn sie der Mensch ist, der mir am nächsten steht, wäre es wohl zu viel verlangt, zu erwarten, dass sie versteht, was mich umtreibt.

Sie schaut mich besorgt an.

»Über den Rest reden wir beim Abendessen, okay? Ich komme gerne.«

Doch erst einmal brenne ich darauf, mir ein paar gute Wellen zu schnappen.

Dass daraus nichts wird, erkenne ich, sobald ich das *Mad Crush*-Haus betreten habe. Nachdem ich mich von dem ersten Schock erholt habe, mache ich mich auf die Suche nach Wilder. Ich finde ihn zusammen mit Cullen in dessen Zimmer. Sie stehen dicht beieinander und führen ein hitziges Wortgefecht. Als ich mich räuspere, schrecken beide auseinander. Die Luft ist zum Schneiden dick.

»Was zur Hölle ist hier los?«, erkundige ich mich gereizt.

»Das habe ich ihn auch schon gefragt.«

Cullen nickt in Wilders Richtung, dessen Antwort bloß aus einem einzigen Wort besteht. »Dixon!«

»Was ist mit ihm?«, will ich wissen.

»Er will für eine Weile hier leben.«

»Hier? Während der Pipemasters?«, frage ich ungläubig. Im *Mad Crush*-Haus ist es bereits unter normalen Umständen in den Wintermonaten verdammt eng. »Warum?«

»Er will sich ein Bild vom Leben eines Surfers verschaffen. Will hören, wie ihr so redet, damit er die Rolle glaubwürdig spielen kann.« Wilder deutet auf mich. »Genauso habe ich auch geguckt«, sagt er, als mir alle Gesichtszüge entgleisen.

Ich reiße mich zusammen, beende meinen What-the-fuck-Blick und frage dann: »Okay, und wie stellt er sich das vor?«

»Ich habe mich bereits um alles gekümmert. Er bekommt das große Zimmer.«

Sprich, er bekommt mein Zimmer. Das, was zum Strand ausgerichtet ist, einen eigenen Balkon und ein angeschlossenes Badezimmer hat.

»Ach, und wo schlafe ich dann? Auf dem Flur, oder was?«

»Zick nicht rum, kleine Prinzessin. Du bekommst das Zimmer von Logan. Er teilt sich dann eines mit Miles. Wir bekommen das schon hin.«

»Und dieses ganze Filmzeug?«, frage ich zweifelnd und denke an all die Kisten und Kabel, die ich unten gesehen habe. »Steht das jetzt während des kompletten Contests hier rum? Vielleicht ist es euch entgangen, Wilder, aber das hier ist der einzige Rückzugsort, den wir haben.« Irgendwo müssen wir schließlich die Möglichkeit haben, zur Ruhe zu kommen und uns zu entspannen. Stattdessen wuselt hier ständig ein Haufen fremder Leute rum.

In diesem Moment beneide ich Brad Hoover für sein Haus, denn die Vorstellung, hier in den kommenden Wochen mit den Filmleuten eingepfercht zu sein, kotzt mich an.

»Der Kram bleibt im Wohnzimmer, aber ich sorge dafür, dass die Crew Ordnung hält und nicht die Gemeinschaftsräume benutzt.«

Leeres Geschwätz, das weiß Wilder so gut wie ich und auch Cullen wirkt nicht gerade überzeugt.

»Dixon will mit dir sprechen.«

»Aber ich nicht mit ihm!« Seinetwegen muss ich in diese winzige Kammer mit Hinterhof-Blick umziehen. »Sag Curtis, dass ich seit Tagen nicht im Wasser war und erst mal raus muss.«

Wilder lacht auf. »Das musst du ihm schon selbst verklickern.«

Seufzend gebe ich mich geschlagen und mache mich dann auf die Suche nach Curtis.

»Hi, Dude!«, begrüßt er mich und ich sehe mich gezwungen, ihm direkt die erste Lektion zu erteilen.

»Vergiss diesen Dude-Scheiß, Curtis! Das sagt niemand von uns.«

Er umarmt mich kumpelhaft und klopft mir so fest auf die Schulter, dass ich seine machohafte Begrüßung vermutlich auch noch die kommenden drei Tage beim Rauspaddeln spüren werde.

»Okay, was sagt ihr Jungs denn dann?«

»Hi, Mann! Hi, Bro! Das Übliche eben. Es gibt keine typische Surferbegrüßung.«

»Und was ist damit?«

Er klappt Zeige-, Mittel- und Ringfinger zur Handinnenfläche, so dass Daumen und der kleine Finger weit abstehen. Fragend hebt er eine Augenbraue.

»Shaka!«

»Sagt ihr das auch?«

Ich zucke mit den Schultern. »Manchmal. Ehrlich gesagt, mache ich das eher, wenn eine Kamera in der Nähe ist.«

»Und wenn ihr ins Wasser geht. Habt ihr so was wie toi, toi, toi? Oder wie Hals- und Beinbruch?«

»Nee, aber einige beten vorher.«

»Du nicht?«

Ich schüttle den Kopf. »Bin nicht gläubig«, erkläre ich. »Ich meine ja, da gibt es zweifelsohne was, aber …«

Er nickt verstehend. »Was anderes. Meinst du, ich sollte mir die Haare blondieren? Einfach, um diesem typischen Surfer-Look zu entsprechen.«

»Wir sind nicht alle blond. Schau dir Cullen oder Logan an, oder die Brasilianer.«

»Die sind groß im Kommen, was?«

Scheint, als hätte er sich etwas mit der Materie auseinandergesetzt. »Yep!«

»Aber was ist denn mit den Aussies los? Die haben ja gar keine neuen Talente.«

Er hat sich also wirklich etwas schlau gemacht.

»Noch mal zurück zu den Haaren. Was denkst du? Ich habe hier diese App und theoretisch würde es so aussehen.«

Curtis hält mir ein Foto unter die Nase, auf dem er in der Tat ziemlich surferboymäßig rüberkommt. Was will der Mann von mir hören? Ich meine, es geht lediglich um Haare – egal, wie die aussehen, die entscheiden nicht darüber, ob man ein guter Surfer ist oder nicht. Kane Slade hat eine Glatze und ist der beste Surfer der Welt, also …

Ich zucke mit den Schultern, denn was soll ich dazu auch sagen? Denkt er echt, ich stehe morgens vor dem Spiegel und bewundere meine blonden Haare? Ja, blond und blauäugig bin ich die Verkörperung des typischen Klischee-Surfers, aber Curtis' Haare sind bloß eine Nuance dunkler. Wenn er lang genug im Wasser und in der Sonne rumhängt, bleichen seine Haare von ganz alleine aus.

»Ich denke, du könntest sie ein wenig länger tragen«, befinde ich. »Salzwasser und Sonne würden ihnen guttun, dann werden sie von selbst heller. Apropos Wasser: Ich gehe dann jetzt mal surfen.«

Die nächsten drei Stunden bin ich dort, wo ich mich am wohlsten fühle. Die Bedingungen sind zwar nicht ideal, aber ein paar gute Wellen fallen dennoch für mich ab. Die Sache ist bloß, dass es darum gar nicht geht – nicht wirklich zumindest. Klar geht mir einer ab, wenn ich eine richtig fette Welle surfe, aber das Gefühl, wonach ich suche, das stellt sich bereits vorher ein. Dafür reicht es, einfach nur draußen zu sein. Die Wellen sorgen dafür, dass der Druck von mir abgewaschen wird. Der Wind bläst meinen Kopf frei und vertreibt all die negativen Gedanken. Ein Gefühl des Glücks und der Freiheit stellt sich ein und ich merke, wie mir ganz leicht ums Herz wird. Wie es sich weitet, wie die Leere in mir verschwindet und wie ich beginne, ich selbst zu sein.

Wie sehr ich das vermisse. Es ist so verdammt anstrengend die Fassade aufrechtzuerhalten und sich nicht in die Karten schauen zu lassen. Mein Leben ist ein einziges Pokerspiel. Ich bin ein High Roller. Hohes Risiko, kein Limit. Dafür braucht man gute Nerven, und Bluffen sollte man auch können, denn wenn ich ehrlich bin, dann frage ich mich unablässig, ob ich es noch draufhabe. Die Saison war mies. Das Knie, wegen dem ich schon mal unter dem Messer lag, schmerzt, aber in diesem Augenblick zählt das alles nicht.

Ich bin hier. Ich bin ich und wenn in einem solchen Moment noch die ein oder andere echte Bombe dazukommt, bin ich komplett stoked.

An diesem Tag wartet man auf hammermäßige Wellen jedoch vergebens, und es ist okay. Es muss ja nicht immer alles perfekt sein. Wenn es immer perfekt wäre, wäre es schließlich langweilig, und nichts ist frustrierender als Langeweile.

»Wo steckt Chandler?«, frage ich, als Willow mich auf die Terrasse führt, und ich sehe, dass der Tisch bloß für zwei Personen gedeckt ist.

»Er steckt bis über beide Ohren in einem neuen Projekt und hat heute Abend leider noch ein Meeting. Tut mir echt leid.«

»Alles gut«, winke ich ab und verkneife mir, ihr zu sagen, wie froh ich bin, dass wir mal wieder Zeit zu zweit haben. Chandler ist klasse, andernfalls hätte ich ihm Willow auch nicht überlassen, trotzdem reden wir nicht über die Themen, über die wir sonst reden, wenn er dabei ist.

»Das Essen müsste gleich fertig sein«, meint sie und ich folge ihr in die luxuriöse Küche.

»Was gibt es denn?«

»Überbackene Käsemakkaroni«, sagt sie und fügt hinzu: »Um der alten Zeiten willen.«

Da ich mich als Kind und Jugendlicher weitestgehend selbst versorgen musste, führt dieses Gericht meine Hitlist an. Zwar habe ich es so oft gegessen, dass es mir eigentlich zu den Ohren rauskommen müsste, aber das Gegenteil ist der Fall. Ebenso ist es mit den Emotionen, die damit verbunden sind. Käsemakkaroni stehen nicht für Vernachlässigung und Einsamkeit, sondern sie lösen in mir ein behagliches Gefühl aus. Wenn es Käsemakkaroni gab, war ich nämlich satt. Als würde sich mein Magen an die vielen Male erinnern, in denen ich stattdessen vor lauter Hunger kaum einschlafen konnte, knurrt er lautstark.

»Und Hunger hast du ja auch mitgebracht«, meint Willow vergnügt.

Wenig später sitzen wir auf der Terrasse und lassen uns den Auflauf schmecken. Ihre Beziehung zu Käsemakkaroni ist eine andere, denn die gab es in ihrer Kindheit nie. Ihrer snobistischen Mutter – ein eiskaltes, berechnendes Miststück – waren sie zu gewöhnlich. Das gleiche Urteil hat sie auch über mich und das Surfen gefällt. Für eine Tochter aus gutem Haus gehört es sich nicht, Wellen zu reiten. Der Meinung ist sie auch heute noch – dabei hat Willow sich drei Weltmeistertitel in Folge sichern können.

Ich für meinen Teil finde keine Worte dafür, wie stolz ich auf sie bin. Sie hat hart für ihren Erfolg gekämpft, hat alles riskiert und sich sogar mit ihrer Familie überworfen, als diese ihr drohte, sie nicht zu unterstützen, sollte sie ihr Jura-Studium hinschmeißen und ihr Ziel, Profi-Surferin zu werden, weiterverfolgen.

»Alles okay? Du guckst so komisch.«

Erst jetzt bemerke ich, dass ich sie angestarrt habe.

»Nur müde«, behaupte ich.

»Gib es zu, dir geht die Kleine vom Flughafen nicht aus dem Kopf. Macht dir Cullens Striders-kleiner-Pimmel-hat-es-nicht-gebracht-Theorie zu schaffen? Ich kann dich beruhigen: Ich für meinen Teil hatte damals nichts zu beanstanden.«

»Da bin ich ja beruhigt, aber sollten wir wirklich über meinen Schwanz sprechen?«

Willow presst die Lippen aufeinander und schüttelt so energisch den Kopf, dass ihre blonden Locken umherfliegen. Krampfhaft versucht sie, ein Kichern zu unterdrücken. Es gelingt ihr nicht und sie prustet los.

»Was ist so lustig?«

»Na ja, da müssten wir ja dann *lange* drüber sprechen.«

Ich rolle mit den Augen. »Help!«

»Ernsthaft, es gäbe wirklich *viel* zu bereden.«

»Fuck, ich habe dich wirklich versaut.«

»Ein wenig vielleicht«, räumt sie grinsend ein, »aber im Vergleich zu Chandlers Kumpel Hunter bist du der reinste Chorknabe.«

Chandler ist Teil eines Kreises, der sich selbst spaßeshalber *Millionaires Club* nennt, allerdings ist der Name gar nicht so weit hergeholt, denn all diese Typen, mit denen er rumhängt, sind schwerreich.

Er und Willow haben sich kennengelernt, als er als Investor bei *Nauti Gal*, die Willow unter Vertrag haben, eingestiegen ist.

Chandler hat mit meiner besten Freundin das große Los gezogen, denn sie verfügt über Eigenschaften, die ich so gebündelt bei noch keiner anderen Frau erlebt habe. Sie ist ehrgeizig und entschlossen, ihr ist es scheißegal, wie viel Geld ein Mann hat und auch mein Ruhm lässt sie kalt, sie ist irre komisch, sie ist authentisch und dazu in der Lage, mir zu sagen, wenn ich mich wie ein Idiot benehme – und sie kocht hervorragende Käsemakkaroni, was nicht verwunderlich ist, denn schließlich hatte sie den weltbesten Lehrer.

Unweigerlich wandern meine Gedanken zu meiner lieblosen Kindheit und meiner ständig betrunkenen Mutter.

Obwohl ich mich beherrsche und nicht frustriert seufze, stößt Willow mir aufmunternd ihren Ellbogen in die Seite und fragt: »Magst du mir vielleicht einfach erzählen, was mit dir los ist?«

»Nur das Übliche«, versuche ich mich aus der Affäre zu ziehen.

»Deine Mutter also?«, mutmaßt Willow scharfsinnig.

»Nicht nur schön, sondern auch klug.«

Meine Schmeichelei bringt sie zum Lachen.

»Lenk nicht vom Thema ab«, rügt sie mich.

»Aber es macht doch keinen Sinn, dauernd darüber zu reden. Ich kann es nicht ändern und weiß Gott, ich habe es versucht.«

»Hat sie dich arg gepiesackt?«

»Kommt auf die Definition an, schätze ich.«

»Was war das Schlimmste, das sie gesagt hat?«

Ich denke einen Moment drüber nach. Dann sage ich das Erste, was mir in den Sinn kommt: »Dass sie mich besser abgetrieben hätte.«

Willow schnappt erschrocken nach Luft und einen Moment später sitzt sie auf meinem Schoß und hält mich in den Armen. Ich tauche ein in ihre Wärme, Liebe und aufrichtige Anteilnahme. Vergrabe mein Gesicht an ihrer Halsbeuge und lasse mich von ihr tröstend streicheln.

»Sie ist so ein Monster!«, wispert Willow.

Vielleicht ist sie das. Vielleicht auch nicht. Ich weiß es nicht. Ich glaube, nicht einmal sie weiß, wer sie eigentlich ist, denn vor allem ist sie eins: süchtig. Es gibt nichts in ihrem Leben, das diesem Sinn verleiht, außer dem Alkohol und den Tabletten.

Gerne bilde ich mir ein, dass sie bloß ein Schatten ihrer selbst ist. Eine Karikatur des Menschen, der sie eigentlich sein könnte … entstellt, so wie Narben einen entstellen können, nur auf eine gänzlich andere Weise eben. Eine, die mir wesentlich schlimmer und grausamer erscheint.

»Geh das nächste Mal einfach nicht ran«, rät Willow mir. Sie hält mich noch immer ganz fest.

Ich schiebe sie ein Stück von mir, um sie ansehen zu können.

»Das ist nicht so einfach …«

»Du schuldest ihr nichts!«

»Ich weiß, aber …« Wie soll ich Willow begreiflich machen, was ich in diesem Punkt empfinde? In den vergangenen Monaten war meine Mutter immer wieder im Krankenhaus. Die Sucht fordert ihren Tribut. Ich will nicht, dass sie stirbt, aber zugleich will ich, dass all das endlich ein Ende hat. Ich sollte so nicht fühlen, das ist mir bewusst. Doch anscheinend hat ihre Abhängigkeit auch mich grausam gemacht. Vielleicht bin ich tatsächlich der Egoist, den sie in mir sieht. Möglicherweise hat sie einfach recht mit all dem, was sie sagt.

Willow umfasst mein Gesicht mit beiden Händen. Bettet es darin. Sie sieht mich eindringlich an und raunt mir beschwörend zu: »Du bist ganz, ganz wunderbar. Es wäre ein entsetzlicher Verlust, dich nicht in meinem Leben zu haben. Sie kennt dich nicht, weil sie sich nie die Mühe gemacht hat, dich kennenzulernen, aber ich kenne dich und du bist großartig.«

»Danke«, murmle ich.

»Nichts als die Wahrheit.« Sie hebt spielerisch eine Hand in die Luft, als würde sie einen Eid schwören. »Die reine Wahrheit, so wahr mir Gott helfe.«

Sie zwinkert mir zu.

Auch wenn manchmal die Juristin in ihr durchschlägt, so kann ich mir Willow unmöglich in einem tristen Gerichtssaal vorstellen. Begraben unter Aktenbergen statt unter Wellenbergen, das blonde Haar nicht sonnengeküsst, ein Kostüm anstelle eines Bikinis … Unvorstellbar! Dieses Dasein hätte sie auf Dauer fertiggemacht, hätte sie ausgelaugt und ihr die Lebensfreude, die aus jeder Pore strahlt, geraubt.

Sie hat die richtige Entscheidung getroffen, als sie sich gegen diesen Wahnsinn entschieden hat, oder für ihn – je nachdem wie man es sehen mag, oder in welcher Verfassung man gerade ist.

Weil meine gerade nicht die beste ist und wir etwas zum Lachen haben sollten, erzähle ich ihr von den Verrücktheiten im *Mad Crush*-Haus – nicht jedoch, ohne sie vorher von meinem Schoß zu verscheuchen.

Wenn Chandler uns so sehen würde, würde er es sicherlich in den falschen Hals bekommen und auf Ärger mit ihm kann ich gut verzichten. Wir hatten ohnehin einen etwas holprigen Start.

Als ich mit meinem umfangreichen Bericht aus dem *Mad Crush*-Haus fertig bin, sieht Willow mich voller Mitleid an.

»Weißt du was? Ich glaube, das ist der richtige Zeitpunkt für den Nachtisch.«

»Nachtisch?«, frage ich, hellhörig geworden. »Was gibt es denn?«

»Das volle Verwöhnprogramm, würde ich vorschlagen. Ich finde, das hast du dir verdient.«

Ich folge ihr ins Haus, wo sie das Gefrierfach öffnet und Vanilleeis hervorkramt. Sie bereitet uns zwei große Portionen mit Brownies zu und verfrachtet dann beides für kurze Zeit in die Mikrowelle.

»Heilige Scheiße«, fluche ich, nachdem ich den ersten Bissen genossen habe.

Willow grinst zufrieden. »Ja, nicht wahr?«

Eine Weile futtern wir schweigend im Stehen vor uns hin, dann fragt Willow: »Und, freust du dich auf morgen?«

Was für eine Frage.

»Tierisch!«, erwidere ich.

»Aufgeregt?«

»Yep!«

»Chandler und ich kommen vorbei und sehen dir dabei zu, wie du dich blamierst.«

»Ich werde mich nicht blamieren.«

Zumindest habe ich das nicht vor. Das wäre der reinste Albtraum. Die Eröffnungszeremonie des Eddies ist ein großes Ding – eingeladen zu sein an sich, ist eine Riesensache. Die größte Ehre, die man sich in meinen Kreisen vorstellen kann, denn dieser Contest ist einzigartig. Ihn zu gewinnen wäre mein Traum. Weltmeister hin, Weltmeister her, aus diesem Wettkampf als Sieger hervorzugehen, wäre das Highlight meines Lebens.

Insgeheim frage ich mich jedoch, ob ich es überhaupt würdig bin, die Einladung erhalten zu haben. Das frage ich mich jedes Mal aufs Neue – beweisen, dass ich das Zeug dazu habe teilzunehmen, konnte ich bisher nie. Denn damit der Wettkampf überhaupt stattfindet, müssen bestimmte Bedingungen erfüllt sein.

In dem einen Jahr, als sie eingetreten sind, 2016 war das, war ich verletzt. Nach Rücksprache mit dem Mannschaftsarzt und meinen Physiotherapeuten war klar, dass ich – so sehr ich auch darauf brannte, mich beim Eddie zu behaupten – nicht mit von der Partie sein würde.

»Wenn du magst, kannst du übrigens hierbleiben«, sagt Willow.

Fragend runzle ich die Stirn.

»Na ja, wegen der Vorkommnisse im *Mad Crush*-Haus. Ich kann verstehen, dass du eine Möglichkeit brauchst, um runterzukommen und auch, dass das nicht geht, wenn überall fremde Leute sind.«

So sehr ich ihr Angebot auch zu schätzen weiß, und so gerne ich es annehmen würde, ich kann es unmöglich tun.

»Das ist lieb, aber …«

»Du machst dir wegen Chandler Gedanken und das ist süß, aber völlig unnötig. Er wird das verstehen, und abgesehen davon, würdest du mir doch auch Asyl gewähren, wenn ich in der Situation stecken würde.«

Klar würde ich das, aber darum geht es ja nicht. Es geht darum, dass Chandler und ich für eine kurze Zeit Konkurrenten waren. Nicht länger als drei Sekunden vielleicht, doch auch das spielt keine Rolle. Sie ist sein Mädchen, das hier ist sein Revier, und ich habe hier nichts verloren – zumindest nicht auf Dauer.

»Komm schon, es wäre sicherlich lustig«, versucht Willow mich zu überreden.

»Das wäre es sicherlich, aber ich kann nicht. Curtis ist ja extra wegen mir hier und da kann ich ganz schlecht verschwinden.«

Eine Halbwahrheit, die mir leicht über die Lippen kommt. Halbwahrheiten sind quasi Lügen für Anfänger, doch warum sollte ich dem Elefanten im Raum eine Nadel in den Arsch jagen? Nein, die Dinge sind gut, wie sie sind. Ich werde sie nicht verkomplizieren, indem ich Chandler auf die Nerven gehe. Ich werde einen Teufel tun und ihn verärgern, denn schlussendlich würde Willows und meine Beziehung darunter leiden. Käme es hart auf hart, dann würde sie sich nämlich für ihn entscheiden, und was wäre dann mit mir?

# KAPITEL 05

## RUSSEL REYNOLDS & ROTE ROSEN

### PATRICIA | OAHU | HAWAII | 02.12.2018

»Ausgeschlafen?«, fragt eine fröhliche Stimme hinter mir, und vor Schreck lasse ich beinahe die Kaffeekanne fallen.

»Oh, bitte entschuldige, ich wollte dich nicht erschrecken.« Ich drehe mich um und stehe Susan gegenüber.

Sie sieht so zerknirscht aus, dass ich behaupte: »Überhaupt nicht schlimm. Ich dachte bloß, ich wäre allein im Haus.«

»Du hast es auch gleich wieder für dich. Ich wollte mich nur rasch frischmachen. Gleich habe ich den Termin im Brautmodegeschäft.«

Sie sieht nervös aus. Die Aufregung hat ihre Wangen rosa gefärbt.

»Gehst du allein?« Inzwischen habe ich erfahren, wie Jacob und sie sich kennengelernt haben und auch, dass Susan noch nicht lange auf Oahu lebt und eigentlich bloß ein Praktikum bei *Hawaiian Flower Power* machen wollte. Enge Freunde hat sie wohl bisher nicht gefunden.

Bedauernd hebt sie die Achseln. »Eigentlich wollte deine Mutter mitkommen, aber ihr ist eine große Bestellung für eine Feier im *Aloha Flair Resort* dazwischengekommen. Irgendwer hat vergessen, dass Blumen als Tischdeko eine nette Idee wären.« Sie rollt mit den Augen.

»Oh weh, das gibt vermutlich einen Riesenärger.« Ich möchte nicht in der Haut des Hotelangestellten stecken, der diesen Bock geschossen hat. Von Jacob, der in diesem Resort gearbeitet hat, weiß ich, dass das Management extrem ungehalten auf diese Art von Patzer reagiert.

»Sag mal, würdest du mich eventuell begleiten?« Susan lächelt mich zaghaft an.

»Klar«, erwidere ich.

Pläne habe ich ohnehin nicht und meine Gedanken rund um die heiße Story, die ich so dringend brauche, drehen sich im Kreis.

»Ich ziehe mir nur schnell mal eben was an, mit dem man das Haus verlassen kann, ohne dass einen die Leute dumm anschauen.«

Susans Nase kräuselt sich und ihre Sommersprossen tanzen, als sie mich angrinst. »Ich persönlich finde dein Outfit ja ziemlich stylisch.«

Ich äuge an mir und meinem Nachthemd hinunter. »Ja, nicht wahr? Surfende Weihnachtsmänner gehen doch immer.«

Zwanzig Minuten später sitzen wir im Auto und fahren Richtung Innenstadt. Um die Uhrzeit hält sich der Verkehr zum Glück in Grenzen. Der ist ein echtes Problem in Honolulu. Die Touristen sind darüber immer wieder verwundert, aber Honolulu ist nun einmal eine Großstadt und hat mit den gleichen Problemen zu kämpfen wie die meisten anderen Städte auch.

Wenn man hier aufgewachsen ist oder für längere Zeit lebt, dann erkennt man schnell, dass nicht alles Gold ist, was glänzt. In Reiseprospekten sieht Hawaii natürlich immer paradiesisch aus, aber so ist es nicht. Armut, Obdachlosigkeit und Kriminalität gibt es auch hier – und das nicht zu knapp. Die Fassade, die man aus dem Urlaubskatalog kennt, hält der Realität nicht stand.

»Es ist so lieb, dass du mich begleitest«, sagt Susan zum gefühlt hundertsten Mal.

»Das ist doch selbstverständlich«, erwidere ich geduldig, denn allem Anschein nach bedeutet es ihr wirklich viel, dass ich sie begleite.

»Es gibt da sowieso noch etwas, das ich dich fragen wollte. Du kannst natürlich auch nein sagen, wenn du nicht willst, aber würdest du meine Brautjungfer werden?«

Sie wirft mir einen hoffnungsvollen Blick zu, ehe sie sich wieder der Straße zuwendet.

»Äh, wow! Das kommt etwas überraschend«, stoße ich hervor und frage mich, ob sie denn keine beste Freundin hat, die diese Rolle übernehmen könnte.

»Wie gesagt, du musst nicht, wenn du nicht willst«, rudert sie hastig zurück.

»Das ist es nicht«, sage ich. »Ich habe mich bloß gefragt, ob es da niemand anderen gibt. Jemand, der besser geeignet ist. Eine beste Freundin oder so.«

Susan schüttelt den Kopf. »Nein, ich bin ja noch nicht so lange hier. Ich meine, klar, ich könnte eine der anderen Floristinnen fragen, aber ich hätte lieber dich dabei.«

»Mmh«, brumme ich und lecke mir nervös über die Lippen.

»Das war eine dumme Idee.« Sie klingt so traurig, dass es mir das Herz zuschnürt.

»Nein! Nein, das war es nicht. Ich fühle mich geschmeichelt, es ist bloß so, dass ich mich frage, ob ich – als Jacobs Schwester – die Richtige dafür bin. Was, wenn du kalte Füße bekommst und mit irgendwem über deine Zweifel sprechen willst? So etwas kannst du ja schlecht mir anvertrauen.«

Sie lacht erleichtert auf. Ihr Blick huscht erneut zu mir. »Darum zögerst du?«

»Ja, ich meine: Du heiratest meinen verrückten Bruder! Niemand würde es dir verübeln, wenn du es dir auf den letzten Metern noch anders überlegen würdest. Aber ich könnte dir in diesem Fall ganz schlecht zur Flucht verhelfen, verstehst du?«

Susan schüttelt so heftig den Kopf, dass sich einige rote Locken aus ihrem Dutt lösen.

»Darüber brauchst du dir wirklich keine Sorgen zu machen. Ich liebe deinen Bruder. Ja, ich habe einige wilde Geschichten über ihn gehört, aber wer von uns hat denn nicht die ein oder andere Leiche im Keller? Ich gehe schließlich auch nicht als Jungfrau in diese Ehe.« Sie zwinkert mir zu. »Also, in dieser Hinsicht, das verspreche ich dir, musst du dir keine Gedanken machen. Ich werde eher Panik schieben, ob er auch wirklich ja sagen wird. Du weißt schließlich selbst, dass er nie heiraten wollte und …«

Sie verstummt, als ihr aufgeht, dass sie sehr wohl Zweifel hat, wenn auch nicht an ihren, sondern an seinen Gefühlen. Immerhin ist es mir möglich, diese zu zerstreuen.

»Das ist lächerlich. Er ist absolut verrückt nach dir. Ich meine, klar, ich frage mich, ob er von Aliens entführt wurde, aber hey, ich werde da nicht nachforschen. Ich mag diesen Jacob so viel lieber als den großmäuligen Idioten, der er ohne dich war.«

Sie gibt ein mädchenhaftes Kichern von sich.

»Und um deine ursprüngliche Frage zu beantworten: Ja, ich wäre sehr, sehr gerne deine Brautjungfer.«

Warum habe ich bloß eingewilligt mitzukommen und auch noch zugesagt, Susans Brautjungfer zu werden? Und was soll ich nun auf die Frage, wie ich das Kleid finde, erwidern? Es ist hübsch, aber es passt so gar nicht zu ihr.

»Dreh dich noch mal«, bitte ich sie, um Zeit zu schinden.

Ein Rauschen geht durch den Raum, als Susan sich dreht und die vielen Lagen Tüll aneinander reiben. Es hört sich an wie Wind, der lose Blätter durch die Luft wirbelt. Wie Herbst in den engen New Yorker Häuserschluchten.

Vielleicht wollte Susan schon immer eine Märchenhochzeit haben, dann liegt sie mit diesem Prinzessinnenkleid goldrichtig, aber zu ihr will es dennoch nicht so recht passen. Es erdrückt sie und von der zierlichen Verlobten meines Bruders ist kaum noch etwas übrig. Nicht sie trägt das Kleid, sondern das Kleid trägt sie.

»Es ist so schwer«, sagt sie just in dem Moment, in dem ich mich dazu durchgerungen habe, zu behaupten, dass ich es ganz großartig finde. Man muss schließlich nicht zu allem eine Meinung haben.

»Und ich schwitze fürchterlich unter diesem Rock.«

Mein Stichwort. »Und du wirst es einen ganzen Tag lang tragen müssen«, gebe ich zu bedenken.

»Deine Mutter und deine Großmutter lieben es.«

Ich stelle die einzige Frage, die man in so einem Augenblick stellen sollte. »Aber liebst du es denn auch?«

Ihr Blick spricht Bände.

»Susan, das ist deine Hochzeit. Nicht die von meiner Mutter oder meiner Großmutter. Du solltest ein Kleid tragen, in dem du dich wohlfühlst und das zu dir passt.«

Susan kommt mit gesenktem Kopf zu mir und nimmt neben mir auf dem schmalen Bänkchen, das ich ergattern konnte, Platz.

»Sie fanden es zu schlicht«, verrät sie mir im Flüsterton.

»Zeig es mir!«

Susan ringt mit sich, dann lässt sie sich das Kleid geben und verschwindet in der Umkleidekabine. Ich nutze die Zeit, um mich umzuschauen.

Kurz darauf steht meine Fast-Schwägerin in einem wunderschönen, wadenlangen Kleidchen vor mir. Es ist cremefarben und man sieht Susans unzählige Sommersprossen unter der Spitze, die Schulter und Arme bedeckt, hervorblitzen. Ihre roten Locken fallen ihr wasserfallartig über den Rücken und ich finde, dass sie zum Niederknien ausschaut.

»Es ist bezaubernd«, hauche ich. »Und es sitzt wie angegossen.«

Seufzend stimmt sie mir zu. »Ich finde es auch traumhaft schön, aber ich kann das nicht … ich will die beiden nicht enttäuschen.«

Verständnisvoll nicke ich. »Du möchtest dazugehören und auch, dass sie dich mögen.«

»So wie du das sagst, klingt es nach einem Vorwurf. Was ist denn falsch daran, dass ich will, dass die Familie meines zukünftigen Mannes mich mag?«

»Gar nichts ist falsch daran«, beschwichtige ich sie. »Ich glaube sogar, dass das ganz normal ist, aber willst du nicht deshalb gemocht werden, weil du bist, wie du bist, statt aufgrund all der Kompromisse, die du eingehst?«

Susan legt nachdenklich den Kopf zur Seite. Dennoch wandert *ihr* Kleid zurück auf den Ständer und sie nimmt das pompöse Prinzessinnenkleid mit.

»Würde es dir was ausmachen, mich im Laden abzusetzen?«, fragt Susan, nachdem wir das Kleid im Auto verstaut haben. »Ich glaube, deine Mutter könnte Hilfe gut gebrauchen.«

»Nein, gar nicht«, erwidere ich, doch statt nach Hause zu fahren, komme ich erst einmal mit. Schließlich war ich seit einer Ewigkeit nicht mehr in unserem Blumenlädchen in Waikiki. Natürlich finden wir – wie sollte es auch anders sein – keinen Parkplatz in unmittelbarer Nähe, weshalb wir ein ganzes Stück zu Fuß laufen müssen. Unser Weg führt uns am *Mad Crush*-Store vorbei. Noch immer hängt das lebensgroße Plakat von Russel Reynolds im Schaufenster. Seit beinahe fünf Jahren ist er nun bereits tot und dennoch unvergessen.

Direkt daneben präsentiert *Mad Crush* die neue Strider-Sinclair-Kollektion. Erschreckenderweise muss ich wieder an den Traum denken, oder richtiger, an die expliziten Fantasien, die sich darin Bahn gebrochen haben.

Sicherlich liegt das nicht an dem blonden Schönling an sich, sondern bloß daran, dass ich seit gefühlt hundert Jahren keinen Sex mehr hatte. Vermutlich bin ich einfach bloß ausgehungert. Eine Verdurstende in der Wüste. In dem Fall würde man schließlich auch aus einer Pfütze trinken, nicht wahr?

»Du kanntest ihn, oder?« Susan deutet auf Russels Konterfei. »Jacob sagt, dass du mit seinem Bruder zusammen warst. Stimmt es, dass du wegen ihm weggegangen bist?«

»Na ja, nachdem unsere Beziehung in die Brüche ging, konnte ich nicht länger bei *Wavehunters* bleiben. Ich habe es versucht, aber …« Ich lasse den Satz, der eine Halbwahrheit ist, unvollendet.

Dean war nicht der einzige Grund, aber was spielt das für eine Rolle? Es ist wie es ist.

»Bitte entschuldige, dass ich gefragt habe«, meint Susan zerknirscht. »Es ist nur so, dass es bei mir ganz ähnlich war. Aber ich bin froh, dass mein Ex-Freund so ein Schwachkopf war, andernfalls wäre ich nämlich kaum hier gelandet, und dann hätte ich Jacob nicht kennengelernt, und …« Sie hebt, nach der abgeschlossenen Beweisführung, vielsagend beide Hände.

»Schön, dass ihr so glücklich seid.« Ich freue mich wirklich für die beiden, aber ich frage mich unwillkürlich, ob es auch für mich ein Happy End geben kann. Susans Neuanfang ist offensichtlich geglückt, meiner hingegen …

»War es schwer, sich auf Jacob einzulassen?«, frage ich, während wir weiterschlendern. »Ich meine, wenn man verletzt wurde, dann ist das ja nicht immer so einfach.«

Susan zuckt mit den Schultern. »Damit hatte ich ehrlich gesagt keine Probleme. Jacob ist nun mal nicht mein Ex und ich würde ja auch nicht wollen, dass er mich mit einer seiner vorherigen Beziehungen vergleicht, weißt du? Von daher habe ich beschlossen, dass ich bei Null anfange.«

»Einfach so?«, hake ich skeptisch nach, denn für mich ist es nur schwer vorstellbar, dass man alle Altlasten einfach hinter sich lässt und ein neues Kapitel aufschlägt.

»Überleg doch mal: Wie soll es denn gut gehen, wenn du nur vom Schlimmsten ausgehst? Warum sollte er alles riskieren, wenn du nicht bereit bist, alles aufs Spiel zu setzen?«

*Ganz oder gar nicht*, denke ich unwillkürlich und lande über sein Lebensmotto wieder bei Deans kleinem Bruder und somit auch bei ihm. Nach ihm hatte ich zwei Beziehungen. Sie verliefen immer ziemlich schnell im Sand und wenn Susan mit dem, was sie eben gesagt hat, recht hat, dann ist klar, woran das lag.

»Komm, lass uns weitergehen«, ermuntere ich meine zukünftige Schwägerin, bevor die Vergangenheit die Gelegenheit bekommt, ihre unbarmherzigen Klauen nach mir auszustrecken.

Im Laden herrscht reges Treiben. Susan schnappt sich eine Schürze und geht Mom zur Hand, die zusammen mit zwei anderen Floristinnen an der Tischdekoration für diese Abendveranstaltung werkelt. Ich begrüße sie kurz.

»Entschuldigung, Miss, gehören Sie zum Laden? Ich bräuchte einen Blumenstrauß für meine Freundin.«

»Nein, da müssten Sie sich …«, bevor ich den Satz beenden kann, eilt Tiffany herbei. Sie ist ein *Hawaiian Flower Power*-Urgestein. Als ich noch in den Windeln lag, war sie bereits mit an Bord, weshalb sie mich nicht minder herzlich und überschwänglich begrüßt als meine Familie, und dann mit dem Mann von dannen zieht, um ihn bei der Blumenauswahl zu beraten.

Da niemand hinter dem Tresen steht, platziere ich mich dort. Zum Glück haben sich einige Dinge nicht geändert und so kann ich zwei Kunden, die bereits gebundene Sträuße wählen, abkassieren. Trotzdem gerate ich ins Schwimmen, als das Telefon klingelt. Erst nach einem Moment des Zögerns erinnere ich mich an die korrekte Begrüßung.

»Aloha, *Hawaiian Flower Power Waikiki.* Sie sprechen mit Patricia Jeffries. Was kann ich für Sie tun?«

»Guten Tag! Meine Chefin hat mich beauftragt, eine Blumenlieferung in Auftrag zu geben.« Die Stimme am anderen Ende gehört einer Frau und ist vor Unsicherheit ganz zittrig.

»Gerne«, erwidere ich. »Was für eine Art Strauß darf es denn sein?«

Statt genauer Instruktionen, ernte ich ein: »Ich weiß nicht.« Die Frau klingt verzweifelt, fast schon weinerlich.

»Okay, um was für einen Anlass handelt es sich denn?«

»Um einen Geburtstag!«, entgegnet sie hastig und offensichtlich froh darüber, die ihr aufgetragene Aufgabe doch noch bewältigen zu können.

»Ist der Jubilar ein Mann oder eine Frau?«

»Ein Mann.«

»Okay, und wie alt wird er?«

»Oh, können Sie das nachsehen?«, fragt sie.

»Wo soll ich das denn nachsehen?«, entgegne ich belustigt. Was für eine absurde Forderung!

»Im Internet. Ich habe hier keinen Zugang. Googeln Sie einfach Curtis Dixon.«

»Curtis Dixon?« Das hier ist doch ein Scherz. Ob Jacob dahintersteckt? Dieser Anruf ist niemals echt, oder doch?

»Ja.«

»So, wie der Hollywood-Star?«, hake ich nach. Der medienscheue Hollywood-Star, der seit fast drei Jahren kein Interview mehr gegeben hat, und den ich erst kürzlich in einer Headline verunglimpft habe? Okay, natürlich habe ich das nicht getan, aber … In diesem Moment macht es Klick. Wenn das hier kein Scherz ist, dann ist es meine Story.

Das Blut pulsiert vor lauter Aufregung in meinen Schläfen, und als meine Gesprächspartnerin ein kaum hörbares *Ja* wispert, stockt mir der Atem. »Aber das muss unter uns bleiben«, schiebt sie rasch hinterher.

»Natürlich«, sage ich und suche *Curtis Dixon* in den Untiefen des Internets. Schnell werde ich – wie könnte es bei einem Mann seines Kalibers auch anders sein – fündig. »Er wird morgen sechsunddreißig«, lasse ich sie wissen. »In welchem Verhältnis stehen er und ihre Chefin denn zueinander?«

Ich ernte Schweigen. Meine journalistischen Sinne springen an. Ich weiß, was eine solche Mauer der Stille bedeutet. Ich bin auf etwas gestoßen.

Meine Euphorie kaschierend plaudere ich in lockerem Ton darauf los: »Sicherlich wissen Sie über die Sprache der Blumen Bescheid, nicht wahr? Da kann man viel falsch machen. Blume ist schließlich nicht gleich Blume. Vielmehr sind sie Überbringer nonverbaler Botschaften. Es wäre also beispielsweise völlig unangemessen, Mister Dixon sechsunddreißig rote, langstielige Edelrosen zukommen zu lassen, wenn ihre Chefin und er sich nicht in einer Liebesbeziehung befänden, verstehen Sie?«

Meine Argumentation ist schlüssig. Ein wenig suggestiv, wie ich zugeben muss, aber ich erhalte eine Antwort, die meinen Herzschlag beschleunigt.

»Ich denke, rote Rosen wären eine gute Wahl.« Der Tonfall, in dem sie das sagt, lässt mich aufhorchen. Sie klingt niedergeschlagen, scheinbar hat sie eine Schwäche für Dixon – nun ja, oder für ihre Chefin, wer weiß. Das ist mir auch reichlich egal. Wichtiger ist herauszubekommen, wer diese Frau ist. Mit wem hat Dixon was am Laufen? Nach seiner Scheidung vor drei Jahren hatte er eigentlich den Frauen abgeschworen.

»Okay, dann machen wir einen schönen Strauß mit sechsunddreißig roten Rosen zurecht. Sollen wir eine Karte beilegen?«

»Äh ja, das wäre gut«, nuschelt die Frau.

»Und was sollen wir schreiben?«

»Ich … Moment …« Ich höre es knistern und rascheln. »Himmel! Wer soll das denn lesen?« Sie seufzt bekümmert. Einen Augenblick lang brummelt sie unzusammenhängende Worte vor sich hin, ehe sie entschlossen sagt: »Wissen Sie was, vergessen Sie das. Schreiben Sie bitte einfach *Ich wünsche dir, dem Mann meines Herzens, einen unvergleichlichen Geburtstag und hoffe, dass all deine Wünsche und Träume in Erfüllung gehen mögen. Auf ewig die Deine, Charlotte.*«

Charlotte? Oh. Mein. Gott. Kann das wahr sein? Kann es sich bei der Frau, die Dixon die Blumen schickt, allen Ernstes um seine Ex-Frau handeln? Das wäre der Hammer … Das Blut rauscht inzwischen so laut in meinen Ohren, dass es mir schwerfällt, mich auf meine Gesprächspartnerin zu konzentrieren.

»Können Sie die Adresse noch einmal wiederholen?«, ächze ich atemlos, als mir klar wird, dass sie mir gerade die Adresse durchgegeben hat. »Die Verbindung ist so schlecht.« Sie kommt meiner Bitte nach. »Und an wen richte ich die Rechnung?«

»Schicken Sie sie mir per E-Mail.« Sie nennt mir ihre E-Mail-Adresse und die Anschrift von *Ashcroft Media and Entertainment*, dem Filmstudio, das von Dixons Ex-Frau geleitet wird. Zur Sicherheit wiederhole ich beides, während mein ganzer Körper vor Ekstase vibriert. Ausgehend vom Nacken prickelt es in jeder Zelle meines Körpers. Auch wenn ich es lange nicht mehr wahrgenommen habe, so ist es mir doch vertraut.

»Ich weise den Betrag an, sobald ich im Hotel bin und wieder ins Netz kann. Und bitte denken Sie daran: Zu niemandem ein Wort! Haben Sie verstanden?«

»Selbstverständlich werden wir die ganze Angelegenheit äußerst diskret behandeln«, versichere ich ihr. »Kann ich sonst noch etwas für Sie tun?«

Sie zögert einen Augenblick lang, ehe sie antwortet. »Nein. Nein, es gibt nichts, das Sie tun könnten.«

»Gut, dann wünsche ich Ihnen noch einen angenehmen Tag.«

»Ihnen auch. Danke.«

Ich warte, bis sie aufgelegt hat, bevor ich es ihr gleichtue. Und dann stehe ich einen Moment einfach nur da und frage mich, ob das gerade wirklich passiert ist. Ungläubig starre ich auf die Adresse in meiner Hand. Dort befindet sich Curtis Dixon. Dort ist meine Story. Mein Ausweg aus der Misere, denn wenn ich ihn dazu überreden kann, *Hot Stars* ein Interview zu geben, mir ein Interview zu geben, was soll Mister Avery dann noch machen? Das würde ihm sämtlichen Wind aus den Segeln nehmen.

Ich reiße mich aus meinem traumähnlichen Zustand und versuche, das eben Erlebte zu verdauen. Meine Mom spricht immer von Schicksal und Wundern, aber ich glaube nicht an so einen Blödsinn. Doch das hier kann unmöglich ein Zufall sein. Die Chance, dass das ein Zufall ist, ist vernichtend gering und so dumm das klingt: Ich habe das Gefühl, dass ich hier sein sollte. Wie sagt man so schön? Zur rechten Zeit am rechten Ort.

Alle sind scharf darauf, mit Curtis Dixon zu sprechen. Seit seiner Scheidung gab es kein Interview mehr mit ihm. Verständlicherweise! Wenn ich mich an all die schmutzige Wäsche, die da in aller Öffentlichkeit gewaschen wurde, erinnere, fällt es mir schwer, mir vorzustellen, dass es sich bei der Auftraggeberin ausgerechnet um Charlotte Ashcroft handelt.

Nun ja, das sind alles Dinge, die es herauszufinden gilt, und wenn es mir gelingt, den medienscheuen

Actionstar zu interviewen, wird mein Chefredakteur den Boden anbeten, auf dem ich laufe. Mister Avery, der alte Höllenhund, wird nichts zum Knurren haben, sondern erkennen, dass sein Vertrauen in mich gerechtfertigt war.

Möglicherweise sollte ich mir also die Frage stellen, warum Curtis Dixon sich nach allem, was er durchgemacht hat, ausgerechnet von mir interviewen lassen sollte, doch das tue ich nicht.

Vom Wink des Schicksals beflügelt, schwelge ich in der bildhaften Vorstellung von Glanz und Ruhm, die mir sicher sind, wenn ich das Unmögliche bewerkstellige, denn wahrscheinlicher ist es, dass ich das letzte lebende Einhorn erlege oder mit Bigfoot Tee trinke. In diesem Moment sehe ich jedoch nur Chancen und keine Hindernisse.

Ich bin so versunken in diese Fantasie, dass ich überhaupt nicht bemerke, wie Tiffany zurückkehrt, weshalb ich mich fast zu Tode erschrecke, als sie plötzlich meinen Namen sagt.

»Alles okay, Trish?«

Sie darauf hinzuweisen, dass mich inzwischen alle Welt Patricia nennt, erspare ich uns. Tiffany wird sich sowieso nicht daran halten, sondern sich bestenfalls über meine Bitte, meinen richtigen Namen zu benutzen, amüsieren.

»Ich brauche Rosen. Sechsunddreißig Stück. Es muss ein pompöser Strauß sein, der wirklich etwas hermacht.«

Sie nickt und macht sich an die Arbeit. Ich erstelle unterdessen die Rechnung und sende sie an die E-Mail-Adresse der eingeschüchterten Assistentin. Nach allem, was man hört, ist Charlotte Ashcroft der reinste Drachen, und das arme Ding hat allen Grund, sich vor ihr zu fürchten.

Nachdem das erledigt ist, begutachte ich unsere Kartenauswahl und komme zu dem Schluss, dass keine dabei ist, die eines Hollywoodstars würdig wäre, weshalb ich kurzerhand auf Shopping-Tour gehe.

»Erklärst du mir, was hier vor sich geht?«, fragt Tiffany mich, als ich eine halbe Stunde später wieder da bin.

»Hatte ich eigentlich nicht vor.«

»Steckt ein Kerl dahinter?«

»Wie kommst du denn darauf?« Ich versuche sie mit den gleichen Argumenten abzuspeisen wie meine Mom, wenn sie sich nach meinem nichtvorhandenen Liebesleben erkundigt. »Kann eine Frau nicht einfach ein glückliches Singleleben führen? Wir haben 2018! Niemand braucht heutzutage noch einen Mann an seiner Seite.«

»Wer redet denn von brauchen?« Tiffany zwinkert mir zu. »Aber vielleicht willst du ja einen Mann an deiner Seite haben, und abgesehen davon: Du orderst sechsunddreißig rote Rosen, da wird man doch mal fragen dürfen.«

»Klar darfst du fragen, aber ich muss ja nicht antworten«, entgegne ich verschmitzt grinsend.

Nachdem ich geklärt habe, wie Mom und Susan nach Hause kommen – Mom nimmt sie mit, wenn alles erledigt ist –, schnappe ich mir das Auto und fahre nach Hause. Der Strauß, ein echtes Meisterwerk, thront anklagend auf dem Beifahrersitz. Dass ich ihn quasi entführt habe, verursacht mir ein schlechtes Gewissen, aber ich versuche mir einzureden, dass ich – wenn ich ihn ausliefere, und das werde ich tun – meiner Familie auch Arbeit erspare. Ich helfe, wenn man es genau nimmt, uns allen.

Damit mein Plan auch gelingt, treffe ich, zu Hause angekommen, alle nötigen Vorbereitungen.

Von Mom borge ich mir Arbeitskleidung, sodass ich als Mitarbeiterin von *Hawaiian Flower Power* durchgehe. Dann überlege ich mir fünfzehn gute Fragen. Damit bin ich eine ganze Weile lang beschäftigt, denn Dixon ist so viel mehr, als nur ein Hollywood-Actionstar. Natürlich wäre es einfach, ihn nach seinem Privatleben zu fragen, doch bei meinen Recherchen entdecke ich, dass er viel mehr zu bieten hat. Er setzt sich beispielsweise für den Schutz der Meere ein und fördert Nachwuchstalente. Seufzend ringe ich mit mir, denn natürlich ist alle Welt ganz besessen davon, zu erfahren, wen er datet, oder ob er nach der schmutzigen Scheidung noch einmal heiraten will.

Während des Abendessens mit meiner Familie sind meine Gedanken bei Dixon. An seiner Stelle würde ich es auch hassen, derart intime Fragen gestellt zu bekommen. Das geht schließlich niemanden etwas an. Auch ein Star sollte das Recht auf Privatsphäre haben – man ist ja schließlich kein Allgemeingut, nur weil man im Rampenlicht steht. Natürlich gibt es viele Menschen und Kollegen, die das anders sehen, doch so bin ich nicht – zumal ich selbst am besten weiß, wie schrecklich es ist, wenn andere Menschen sich darüber ein Urteil erlauben. Letztendlich betrifft also keine meiner Fragen sein Liebesleben.

Den Rest der Nacht versuche ich mir verschiedene Szenarien auszumalen, wie ich überhaupt an Dixon herankomme und ihn dann davon überzeuge, sich auf ein Interview mit mir einzulassen.

Ich bin schon ziemlich mit den Nerven am Ende, als ich schließlich die Adresse googele. Mein Herz rutscht mir in die Hose, als ich erkenne, wo Dixon sich zurzeit befindet.

Noch einmal überprüfe ich die Adresse, doch es ist, wie es ist. Curtis Dixon hält sich unglücklicherweise genau an jenem Ort auf, an den ich so schreckliche Erinnerungen habe.

Einen kurzen Augenblick lang bin ich versucht, alles aufzugeben.

Stell dich nicht so an! Was hast du schon zu verlieren?, schimpfe ich mit mir.

Nichts, denke ich, aber dadurch bessert sich mein Zustand keineswegs, was nicht weiter verwunderlich ist. Angst und Logik haben schließlich nicht das Geringste miteinander zu tun. Mein Verstand sagt mir zwar, dass mir nichts passieren kann und es keinen Grund für mein Unbehagen gibt, doch meine Gefühle laufen trotzdem Amok.

Das tun sie auch noch am nächsten Vormittag, als ich den Truck meines Vaters in der schmalen Straße hinter dem *Mad Crush*-Anwesen parke. Mit wackligen Knien steige ich aus.

Alles wird gut, spreche ich mir Mut zu. Du hast einen wasserdichten Plan, der unmöglich schiefgehen kann.

Nur bin ich in diesem Moment, in dem es heißt, Farbe zu bekennen, wenig von der Idee überzeugt. Im Gegenteil, ich halte sie inzwischen sogar für hochgradig dämlich.

Willst du deinen Job verlieren?, frage ich mich, und ernte ein empörtes ›Nein, natürlich nicht!‹ aus meinem tiefsten Inneren.

Dann sei nicht so ein Feigling, sage ich mir. Was soll denn schon passieren?

Schweißtropfen rinnen meinen Rücken hinunter und ich weiß nicht, ob es an den tropischen Temperaturen liegt oder an der Nervosität.

Die Angst, Curtis Dixon könnte mich zum Teufel jagen, kann nicht ansatzweise mit der davor mithalten, dass ich den *Mad Crush* Surfern begegne. Was, wenn ich auf diesen verlogenen Widerling Rory Johnson treffe? Oder wenn Strider Sinclair und Cullen Blake wieder über mich lachen, wie sie es vor ein paar Tagen am Flughafen getan haben? Oder schlimmer noch: wenn ich ihrem Teammanager Wilder Benedict in die Arme laufe. Wilder ist ein frauenfeindliches Arschloch und einer der unsympathischsten Menschen, die ich kenne. Schon als ich damals als Journalistin für *Wavehunters* geschrieben habe, hat er mir das Leben schwer gemacht. In seiner Nähe komme ich mir immer entsetzlich unzulänglich und dumm vor. Dieser Mann hat eine gemeine Ader, und allein beim Gedanken an seine herablassenden Kommentare sinkt mein Mut.

Du musst da rein, erinnere ich mich. Du musst dir diese Story schnappen! Von den Idioten erkennt dich sowieso keiner. Die sehen doch bloß, was sie sehen wollen und du lieferst lediglich Blumen aus.

Genau, ich liefere Blumen an Curtis Dixon. Das hier ist ein regulärer Auftrag. Nur bin ich eben keine reguläre Botin, aber das weiß niemand. Keiner kennt meine Pläne und letztendlich kann ich sie immer noch über den Haufen werfen, wenn ich merke, dass es nicht funktioniert.

Noch einmal checke ich, ob die Blätter mit meinen Interviewfragen auch wirklich unter den Zetteln mit den Lieferbestätigungen klemmen. Ich bin auf alles vorbereitet. Theoretisch kann also nichts schiefgehen.

Dummerweise scheitere ich bereits daran, auf das Grundstück zu gelangen, denn niemand öffnet, als ich klingle. Dafür unterhält die laute Musik, die aus dem Strandhaus zu mir herübertönt, die komplette Nachbarschaft.

Profi-Surfer und Hip Hop — eine innige Liebe. Ätzenderweise.

Da ich mich jedoch hier auskenne, folge ich dem schmalen Pfad, der zwischen den Häusern entlangführt, um auf den Strand zu gelangen.

Das Rauschen der Wellen dringt zu mir herüber und ausladende Palmwedel spenden mir Schatten, als ich das Gässchen, das von zwei steinernen Mauern gesäumt wird, entlanggehe.

Es endet auf einem traumhaft schönen, weißen Sandstrand, der an einem der besten Surfspots der Welt liegt und aussieht, als wäre er dem Magazin eines Reiseanbieters entsprungen. Es ist einfach nur perfekt!

In der sich aufbäumenden, türkisblauen Brandung tummeln sich etwa dreißig Surfer. Ich hoffe, dass der Großteil der *Mad Crush*-Surfer ebenfalls im Wasser ist. Allerdings habe ich daran so meine Zweifel, denn obwohl wir Winter haben und die Wellen dann größer sind, geben sie heute nicht viel her. Für Profi-Surfer sind die, die ich im Moment sehe, keine große Herausforderung, und wenn ich im Laufe der Jahre eine Sache über diese Männer gelernt habe, dann, dass sie Herausforderungen lieben.

Schneller, höher, weiter … Je mehr, desto besser. Die meisten sind regelrechte Adrenalinjunkies und führen ein Leben auf der Überholspur.

Im Laufe der nächsten Tage werden die Jungs jedoch auf ihre Kosten kommen. Der Surf-Forecast verspricht einen gewaltigen Swell, dann werden sich die Wellen meterhoch auftürmen und das Line Up wird so voll sein, dass man kaum noch atmen kann. Man bezeichnet *Pipeline* gerne als die Mutter aller Wellen, weil sie so unnachahmlich perfekt ist. Sie gilt als die beste Welle der Welt. Daher ist es nicht weiter verwunderlich, dass selbst an unterdurchschnittlichen Tagen wie heute dutzende Surfer ihr Glück versuchen.

Ich lasse meinen Blick noch einmal über den Strand schweifen, der sich kilometerweit in beide Richtungen erstreckt. Unzählige Sonnenanbeter liegen im warmen Sand und präsentieren ihre gebräunten Körper. Die meisten Frauen stecken in mikroskopisch kleinen Bikinis – vermutlich in der Hoffnung, die Aufmerksamkeit der millionenschweren Profi-Surfer auf sich zu ziehen.

Sie haben keine Ahnung, worauf sie sich einlassen. Gute Manieren sucht man nämlich bei diesem Schlag Mann vergebens. Reichtum und Klasse sind schließlich zweierlei Paar Schuhe – das musste ich auf die harte Tour lernen.

Ehe die Erinnerung mich einholen kann, setze ich meinen Weg fort und erklimme die ausgetretenen Stufen, die die Bezeichnung Treppe nicht verdient haben, um auf das *Mad Crush*-Gelände zu gelangen.

Mit einem mulmigen Gefühl im Bauch schreite ich über die sandige Rasenfläche. Ein halbes Dutzend Surfboards liegt darauf verstreut. Lautes Grölen aus dem Inneren des Hauses verschmilzt mit den Hip-Hop-Beats und dringt zu mir herüber. Diese Typen können solche Proleten sein.

Wie um den Beweis anzutreten, fragt jemand hinter mir: »Hallo Schätzchen, sind die für mich?«

Ich drehe mich um und stehe einem tropfnassen Typ gegenüber, der gerade aus einem unscheinbaren Schuppen kommt. Er ist zu jung, als dass ich ihn noch aus meiner *Wavehunters*-Zeit kennen könnte. Dummerweise habe ich gestern nicht noch mal gecheckt, wer aktuell zum *Mad Crush-Team* gehört. Eine große Nummer ist er jedoch nicht, sonst wäre er zusammen mit den anderen auf dem Cover der letzten *Wavehunters*-Ausgabe gewesen.

»Bedauerlicherweise nein, die sind für Mister Dixon«, flöte ich und setze eine traurige Miene auf.

»Für dich bin ich auch Mister Dixon«, flirtet er zurück.

»Vielleicht zeigst du mir einfach, wo er ist und erzählst mir dabei was über dich«, schlage ich vor, denn diese Typen lieben es, über sich zu reden – was mir absolut nichts ausmacht. Ich habe ein Faible für spannende Geschichten.

Der Typ – mich würde es schwer wundern, wenn er bereits achtzehn wäre – stellt sich als Miles vor und führt mich ins Innere des Hauses.

Mich trifft fast der Schlag, als ich das Chaos sehe. Bei meinem letzten Besuch sah es hier bereits wüst aus, aber jetzt ist der Wohnbereich so zugestellt mit Equipment, dass man sich kaum bewegen kann – etwas, wodurch das Haus noch dunkler und gedrungener wirkt als ohnehin schon.

Wie die meisten der umliegenden Strandhäuser ist es alt. Es stammt aus den Sechzigern und hat definitiv schon bessere Zeiten gesehen. Das Haus an sich ist inzwischen ziemlich verlebt – was kein Wunder ist, denn hier hausen ständig bis zu zehn Surfer, aber der

Blick auf eine der besten Wellen der Welt entschädigt vermutlich für alles.

Nervös schaue ich mich um und hoffe, niemanden zu entdecken, den ich von früher kenne. An diesen Youngster Miles zu geraten, war ein absoluter Glückstreffer.

Ich wähne mich bereits am Ziel, als eine Tür aufgeht und ich unvermittelt Wilder Benedict gegenüberstehe. Mir stockt der Atem und ich hoffe inständig, dass er mich nicht erkennt.

»Hey, weißt du, wo Dixon ist?«, quatscht Miles ihn an.

Ich versuche mein Gesicht so gut es geht hinter dem voluminösen Blumenstrauß zu verbergen, als Wilder in meine Richtung schaut.

»Nein«, brummt er. Er wendet sich mir zu. »Die Blumen können Sie mir geben.«

Das Zittern in meiner Stimme ist so stark, dass es ihm unmöglich entgehen kann. »Ich muss sie persönlich übergeben.«

Seine linke Augenbraue schnellt in die Höhe.

»Wunsch der Kundin«, schiebe ich hinterher.

»Mein Haus, meine Regeln. Sie dürfen die Blumen hier abgeben. Danke!«

Worte, die keinen Widerspruch zulassen und doch kann ich nicht anders. Ich muss Dixon sprechen. Er ist der Knüller, den ich brauche, um den Battle-of-the-Dicks-Patzer auszubügeln und wieder Boden gutzumachen. Eine Chance wie diese kommt so schnell nicht wieder, erinnere ich mich nachdrücklich. Wenn ich meinen Job behalten will, dann muss ich an Wilder vorbei. In dem Wissen, dass ich gar keine andere Option habe, nehme ich all meinen Mut zusammen und sage: »Aber die Kundin …«

Wilder Benedicts Stirn legt sich in Falten, er neigt den Kopf, mustert mich durchdringend und ich kann sehen, wie er mich trotz meiner Tarnung erkennt.

Mist, Mist, Mist, denke ich panisch.

»Hey, sind Sie nicht die Kleine von *Wavehunters*?«

*Wavehunters*-Hure, hallt es in meinem Kopf wider. Ich weiß, dass er mich so genannt hat.

»Was haben Sie hier zu suchen? Warum schnüffeln Sie hier rum?«

Nervös lecke ich mir über die Lippen. »Ich schnüffle nicht«, behaupte ich. »Ich arbeite für *Hawaiian Flower Power.*«

Wilder Benedict sieht wenig überzeugt aus – alles andere hätte mich auch verwundert. Er ist vielleicht ein großmäuliges Arschloch, aber dumm ist er nicht … eine gefährliche Mischung.

»Ich habe eine Blumenlieferung«, schiebe ich überflüssigerweise hinterher. Das Dämmerlicht verschluckt sein feines Mienenspiel und es fällt mir schwer zu erkennen, ob er mir meine Story abkauft.

»Das sehe ich«, grollt er, und fragt dann provozierend: »Eine Blumenlieferung mit Blowjob-Garantie?«

Miles wirft ihm einen fassungslosen Blick zu, woraufhin Wilder ihm erklärt: »Das Interview mit intimen Zugeständnissen, das war sie.«

Er deutet mit dem Zeigefinger auf mich und ich würde vor Scham am liebsten im Boden versinken.

Miles johlt amüsiert auf, klatscht in die Hände und ich denke noch, es kann nicht schlimmer kommen, als Cullen Blake hinter Wilder auftaucht.

»Schau mal, wer wieder da ist«, meint Wilder in einem derart süffisanten Tonfall, dass ich ihn am liebsten schlagen würde. Es klingt, als wäre ich ein Insekt, das unter irgendeinem Stein hervorgekrochen ist – das Üble daran ist: Genauso fühle ich mich in diesem Moment. Ganz klein, unbedeutend und in Gefahr jeden Moment zertrampelt zu werden.

Cullen braucht einen Moment, dann sagt er: »Wurde auch langsam Zeit. Ich warte seit Jahren auf ein Interview in Rory-Johnson-Qualität. Das soll super gewesen sein, wie man hört. Investigativer Journalismus vom Feinsten, der so richtig unter die Haut geht.« Er grinst breit und findet sich allem Anschein nach extrem witzig.

»Unfassbar komisch!«, fauche ich und übergehe die doppeldeutigen Bemerkungen. »Können wir das Geschäftliche hinter uns bringen? Ich brauche …«

»Klar können wir *das Geschäftliche* …« Wilder betont das letzte Wort in zweideutiger Weise. »… hinter uns bringen. Willst du dich schon mal hinknien? Wir losen bloß noch aus, wer zuerst dran ist.«

»Ich bin aus beruflichen Gründen hier«, erkläre ich angesichts der demütigenden Situation tapfer.

»Das hat dich beim letzten Mal doch auch nicht davon abgehalten, hier deinen Spaß zu haben«, meint er und zwinkert mir zu.

Ich verdrehe die Augen und sage: »Können wir jetzt bitte einfach weitermachen?«

»So ungeduldig? Keine Angst, wir werden es dir schon ordentlich besorgen.«

Wilders Worte erschüttern mich bis ins Mark. Das Blut rauscht in meinen Ohren und ich bin vor lauter Panik kaum dazu in der Lage, einen klaren Gedanken zu fassen. Er streckt die Hand nach mir aus, seine Finger streifen eine lose Haarsträhne, ehe ich sie beiseite schlage.

»Fass mich an, und du kassierst eine Anzeige wegen sexueller Belästigung!«, stoße ich mühsam beherrscht hervor. Meine Stimme klingt schrill, die Knie sind ganz weich und das Herz hämmert so heftig in meiner Brust, dass ich glaube, es müsste jeden Moment kollabieren.

»Wir sind heute wohl ein wenig empfindlich, was? Das war bloß ein Scherz!«

Selten so gelacht, denke ich und bemühe mich verzweifelt, nicht vor ihm und seinen Jungs in Tränen auszubrechen.

Es ist Cullen, der die Situation entschärft, indem er sich an Wilder vorbeischiebt und sagt: »Wie heißt du?«

»Patricia Jeffries«, erwidere ich kleinlaut.

Für einen Surfer ist Cullen ziemlich groß, weshalb ich zu ihm aufschauen muss.

»Deinen Eltern gehört *Hawaiian Flower Power*, oder?«

Meine Antwort besteht aus einem knappen Nicken.

»Gib Miles die Blumen und zeig mir, wo ich unterschreiben muss!«

Ich befolge seine Anweisungen mechanisch.

»Da«, japse ich und deute mit dem Kuli auf die Stelle, die bestätigt, dass ich die Blumen abgegeben habe.

Cullen nimmt den Stift aus meinen zitternden Fingern entgegen und unterzeichnet.

Noch immer muss ich mich bemühen, nicht loszuheulen. Es erfordert meine gesamte Konzentration. Nachdem er mir das Klemmbrett ausgehändigt hat, wirble ich herum und eile davon. Nichts wie raus!

Hinter mir höre ich, wie Wilder sich über mich aufregt. Er nennt mich eine hysterische Kuh und behauptet, dass ich mich bloß anstellen würde. Cullen fährt ihn an und sagt ihm, dass er die Klappe halten soll.

Dann vernehme ich Schritte hinter mir. Ohne mich umzudrehen, spüre ich, dass jemand mir nachläuft. Mein Herzschlag beschleunigt sich und der Luft scheint der Sauerstoff zu fehlen. Die Panik ist wieder da. Groß und übermächtig droht sie mich zu ersticken. Ich stoße die Tür zur Veranda auf, haste die Stufen hinunter und verteufle mich für meine Dummheit. Ich hätte niemals hierherkommen dürfen. Niemals!

»Warte!«, ruft Cullen hinter mir.

Nein, ich werde sicherlich nicht stehen bleiben. Stattdessen mache ich das genaue Gegenteil, ich sprinte über den sonnengebleichten Rasen in Richtung Meer. Durch den Tränenschleier und die plötzliche Helligkeit kann ich kaum etwas sehen, daher gerate ich auf der Treppe, die zum Strand hinunterführt, ins Stolpern und pralle gegen die Person, die mir gerade noch gefehlt hat.

# KAPITEL 06

## ERINNERUNGSFETZEN & ERKLÄRUNGSVERSUCHE

### STRIDER | OAHU | HAWAII | 03.12.2018

Fuck!, denke ich, als ich einen Schatten über mir sehe. Ich hebe meinen Blick, versuche noch, der taumelnden Gestalt, die auf der Treppe ins Stolpern geraten ist, auszuweichen, und versage auf ganzer Linie. Ich habe keine Chance, den schwungvollen Aufprall abzudämpfen, und so gerate ich aus dem Gleichgewicht und wir purzeln gemeinsam die letzten Stufen hinunter.

Gerade als ich dem Affen, der mich umgeholzt hat, das Fell über die Ohren ziehen will, realisiere ich, dass es keiner der anderen Jungs ist, der neben mir im Sand liegt.

Es kostet mich einen Moment, um das tränenüberströmte Etwas als die Frau vom Flughafen zu identifizieren. Ganz leicht ist das nicht, denn ein Basecap bedeckt ihr Haar, das sie zu einem Pferdeschwanz zusammengefasst hat. *Hawaiian Flower Power* steht auf der Mütze und dem Oberteil, das sie trägt.

»Sorry!«, wispert die Blumenbotin und versucht, auf die Beine zu kommen, doch als sie sich im Sand abstützen will, gibt sie ein schmerzerfülltes Keuchen von sich.

»Hast du dir wehgetan?«

Sie schüttelt den Kopf und blickt dann beinahe panisch in Richtung Haus. Mein erster Gedanke ist, dass es sich bei ihr um eine Diebin auf der Flucht handelt. Ins *Mad Crush*-Haus wurde bereits des Öfteren eingebrochen, doch alles, was sie bei sich getragen hat, ist ein Klemmbrett, das nun ebenfalls im Sand liegt.

»Na, immerhin einen von uns hast du ja dann doch noch flachgelegt, Kleines«, witzelt Cullen vom Treppenabsatz her.

Ihr Kopf ruckt in seine Richtung und sie sieht aus, als würde sie ihm am liebsten an die Gurgel gehen. Meinen Freund beeindruckt ihre offensichtliche Feindseligkeit wenig. Er kommt zu uns herunter und streckt ihr die Hand hin, um ihr aufzuhelfen. Die Frau mustert sie, als würde sie überlegen, wie sie ihm seine Rechte am besten abhacken könnte, und quält sich dann ohne seine Hilfe hoch.

»Hey, das eben tut mir leid«, räumt Cullen ein. »Das war ziemlich scheiße.«

»Ach, echt?«, keift sie außer sich vor Wut.

»Hör mal, Wilder hat das nicht so gemeint. Er ist da übers Ziel hinausgeschossen. Aber es war nur ein dummer Spruch«, sagt Cullen und mir wird klar, dass er sich gerade nicht für seinen eigenen Kommentar entschuldigt hat, sondern dass da irgendetwas gelaufen sein muss, von dem ich keine Ahnung habe.

Sie mustert Cullen aus zusammengekniffenen Augen. »Ja, nehmt euch bloß immer schön gegenseitig in Schutz!

Aber ich meine es ernst: Sollte Wilder noch einmal versuchen mich anzufassen, gehe ich zur Polizei. Und das, Cullen Blake, gilt auch für dich! Also, Pfoten weg!«

Krass, was geht denn hier ab?, frage ich mich, während ich aufstehe und den Sand so gut es geht von meinen Beinen abklopfe. Da drin muss es ja ordentlich geknallt haben. Zu gerne würde ich wissen, was genau Wilder sich hat zu Schulden kommen lassen. Dass er die Kleine betatscht hat, kann ich mir nämlich überhaupt nicht vorstellen.

Als Cullen sich trollt, ist ihr die Erleichterung allerdings deutlich anzusehen. Was auch immer im Haus passiert ist, sie ist deshalb ganz schön durch den Wind.

Cullen wagt einen letzten Versuch, indem er sich noch einmal entschuldigt. »Es tut mir wirklich leid, Patricia.«

Ihr scheint das reichlich egal zu sein. Sie straft ihn mit Nichtbeachtung und widmet sich ihrem Handgelenk. Vorsichtig betastet sie es. Sie hat schlanke, elegante Finger. Ihre Hände sind gepflegt, die Nägel in einem zarten Rosaton lackiert. Ich beobachte ihre Bemühung und sehe, wie sich ihre Lippen verziehen, als sie versucht, das Handgelenk zu bewegen.

»Hast du dir doch wehgetan? Ist es schlimm?«, frage ich.

Sie blickt in meine Richtung und wirkt etwas überrascht.

»Verstaucht, denke ich.«

»Zeig mal!«, sage ich und mache einen Schritt nach vorne, woraufhin sie regelrecht zurückhüpft und über mein Board, das noch immer im Sand liegt, fällt. Sie plumpst auf ihren Hintern.

Unsicher, was ich tun soll, schaue ich auf sie herab und entscheide mich dann dazu, ihr nicht aufzuhelfen. Sie ist so nervös und gereizt, dass sie meine Hilfe vermutlich ebenso wie die von Cullen zurückweisen würde.

»Tut mir leid«, sage ich und hebe mein Board, das sie eben zu Fall gebracht hat, auf. Damit es keinen weiteren Schaden anrichten kann, stelle ich es beiseite. Ich lasse mir viel Zeit mit den einfachen Handgriffen, sodass sie sich ein wenig von dem, was im Haus geschehen ist, erholen kann.

Als ich mich wieder zu ihr umdrehe, macht sie gerade Anstalten, sich nach ihrem Klemmbrett zu bücken. Ich komme ihr zuvor und reiche es ihr. Sie mustert mich noch immer argwöhnisch.

»Was war denn da eben los?«, erkundige ich mich und nicke in Richtung Haus.

»Der übliche Schwachsinn.«

Okay, das war jetzt wahnsinnig informativ.

»Was genau meinst du damit?«, hake ich daher nach.

»Ach, hör auf, den Ahnungslosen zu spielen!« Dieses Mal gilt ihr aufgebrachter Blick mir. Doch er ist nur vordergründig wütend. Ich sehe die Tränen, die sie mühsam zurückhält und ich sehe auch die stille Verzweiflung.

Was auch immer geschehen ist, es hat sie verletzt. Sie dreht sich rum, will gehen, doch das kann ich nicht zulassen. Meine Instinkte leiten mich, als ich nach ihr greife und sie zurückhalte.

Ein scharfes Zischen ist ihre Reaktion darauf und als mir klar wird, dass ich gerade das verletzte Handgelenk umfasse, lasse ich es augenblicklich los.

»Sorry. Ich wollte dir nicht wehtun«, versichere ich ihr und schenke ihr einen entschuldigenden Blick.

»Ich gehe jetzt!«, erklärt sie entschlossen.

»Okay«, werfe ich hastig ein, um ihr klarzumachen, dass es nicht meine Absicht ist, sie davon abzuhalten … nicht wirklich zumindest. »Aber das Handgelenk sollte sich ein Arzt anschauen.«

Sie sagt dazu nichts.

»Dringend!«

Und auch wenn ich mir sicher bin, dass sie das nicht hören will, füge ich hinzu: »Du solltest besser nicht fahren.«

Sie schluckt beklommen, nickt dann kaum merklich und nuschelt: »Ich rufe meinen Bruder an.«

Sie sagt es mehr zu sich selbst als zu mir und klingt dabei nicht sehr überzeugt.

»Wenn du magst, gehen wir rein und lassen den Team-Arzt kommen. Der kann sich das anschauen«, schlage ich vor.

Ihre Reaktion ist derart heftig, dass ich in diesem Moment beschließe, Wilder Benedict auf den Zahn zu fühlen.

»Nein! Ich geh da nicht nochmal rein!«, stößt sie mit vor Schreck geweiteten Augen hervor.

Ich lecke mir über die Lippen und versuche cool zu bleiben, allerdings möchte ich Wilder am liebsten sofort zur Rede stellen. »Okay, wie du meinst, aber dann lass mich dich wenigstens ins Krankenhaus fahren.«

»Das ist nicht nötig. Ich komme klar!«

»So siehst du nicht aus.« Ich meine es nicht böse, ich bin nur ehrlich.

»Ich diskutiere das nicht!«, erklärt sie nachdrücklich. »Ich lege keinen Wert darauf, Zeit mit dir zu verbringen. Geh zurück ins Haus zu deinen Freunden, dann könnt ihr euch zusammen über mich lustig machen.«

Was?, denke ich verwirrt und frage mich, was mit ihr nicht stimmt. Allem Anschein nach leidet sie unter Paranoia oder so.

»Warum sollten wir das tun?«, frage ich sie fassungslos.

»Du hast wohl ein Kurzzeitgedächtnis, was?«, blafft sie. »Am Flughafen vor ein paar Tagen habt ihr euch doch auch prächtig über mich amüsiert.«

Blinzelnd versuche ich mich an die genaue Situation zu erinnern. »Ja, aber das war …«, setze ich zu einer Erklärung an.

»Schon klar«, unterbricht sie mich. »Ich weiß, was ihr gedacht habt. Mit der kleinen *Wavehunters*-Hure kann man es schon machen, aber die Zeiten, in denen ich mir euren Mist habe gefallen lassen, sind vorbei.«

*Wavehunters*-Hure … Fuck! Und dann, weil nur diese vier Buchstaben die aktuelle Situation ausreichend beschreiben, denke ich noch einmal: Fuck!

Ich weiß, wer sie ist und ich weiß auch, warum sie denkt, dass wir über sie gelacht haben – denn ja, das haben wir und zwar mehr als einmal.

Das Mitgefühl, das ich für sie empfinde, wird von einer Welle des schlechten Gewissens hinfort gespült.

»Und nun geh nach oben und erzähl deinen Freunden alles. Vielleicht schmückst du das Ganze noch ein wenig aus und berichtest von heißem Sex am Strand, denn nur fürs Protokoll: Ich habe Rory Johnson nie einen geblasen, ganz egal, was er behauptet!«

Ich sehe ihr nach, als sie davon stapft – unfähig mich zu rühren, denn die Erinnerung holt mich so rasant ein, dass ich sie erst einmal verdauen muss.

## STRIDER | OAHU | HAWAII | 10.02.2015

Wenn es eine Person in diesem Haus gibt, die mir so richtig auf den Wecker geht, dann ist es der verfickte Rory Johnson. Er und Cullen, der meint, ich sei ein schlechter Verlierer. Die beiden gehören in einen Sack gesteckt, und wenn man draufhaut, würde es schon den Richtigen treffen.

Ich habe nicht verloren. Im Gegenteil. Hätte ich Kane in meinem Heat nicht geschlagen, dann wäre Rory jetzt kein Weltmeister. Ich war der Kingmaker, denn ich habe Kane für ihn aus dem Rennen gekickt.

Mir geht bloß auf den Sack, dass der kleine Wichser sich so aufspielt, und diese *Mad Crush*-Arschlöcher bestärken ihn auch noch darin, indem sie ihm jede Menge Zucker in den Arsch blasen.

Mit all dem Scheiß könnte ich auch irgendwie zurechtkommen, wenn der elende Drecksack mir nicht ständig meinen Kram wegfressen würde. Erst meine Käsemakkaroni futtern und sich dann verpissen … und ich weiß, dass er es war. Keiner sonst wäre so dreist.

Er ist weder im Wohnzimmer noch auf der Terrasse, bleibt noch Wilders Büro, doch auch da ist er nicht. Marodierend ziehe ich weiter durchs Haus, reiße Türen auf und frage die anderen, wo Rory steckt.

»Hat der jetzt nicht das *Wavehunters*-Interview«, sagt irgendwer.

Schwachsinn, denn dann wäre er dort, wo ich zuerst nach ihm geschaut habe.

Vielleicht ist er im Wasser, doch auch das wird ihn nicht retten. Irgendwann muss er rauskommen und dann mache ich ihm die Hölle heiß.

Ich starte einen letzten Versuch, indem ich in seinem Zimmer nachschaue. Klar, er hat jetzt den großen Raum. Den, in dem man die Nummer Eins im Team unterbringt, aber er ist verdammt noch mal nicht die Nummer Eins! Er ist bloß ein verfressener Scheißkerl, dem ich gleich gehörig den Marsch blasen werde.

Ohne anzuklopfen, platze ich in das Zimmer, in dem ich bis vor rund vier Monaten noch gewohnt habe, wenn ich hier war. Mein Mund steht bereits offen, um ihn anzufahren, als ich wie erstarrt stehen bleibe.

Fuck, das Bild, das sich mir gerade bietet, wollte ich nie in meinem Kopf haben. Niemals!

Wer, bitte schön, will schon seinen Erzrivalen beim Sex sehen. Das ist …

Ich trete den Rückzug an, wohlwissend, dass ich den Anblick von Rorys nacktem, haarigem Arsch, der sich gerade rhythmisch bewegt, nie wieder aus meiner Erinnerung kriege.

Leise schließe ich die Tür, während er ihren Namen – Trish heißt sie wohl – röhrt. Ich mache mich auf den Weg nach unten.

»Und? Hast du ihn gefunden?«, fragt Cullen.

»Der vögelt gerade irgendein Groupie«, winke ich angesäuert ab. Das ist nicht gerade neu und seit er Weltmeister ist, stehen die Mädels Schlange, um eine Kostprobe von seinem Schwanz zu bekommen.

Neulich hat mich doch glatt eine, die ich abgeschleppt hatte, gefragt, ob ich ihr Rory vorstellen könnte. Ich meine: Geht's noch?

»Wer vögelt wen?«, erkundigt Wilder sich alarmiert. Seit die Kein-Sex-innerhalb-des-Teams-Regel raus ist, schiebt er Panik, dass genau das passieren könnte.

Ich winke ab. »Nur Rory wieder«, murre ich.

»Was? Das kann nicht sein! Der hat doch gerade das Interview mit dieser *Wavehunters*-Tussi.«

»Hey, ich habe es mit eigenen Augen gesehen – auch wenn ich gerne darauf verzichtet hätte. Der war mit irgendeinem Groupie zugange. Trish.«

Wilders Augen weiten sich: »Trish? Sicher!«

Ich zucke mit den Schultern. »Hat er zumindest gesagt.« Ich für meinen Teil weiß ja nicht immer, wie die heißen, aber …

»Krass, der fickt gerade echt die kleine Reporterin. Ich meine, verdenken kann man es ihm nicht. Die ist schon heiß.«

»Aber die wirkt immer so zugeknöpft«, kommt es von Cullen.

»Das, mein Freund, …«, meint Wilder und klopft ihm jovial auf die Schulter, »… sind in der Regel die größten Schlampen, und die sieht auch aus wie eine, die für eine gute Story die Beine breit machen würde.«

»Nennt man dann wohl investigativen Journalismus«, werfe ich ein.

»Gegen so ein Interview mit intimen Zugeständnissen hätte ich auch nichts einzuwenden«, sagt Cullen.

Wir machen uns noch eine Weile über das Ganze lustig, bevor sich jeder wieder um seinen Scheiß kümmert.

Ich stehe gerade in der Küche und mache mir eine große Portion Käsemakkaroni, als Cullen und Wilder lachend in die Küche kommen.

»Was ist so witzig?«, erkundige ich mich.

»Rory hat tatsächlich die *Wavehunters*-Tussi gevögelt.«

»Wohl eher *Wavehunters*-Hure«, merkt Wilder an. »Unfassbar! Was für eine Schlampe. Da kamen die doch gerade echt die Treppe hinunter, und sie so …« Mit verstellter Stimme fährt er fort. »… Danke für das tolle Interview, und er daraufhin so: Immer wieder gerne! War mir ein Vergnügen!«

»Ja, darauf möchte ich wetten«, sagt Cullen.

»Sah auch ziemlich spaßig aus«, bekunde ich.

Rory kommt in die Küche, scheinbar hat ihn unser Gelächter auf den Plan gerufen. »Alles klar hier?« Er äugt in Richtung der Auflaufform im Backofen. »Mmh, riecht das lecker! Ich habe richtig Hunger.«

»Ja«, meint Cullen mitfühlend. »So ein Interview kann ganz schön anstrengend sein.«

»Regelrecht schweißtreibend«, kommt es von Wilder.

»Nee, ich habe bloß heute noch nichts gegessen«, erwidert Rory, ohne auf die Anspielungen der Jungs einzugehen. Entweder er schnallt es nicht – wäre nicht verwunderlich, denn sonderlich helle ist der kleine Scheißer nicht –, oder er ignoriert es gekonnt.

Cullen grinst amüsiert: »Echt? Du solltest Strider fragen, ob du was abhaben kannst. Seine Käsemakkaroni sind der Hammer. Selbst kalt und vom Vortag schmecken die göttlich.«

Er zwinkert mir dreist zu, und ich bin kurz davor, über die Arbeitsplatte zu springen und ihm an die Gurgel zu gehen.

Fuck! So ein dummer Schweinehund!

## STRIDER | OAHU | HAWAII | GEGENWART

Fuck, fuck, fuck!

Patricia/Trish verschwindet in der schmalen Gasse zwischen den Häusern, die sie auf die Ke Nui Road führt. Erst da gelingt es mir, mich aus meiner Starre zu lösen.

Ein Teil von mir drängt mich, ihr nachzugehen, weil sie verletzt ist und Hilfe braucht, aber der andere, der, der in diesem Moment dominant ist, ist zu feige dafür. Denn alles, was eben passiert ist, ist meine Schuld.

Ich beschließe herauszufinden, wie schwer diese wiegt, und mir Wilder vorzuknöpfen. Mit dem Board, das den Sturz zum Glück heil überstanden hat, unter dem Arm erklimme ich die Stufen zum Grundstück hinauf.

Das Brett wandert zu den vielen anderen auf den kümmerlichen Rasen vor dem Haus. Um den Sand loszuwerden, hüpfe ich kurz unter die Außendusche, bevor ich Wilder zur Rede stelle. Normalerweise läuft das immer andersherum. Auch wenn Wilder gerne so tut, als sei er einer von uns, ist er es nicht. Er ist der Teammanager und lediglich die Schnittstelle zwischen uns Surfern und dem Label, ganz egal, wie cool er sich auch gibt.

»Weißt du, wo Wilder ist?«, frage ich Cullen, der in dessen Büro hockt. Er hat es sich auf dem Chefsessel bequem gemacht, die Füße auf die abgewetzte Schreibtischplatte gelegt und wirft einen Ball in die Höhe, um ihn dann wieder aufzufangen.

»Er ist nicht da!«

»Das sehe ich. Weißt du, wo er sich rumtreibt?«

Mein Freund zuckt mit den Schultern und spielt weiter mit dem dämlichen Ball. »Was willst du denn von ihm?«, erkundigt er sich betont gleichgültig.

»Wissen, was passiert ist.«

»Warum? Hast du vor, den Helden zu spielen? Strider Sinclair im Kampf für die Armen und Unterdrückten, ja?«

»Sie hat geweint«, erkläre ich.

»Du und dein elender Helferkomplex! Dann hat sie halt geweint. Und?«

Ich streite es nicht ab, denn wenn ich es täte, müsste ich meine wahren Motive offenbaren und ihm gestehen, dass mein schlechtes Gewissen mich beinahe umbringt, kommt nicht infrage. Auf seine spöttischen Bemerkungen kann ich nämlich gerade gut verzichten.

Cullen würde bloß behaupten, dass ich alt und weich werde. Er würde sagen, dass ich meinen Biss verloren habe und mich daran erinnern, dass ich immer getönt habe, dass ich niemand bin, der Dinge bereut. Und auch jetzt stimmt es noch: Ich bereue so gut wie nichts in meinem Leben, aber dass jeder in diesem Haus von Rory und ihr erfahren hat, das bedauere ich sehr.

Vielleicht schaue ich aus diesem Grund ein paar Minuten später aus meinem Zimmer in die Straße hinter dem *Mad Crush*-Anwesen hinunter.

Als ich sehe, dass sie immer noch dort steht, beschleunigt sich mein Herzschlag. Ich springe schnell in trockene Klamotten, schnappe mir mein Portemonnaie und das Handy und verlasse das *Mad Crush*-Haus durch die Vordertür. Mit schnellen Schritten durchquere ich den Hof, öffne das schwere Tor und sehe mich ihr gegenüber.

Sie wirbelt zu mir herum. Ihre Brust hebt und senkt sich heftig in schnellem Rhythmus. Sie wirkt alarmiert.

»Ich weiß, du hast gesagt, dass du klarkommst, aber irgendwie sieht das nicht so aus.«

Sie erwidert nichts, sondern starrt mich lediglich feindselig an. Dieser trotzige Blick aus ihren funkensprühenden, blauen Augen könnte durchaus einschüchternd sein, wären da nicht die ungeweinten Tränen, die nur auf einen schwachen Moment lauern.

»Dich ins Krankenhaus zu fahren, ist wirklich kein Problem.«

Noch immer sagt sie nichts. Der Wind zerrt an ihren Haaren, bekommt eine Strähne zu greifen und löst sie aus ihrem Pferdeschwanz. Als er droht, die Baseballmütze, die auf der Motorhaube liegt, davonzuwehen, greife ich danach. Ihre Besitzerin mustert mich misstrauisch.

»Ich verspreche auch, dass ich mich benehmen werde«, versichere ich ihr.

»So wie an dem Abend, als wir uns das erste Mal begegnet sind?«

Unglaublich, wie hübsch diese Frau ist – wie verdammt hübsch sie trotz dieser schnöden Lieferantenuniform und des spöttischen Zugs, der nun ihre Mundwinkel umspielt, ist. Vielleicht ist es ihre Schönheit, die mir das Denken erschwert, denn ich weiß beim besten Willen nicht, was sie meint. Der Abend, an dem wir uns das erste Mal begegnet sind? Das Interview war um die Mittagszeit herum, den Tag kann sie nicht meinen, und auch die Begegnung am Flughafen, von der sie annimmt, Cullen und ich hätten über sie gelacht, war am frühen Nachmittag.

»Du erinnerst dich nicht. Klar, natürlich nicht. Warum solltest du auch?« Sie verdreht die Augen und gibt ein

Ihr-Typen-seid-doch-alle-gleich-Schnauben von sich. »Na ja, andererseits ist es inzwischen auch schon ein paar Jahre her, und du warst ziemlich betrunken, wenn ich mich nicht irre.«

»War ich das?«, frage ich peinlich berührt. Dass ich mich nicht daran erinnern kann, setzt mir zu.

»Ja, California Bad Boy. Das warst du!«

California Bad Boy? Vielleicht hatte Cullen doch recht. Möglicherweise ist da wirklich etwas zwischen uns gelaufen und sie benimmt sich deshalb so spröde.

»Hatten wir Sex?«

Genervt rollt sie erneut mit den Augen. Ich kann beinahe hören, wie sie denkt, dass ich ein Idiot bin, aber man wird sich doch noch mal Klarheit verschaffen dürfen, oder?

»Sorry, ich kann mich tatsächlich nicht dran erinnern«, schiebe ich hinterher.

»Nein!« Sie bellt das Wort beinahe. »Wir hatten keinen Sex, denn glaub mir, *ich* würde mich daran erinnern.«

So, würde sie das? Mmh, so unnahbar scheint sie ja dann doch nicht zu sein. Ich fühle mich geschmeichelt.

Sie atmet frustriert aus und sieht mich mit einem Ausdruck in den Augen an, als wäre ich ein ungezogenes Grundschulkind.

»Ich würde mich daran erinnern«, sagt sie sehr langsam und deutlich, »weil ich mit absoluter Sicherheit zu der Erkenntnis gekommen wäre, dass es ein Fehler war und ich es bitter bereue.«

Ihr Blick ruht kämpferisch auf mir. Botschaft angekommen, fragt sie nur mit dem verächtlichen Ausdruck in ihren Augen.

Oh! Okay! Verstanden!

»Was habe ich dann gemacht?«, will ich etwas ratlos wissen.

»Schätze, das, was ihr Typen am besten könnt: den großmäuligen Mistkerl geben.«

»Wirklich? Das sieht mir gar nicht ähnlich«, behaupte ich – wohlwissend, dass ich die Nummer durchaus draufhabe.

»Tja, Selbst- und Fremdwahrnehmung sind nicht immer deckungsgleich«, verrät sie mir in sarkastischem Tonfall. »Ich halte mich auch nicht für ein billiges Flittchen, aber du und deine Jungs …« Sie deutet zum Haus hinüber. »… sind da offensichtlich anderer Ansicht.«

Himmel, diese Frau ist wirklich zum Haare raufen, aber irgendwie auch zum Niederknien. Allein die Tatsache, wie sie sich amazonengleich vor mir aufgebaut hat – nicht gewillt, sich ins Bockshorn von mir oder einem der anderen jagen zu lassen –, imponiert mir.

Etwas, das ich natürlich nicht zugeben werde – nicht vor ihr und auch nicht vor sonst wem. Schließlich habe ich einen Ruf zu verlieren.

Doch ganz egal, wie sie nach außen hin wirkt, ich kann erkennen, wie verletzt sie ist. Ich sehe, dass sie nach wie vor Angst hat, aber auch wie tapfer sie ist. Und ich schäme mich, weil sie all das nur wegen einer unbedachten Bemerkung meinerseits ist.

»Vielleicht habe ich mich zwischenzeitlich geändert. Bin erwachsen geworden oder so.«

Sie gibt ein bitteres Lachen von sich.

»Hey, ich behaupte nicht, dass es so ist, bloß, dass es so sein könnte, denn du sagtest ja, dass unsere erste

Begegnung bereits eine Weile zurückliegt. Weißt du was? Ich fahre dich, und auf dem Weg ins Krankenhaus, erzählst du mir, woher wir uns kennen. Wie klingt das?«

»Ich kann mir nichts Schöneres vorstellen«, ätzt sie.

»Super, dann sind wir ja schon zwei, die der Idee was abgewinnen können«, meine ich und zwinkere ihr zu. Ich gehe auf die Beifahrerseite hinüber und öffne ihr die Tür.

Sie mustert mich lange und prüfend, ehe sie mir den Schlüssel aushändigt und umständlich einsteigt.

»Brauchst du Hilfe?«

Sie speist mich mit einem Kopfschütteln ab. Okay, ganz wie sie will. Ich umrunde den Wagen, einen martialischen *Ford Raptor* Truck, der nicht zu jemandem wie ihr passen will.

»Ist das ein Firmenwagen?«, erkundige ich mich, als ich mich hinters Steuer setze.

»Nein, also behandle ihn bloß gut!«

Nachdem ich die Einstellungen zu meiner Zufriedenheit verändert habe, lenke ich das Auto auf die mit Schlaglöchern übersäte Straße. Ich versuche, ihnen so gut es geht auszuweichen, doch jedes Mal, wenn mir das nicht gelingt, stöhnt Trish neben mir leise.

»Warum hat Cullen dich eigentlich Patricia genannt?«

»Vielleicht, weil ich so heiße.«

»Ich dachte, du heißt Trish.«

»Früher! Jetzt nicht mehr!«

»Wieso?«

»Weil ich diese Abkürzung hasse. Aber vielleicht sollte ich einfach dankbar dafür sein, dass du mich nicht mehr Trixie nennst.«

»Trixie? Habe ich dich so genannt?«

»Yep«, meint sie säuerlich.

»Hey, wenn ich dich mit falschem Namen angesprochen habe, dann tut mir das leid. Das war keine Absicht …«

Sie lacht tonlos auf. »Das habe ich anders in Erinnerung.«

Fuck. Scheinbar habe ich mich bei unserer ersten Begegnung wirklich in die Nesseln gesetzt.

Es vergehen ein paar Minuten, mittlerweile befinden wir uns auf dem Kamehameha Highway und fahren Richtung Stadt, als sie kaum hörbar ein »Danke.« wispert.

»Soll ich dich ins Krankenhaus in Wahiawa oder nach Honolulu ins *The Queen's Medical Center* bringen?«

»Das in Wahiawa sollte reichen«, murmelt sie.

Erneut breitet sich Schweigen zwischen uns aus. Die Stille ist keine angenehme – im Gegenteil.

»Warum bist du mit einem Mal so nett zu mir?«, fragt sie schließlich leise.

»War ich jemals nicht nett zu dir?«

Unsere Blicke treffen sich und ihrer sagt alles. In diesem Moment fühle ich mich noch mieser, als ich es ohnehin schon tue.

»Die Sache mit dem ersten Eindruck habe ich wohl ziemlich versaut, was?«

»Wenn mir jemand gesagt hätte, dass ich mich mal freiwillig zu dir ins Auto setzen würde, hätte ich ihn für verrückt erklärt.«

»So schlimm?«

»Schlimmer! Also, woher dein drastischer Sinneswandel?«

Ich zucke mit den Schultern. »Cullen behauptet, dass ich einen Helferkomplex habe«, erwidere ich flapsig, weil ich ihr unmöglich sagen kann, dass ich allein für das Rory-Johnson-Desaster verantwortlich bin. Sie würde mich hassen. Dass sie mich so offensichtlich verabscheut ist für mich hart genug – zumal ich nicht mal weiß, was genau ich mir geleistet habe. Wann und wo, sind wir uns zuvor begegnet?

»Helferkomplex«, wiederholt sie meine Worte schnaubend. »Cullen Blake ist ein Idiot!« Sie will die Arme vor der Brust verschränken, bemerkt dann aber, dass das nicht geht. Vorsichtig legt sie das verletzte Handgelenk in ihren Schoß. »Und nur um das klarzustellen, ich werde sicherlich nicht aus lauter Dankbarkeit mit dir in die Kiste hüpfen, also, wenn du mich bloß durch die Gegend kutschierst, weil das dein Ziel ist, dann lass dir gesagt sein, da wird nichts zwischen uns laufen!«

Fassungslos schüttle ich den Kopf. »Darf ich nicht einfach bloß nett sein?«

»Ein Typ wie du? Bestimmt nicht! Kerle wie du behaupten, dass nett der kleine Bruder von scheiße ist, denn nett und cool, das passt einfach nicht zusammen, und Coolness ist in deinem Job doch alles.«

Wie recht sie hat und wie verdammt leid ich es bin, immer zu beweisen, dass ich der Kerl mit den dicksten Eiern bin. Noch ist die Hackordnung klar. Noch stehe ich an der Spitze, aber ich weiß auch, dass das nicht so bleiben wird. Sehen wir der traurigen Wahrheit ins Gesicht: Ich werde alt und dagegen ist kein Kraut gewachsen. Egal, wie cool ich bin, irgendwann bin ich für die nachfolgenden Generationen bloß noch ein alter Knacker.

Also genieße ich die Zeit, in der man über mich noch sagt, dass ich eine lebende Legende bin und Leute mich als ihren Helden bezeichnen.

Mein Schweigen entlockt Trish eine Entschuldigung. »Sorry, dass … ich … Entschuldige, das war unfair. Ich bin wirklich froh, dass du mich fährst, es ist bloß …«

Ich erspare uns weiteres Rumgedruckse ihrerseits, indem ich sage: »Schon okay. Ich verstehe das.«

Unsicher äugt sie zu mir herüber.

»Es ist wirklich okay«, versichere ich ihr. »Du kannst mich gerne als Blitzableiter benutzen, wenn dir das hilft.«

Und es ist ja nicht so, als hätte ich es nicht verdient.

»Ich bin eigentlich nicht so«, murmelt sie betreten. »Ehrlich, eigentlich bin ich wirklich nett und geduldig, es ist nur so, dass …« Sie verstummt.

»Wilder dir ordentlich zugesetzt hat«, beende ich ihren Satz.

»Es ist so unfair. Ich meine klar, niemand hat behauptet, dass das Leben fair ist, aber ihr legt reihenweise irgendwelche wildfremden Frauen flach, vernascht ein Groupie nach dem anderen und ich leiste mir einen Ausrutscher mit Rory und schon bin ich die *Wavehunters*-Hure. Und ja, ich habe mich total unprofessionell verhalten, das streite ich auch gar nicht ab, aber dass mir das bis heute nachhängt, ist einfach beschissen. Es war bloß ein Fehltritt. Ein einziger!«

Sie klingt verzweifelt und betrachtet gedankenverloren ihr Handgelenk.

»Und es tut verdammt weh.«

»Magst du dich ablenken, indem du mir erzählst, wie wir uns kennengelernt haben?«, frage ich seufzend, denn ich bin mir gar nicht sicher, ob ich das wirklich wissen will.

Als hätte sie meine Gedanken erraten, sagt sie: »Sicher, dass du das wirklich wissen willst, California Bad Boy?«

»Hey, mich würde zumindest brennend interessieren, wie ich zu diesem Spitznamen gekommen bin.«

»Wir sind uns zum ersten Mal auf dem *Wavehunters*-Event 2013 begegnet.«

»Das ist hundert Jahre her!«

»Es ist fünf Jahre her.«

»Mathe war nie meine starke Seite«, scherze ich. »Aber du hast recht, da war ich wirklich total betrunken.«

»Ach, ist kaum aufgefallen«, meint sie ironisch.

Ich versuche mich angestrengt an den Abend zu erinnern, oder richtiger: Ich versuche mich angestrengt an sie zu erinnern. Und plötzlich ist da ein verschwommenes Etwas. Es ist keine Erinnerung an den Abend an sich, sondern es ist die Erinnerung an ein Foto, das an diesem Abend gemacht wurde.

»Deine Haare waren damals viel kürzer und glatt«, murmle ich. »Und du warst entsetzlich jung. Achtzehn vielleicht? Kann das sein?«

»Neunzehn«, verbessert sie mich. »Du erinnerst dich ja doch.«

Ich schüttle den Kopf. »Nein, nicht wirklich, aber es gibt da diese Aufnahme von uns. Du sitzt zwischen mir und Rory.« Eine Erkenntnis nimmt Gestalt an. »Warst du an dem Abend mit ihm da? War das, was während des Interviews passiert ist … war das so eine Art Rückfall? Sex mit dem Ex?«

»Ich wüsste beim besten Willen nicht, was dich das angeht.«

Jetzt verstehe ich, was Cullen damals mit zugeknöpft gemeint hat. Ihre Stimme ist so scharf wie die Riffkante bei *Shipstern Bluff* und ebenso eisig wie das Wasser dort.

»Sorry, ich … ich versuche das nur zu verstehen.«

»Was genau? Warum ich damals mit Rory geschlafen habe? Ich kann dir sagen, aus welchen Gründen ich es gewiss nicht getan habe. Ich habe es NICHT getan, weil er gerade Weltmeister geworden ist und ich schon immer mal einen Weltmeister flachlegen wollte, um bei Cullens Ausdrucksweise zu bleiben. Und ich habe es auch NICHT getan, um mir einen reichen Kerl zu angeln oder an eine gute Story zu kommen.«

Ich räuspere mich unbehaglich. Der Gedanke, dass sie mit unserem Goldlöckchen im Bett war, gefällt mir nicht. Ich verkneife mir, nachzuhaken, warum sie es getan hat. Die Gründe, warum sie es NICHT getan hat, sind gut, aber ich zweifle daran, dass sie mir ihre wahren Motive verraten würde. Ohne auch nur zu versuchen, sie aus ihr herauszubekommen, wechsle ich das Thema.

»Du warst mit einer Freundin da. Wie hieß sie doch gleich?«

»Melanie«, erwidert sie. »Wir waren damals beide Praktikantinnen bei *Wavehunters*.«

»Melanie, genau! Ich habe mich immer gefragt, was Russel an der gut fand, und warum er sich nicht dich ausgesucht hat«, bekenne ich. Selbst mit dem strengen Bob, den sie damals getragen hat, war sie irre heiß.

Irgendetwas an dem, was ich gesagt habe, stößt ihr sauer auf und sie wendet sich dem Fenster zu.

»Das war ein Kompliment!«, erkläre ich verwundert über ihre abweisende Reaktion.

Wieder durchdringt ein abfälliges Schnauben die Fahrerkabine. »In deiner Welt vielleicht.«

Wir haben bereits den Ortsausgang von Haleiwa passiert, als es aus ihr herausplatzt: »Was stimmt mit euch Typen nicht? Ich meine, mal im Ernst: Wie kannst du der Meinung sein, dass ›du verstehst nicht, dass er sich nicht mich ausgesucht hat‹ ein Kompliment sei?«

»Weil es das ist! Es bedeutet, dass du heiß bist. Heißer als Melanie.«

»Zum einen ist mir das scheißegal. Wer bitte schön, möchte denn über sein Äußeres definiert werden?«

Nun würde ich gerne aufgebracht schnauben, denn so was kann bloß eine sagen, die ausschaut wie sie.

»Doch das ist nicht das Schlimmste an diesem Satz! Denn in erster Linie bedeutet dieser, dass *er mich* wählt.«

Ich brauche eine Sekunde, um zu verstehen, worauf sie hinauswill. Aber die Betonung von *er* und *mich* verrät es mir. Allem Anschein nach geht es hier um irgendwelchen pseudofeministischen Scheißdreck.

»Weißt du, was passiert wäre, wenn er mich *gewählt* hätte?«

Sie setzt das Wort *gewählt* in Anführungszeichen, was ihrem Handgelenk nicht gut bekommt, denn sie zischt daraufhin schmerzerfüllt auf.

Es scheint eine hypothetische Frage zu sein, denn sie wartet meine Antwort nicht ab, sondern sagt: »Ich hätte ihm einen Korb gegeben.«

Ich erspare uns ein spöttisches »Klar!« und ringe mich stattdessen zu einem: »Und warum fiel *deine* Wahl auf Rory?« Ich betone das *deine* ausdrücklich.

Sie ignoriert die Spitze und antwortet im normalen Ton: »Meine Wahl fiel nicht auf Rory.« Erklärend schiebt sie hinterher: »Es war dumm, mit ihm an dem Abend rumzuknutschen, denn meine Wahl war immer Dean Reynolds.«

Was erklärt, warum Russel, sein kleiner Bruder, für sie tabu war. Allerdings verstehe ich dann nicht, wie es dazu kam, dass sie damals mit Rory rumgemacht hat. Als ich ihr genau das sage, gibt sie einen gedehnten Seufzer von sich. Ich denke schon, sie lässt mich im Ungewissen über ihre Motive, doch dann beginnt sie sich zu erklären. »Dean hat mich nicht bemerkt. Es war, als wüsste er gar nicht, dass ich existiere. Monatelang war ich fast täglich in der Redaktion, habe mich überschlagen, um seine Aufmerksamkeit zu erregen, doch er … Nun ja, an dem Abend hatte er einen heftigen Flirt mit einer der Kellnerinnen. Mel meinte, dass es eine gute Idee wäre, ihn eifersüchtig zu machen. Dabei bin ich wirklich nicht der Typ für solche Spielchen. Dass ich auf sie gehört habe, war ziemlich dämlich. Die ganze Zeit über habe ich mich unwohl gefühlt, und das, obwohl Rory ganz wunderbar küssen kann.«

Die Info hätte es jetzt nicht gebraucht. Wie Rory küsst, interessiert mich einen feuchten Dreck und es nervt mich, dass sie ernsthaft der Überzeugung ist, es sei gut gewesen.

Ich schaue zu ihr hinüber und konfrontiere sie mit dem anderen Satz, der mich ebenfalls stört: »Deine Wahl war also schon immer Dean Reynolds, ja?«

»Ja, was dagegen?«

Irgendwie schon, schließlich ist Dean Reynolds mit Samantha Palmer zusammen – für die sein kleiner Bruder im Übrigen nicht tabu war. Ihnen gehört *Nauti Gal*, die wiederum der Hauptsponsor von Willow sind.

»Ihr seid also ein Paar, Dean und du, ja?«, hake ich nach.

Trish schüttelt den Kopf. »Wir waren – damals, als ich noch bei *Wavehunters* war – ein Paar und du kannst dir deine moralischen Bemerkungen sparen. Ja, Dean war damals mein Chef, aber wenn du jetzt denkst, ich hätte mich …«

»Ich denke gar nichts«, flunkere ich.

Außer vielleicht, dass sie sich nach oben geschlafen hat, aber das würde ich nicht laut aussprechen – ich bin ja nicht lebensmüde.

»Gut, denn so war es nicht!«, behauptet sie.

Ich mustere sie von der Seite her. Da sie wieder verbissen ihre Unterlippe malträtiert, frage ich: »Wie war es denn dann?«

»Russel ist gestorben und er brauchte mich.«

Dieser Satz aus ihrem Mund klingt so unglaublich traurig, so unendlich wehmütig und endgültig, dass ich die provokante Frage bereue, denn eins wird mir in diesem Moment klar: Sie hat Dean wirklich geliebt.

# KAPITEL 07
## GIPSVERBAND & GRAUSAME GEMEINHEITEN

### PATRICIA | OAHU | HAWAII | 03.12.2018

Manche Menschen hassen Krankenhäuser. Mir sind sie reichlich egal. Mich stört weder der Geruch noch die Atmosphäre. Es macht mir nichts aus, Blut zu sehen, und ich habe auch keine Angst vor Spritzen.

Nein, was ich hasse, ist die Warterei, und Strider, der unablässig mit seinem rechten Bein wackelt und einfach nicht stillsitzen kann, strapaziert meine Geduld zusätzlich.

»Du musst nicht bleiben«, lasse ich ihn nach der ersten Stunde wissen.

»Kein Ding«, behauptet er, aber er ist nicht nur äußerlich ein typischer Surfer. Er ist es mit Leib und Seele. Alles in ihm drängt danach, ins Meer zurückzukehren. Ich merke es an seinem Blick, der immer wieder das Ziffernblatt seiner *Sir Bouncer* sucht, die er am linken Handgelenk trägt. Das klobige Model passt zu ihm.

»Hast du eine Verabredung?«, frage ich ihn, als er wieder die Zeit abliest.

»Was? Nein! Ich finde bloß, dass es ein Unding ist, dass sie dich so lange warten lassen. Du hast Schmerzen.« Er nickt in Richtung meines Handgelenks und fügt hinzu: »Es könnte gebrochen sein.«

»Das denke ich nicht und es gibt Leute hier, die stärkere Schmerzen haben. Sie lassen mich ja nicht aus Bosheit warten.« Zumindest sage ich mir das immer. Niemand kann etwas dafür, dass ich nicht gerne meine Zeit vertrödele. Und Warten ist verlorene Zeit.

Die vergangenen vier Jahre hat dich das auch nicht gestört, behauptet mein perfektionistisches Selbst.

Ich seufze bekümmert bei dem Gedanken daran, dass ich heute so kläglich gescheitert bin. Wie soll es nun weitergehen? Der Höllenhund wird mich zerfleischen und ich werde nie wieder in der Branche Fuß fassen.

»Tut es sehr weh?«

Strider sieht ehrlich besorgt aus und ich frage mich, was ihn das kümmert. Überhaupt würde mich brennend interessieren, was er hier will – scheinbar fest entschlossen, mir nicht von der Seite zu weichen.

Sein prüfender Blick ruht auf mir. Ich starre zurück. Er hat schöne Augen – hellblau, und ihnen wohnt ein sonderbares Leuchten inne. Die Romantikerin in mir fragt sich, ob das seine sprühende Energie ist. Hat sie sich dort manifestiert, oder ist dies ihr Quell?

»Nein, alles bestens«, behaupte ich.

Strider wendet den Blick ab und schaut auf seine Füße. Sie stecken in Sneakers von *Tangled Shoes*. Überhaupt scheint er von Kopf bis Fuß in Klamotten seiner Sponsoren gekleidet zu sein. Er ist wohl momentan gut im Geschäft. Unwillkürlich erinnere ich mich daran, dass im *Mad Crush*-Store in Waikiki das komplette Schaufenster mit seiner Kollektion dekoriert war. Ich habe keine Ahnung, wie er sich in diesem Jahr schlägt. Vermutlich sollte ich ihn danach fragen, aber das würde er bloß wieder falsch verstehen.

*Ob wir Sex hatten*, denke ich und kann mich gerade so davon abhalten, den Kopf zu schütteln.

Diese Typen sind doch alle gleich und denken bloß an zwei Dinge: daran, einen wegzustecken, und an die nächste Welle.

Aber wer kann ihnen verübeln, dass sie nie erwachsen werden und Verantwortung übernehmen? In ihrer Welt ist das weder nötig noch sinnvoll. Vermutlich würde jeder normale Mensch bei diesem ganzen Zirkus verrückt werden, denn mal ehrlich: Das ist doch kein Leben! Immer auf Reisen zu sein und keinen Ort zu haben, wo man hingehört.

Und wieder verschafft sich die missmutige Stimme in mir Gehör, indem sie mich daran erinnert, dass der letzte Punkt auch auf mich zutrifft.

Strider rutscht auf der Sitzfläche hin und her. Ich bin versucht, mich zu erkundigen, ob er pinkeln muss. Seine Unruhe ist ansteckend. So viel nervöse Energie auf einem Haufen ist wirklich schwer zu verkraften.

»Hör mal«, beginne ich, in dem Bemühen, ihn loszuwerden. »Es ist wirklich nicht nötig, dass du hierbleibst. Ich kann mich von meiner Familie abholen lassen, wenn ich hier fertig bin.«

»Ich bleibe.«

»Du schuldest mir nichts.«

Seine Kiefer mahlen.

»Hey, jetzt mal im Ernst. Du brauchst das wirklich nicht zu tun. Du warst ja nicht dabei und hast dich danebenbenommen, also von daher …«

Ich lächle ihn aufmunternd an und er lächelt schwach zurück. Sein Lächeln ist glanzlos und wirkt beinahe gequält.

»Was ist da genau passiert?«, erkundigt er sich erneut, und auf einmal keimt der Wunsch in mir auf, es ihm zu erzählen. Ihm alles zu erzählen, doch ich habe Angst, dass er mich – wie Wilder – für hysterisch hält. Ich will ihm keinen weiteren Grund liefern, sich über mich lustig zu machen, und daher schüttle ich lediglich meinen Kopf.

Er seufzt leise, stützt die Ellbogen auf den Knien ab und faltet die Hände. Den Boden in Augenschein nehmend sagt er: »Beantworte mir nur eine Frage: Hat Wilder dich angefasst?«

»Nein«, erwidere ich mit fester Stimme.

Einer wie er würde nie verstehen, dass der Versuch, mich zu berühren nicht das Schlimmste war, was heute passiert ist. Im Gegenteil, ich bin Wilder fast dankbar für diese unbedachte Aktion, denn die hat mich aus meiner Schockstarre gerissen und meinen Kampfgeist geweckt.

Und es tat gut, zurückzuschlagen und meinen Standpunkt klarzumachen.

Wenn mir heute eine Sache bewusst geworden ist, dann die, dass ich nicht länger das Opfer solcher Gemeinheiten sein will. In Zukunft werde ich mich wehren, denn im Prinzip habe ich mir nichts zu Schulden kommen lassen. Alles, was ich getan habe, war, zu einem unpassenden Moment mit einem Mann zu schlafen, mit dem ich in keiner Beziehung war. Aber das macht mich weder zu einer Schlampe, noch zu der *Wavehunters*-Hure – ganz egal, was Wilder und Konsorten sagen und wie oft sie es wiederholen.

Im Wagen habe ich Strider erklärt, warum ich damals NICHT mit Rory Johnson geschlafen habe. Ihm zu sagen, warum ich es getan habe, war mir jedoch unmöglich, denn nach allem, was seitdem geschehen ist, weiß ich es beim besten Willen nicht mehr.

## TRISH | OAHU | HAWAII | 10.02.2015

Morgen jährt sich Russel Reynolds Todestag zum ersten Mal. Vielleicht erklärt das, warum Rory Johnson, den ich eigentlich interviewen soll, mit seinen Gedanken ganz woanders ist.

»Wie wär's mit einer Pause?«, schlage ich vor.

Ich selbst könnte ebenfalls eine vertragen, aber das verrate ich ihm nicht. Seit der Trennung von Dean vor knapp vier Monaten habe ich nicht mehr durchgeschlafen. Meinen Job zu machen, kostet mich jede Menge Überwindung, denn die Angst, ihm in der Redaktion über den Weg zu laufen, verfolgt mich täglich. Da hilft es auch nichts, dass Sean wieder das Ruder übernommen hat. Was mit Dean ist, und wann er wiederkommt, wollte mir sein Vater nicht sagen.

Rory fährt sich mit beiden Händen durch die blonden, verwuschelten Locken, seufzt erleichtert und sagt: »Eine Pause klingt gut. Magst du was trinken?«

Ich nicke und folge ihm ins Innere des Team-Hauses. Einige der anderen Surfer hocken im Wohnzimmer und spielen einen Shooter auf der Playstation. Laute

Musik macht es Rory und mir unmöglich, sich in der angrenzenden Küche zu unterhalten. Daher schlägt er, nachdem er mir aus dem Kühlschrank ein *Pipeline Porter* von *Kona* gereicht hat, vor, dass wir nach oben gehen. Auch, um mir seinen Pokal zu zeigen, darum hatte ich ihn ohnehin bereits gebeten.

Ich folge ihm in den ersten Stock, wo er mir voller Stolz sein neues Reich zeigt. Dieses Zimmer, das zum Meer hin gelegen ist, kann man mit der Präsidenten-Suite in einem Luxushotel vergleichen – nicht, was die Ausstattung betrifft natürlich. Aber es ist *das* Zimmer. Wer hier wohnen darf, steht in der Gunst von *Mad Crush* ganz oben, und auf Rory, der sich vor wenigen Wochen seinen ersten Weltmeistertitel sichern konnte, trifft das zu. Zurzeit ist er das Aushängeschild seines Sponsors.

Alle großen Boardsport-Labels haben ihren Favoriten. Bradley Hoover ist die Nummer Eins bei *Best of Pangea*, kurz *BOP* – oder zumindest war er es, bis zu seinem Beinahe-Tod. Seitdem er fast ertrunken ist, macht er hauptsächlich durch Skandale von sich reden. Kane Slade ist der Star von *Lawless Waves* – wobei, sind wir ehrlich, er ist der unangefochtene Star der gesamten Szene. Noch, denn Rory – da bin ich mir sicher – wird ihm in den kommenden Jahren ordentlich Konkurrenz machen.

Ich gehe hinaus auf den Balkon und genieße den Blick auf eine der schönsten Wellen der Welt. Ihr Name – Banzai Pipeline – ist jedem, der sich mit dem Surfen beschäftigt, ein Begriff. Dieser Spot ist nichts für Anfänger. Er ist den Profis vorbehalten und solchen Surfern, die es – zumindest von ihren Fähigkeiten her – sein könnten.

»Unvergleichlich!«, wispere ich ehrfürchtig und nehme einen Schluck von dem Bier.

»Ja«, murmelt Rory. »Aber so schön es auch ist morgens aufzuwachen und diesen einmaligen Ausblick zu haben, ich würde alles dafür geben, wenn …«

Seine Stimme bricht, doch ich weiß, was er sagen wollte.

… wenn Russel noch leben würde.

Rory atmet tief und geräuschvoll gegen den Schmerz an. Ich beobachte seinen inneren Kampf.

Er gewinnt diesen Heat. Wehmütig lächelnd schiebt er hinterher: »Er war so verdammt gut. Ich wäre wohl nicht hier, wenn er noch am Leben wäre.«

»Vermutlich nicht«, gebe ich ihm recht, denn aller Wahrscheinlichkeit nach hätte Russel das Rennen gemacht und sich den Weltmeistertitel gesichert. Denn ja, er war phänomenal. Im wahrsten Sinne des Wortes ›Weltklasse‹.

Die nächste Frage ist so persönlich, dass ich mich kaum traue, sie zu stellen: »Wirst du morgen bei seiner Familie sein?«

Rory mustert mich durchdringend und ich schiebe hinterher: »Keine Sorge, das ist nicht für den Artikel. Ich habe das bloß gefragt, weil …« Und nun bricht meine Stimme.

»Wegen Dean«, schlussfolgert er.

Keine Ahnung, woher er von uns weiß. Ich presse meine Lippen aufeinander, bemüht, die aufsteigenden Tränen zurückzudrängen.

»Tut mir leid, dass es nicht geklappt hat«, murmelt er, nur um im nächsten Moment zu sagen: »Nein, das tut es mir eigentlich nicht. Also ja, es tut mir leid, dass du Liebeskummer hast und es dir schlecht geht, aber …«

»Aber was?«

»Sam ist meine beste Freundin … nun ja, oder zumindest war sie das.« Er weicht meinem Blick aus.

»Oh«, mache ich, denn seine Worte sind wie ein Schlag in den Magen. »Sind sie denn …«, beginne ich, bringe es jedoch nicht über mich, weiterzusprechen. Auch der zweite Anlauf, die Frage zu formulieren, scheitert kläglich. »Also, ich meine, …«, druckse ich herum, und allein beim Gedanken daran, dass Dean nun mit ihr zusammen ist, bin ich kurz davor loszuheulen.

Rory nickt knapp und diese Geste ist wie ein Startschuss. Die Tränen kullern wasserfallartig meine Wangen hinunter und ein lautes Schluchzen entsteigt meiner Kehle.

Ich stelle das Bier beiseite, setze mich auf den Liegestuhl, der dort steht und verberge mein Gesicht in meinen Händen. Mir ist klar, wie unpassend es ist, meinem Kummer hier freien Lauf zu lassen, doch es will mir nicht gelingen, dem Schmerz standzuhalten.

Ich höre sich entfernende Schritte, doch es ist mir egal, was gerade um mich herum geschieht. Ich weine so heftig, dass ich kaum noch Luft bekomme, und erst als Rory neben mir in die Hocke geht und mir mehrere Papiertaschentücher reicht, schaffe ich es, mich zumindest etwas zusammenzureißen.

»Ist er glücklich?«, schniefe ich und komme mir im nächsten Moment reichlich dumm vor. Wie könnte er glücklich sein? Morgen ist der erste Todestag seines kleinen Bruders.

»Ich weiß es nicht«, erwidert Rory ernsthaft. »Ich gehe davon aus. Er und Sam, das war immer …«

Vielsagendes Schweigen breitet sich zwischen uns aus. Von unten erschüttern die Bässe harter Hip Hop Beats das Haus. Der Wind trägt die Klänge auf den Strand hinaus, wo Touristen und Einheimische in der Sonne liegen und den wagemutigen Surfern zuschauen.

Ich versuche nicht daran zu denken, dass Dean und Samantha scheinbar füreinander bestimmt sind, denn das erträgt mein gebrochenes Herz nicht.

»Aber ich weiß wirklich nicht, wie es ihm gerade geht«, murmelt Rory niedergeschlagen.

Ich erinnere mich an etwas, das er zuvor in Bezug auf Samantha gesagt hat und dem ich in diesem Moment keine Beachtung geschenkt habe.

»Du sagtest, Sam wäre deine beste Freundin gewesen …«

Rory schluckt hörbar und korrigiert mich im nächsten Atemzug. »Eigentlich waren immer Rus und Joe meine besten Freunde, aber dann …«

… starb er.

Ich nicke verstehend.

»Danach war alles anders«, gesteht er mir nach einem Moment. »Und Joe … Also Joe und ich … also …«

»Ihr beide also …«

Er nickt.

»Ich verstehe. Ausgerechnet Joe, wer hätte das gedacht?«

Ein kaum wahrnehmbares Lächeln umspielt den Bruchteil einer Sekunde lang seine Lippen. Er schwelgt – für mich offensichtlich – in einer kostbaren Erinnerung, oder vielleicht war es auch nur die Erwähnung ihres Namens, die ihn kurzzeitig verzückt hat. So also sieht Liebe aus, denke ich.

»Und wie kommt Dean damit klar?«, erkundige ich mich, denn ich weiß, wie überbehütend er ist, wenn es um seine kleine Schwester geht.

Rorys Lächeln fällt auseinander. »Ich schätze, wenn wir uns begegnen würden, dann würde er mir den Arsch aufreißen. Und das zu Recht. Ich habe es versaut«, gesteht er mir im Flüsterton.

Unsere Blicke treffen sich und seiner ist ein einziger stummer Hilfeschrei. Die Verzweiflung darin ist herzerweichend.

»Ich habe alles kaputt gemacht«, wispert er sichtlich erschüttert.

Sein Kinn bebt, und als er zu weinen beginnt, bette ich seinen Kopf in meinem Schoß wie den eines kleinen Kindes und streichle seinen Rücken. Ich gebe ihm alle Zeit, die er braucht, und als er sich gefangen hat, kommt sein großartiger Humor zu Tage. »Du bist eine grässliche Journalistin!«, wirft er mir vor. »Das hier ist das mieseste Interview aller Zeiten.«

Er wischt sich die letzten Spuren seines Zusammenbruchs von den Wangen.

»Das hier«, versichere ich ihm, »ist auf keinen Fall Teil des Interviews.«

»Danke.«

»Oh, dafür nicht. Das hat mit dir nichts zu tun. Bei der Entscheidung geht es allein um mich, denn es ist so«, erkläre ich ernsthaft, »dass ich ausschließlich großartige Interviews führe und da du recht hast, und das hier wirklich, wirklich übel ist, muss ich es quasi zensieren.«

Ich schnappe mir mein Bier und halte ihm die Flasche hin. Er greift nach seiner, die auf dem kleinen Beistelltisch steht, und wir stoßen an.

»Weißt du, dass ich dich damals nach dem, was du bei dem *Wavehunters*-Event abgezogen hast, echt gehasst habe?«

»Verständlich«, hauche ich. Das schlechte Gewissen nagt an mir.

»Einen Typ nach allen Regeln der Kunst heiß machen, und ihn dann fallen lassen, das geht echt nicht«, behauptet er, woraufhin ich empört nach Luft schnappe.

»Dein Ernst?«, raunze ich ihn an. »Jede Frau sollte jederzeit *nein* sagen können, und zwar ohne ein schlechtes Gewissen zu haben. Küsse sind keinesfalls ein Versprechen auf mehr. Nur weil ihr Typen immer gedanklich schon drei Schritte weiter seid, bedeutet das noch lange nicht, dass dieser Punkt überhaupt erreicht werden wird. Und nein, ich entschuldige mich ganz sicher nicht für meinen Rückzieher, und du hast überhaupt kein Recht, deshalb sauer auf mich zu sein.«

Ich höre, wie er trocken schluckt. »Sorry«, nuschelt er mit gesenktem Kopf und wirkt dabei derart geknickt, dass ich hinterherschiebe: »Schon gut, aber ich entschuldige mich dafür, dass die Knutscherei mit dir ein billiger Versuch war, Dean eifersüchtig zu machen – und so was macht man nicht! Es war dumm und manipulativ, und so bin ich nicht.«

»Nein, so habe ich dich auch nicht eingeschätzt«, stimmt er mir zu. »Auch wenn Mel behauptet hat, du würdest das in schöner Regelmäßigkeit machen …«

»Was hat sie?«, japse ich. »Dieses Miststück! Das ist doch nicht zu glauben! Sie hat mir diese dämliche Idee doch überhaupt erst in den Kopf gesetzt. Unfassbar!«

Aber eigentlich nicht verwunderlich. Schließlich war sie auch hinter Dean her. Damals wusste ich das bloß nicht.

»Reg dich nicht auf«, beschwichtigt Rory mich.

Und ob ich mich aufrege! Der Gedanke, dass Rory schlecht von mir denken könnte, ist mir unerträglich und deshalb verrate ich ihm etwas, das sonst niemand weiß: »Vor dir habe ich genau einen Mann geküsst.«

Er schweigt, dreht die Bierflasche in den Händen und nimmt dann einen weiteren großen Schluck.

Allem Anschein nach glaubt er mir kein Wort.

»Ehrlich!«, setze ich nachdrücklich hinterher.

»Schon gut«, murmelt er.

Ich seufze. Ist es wirklich so schwer zu glauben, dass ich damals kaum Erfahrung mit Männern hatte? Wobei sich daran auch jetzt nicht viel geändert hat, wenn wir ehrlich sind. Ja, Dean kam dazu, aber mit einundzwanzig gerade mal drei Kerle geküsst zu haben, ist ja immer noch sehr überschaubar.

»Ach, denk doch, was du willst!«, brumme ich verdrießlich. Warum ist es mir überhaupt wichtig, was er von mir hält?

»Sicher? Denn ich denke Dinge, die dir nicht gefallen würden.«

»Das war die Wahrheit!«

»Oh, daran zweifle ich nicht«, behauptet er.

Ich verdrehe die Augen. Seine Ironie kann er sich sparen.

»Nein, wirklich, wenn du mir das sagst, dann glaube ich dir, aber ich … nun ja, ich frage mich nun, nachdem du mir das offenbart hast, ob du … also … ich meine …«

»Was genau fragst du dich?«, unterbreche ich sein wirres Gestammel ungeduldig.

»Ob du noch Jungfrau warst.«

Zumindest hat er den Anstand, zu erröten.

»So, fragst du dich das?«, meine ich spöttisch. »Nun ja, selbst wenn, wäre ich es jetzt nicht mehr«, erwidere ich, denn ich werde ihm etwas Derartiges ganz sicher nicht verraten. Die Frage steht ihm ebenso wenig zu, wie dass er damals sauer auf mich war, weil ich nicht mit ihm auf sein Zimmer gekommen bin und mit ihm Sex gehabt habe.

Eine Weile sitzen wir schweigend da und trinken weiter. »Ich denke oft an den Abend«, gesteht er mir.

Verständlich, schließlich dürfte es einer der letzten gewesen sein, die er und Russel miteinander verbracht haben. Keine drei Monate später war sein bester Freund tot.

»Ich auch«, lasse ich ihn wissen.

»Weil ich so unglaublich gut geküsst habe, was?«

Nun bin ich es, die errötet. Ja, er kann fantastisch küssen, aber auch das werde ich ihm ganz bestimmt nicht sagen. Sein Ego ist, wie das all dieser Kerle, ohnehin schon groß genug.

Er lacht wissend.

»Hey, ich hatte so gut wie keine Vergleichsmöglichkeiten«, erinnere ich ihn.

»Es waren die besten Küsse deines Lebens«, feixt er.

»Nein! Definitiv nicht! Die besten Küsse bekam ich später von Dean.«

»Ach, Dean«, winkt er ab. »Der Typ wird völlig überbewertet. Ich wette, würde ich dich jetzt noch einmal küssen, dann würde ich ihn um Längen schlagen.«

»Was zu beweisen wäre«, kichere ich amüsiert.

»Was zu beweisen wäre«, sagt er mit rauer Stimme.

Unsere Blicke finden sich und in mir reift der Wunsch heran, ihn diesen Beweis antreten zu lassen. Rory stellt die Bierflasche beiseite und greift nach meiner Hand.

Seine grauen Augen haben einen fragenden Ausdruck angenommen. Meine Antwort besteht darin, den Platz zu wechseln, indem ich auf seinen Schoß krieche. Seine Hände legen sich auf meine Hüften und ein erwartungsvolles Prickeln flattert meine Wirbelsäule hinauf, als unsere Nasenspitzen sich berühren und sein Atem gegen meine Lippen schlägt.

»Rory«, seufze ich verlangend und vergrabe meine Rechte in seinem blonden Lockenschopf. Die Linke klammert sich an seiner breiten Schulter fest, und als unsere Lippen sich berühren, ist es, als würde das Licht angehen. All die Schwärze in meinem Leben bekommt einen Dämpfer. Der Kummer, der dafür gesorgt hat, dass ich in den letzten Monaten weder richtig essen noch schlafen konnte, ist kaum noch spürbar. Alles, was ich wahrnehme, sind seine Hände, die vorsichtig über meinen Körper wandern und seine Lippen, die meine liebkosen.

## PATRICIA | OAHU | HAWAII | GEGENWART

»Miss Jeffries!« Ich blicke auf. »Sie dürfen sich in Untersuchungskabine vier begeben.«

Ich erhebe mich, suche Striders Blick. »Keine Sorge, ich warte.«

Während ich meinerseits – umgeben von blauen Vorhängen – auf einen Arzt warte, komme ich zu dem Schluss, dass ich Strider zumindest eine Mahlzeit schulde. Ein Essen gleich im Anschluss. Hunger habe ich sowieso und dann wäre meine Schuld auch direkt beglichen und ich bräuchte ihn danach nicht noch einmal wiederzusehen.

Noch immer verstehe ich nicht, was er hier eigentlich will. Warum ist er so nett zu mir?

Die Ringe, mit denen der Sichtschutz an der Metallstange befestigt ist klirren, als dieser beiseite gezogen wird. Die Ärztin, die eintritt, ist jung und trägt ihre braunen Haare kurz. Trotz des burschikosen Haarschnitts wirkt sie weiblich. Die Arbeitskleidung spannt über vollen Brüsten und Hüften.

»Schmerzen im linken Handgelenk nach einem Sturz?«, liest sie von dem Aufnahmebogen ab. Ich nicke. »Na, dann zeigen Sie mal!«

Ich strecke ihr die Hand hin und sie betastet erst diese und dann das dazugehörige Gelenk behutsam. Es ist eine schmerzhafte Prozedur, in deren Anschluss ich zum Röntgen geschickt werde. Wieder warte ich und erneut wandern meine Gedanken zu Strider.

Ich habe nicht übertrieben, als ich in der Gasse hinter dem *Mad Crush*-Haus zu Strider gesagt habe, dass er an jenem Abend auf dem *Wavehunters*-Event den großmäuligen Mistkerl gegeben hätte. Auf Russel war er damals gar nicht gut zu sprechen, der hatte ihn kurz davor in Frankreich frühzeitig aus dem Rennen um die Trophäe genommen und ihn auf Platz drei der Weltrangliste verbannt.

Apropos Ranking … Ich zücke mein Handy und rufe die Seite der *World Surf League* auf, um dort zu schauen, wie er platziert ist. Bisher konnte er kein Event für sich entscheiden und liegt abgeschlagen auf Platz fünf. Aussichtslos, dass er sich in diesem Jahr den Titel holt. Das gelbe Trikot gehört Bradley Hoover, der scheinbar eine ebenso großartige Saison wie im vergangenen Jahr surft. Seit er vor ein paar Jahren zu *Mad Crush* gewechselt hat, geht es für ihn bergauf.

Sein *Mad Crush*-Teamkamerad Logan Ryan ist Brad dicht auf den Fersen. Die beiden trennen nur wenige Punkte. Das Ganze wird sich in Kürze bei einem Kopf-an-Kopf-Rennen während des letzten Wettkampfs entscheiden.

Da Logan aus Kalifornien stammt, ist klar, dass meine Loyalität in diesem Fall eindeutig Brad gilt. Wir Hawaiianer müssen schließlich zusammenhalten.

Grayson Grier hat sich auf dem dritten Platz festgebissen, und theoretisch gibt es auch für ihn noch Hoffnung auf den Titel – wenn auch nur eine sehr geringe.

Das Gleiche gilt für Joel Strange, der sich Platz vier gesichert hat.

Cullen Blake dümpelt irgendwo auf Platz sechs rum und ist – zumindest in dieser Saison – ebenfalls keine Gefahr mehr für irgendwen.

Rory Johnson taucht in der Liste gar nicht auf. Vielleicht nimmt er eine verletzungsbedingte Auszeit wie Kane Slade.

»Patricia Jeffries?«

»Komme!«, sage ich und stecke das Handy weg.

Ich folge dem Mann durch die Tür, an der ein gut sichtbares Hinweisschild hängt, in den Röntgenraum.

Er überfliegt den Laufzettel. »Schwanger sind sie definitiv nicht?«

»Absolut ausgeschlossen«, erwidere ich.

Das einzig sichere Verhütungsmittel ist Enthaltsamkeit, und ich hatte seit so vielen Monaten keinen Sex mehr, dass ich eine Elefantenkuh sein müsste, um Nachwuchs in mir zu haben. Unwillkürlich rechne ich nach und komme zu dem traurigen Schluss, dass selbst die Tragzeit der Dickhäuter unter meiner sexuellen Durststrecke liegt.

Als ich eine weitere halbe Stunde später in den Warteraum zurückkehre, fehlt von Strider jede Spur.

Klasse, denke ich genervt, denn aufs Klo hätte er ja in all der Zeit gehen können, in der ich untersucht worden bin.

Ich warte zehn Minuten, dann werde ich nervös, packe meine Sachen zusammen und gehe zum Auto zurück. Hoffentlich ist es noch da. Andernfalls werde ich nicht umhinkommen, Dad zu beichten, was sich an der North Shore zugetragen hat.

Wobei es eine witzige Vorstellung ist, dass er und ein paar seiner Jungs das *Mad Crush*-Haus stürmen. Dad ist ein herzensguter Mensch, aber in dem Fall würde er durchdrehen. Auch wenn er es nicht zeigt: Dass ich nach New York gegangen bin, hat ihm am meisten zugesetzt. Moms Besorgnis ist allgegenwärtig, seine hingegen ist gut verborgen. Er will ein moderner Vater sein. Feministisch. Einer, der keine Regeln aufstellt und dem Mann, der seine Tochter datet, keine Vorschriften macht. Denn er ist der Überzeugung, dass ich die Einzige bin, die das tun sollte – weil es mein Körper ist. Doch wirklich aus seiner Haut kann er nicht. Er ist beschützend. Nicht nur weil er mich liebt, sondern vor allem, weil er weiß, wie es in mir aussieht.

Meine Sorge, ihn mit meinem Kram belasten zu müssen, ist jedoch unnötig, denn Strider lehnt an Dads Truck und telefoniert. Er hat mir den Rücken zugedreht. Als ich mich nähere, wehen Gesprächsfetzen zu mir herüber. Das Erste, was ich registriere, ist, wie aufgebracht er klingt. Er bemüht sich cool und beherrscht zu wirken, aber in ihm brodelt es.

»Das habe ich so nicht gesagt!«

Schweigen. Er hört zu, während ich ihn beobachte. Sein Körper steht unter Strom. Seine Muskeln sind angespannt und ich würde darauf wetten, dass seine Kiefer wieder wie verrückt mahlen. Strider Sinclair ist der kraftvollste, energiegeladenste Mann, dem ich jemals begegnet bin. Mir kommt es vor, als würden seine Gefühle aus ihm heraussprudeln und in diesem Moment ist er verzweifelt. Es ist keine stumme, hoffnungslose Verzweiflung, sondern eine wilde. Er denkt nicht daran, aufzugeben. Er wird kämpfen – wofür auch immer.

Seufzend dreht er sich herum und als er mich entdeckt, weiten sich seine Augen überrascht.

»Hör zu, ich muss Schluss machen«, sagt er, lauscht dann nickend und verkündet schließlich: »Ich melde mich später einfach noch mal, okay?«

Ich weiß nicht, ob es okay ist, er vermutlich auch nicht, denn er legt auf und sieht mich abwartend an. Mich nervt die Art, wie er das gerade gehandhabt hat. Klar, es ist nicht mein Bier, aber wenn ich die Person am anderen Ende der Leitung gewesen wäre, wäre ich reichlich angepisst.

»Stress im Paradies?«

Ich klinge spöttischer, als ich sollte. Mir hat er schließlich nichts getan. Trotzdem nervt mich diese großkotzige Art.

»Wer hat behauptet, dass meine Welt ein endloser Sommer sei?«, entgegnet er lakonisch. Der traurige Ausdruck in seinen Augen straft seine Coolness Lügen.

»Lass mich raten: Eine Frau macht dir das Leben schwer.«

»Was sonst?«

Diese Typen sind solche Chauvis. Wir starren uns abschätzend über die schwarz glänzende Motorhaube hinweg an. Ich kann seine Stimmung nicht deuten.

»Hätte nicht gedacht, dass einer wie du derartige Probleme hat.«

»Einer wie ich?«, schnaubt er. »Du hast keine Ahnung, Babe, welche Probleme einer wie ich hat.«

Nein, wahrlich, ich weiß von dieser Art von Problemen wirklich nicht das Geringste. Muss echt furchtbar sein, wenn man Millionen verdient, den ganzen Tag surfen kann und die drängendste Frage ist, welche der zahlreichen, willigen Frauen das Groupie-des-Tages wird.

Ich entscheide mich, mir meinen Zynismus für jemanden aufzusparen, der ihn versteht und zu schätzen weiß.

»Und?«, will er wissen.

Ich halte meinen linken Arm hoch. Strider mustert den Gipsverband. »Es ist also doch gebrochen.«

»Angebrochen«, murmle ich genervt.

»Fuck!«

Die plötzlich auftretende Reue in seinen babyblauen Augen und das Bedauern in seiner Miene stehen im krassen Kontrast zu dem dumpfen Grollen, das in seiner Stimme mitschwingt.

»Es hätte schlimmer sein können«, tue ich die ganze Sache ab, aber natürlich nervt mich der Gips bereits jetzt gewaltig – und für unfassbare vier bis fünf Wochen wird er nun mein Begleiter sein.

»Ist trotzdem beschissen.«

Ich ignoriere seine Flucherei, komme jedoch zu dem Schluss, dass *Fuck* sein Lieblingswort ist.

Er umrundet den Truck, tritt an mir vorbei und öffnet mir wieder gentlemanlike die Tür, doch ich lasse mich nicht täuschen. Das höfliche Verhalten ist lediglich Fassade. Ich weiß, wie diese Art Mann tickt. Sie sind alle gleich. Etwas Wildes und Unbändiges brodelt unter der Oberfläche. An Land gelingt es ihnen, dieses Etwas mühsam zu zähmen, doch sobald sie im Wasser sind und sich in einer Wettkampfsituation befinden, lassen sie es von der Leine. Sie sind moderne Krieger. Wagemutig und tollkühn, aber eben auch ungeschliffen und nicht gewillt, sich den gängigen Konventionen anzupassen oder sich ihnen zu unterwerfen.

»Darf ich dir zur Hand gehen?«

»Nein, ich schaffe das allein«, ächze ich und versuche, mich auf den Beifahrersitz zu hieven, indem ich mich mit der Rechten am Haltegriff hochziehe.

Strider tritt näher, doch ich werfe ihm einen warnenden Blick zu.

»Siehst du, ich kann das!« Triumphierend sehe ich einen Augenblick später zu ihm und scheitere dann doch noch fast, weil ich abrutsche, als ich im Inneren des Wagens Halt suche. Ich finde ihn, schleudere aber dabei unglücklicherweise das Klemmbrett, das auf der Armatur gelegen hat, in Striders Richtung.

»Ja, schon, aber mit meiner Hilfe wäre es deutlich einfacher gewesen«, murrt er verstimmt und bückt sich, um es aufzuheben.

Umgeben von losen Blättern hockt er auf dem Asphalt.

»Was ist das?«, fragt er, als er zu mir hochschaut.

Einen Moment lang stehe ich auf dem Schlauch, dann begreife ich, was er gerade entdeckt hat und die Geschwindigkeit meines Herzschlags verdoppelt sich.

»Du hast keine Blumen geliefert.« Mit den Zetteln in der Hand gestikuliert er in meine Richtung. »Du warst da, um rumzuschnüffeln. Für wen arbeitest du?«

Ich nage auf meiner Unterlippe herum. Strider erhebt sich. Der mitfühlende Ausdruck ist aus seinen Augen verschwunden.

»Ist das überhaupt gebrochen?« Er nickt in Richtung meines Handgelenks. »Oder war das bloß ein Versuch, um über mich an Dixon ranzukommen, weil dein ursprünglicher Plan gescheitert ist?«

»Was?«, frage ich, denn mit dieser Unterstellung hat er mich eiskalt erwischt.

»Du hast mich schon verstanden! Du wärst ja nicht die Erste, die es auf diesem Weg versucht.«

»Das ist doch Blödsinn! Du bist ja völlig paranoid! Warum sollte ich versuchen, über dich an Dixon ranzukommen?«

Er antwortet mir nicht, stattdessen malträtiert er wieder seinen Zahnschmelz, indem er seine Kiefer aufeinanderpresst. Dann wendet er sich ab.

»Was machst du?«, frage ich verunsichert.

»Ich rufe Wilder an. Der wird wissen, was zu tun ist.«

»Nein!«, schreie ich beinahe. »Nein, nein, bitte, Strider, mach das nicht«, flehe ich. »Ich werde keinen weiteren Versuch unternehmen. Ich … Es war sowieso eine dumme Idee. Bitte, bitte ruf Wilder nicht an.«

Allein der Gedanke an ihn versetzt mich in Panik.

Strider dreht sich zu mir herum und fragt: »Was hat er getan?«

»Nichts«, wispere ich.

»Gib mir einen Grund, warum ich ihn nicht anrufen sollte, Trish.«

Obwohl es meine einzige Möglichkeit ist, ihn davon abzuhalten, den widerwärtigen Teammanager anzurufen, ringe ich mit mir. Ich will nicht darüber sprechen, was heute passiert ist – und auch nicht darüber, was die unzähligen Male zuvor geschehen ist. Keines dieser demütigenden Ereignisse will ich noch einmal Revue passieren lassen.

»Strider«, bettle ich, doch sein unnachgiebiger Blick, der dann in Richtung des Smartphones huscht, lässt mir keine andere Wahl, als ihm alles zu erzählen.

Seufzend gebe ich mich geschlagen. Strider weiß, wann er gewonnen hat. Er hat genug Erfahrung, um zu wissen, wann er einen Gegner vernichtend geschlagen hat und so schließt er die Beifahrertür, geht um den Wagen herum und steigt ein.

»Also, schieß los. Ich bin ganz Ohr«, sagt er, als er neben mir sitzt.

»Okay«, wispere ich, obwohl ich keine Ahnung habe, wo ich anfangen soll.

Am Anfang, sage ich mir. Am besten ist es immer, eine Geschichte von Anfang an zu erzählen.

»Nachdem Rory die Sache mit uns breitgetreten hatte, blieb mir nichts anderes übrig, als *Wavehunters* zu verlassen.«

Striders verwirrter Gesichtsausdruck sagt mir, dass ich ihn bereits hier verloren habe. Schon jetzt versteht er nicht, was das eine mit dem anderen zu tun hat.

»Ich bin die *Wavehunters*-Hure«, helfe ich ihm auf die Sprünge. »Niemand hat mich mehr ernstgenommen. Jedes Mal, wenn ich zu einem Interviewtermin mit einem von euch gegangen bin, musste ich mir dumme Sprüche anhören. Manche waren witzig, die meisten aber einfach nur widerwärtig und geschmacklos. Doch selbst die lustigen Sprüche gingen auf meine Kosten und mir im Laufe der Zeit an die Substanz.«

Strider ist ganz still geworden und strahlt dabei eine ungeheure Ruhe und Gelassenheit aus. Er ist wie ein Fels in der Brandung. Unerschütterlich.

»Irgendwann habe ich das nicht mehr ausgehalten. Vor jedem Interviewtermin war mir schlecht. Ich hatte Schweißausbrüche, dann kamen Schlafstörungen hinzu. Einmal dachte ich, dass der Sturm vorbei sei und sich gelegt hätte. Ich war voller Hoffnung, doch bei dem Termin am nächsten Tag wurde sie gänzlich zerstört. Sid Henson war derart anzüglich und abstoßend, dass ich im Anschluss zu Sean gegangen bin und meinen Job hingeschmissen habe.« Ich schlucke energisch gegen den Kloß in meinem Hals an. Ich werde jetzt nicht heulen. Nicht vor einem wie ihm. »Ich hätte vermutlich einfach härter sein müssen, oder mich zu Wehr setzen müssen, aber …« Ich verstumme. Was soll ich auch sagen? Es war mir einfach nicht möglich.

Der Ausdruck in Striders Blick ist unerträglich. Er macht, dass ich mich noch minderwertiger fühle, noch schwächer, noch … Vorhin am Strand, als ich über sein Board gefallen bin, hat er mich auch so angesehen. Hätte er bloß über meine Ungeschicklichkeit gelacht. Das hätte weniger geschmerzt als dieser mitfühlende Blick. Er hat mich angesehen, wie man ein Vogelküken anschaut, das aus dem Nest gepurzelt ist. Armes, lebensunfähiges Ding!

Nicht zum ersten Mal an diesem Tag treten mir die Tränen in die Augen, doch ich dränge die Emotionen beiseite. Ich werde nicht weinen. Koste es, was es wolle. Ich werde verdammt noch mal nicht vor ihm zusammenbrechen.

»Ich hatte keinen Plan B, aber Sean habe ich gesagt, ich hätte einen, denn er wollte nicht, dass ich gehe. Er hat gesagt, dass es außer Dean niemanden gibt, der so hart und gut arbeiten würde wie ich. Aber ich musste weg!«

Ich will, dass Strider mich versteht, habe aber das Gefühl, dass er das nicht tut.

»Doch es hat nicht gereicht. *Wavehunters* zu verlassen, hat einfach nicht gereicht. Alles hat sich so falsch und so … Ich habe mich so falsch gefühlt und ich musste gänzlich weg! Weit weg! Denn wenn ich hiergeblieben wäre, dann …«

… hätte es mich zerbrochen. Mein Paradies hatte sich verwandelt. Es wurde zur Schlangengrube, und mit jedem Tag hatte ich mehr von meinem Kampfgeist eingebüßt, wurde immer kleiner, immer kraftloser … Als ich ging, war nicht mehr viel von mir übrig, aber wie könnte er, dem das Selbstbewusstsein aus den Haarspitzen sprüht, das verstehen?

»Ich habe diesen Praktikumsplatz bei *Hot Stars* in New York ergattern können. Das ist so ein Promi-Magazin.«

Strider nickt.

»Bis vor Kurzem lief es echt mies. Ich habe mich gefragt, was ich da überhaupt mache, denn mit eigenen Artikeln wurde ich nicht betraut. An manchen Tagen war ich der Überzeugung, dass mein Chef nicht einmal wusste, dass ich überhaupt existiere, doch dann hat er mich aus heiterem Himmel mit der Leitung der Schlussredaktion betraut. Das ist eine wirklich verantwortungsvolle Aufgabe. Ein Fehler und …« Ich verstumme seufzend.

»Und du hast einen Fehler gemacht?«

Ich zucke mit den Schultern, habe nicht vor, ihm das zu erklären, doch als er sagt »Erzähl es mir!« folge ich seinem Befehl. Darauf kommt es jetzt schließlich auch nicht mehr an.

»Tja, und nun, nachdem ich in Ungnade gefallen bin, brauche ich einen richtig fetten Knüller, um das Ruder wieder rumzureißen, verstehst du? Als ich dann bei meiner Mom im Laden war und diese Bestellung reinkam, dachte ich, dass das Schicksal sein muss.«

»Schicksal?«, echot Strider ungläubig.

»Ja, das Universum hat mir Curtis Dixon quasi auf dem Silbertablett serviert.«

»Das Universum?«

»Das Universum«, bekräftige ich. »Aber offenbar spielt es einem lieber makabere Scherze, als wirklich hilfreich zu sein – ganz egal, was meine Mom sagt.«

»Was genau sagt deine Mom denn?«, hakt er zweifelnd nach.

»Beispielsweise, dass man das Universum um Hilfe bitten soll, wenn man Probleme hat.«

»Und das hast du getan?«

»Ja, irgendwie schon. Ich habe mir gewünscht, dass mein Leben wieder in Ordnung kommt. Genaugenommen habe ich mir mehr als einmal inständig erhofft, dass es wieder so wird, wie vor der Rory-Johnson-Sache, aber mir ist durchaus klar, dass das unmöglich ist.«

»Ach, ist es das?«

»Ja! Hör zu, ich bin nicht dumm und naiv …«

Seine Miene verrät mir, dass er sich, was diesen Punkt angeht, nicht so sicher ist. Vermutlich, weil ich sowohl die Begriffe *Schicksal* als auch *Universum* verwendet habe. Es ist ja auch nicht so, als würde ich wirklich an eine höhere Macht, die alles zum Guten wendet, glauben, aber in dem Moment, als ich den Anruf annahm, kam es mir nun einmal so vor. Für mich war es ein Wink des Schicksals.

Und schau, wohin er dich geführt hat, der wunderbare Wink des Schicksals, ätzt die Zynikerin in mir.

»Ich weiß, was du denkst.«

»Ach, hellsehen kannst du jetzt also auch noch?«, spottet er.

»Als ich in unserem Laden in Waikiki stand und mit dieser Assistentin gesprochen habe, da war ich überzeugt davon, dass das kein Zufall sein kann. Ich meine, wie unwahrscheinlich ist das denn? Wie viele Ereignisse müssen genau so eingetreten sein, damit ich zu diesem Zeitpunkt da war, um den Anruf anzunehmen?«

Er zuckt mit den Schultern und wieder ist für mich klar, dass er mir nicht folgen kann.

»Okay, hätte ich länger geschlafen, dann hätten Susan und ich uns nicht in der Küche getroffen. Sie hätte mich nicht gefragt, ob ich sie begleite und ich wäre nicht dort gewesen. Oder was, wenn ich in dem Moment nein gesagt hätte? Oder wenn sie im Brautmodegeschäft nicht das andere Kleid anprobiert hätte? Oder wir nicht vorm *Mad Crush*-Store in Waikiki stehengeblieben und über Russel Reynolds gesprochen hätten? Oder wenn dieser große Auftrag nicht reingekommen wäre und alle so damit beschäftigt gewesen wären, dann wäre jemand anderes ans Telefon gegangen und ich hätte nie erfahren, dass Curtis Dixon auf Oahu ist. Verstehst du?«

Sein knappes Nicken ermutigt mich fortzufahren.

»Es hat sich so angefühlt, als wäre ich zur rechten Zeit am rechten Ort. So, als müsse es so sein.«

Unwillkürlich denke ich an mein Leben in New York, bei dem ich täglich das gegenteilige Gefühl verspüre.

Striders Stirn legt sich in Falten, als er angestrengt nachzudenken scheint.

»Dieses Gefühl kenne ich«, gibt er zu. »Aber ich glaube nicht, dass das etwas mit einer höheren Macht zu tun hat. Ich denke, dass wir unser Schicksal selbst in der Hand haben. Dass wir für die Dinge, die uns wichtig sind, kämpfen müssen.«

Und was, frage ich mich, wenn wir zu schwach sind, um zu kämpfen? Mir fehlt jedenfalls die Kraft, einen erneuten Versuch zu wagen und nun, da Strider weiß, dass ich es auf ein Interview mit Curtis Dixon abgesehen habe, ist ein Herankommen an den Hollywoodstar ohnehin unmöglich.

»Mein Job ist mir wichtig!«, sage ich dennoch. »Darum war ich heute im *Mad Crush*-Haus und glaub mir: Das ist mir nach allem, was in der Vergangenheit passiert ist, nicht leichtgefallen.«

»Du hast mir noch immer nicht verraten, was Wilder getan hat.«

»Wie ich bereits sagte, es war der gleiche Schwachsinn wie immer«, entgegne ich bemüht ruhig.

Mein Herz rast in meiner Brust bei der Erinnerung an die Situation. Ich kam mir so wehrlos und so in die Enge getrieben vor. Auch jetzt zwingt die Angst mich dazu, meinen Atem anzuhalten. Das ohnmächtige Gefühl in mir breitet sich aus, dominiert mich.

»Trish?«

Als Strider seine Hand auf meine Rechte legt, zucke ich erschrocken zusammen.

Er drückt meine Hand. »Sag mir, was er gesagt hat. Was genau ist heute passiert?«

Ich senke mein Kinn, starre lange auf unsere Hände, und kann mich einfach nicht überwinden. Strider wartet. Letztendlich schließe ich gequält die Augen und beginne stockend zu erzählen, was heute passiert ist. Es ist mir entsetzlich unangenehm.

## STRIDER | OAHU | HAWAII | 03.12.2018

»Kannst du mich bitte heimbringen?«, fragt Trish im Flüsterton, nachdem sie geendet hat.

Sie klingt so kläglich, dass mein von ihr belächelter Helferkomplex Amok läuft. Doch die Wut auf Wilder ist nicht das einzige Gefühl, das in mir tobt. Einerseits schäme ich mich für mein Team in Grund und Boden. Andererseits würde ich nicht die Hand für mich ins Feuer legen. Gut möglich, dass ich mich auch zu einem dummen Spruch hätte hinreißen lassen, wenn ich dabei gewesen wäre.

»Natürlich«, erwidere ich, weil ich sonst nichts für sie tun kann.

Schweigend kutschiere ich sie durch die Gegend. Es ist mittlerweile später Nachmittag. Die Palmen vor dem Haus, vor dem ich eine Viertelstunde später parke, werfen lange Schatten.

»Wow!«, entfährt es mir. Das Haus, in dem sie lebt, ist ein verdammter Palast. Es steht inmitten einer gigantischen Plantage.

»Meine Eltern haben sich vor ein paar Jahren mit diesem Haus einen Traum erfüllt.«

»Es ist wirklich großartig.«

Sie nickt. »Hör mal, wenn wir drin sind … Also, von meinen Leuten weiß niemand von all dem.«

»Okay«, erwidere ich gedehnt. Gefühlt tausend Fragen brennen mir auf der Zunge und irgendwie gelingt es mir nicht, sie dort zu lassen. »Aber du bist nach New York gegangen und …«

Trish versteht, worauf ich hinauswill. »Sie glauben, dass ich bei *Wavehunters* aufgehört habe, weil ich die Trennung von Dean nicht verkraftet habe.«

Etwas sagt mir, dass diese Annahme nicht gänzlich unbegründet ist.

»Und ich gebe zu, dass das auch eine Rolle gespielt hat, aber schwerer wiegt wohl, dass ich durch die Trennung überhaupt derart angreifbar und verletzlich gewesen bin. Vielleicht hätte ich sonst all die dummen Kommentare besser wegstecken können.«

Dass sie glaubt, dass sie taffer hätte sein müssen, macht mich rasend. Wie kann sie sich an all dem die Schuld geben?

Und dann, sehr unvermittelt, begreife ich zwei Dinge: Ich verstehe, dass Trish an einem Punkt ist, an dem ich vor vielen Jahren selbst war. Denn im Prinzip ist es mit meiner Mutter nichts anders. Es hat eine gefühlte Ewigkeit gedauert, bis ich dazu in der Lage war, zu erkennen, dass ich all die Gemeinheiten, die sie mir immer wieder an den

Kopf geworfen hat, nicht verdiene. Und noch etwas wird mir in diesem Augenblick klar: Ich begreife zum ersten Mal wirklich, wie mächtig Worte sind. Obwohl ich weiß, dass all das, was meine Mutter zu mir gesagt hat, seine Spuren hinterlassen hat, so sehe ich Trishs Narben viel deutlicher als meine eigenen.

Die Erkenntnis, dass ich all das durch eine winzige, unbedachte Äußerung verursacht habe, bringt mich beinahe um den Verstand. Ich habe ihr Leben ruiniert. Wegen mir hat sie ihren Job aufgeben und Hawaii verlassen müssen. Hätte ich damals meine Klappe gehalten und nicht rumgetönt, dass Rory gerade dabei ist, ein Groupie zu bumsen, wäre alles anders gekommen. Aber woher hätte ich das wissen sollen? Chaostheorie vom Feinsten, denke ich und würde am liebsten hysterisch loslachen. Das Ganze klingt wirklich nach einem schlechten Scherz des Universums.

»Ich helfe dir!«, platze ich – getrieben von meinem schlechten Gewissen – heraus.

»Wie bitte?«

»Die Curtis-Dixon-Story. Ich helfe dir, sie zu bekommen.«

Trishs Miene verfinstert sich. »Ich will dein Mitleid nicht!«

Ich öffne den Mund, will abstreiten, dass sie mir leidtut und ihr erklären, wieso ich ihr helfen muss. Denn ja, ich möchte ihr nicht helfen, sondern ich sehe mich vielmehr gezwungen, ihr zu helfen.

Während ich noch nach den passenden Worten suche, um ihr meine Schuld zu beichten, sagte sie: »Hör zu, Strider, mach kein Drama aus der ganzen Sache, und vergiss einfach, was ich dir erzählt habe.«

Sie versucht die Knöpfe des Arbeitshemdes zu öffnen.

»Was tust du da?«, frage ich verwirrt.

Sie schaut auf, verdreht die Augen und sagt dann: »Keine Panik! Ich weiß, du hältst mich für ein Groupie, aber ich habe nicht vor, über dich herzufallen. Wie gesagt, meine Leute wissen nichts von all dem Mist. Sie denken, in New York würde es super laufen.«

Da ich der Argumentation nicht ganz folgen kann, hake ich nach. »Und deshalb …?«

Sie sieht mich an, als wäre ich auf den Kopf gefallen. Sichtlich genervt fügt sie hinzu: »Deshalb haben sie keine Ahnung, dass ich heute Blumenbotin gespielt habe, um an eine Story zu kommen. Doch wenn ich in diesem Aufzug das Haus betrete, dann werden sie Fragen stellen und deshalb muss ich mich umziehen, doch blöderweise bekomme ich mit dem Scheißgips die Scheißknöpfe nicht auf.«

Ich schnalle mich ab und drehe mich in meinem Sitz zu ihr herum.

»Lass mich das machen.«

Trish schluckt hörbar gegen ihr Unbehagen an, gibt sich dann jedoch geschlagen.

Der Stoff der Arbeitsuniform fühlt sich grob an. Auch ohne Gips tue ich mich schwer damit, die kleinen Knöpfe zu öffnen – vielleicht liegt es aber auch an meinen vor Aufregung zitternden Händen.

Woher diese Nervosität mit einem Mal kommt, weiß ich nicht. Aber ich hoffe sehr, dass Trish sie nicht bemerkt. Da ihr Blick jedoch fest auf mein Gesicht geheftet ist, stehen die Chancen nicht schlecht.

»'tschuldigung«, murmle ich, als meine Handrücken versehentlich ihre Brüste touchieren und sie scharf die Luft einzieht. »Das war keine Absicht«, schiebe ich hinterher und zerre den Stoff des Hemdes so weit wie möglich nach vorne, damit etwas Derartiges nicht noch einmal passiert.

Ihre Miene ist ausdruckslos, aber ihre Wangen glühen vor Verlegenheit. Keine Ahnung, ob sie mir glaubt oder nicht. Es ist mir unmöglich, ihren Gesichtsausdruck zu deuten.

Nachdem ich den letzten Knopf mühsam geöffnet habe, zieht sie das Hemd aus. Darunter trägt sie ein schwarzes, hautenges Top, das zwar alles bedeckt, aber meine Fantasie mehr beflügelt, als es die erotischste Reizwäsche jemals getan hat.

Trish bittet mich, ihr die Handtasche von der Rückbank zu reichen. Eine Aufgabe, der ich nur allzu gerne nachkomme, denn dadurch habe ich einen guten Grund, sie nicht länger anzugaffen. Sie stopft das Hemd achtlos hinein, lässt sich im Sitz zurücksinken und atmet dann tief durch.

»Alles okay?«

»Du meinst, bis auf die Tatsache, dass ich ein angebrochenes Handgelenk und keine Story habe?«

Gequält schließt sie für einen Moment die Augen.

»Du hast eine Story«, erinnere ich sie. »Mein Angebot steht. Ich kann dafür sorgen, dass Curtis …«

»Und ich sagte, dass ich dein Mitleid nicht will!«, erklärt sie vehement.

Fuck, warum muss sie bloß derart stur sein?

Mein Handy vibriert. Ich werfe einen Blick darauf. Willow. Fuck! Ich hätte mir denken können, dass sie es nicht gut aufnimmt, dass ich unser Telefonat auf dem

Krankenhausparkplatz so abrupt beendet habe, doch mir stand wirklich nicht der Sinn danach, mich weiterhin mit ihren Verkupplungsversuchen auseinanderzusetzen.

Mit mir wird es ganz sicher kein Doppeldate geben, auch wenn ihre Freundin Erin angeblich noch so nett sein soll. Plötzlich habe ich eine Idee.

»Verdammt, lass mich doch mal ausreden, Trish. Ich mache es nicht aus Mitleid. Hör zu, ich stecke in Schwierigkeiten und du … du könntest mir helfen, weißt du?«

Sie äugt in Richtung meines Handys, und schaut dann fragend zu mir.

»So?«, fragt sie zweifelnd.

»Ja. Du hilft mir, ich helfe dir.«

»Eine Hand wäscht die andere, ja?«

So, wie sie es sagt, klingt es wie aus einem schlechten Mafia-Film.

»Ich mache dir ein Angebot, dass du nicht ablehnen kannst«, erwidere ich in meiner besten Der-Pate-Imitation, und werde mit einem schwachen Lächeln belohnt.

»Das bezweifle ich, Don Sinclair. Aber bitte, ich bin ganz Ohr.«

»Ich brauche für meine Zeit auf Hawaii eine Freundin.«

Trish reißt überrascht die Augen auf. »Eine Freundin?«, wiederholt sie fassungslos. »Du denkst, für eine Story würde ich deine Freundin werden?«

»Nein!«, widerspreche ich hastig. »Nur so tun als ob. Meine Ex …« Ich deute auf das Handy. »… ist eine ziemliche Klette. Sie kommt über unsere Trennung einfach nicht hinweg und ich habe gesagt, dass es eine Andere gibt.«

»Aber?«

»Die gibt es nicht! Und klar könnte ich irgendein Groupie dazu überreden, aber das würde nicht funktionieren. Sie würde sich bloß mehr erhoffen, und …«

»Klar, weil es unvorstellbar ist, dass jemand nicht mit dir zusammen sein möchte.«

Ihr beißender Spott frisst sich in mein angeschlagenes Ego.

»Das auch, aber vor allem brauche ich jemanden mit Klasse und Stil.«

»Und deshalb fällt deine Wahl auf die *Wavehunters*-Hure?«, fragt sie zweifelnd. »Dein Plan wirkt wenig durchdacht.«

»Mein Plan ist fantastisch!«, widerspreche ich. »Wir werden dich rehabilitieren.«

»Und wie soll das aussehen? Deine Leute denken, dass ich mit Rory ins Bett gegangen bin, weil er Rory Johnson ist. Weltmeister. Schwerreich.«

»Na ja, dass Geld nicht deine Motivation ist …« Ich deute auf das villenähnliche Haus. »… dürfte wohl klar sein.«

Sie errötet, als sie sagt: »Ist ja nicht meins.«

»Na ja, vermutlich irgendwann schon.«

Der Gedanke ist ihr offenbar komplett zu wider, denn sie entgegnet rasch: »Egal, so oder so kann ich mir nicht vorstellen, dass es sich vorteilhaft auf meinen angeschlagenen Ruf auswirkt, wenn ich mit dem Nächsten von euch Typen um die Ecke komme.«

Ich kann gar nicht ausdrücken, wie sehr es mich anpisst, dass sie Rory Johnson und mich in eine Schublade schiebt.

»Das verstärkt doch nur den Eindruck, dass sie recht haben und ich mich damals bloß auf Rory eingelassen habe, weil er … nun ja, eben weil er ein erfolgreicher Profi-Surfer ist.«

Ihre Argumentation lässt sich nur schwer widerlegen. Genaugenommen ist es unmöglich, ihren Einwand einfach so beiseite zu wischen.

Fuck!

Denk nach, Mann!

»Okay«, räume ich ein, »vermutlich hast du mit all dem absolut recht.«

Hat sie definitiv, und das weiß sie auch. Sie ist schließlich nicht dumm. Sie ist bloß stolz und … Das ist es!

»Aber ist es nicht letztendlich egal, was sie denken? Ich meine, wen kümmert das? Du brauchst diese Story, um deinen Job zu behalten«, erinnere ich sie nachdrücklich.

Sie schluckt erneut beklommen. Ich gebe ihr Zeit, meine Worte sacken zu lassen. Möglicherweise bleibt mir nichts anderes übrig, als ihr doch – jetzt und hier – zu gestehen, dass ich für all das, was ihr widerfahren ist, verantwortlich bin. Doch das will ich nicht. Sie würde mich hassen und mich zum Teufel jagen – eine entsetzliche Vorstellung, bei der mir das Herz in die Boardshorts rutscht.

Stell dich nicht so an! Du bist doch der, der immer sagt, dass man zu seinen Fehlern stehen muss. Und überhaupt, Mann, wo sind deine Eier geblieben?

Zum Glück ist Trish vernünftig und lenkt ein. »Okay, ich mach's. Ich spiele deine Freundin.«

Sie klingt so niedergeschlagen, dass mein schlechtes Gewissen mich erneut zu überrollen droht – trotz meiner eigenen Erleichterung.

»Etwas mehr Begeisterung, wenn ich bitten darf«, verlange ich grinsend. »Du darfst Zeit mit mir verbringen.«

»Darf?« Sie schnaubt mürrisch. »Ist ja nicht so, als hätte ich eine Wahl.«

»Das kränkt mich jetzt irgendwie schon.«

Und das ist nicht mal gelogen.

»Ich bin sicher, jemand mit deinem Ego, wird das schon verkraften. Ich bin schließlich bloß die *Wavehunters*-Hure, also …«

Sie zuckt mit den Schultern.

»Sag das nicht«, bitte ich sie.

»Aber es ist doch so, ich bin …«

»Meine Freundin.« Ich halte ihr meine Rechte hin. »Deal?«

Trish ergreift sie seufzend. »Deal! Und was muss ich als deine Freundin tun?«

»Das, was Freundinnen eben so tun. Du begleitest mich zu öffentlichen Auftritten, feuerst mich während der Pipemasters an und …«

»Moment!«, wirft sie alarmiert ein. »Öffentliche Auftritte?«

»Das *Wavehunters-Event* und …«

»Auf keinen Fall gehe ich dorthin!«, protestiert sie.

»Hey, Deal ist Deal und Curtis wird auch da sein«, versuche ich, sie zu ködern.

»Schön für ihn! Das Problem ist bloß, dass Dean ebenfalls anwesend sein wird.«

Womit sie recht hat. Natürlich wird dieser Lackaffe da sein. Es ist das Event des Jahres, die ganze Branche wird dort versammelt sein und Dean ist der Schirmherr der Russel Reynolds' Fundation. Wenn alles so läuft wie im vergangenen Jahr, dann werden Samantha und er gemeinsam die Auszeichnung überreichen. Möglicherweise sollte ich Trish vorwarnen und ihr erklären, dass es ihn und Sam nur im Doppelpack gibt, doch stattdessen sage ich: »Umso besser! Dean hasst mich. Was meinst du, wie angepisst er sein wird, wenn du meine Begleiterin bist?«

Trish malträtiert ihre vollen Lippen in einer Intensität mit den Zähnen, dass mir das Zuschauen allein wehtut.

»Doch viel wichtiger, als dein dämlicher Dean: Meine Ex wird auch dort sein, und deshalb brauche ich dich. Sie muss sehen, dass das mit uns ein für alle Mal vorbei ist.«

»Wer ist deine Ex?«

Fuck!

»Willow.«

Trish wirft mir einen irritierten Blick zu.

»Willow Ramsey?«, fragt sie erstaunt.

»Ja! Wieso?«

»Nun ja, ich hätte nur nie gedacht, dass du ihr Typ bist, weißt du?«

Ich werfe ihr einen säuerlichen Blick zu. Was bitte schön meint sie denn damit?

»Inwiefern nicht?«

»Sorry, ich wollte dich nicht schon wieder kränken.«

»Du kränkst mich nicht«, behaupte ich gekränkt.

»Nun ja, ich bewundere sie. Sie ist wirklich toll, und irgendwie …«

»Ja?«, frage ich gedehnt, als sie verstummt.

»Ich kann mir euch beide einfach nicht zusammen vorstellen.«

»Weil sie so toll ist und ich nicht?«, hake ich nach, denn mit so einer schwachen Begründung lasse ich sie nicht davonkommen.

»Ich sehe, du bist echt überhaupt nicht gekränkt. Sorry, so war es definitiv nicht gemeint. Ich verstehe nur nicht, wie das mit euch passen sollte.«

»Nun ja, es hat ja auch nicht funktioniert. Es war kurz und heftig. Ein Strohfeuer, mehr nicht. Zumindest von meiner Seite aus.«

»Und seit wann ist es vorbei? Ich meine, sie war am Flughafen und …«

»Es ist schon seit einer Weile aus, aber sie versucht es immer wieder«, behaupte ich. Fuck. Willow killt mich, wenn ihr das jemals zu Ohren kommt.

»Wie gesagt, sie ist wild entschlossen, diese Sache zwischen uns wiederzubeleben, und deshalb musst du mich begleiten«, bettle ich nun fast.

Trish nagt wieder auf ihrer Unterlippe herum. Eine schreckliche Unart, aber wenn sie angestrengt nachdenkt, tut sie das scheinbar immer.

»Ich weiß nicht, ob ich es ertrage, Dean zu sehen«, gesteht sie mir schließlich seufzend.

Ob sie es erträgt, ihn zu sehen? Ich habe mich wohl verhört! Sie sollte froh sein, dass sie ihn los ist. Dieser Typ ist so ein überheblicher Arsch. Nur weil seinem alten Herrn *Wavehunters* gehört, meint er, er hätte was zu sagen und mich hat er aus unerfindlichen Gründen sowieso gefressen.

»Weißt du, ob er und Sam noch zusammen sind?«, fragt Trish und klingt allein bei dem Gedanken daran derart angeschlagen, dass ich selbst an meiner Idee zu zweifeln beginne.

»Ja, sie sind noch ein Paar. Ihnen gehört *Nauti Gal.*«

»*Nauti Gal*?«, fragt sie unsicher.

»Ein Boardsport-Label für Frauen. Sie betreiben es zusammen.«

Ich füge nicht hinzu, dass sie augenscheinlich sehr glücklich miteinander sind.

»Hey, du willst doch deine Vergangenheit hinter dir lassen, oder?«

»Yep«, meint sie knapp.

»Dann stell dich ihr. Blick ihr ins Gesicht. Es wird sowieso höchste Zeit, dass du erkennst, dass Dean Reynolds völlig überbewertet wird.«

Sie lacht. Wow, ich habe es wirklich geschafft, den niedergeschlagenen Ausdruck aus ihren wunderschönen blauen Augen zu vertreiben.

»Du klingst wie Rory«, gluckst sie. »Er hat damals das Gleiche zu mir gesagt.«

Na wunderbar!

»Wie sagt man so schön? Auch ein blindes Huhn findet mal ein Korn, und Rory Johnson kann sich ja nicht immer irren. Also, Trish …«

»Okay, wenn wir das durchziehen wollen, dann brauchen wir Regeln! Und die erste lautet, dass du mich gefälligst Patricia nennst.«

»Geht klar.«

»Und keine albernen Kosenamen wie Kleines, Babe, Schätzchen oder so.«

»Verstanden.«

Trish sieht mich streng an. »Ich meine es ernst!«, erklärt sie entschieden.

»Natürlich, Babe.«

Ihr Blick scheint mich zu durchbohren.

»Hey, das war ein Witz, Trixie!«, füge ich hinzu und hebe kapitulierend die Hände.

»STRIDER!«, faucht sie erbost.

Ups, da bin ich wohl zu weit gegangen.

»Sorry, Patricia, das war ein Scherz.«

»Wenn du dich an den Abend erinnern könntest, würdest du darüber keine Witze machen. Du warst ein Scheusal.«

»Ein Scheusal?«

»Ja, ein echter Widerling. Einfach nur grässlich. Ich hätte dich am liebsten an die Wand geklatscht.«

Die Intensität, mit der sie die Worte hervorpresst, verrät mir, dass sie sie auch genau so meint.

»Ich verspreche hoch und heilig, mich zu benehmen.«

Ihr Blick sagt, dass sie mir kein Wort glaubt. Schlaues Mädchen.

»Benehmen, das wäre der nächste Punkt auf der Liste! Keine öffentliche Zurschaustellung von Zärtlichkeiten.«

Verwirrt sehe ich sie an. Was genau stellt sie sich darunter vor?

Als hätte sie meine Gedanken erraten, spricht sie weiter: »Keine Küsse und natürlich auf keinen Fall irgendwelches Gefummel! Deine Hände haben auf meinem Körper nichts zu suchen.«

Ich gebe ein freudloses Lachen von mir. »Ich bin sicher, wir geben das glaubwürdigste Paar aller Zeiten ab«, murre ich sarkastisch.

»Du darfst meine Hand halten und mir den Arm um die Schulter legen.«

»Großzügig!«

»Nimm es nicht persönlich.«

»Mache ich nicht«, behaupte ich, aber auch das ist eine dicke, fette Lüge. Und ob ich es persönlich nehme! Was stimmt mit ihr nicht? Mit Rory Johnson springt sie in die Kiste, aber ich darf sie nicht mal küssen? Und mit dem verdammten Dean Reynolds war sie sogar mal zusammen. Ausgerechnet mit ihm. Fuck, ich konnte den Mistkerl echt noch nie leiden.

Trish legt den Kopf schief und fragt: »Warum glaube ich dir bloß nicht?«

Ich setze meine beste Unschuldsmiene auf und erwidere: »Ich weiß es nicht? Paranoia?«

Sie rollt mit den Augen. »Ich werde das hier garantiert entsetzlich bereuen«, jammert sie.

»Das glaube ich nicht. Wir bekommen beide, was wir wollen. Du eine fantastische Story und ich eine Freundin ohne all das nervige Drumherum.«

Trish schmunzelt amüsiert.

»Was?«, frage ich.

»Wer hätte gedacht, dass Strider Sinclair Küssen und das übrige Drumherum nervig findet und gut darauf verzichten kann?«

Sie zwinkert mir zu, öffnet die Tür und steigt aus dem Truck, bevor ich auch nur empört den Mund geöffnet habe.

Ich folge ihr und sage: »Du weißt genau, dass ich das nicht gemeint habe.«

Mein Zeigefinger zeigt in ihre Richtung und ich werfe ihr einen gespielt strengen Blick zu.

Sie dreht sich lachend zu mir herum, und ich fühle mich an den Moment erinnert, als ich sie vor ein paar

Tagen am Flughafen gesehen habe. Fuck, wie schön sie ist, wenn sie lacht.

»Ich habe keine Ahnung, was du sonst gemeint haben könntest«, behauptet sie kichernd, während sie in Richtung ihres Elternhauses geht.

»Wie war das? Du wirst es bereuen? Ich bereue es! Ich bereue es jetzt schon!«

Doch ich bereue es kein Stück.

»Danke, Bro, dass du mich abgeholt hast«, sage ich eine halbe Stunde später zu Cullen.

Vom Haus der Jeffries aus habe ich ihn angerufen und ihn gebeten, den Chauffeur für mich zu spielen.

»Und?«, fragt er süffisant, nachdem wir die Plantage verlassen haben. »Hat die Kleine dich für deinen heldenhaften Einsatz belohnt? Kamst du zum Schuss?«

Von jetzt auf gleich bin ich auf hundertachtzig. Meine Hände ballen sich zu Fäusten. Wie kann er Trish etwas Derartiges unterstellen?

»Sie hat sich gerade das Handgelenk gebrochen«, erinnere ich ihn durch zusammengebissene Zähne, während ich versuche, nicht die Beherrschung zu verlieren.

»Hey, von einem Handjob war doch gar nicht die Rede, mein Freund«, meint er lachend, nichtahnend, dass ich ihm wegen seiner dummen Sprüche am liebsten den Hals umdrehen würde.

»Das ist nicht witzig!«

»Eigentlich schon!«

Stimmt, eigentlich schon …

»Bist du in den letzten vier Stunden unter die Pfadfinder gegangen, oder was? Du bist doch sonst nicht so eine Sissy.«

»Fick dich! Und lass den verdammten Scheiß, Mann!«

»Boah, was hast du denn für eine fiese Laune am Leib, na ja, dann wäre zumindest eine Frage geklärt: Sie hat dich definitiv nicht rangelassen.«

»Du bist so ein blöder Arsch!«

»Mag sein, aber im Gegensatz zu dir bin ich heute schon zum Zug gekommen«, entgegnet er grinsend.

»Ich hatte es überhaupt nicht drauf angelegt, mit ihr im Bett zu landen.«

Cullen lacht spöttisch auf. »Das wäre ja mal ganz was Neues.«

Ich starre zum Fenster hinaus. Schweigend.

Irgendwann wird es ihm zu bunt und er hakt nach: »Was ist los? Warum bist du so pampig?«

Und dann, weil ich es irgendwem sagen muss, erzähle ich ihm alles – einschließlich, dass ich mich wie der weltgrößte Wichser fühle. Cullen und ich sitzen noch lange, nachdem er den Wagen im Hof des *Mad Crush*-Hauses geparkt hat, im Auto und reden. Natürlich bleiben mir seine dummen Sprüche nicht erspart. Natürlich zieht er mich mit meinem Helferkomplex auf, und ich kann nicht mal leugnen, dass Trish meinen Beschützerinstinkt weckt, denn das tut sie zweifelsohne. Eine Weile muss ich sein Gefrotzel über mich ergehen lassen, doch irgendwann wird er ernst.

»Du solltest mit offenen Karten spielen«, rät er mir. »Sag ihr, dass du das Gefühl hast, dass du ihr Leben versaut hast.«

»Das habe ich ja vor, aber es war einfach nicht der richtige Zeitpunkt.«

Vor meinem inneren Auge tauchen Bilder von ihr auf, wie ihre Augen Funken gesprüht haben, als wir zum Haus ihrer Eltern gegangen sind und sie mich geneckt hat. Immer wieder hat sie über die Schulter zu mir zurückgeschaut, und so sehr ich mich auch bemüht habe, konnte ich meinen Blick beim besten Willen nicht von ihr wenden.

»Wenn wir gezwungen sind, mehr Zeit miteinander zu verbringen, dann wird sich die richtige Gelegenheit irgendwann ergeben. Sobald sie da ist, beichte ich Trish alles und bitte sie um Entschuldigung.«

»Das ist der Plan?«

Ich nicke. »Yep. So schaut es aus.«

»Und Dixon? Wie wirst du ihn zu einem Interview überreden, das er nicht führen will?«

Ich seufze matt. »Keine Ahnung, aber irgendwas wird mir schon einfallen.«

»So ein Theater und das alles nur wegen einer Frau.«

»Ich mache das nicht wegen ihr im Speziellen«, widerspreche ich.

Cullens belustigtes Schnauben füllt das Cockpit des *CTS-V*. »Natürlich nicht«, meint er spöttisch. »Wie kam ich bloß zu dieser irrwitzigen Annahme?«

»Wirklich! Das Ganze hat mit ihr nicht das Geringste zu tun.«

Seufzend schüttelt er den Kopf. »Strider, Strider, Strider«, murmelt er. »So alt und kein Stück weiser, mein

Freund. Natürlich hilfst du ihr, weil du ein schlechtes Gewissen hast, aber würdest du sie nicht mögen, hättest du kein schlechtes Gewissen.«

Mein bereits zum Protest geöffneter Mund schließt sich wieder. Er hat recht. Ich mag sie.

»Ich meine, ich verstehe das. Sie ist atemberaubend schön.«

»Das ist es nicht«, entgegne ich mit gerunzelter Stirn.

»Ach, nein? Was ist es dann? Und nimm es mir nicht übel, aber ich bin sicher, es hilft ungemein, dass sie so verdammt heiß ist.«

»Es schadet zumindest nicht«, stimme ich ihm zu. »Aber ich glaube, was mir eigentlich imponiert, ist, dass sie geradeheraus sagt, was sie denkt. Es kümmert sie nicht, dass ich Strider Sinclair bin, und meine Hilfe wollte sie auch nicht. Keine Sekunde lang.«

Und dann wäre da noch diese Sache in New York. Sie hätte die Schuld nicht auf sich nehmen müssen, aber sie hat sich in die Schusslinie manövriert, um ihrer Kollegin zu helfen – wohlwissend, dass es sie ihren Job kosten könnte.

»Klar, sie mimt die Unnahbare, so was weckt natürlich deinen Jagdinstinkt«, feixt Cullen, woraufhin ich ihn als Idioten bezeichne. Allerdings frage ich mich insgeheim, ob er mit seiner Vermutung vielleicht gar nicht so falsch liegt. Ist es vielleicht wirklich Trishs sprödes Verhalten, das mich reizt?

»Egal wie, ich habe ein verdammtes Déjà-vu«, sagt Cullen und steigt aus. »Mir kommt es so vor, als hätte ich all das schon einmal gehört.«

Ich verlasse ebenfalls den Wagen. »Was meinst du?«

»Ach, nichts«, winkt er breit grinsend ab.

Ich glaube ihm kein Wort, weiß aber, dass ich nichts mehr aus ihm herausbekommen werde. Er hat viel zu viel Spaß daran, mich im Unklaren zu lassen. Allerdings bin ich in einem Punkt auf seine Kooperation angewiesen.

»Hey, sag mal. Du weißt nicht zufällig, was auf dem *Wavehunters*-Event 2013 passiert ist, oder?«

Cullen stoppt abrupt, dreht sich zu mir um, und ich kann sehen, wie es bei ihm Klick macht.

»Fuck! Das war auch sie?«

»Wer war auch sie? Wovon redest du, Mann?«, frage ich nun beinahe panisch. »Und bitte, bitte erzähl mir keinen Scheiß, denn ich kann mich an so gut wie gar nichts erinnern. Ich …«

»Du warst hackedicht!«

»Yep! Und ich habe einen kompletten Filmriss. Ich weiß noch, wie ich diesem Typ von *Surf-Attack* ein Interview gegeben habe. Danach hat er ein Foto von Rus, Rory, Trish, einer anderen Tussi und mir gemacht.«

»Mal halblang. Du hast dich dazu gedrängelt, als Rus und Rory interviewt wurden«, klärt mich Cullen auf.

»Habe ich?«

»Allerdings!«

»Fuck, wie peinlich!«

»Oh, du denkst, das war peinlich? Dann sollte ich jetzt besser still sein, aber dass die Kleine überhaupt noch mit dir spricht, ist ein verdammtes Wunder.«

»Wegen der Trixie-Sache?«

Cullen plustert die Wangen auf und lässt langsam und hörbar die angestaute Luft entweichen. »Die«, meint er, nachdem er fertig mit diesem theatralischen Unsinn ist, »ist bloß die Spitze des Eisbergs.«

»Bitte«, flehe ich ihn an, »mach es kurz und schmerzlos und sag mir, was ich angestellt habe.«

Eine halbe Stunde später bin ich voll im Bilde und frage mich, wie ich Trish je wieder unter die Augen treten soll. Dass sie mich *California Bad Boy* nennt, ist nett, denn die Bezeichnung *ausgemachtes Arschloch hätte ich viel eher verdient.*

»Was mache ich denn jetzt?«, will ich von Cullen wissen.

»Wer bin ich? Yoda? Du weißt doch sonst immer auf alles eine Antwort. Aber wenn du wirklich einen Rat haben willst: Entschuldige dich. Ich meine, du hast sie immerhin ein Groupie genannt und dann genötigt, dir einen Scheiß-Whiskey zu servieren, indem du sie vor ihrem Chef runtergeputzt hast.«

»Erinnere mich nicht daran«, jammere ich.

»Ehrlich, Mann, in deiner Haut möchte ich nicht stecken.«

Mitten in der Nacht schrecke ich aus dem Schlaf hoch. Haialarm. Das blaue Leuchten des Handy-Displays erhellt den Raum.

Einen Moment lang bin ich orientierungslos, dann erinnere ich mich, dass ich nicht in meinem Haus in LA, sondern an der North Shore bin.

In Los Angeles ist es bereits halb drei. Wenn um die Uhrzeit das Telefon klingelt, dann muss ich rangehen. Die Wahrscheinlichkeit ist hoch, dass sie im Krankenhaus ist, oder – das kam auch schon vor – festgenommen wurde, weil sie betrunken randaliert hat. Von mir aus kann sie dann aber in der Ausnüchterungszelle verrotten. Ich haue sie da bestimmt nicht raus. Auf alles gefasst nehme ich den Anruf schließlich an.

»Du bist ein elender Mistkerl«, krakeelt meine Mutter stockbesoffen durch das Telefon. »Zu nichts zu gebrauchen und eine Schande …«

Und weil sie mit dieser Annahme durchaus recht hat, drücke ich sie einfach weg und stelle das Telefon anschließend aus.

Danach wieder in den Schlaf zu finden, fällt mir schwer. Meine Gedanken gehen auf Wanderschaft, begeben sich auf verschlungene, abgründige Pfade, führen zurück in die Hölle meiner Kindheit. Keine Sicherheit. Keine Geborgenheit. Kein Hafen. Nur eine süchtige Mutter, die sich nicht einmal selbst ertragen konnte.

Unwillkürlich denke ich an Trish und ihre Familie. Allein der kurze Moment am Flughafen, den ich beobachten konnte, hat mir gezeigt, dass es Menschen gibt, die sie wirklich lieben. Ich wundere mich, dass sie sich ihnen nicht anvertraut hat, doch vermutlich war es ihr einfach peinlich.

Diese ganze Angelegenheit sollte ihr nicht unangenehm sein müssen. Es gibt nichts, für das sie sich schämen müsste – nicht wirklich zumindest. Wobei ihre Wahl natürlich schon äußerst fragwürdig ist. Rory Johnson. Allein seine ständige gute Laune und dieses Dauergrinsen kotzen mich an. Kein Mensch kann die ganze Zeit so gut drauf sein wie er. Manchmal frage ich mich echt, was der Typ nimmt. Gut, zugegeben, im Moment hat er allen Grund glücklich zu sein, er ist schließlich gerade zum ersten Mal Vater geworden. Bisher hat er uns den kleinen *Mad Crush*-Nachwuchs jedoch vorenthalten. Alles, was ich weiß, ist, dass Joe und er ihn – in Gedenken an Joes verstorbenen Zwillingsbruder – Russel getauft haben. Hoffentlich wird der Kleine nicht auch so ein großmäuliger Idiot wie die Reynolds-Brüder.

Von Russel Reynolds, der einmal einer meiner ärgsten Kontrahenten war, ist der Sprung zu Dean Reynolds natürlich nicht weit, und es nervt mich, dass Trish auch Jahre nach der Trennung noch Angst hat, diesem Typen über den Weg zu laufen. Das Beziehungsende muss wirklich unschön gewesen sein. Umso wichtiger ist es, dass der Abend des *Wavehunters*-Events kein Desaster wird.

Trish soll neuen Mut fassen und erkennen, dass es nichts gibt, wovor sie sich fürchten muss. Meine Gedanken huschen zu dem Moment, in dem sie mir gebeichtet hat, wie ohnmächtig sie sich vor jedem Interview gefühlt hat. Wie bitter muss es sein, die Freude an dem zu verlieren, was man einmal geliebt hat?

Während ich wach in meinem Bett liege und den nächtlichen Geräuschen lausche, die durch das offene Fenster zu mir dringen, stelle ich mir vor, wie sie aus Angst, sie würde wieder verspottet werden, vor Terminen nicht in den Schlaf finden konnte. Und dann frage ich mich, ob sie jetzt schläft oder ob die Geschehnisse des Tages nachhallen und sie wach halten. Ich frage mich, wie schlimm die Schmerzen in ihrem Handgelenk sind und ob es ihr gut geht. Ich fürchte, nach all dem, was ihr heute widerfahren ist, tut es das nicht, doch bevor ich einschlafe, schwöre ich mir, dafür zu sorgen, dass etwas Derartiges nicht noch mal passiert.

# KAPITEL 09

## HÜPFENDE HERZEN & HOCHZEITSTAUBEN

### PATRICIA | OAHU | HAWAII | 04.12.2018

Was macht das Handgelenk?

Kein Wort zu viel, denke ich, als ich Striders Nachricht lese und muss unwillkürlich schmunzeln.

Dem geht es – anders als mir – so weit gut.

Was hast du?

Ich verzweifle bei dem Versuch, bei den Hochzeitsvorbereitungen zu helfen.

Du heiratest?

Um Gottes Willen, nein! Mein Bruder heiratet und ich versuche, ihm und Susan zur Hand zu gehen.

Damit er versteht, was mein Problem ist, schicke ich ihm ein Foto von meiner aktuellen Tätigkeit.

Was ist das?

Rate!

Das kann alles sein, behauptet er.

Gib dir Mühe.

Eine ausgeweidete Maus.

Was? Wie kommst du denn
auf so einen Unsinn?

Bei näherer Betrachtung sieht der kleine Haufen Salzteig, der eigentlich eine Taube darstellen soll, wirklich so aus. Verdammt, im Internet wirkte die Herstellung der Anhänger so einfach. Vielleicht sollte ich es doch mit Herzen versuchen.

Oh, war das falsch?

Das ist doch ganz
offensichtlich eine Taube!

Stimmt! Jetzt, wo du es sagst, ist
es in der Tat sehr offensichtlich ;-)

Ich lese seine Worte und habe prompt seine spöttische Stimme, die mit einer gehörigen Portion Ironie gewürzt ist, im Ohr.

Denkst du etwa, dass
du es besser könntest?

Mit links ;-)

Arsch!

Allem Anschein nach habe ich ihn vergrätzt, denn danach herrscht Funkstille. Diese Profi-Surfer sind aber auch empfindlich.

Ich widme mich wieder der ausgeweideten Maus. Unglücklicherweise funktioniert es mit Herzchen nicht viel besser. Sie sehen aus, als wäre ein Grundschulkind am Werk gewesen, was sicherlich seinen Charme hat, aber nicht das ist, was ich von mir erwarte – angebrochenes Handgelenk hin oder her.

Als es eine Viertelstunde später an der Tür klingelt, bin ich froh, die frustrierende Tätigkeit unterbrechen zu können.

»Ich komme«, trällere ich, und zupfe mit der Rechten die Plastiktüte, die den Gips vor Schmutz und Feuchtigkeit schützen soll, von meinem Arm, bevor ich zur Tür eile, sie öffne und mich Strider gegenübersehe.

»Hi«, meint er und seine blauen Augen blitzen vergnügt auf, als es mir nicht gelingt, meine Überraschung zu verbergen.

»Was machst du hier?« Meine Frage klingt ruppiger, als sie es angesichts der Situation sollte, doch nicht nur Striders Auftauchen hat mich kalt erwischt, sondern auch meine Reaktion darauf. Mein Herz hat etwas ganz Sonderbares gemacht, als ich ihn gesehen habe. Es ist gehüpft.

Herzen hüpfen nicht, korrigiert mich der rationale Teil in mir, so etwas schreiben bloß Liebesromanautoren, wenn sie den klischeehaften Vergleich von Schmetterlingen im Bauch bereits gebracht haben.

Stimmt, gebe ich mir selbst recht. Herzen hüpfen nicht. Es fühlt sich lediglich so an, weil sich der Herzschlag beschleunigt.

Das Problem ist bloß, dass ich ganz genau weiß, weshalb er das tut. Glückshormone sorgen dafür.

Oder es ist Angst, klugscheißert der Teil in mir, der im nächsten Moment behauptet, dass von Schmetterlingen im Bauch auch jede Spur fehlen würde.

Allerdings irrt er sich, denn da ist etwas. Mein Magen rumort durchaus, natürlich könnte das flaue Gefühl dort auch an den Nebenwirkungen der Schmerzmittel liegen. Ich meine, etwas von Übelkeit in der Packungsbeilage gelesen zu haben.

»Nennst du das eine angebrachte Begrüßung für den Retter in der Not?«, fragt Strider und unterbricht meinen gestörten inneren Dialog. Er schnalzt missbilligend mit der Zunge.

»Der Retter in der Not?«, echoe ich etwas atemlos, denn sein Anblick löst nun einmal all diese verwirrenden Emotionen in mir aus.

Die Nachmittagssonne schmeichelt seinem honigblonden Haar, und dann ist da dieses unverschämte Grinsen, das nicht nur seine Lippen schmückt, sondern auch seinen Augen wieder diesen sonderbaren Glanz verleiht. Sah er gestern auch schon so unverschämt gut aus? Und wenn ja, warum ist mir das nicht aufgefallen?

Vermutlich, weil du Schmerzen hattest und zutiefst von seinen Teamkameraden gedemütigt wurdest, erinnert mich die unerbittliche Stimme in mir. Und möglicherweise auch, weil du ihn zu seinen absoluten Glanzzeiten erlebt hast und weißt, was für ein Riesenarschloch er sein kann.

Vermutlich, stimme ich ihr zu. Doch egal, was sie sagt, es lässt sich nicht ignorieren, dass ich mich wahnsinnig über Striders Auftauchen freue.

»Klar! Ich kann schlecht zulassen, dass du noch mehr Mäuse ausweidest.«

»Du bist so witzig!«, meine ich sarkastisch.

Das Problem ist bloß, dass er das wirklich ist. Da kann ich mich noch so sehr um einen spöttischen Tonfall bemühen: Strider Sinclair ist witzig.

Ich trete beiseite, um ihm Platz zu machen. »Magst du reinkommen?«

»Ach, nein. Ich dachte, ich bleibe hier draußen stehen und genieße den Ausblick.«

»Okay«, befinde ich achselzuckend und mache Anstalten, die Tür zu schließen.

Ehe sie ins Schloss fällt, stößt sie auf Widerstand. Strider hat die Hand gehoben und presst sie gegen das Türblatt.

»Haha!«

»Hast du es dir etwa doch anders überlegt?«

»Ja, denn drin ist die Aussicht viel besser.«

Er misst mich mit einem langen Blick und ich spüre ein verräterisches Kribbeln, das sich in Lichtgeschwindigkeit in meinem Körper ausbreitet und mich erröten lässt. Strider streift seine Schuhe ab und tritt ein. Ich schließe die Tür hinter ihm.

»Trish, ich habe gestern mit Cullen gesprochen und …«

»Patricia!«, korrigiere ich ihn.

»Ja, natürlich.« Zerstreut fährt er sich durch die Haare. Er wirkt verlegen. »Also, was ich sagen wollte … Inzwischen weiß ich, was an dem Abend, als wir uns kennengelernt haben, passiert ist. Cullen hat mir alles erzählt und es tut mir wirklich sehr, sehr leid, dass ich so ein Arschloch war.«

Wow, ich habe mit allem gerechnet, aber nicht mit einer Entschuldigung.

»Hey, das ist fünf Jahre her«, lenke ich ein, weil er wirklich geknickt wirkt.

»Ich habe mich unmöglich benommen.«

»Hast du, ja. Aber du warst jung und … wir machen doch alle Fehler, wenn wir jung sind, oder?«

Ich lächle ihm aufmunternd zu und bedeute ihm, mir in die Küche zu folgen.

»Ich meinte das eben übrigens ernst. Du siehst heute viel besser aus als gestern.«

»Du musst mir nicht schmeicheln. Ich habe dir bereits vergeben. Und abgesehen davon ist das keine Kunst. Schließlich war gestern auch ein ziemlich furchtbarer Tag.«

Wir kommen an der Kücheninsel an. Haltsuchend lege ich meine Hand auf die Arbeitsplatte aus Marmor. Sie fühlt sich kühl an und steht in heftigem Widerspruch zu der Hitze, die in meinem Körper züngelt.

Zum Glück muss ich dieser nicht auf den Grund gehen, denn Strider sagt: »Himmel! Du hast da ja ein regelrechtes Massaker angerichtet.«

Schuldbewusst zucke ich mit den Schultern.

»Wiederbeleben erscheint mir unmöglich«, verkündet er mit Kennerblick.

Ich stülpe die Plastiktüte zurück über den Gips und fange an, die losen Teigstücke zu einem großen Klumpen zu vereinen.

Strider wäscht sich die Hände und trocknet sie dann an einem Küchenhandtuch ab. Die Selbstverständlichkeit, mit der er das tut, mit der er sich hier in diesem fremden Haus bewegt, verwundert mich nicht. Er ist nun einmal dazu in der Lage, jeden Raum zu dominieren. Zum ersten

Mal fesselt dieses selbstbewusste Auftreten mich jedoch so sehr, dass ich vergesse, was ich gerade mache, und ihn einfach nur anstarre.

»Was?«, fragt er verwirrt, als er meinen Blick bemerkt.

*Äh … Schnell! Meine Spontanität, meine Schlagfertigkeit, meine Eloquenz, alle sind händchenhaltend* und singend im Nirwana verschwunden, als Strider vor der Tür stand.

Immerhin ist mir mein Stolz geblieben und der lässt nicht zu, dass der Surfer in der Küche meiner Eltern schnallt, welche Wirkung er auf mich hat.

»Ich wundere mich nur«, behaupte ich und gelogen ist es nicht, denn ich bin wirklich verwundert. Ich gebe meiner Neugier nach: »Warum bist du hier?«

»Das sagte ich doch bereits: Ich wollte verhindern, dass du zu einer Serienmörderin wirst. Wer hätte ahnen können, wie gnadenlos und gezielt du in der Zwischenzeit vorgehen würdest?« Er deutet auf die Arbeitsplatte. »Das reinste Gemetzel!«

Obwohl ich zu gerne den echten Grund erfahren würde, lasse ich ihn mit seiner amüsanten Antwort durchkommen.

»Und? Wie läuft das jetzt?« Fragend schaut er mich an.

»Du knetest den Teig«, befehle ich ihm und er macht sich widerspruchslos an die Arbeit, während ich Mehl auf der Arbeitsplatte verteile.

»Und nun?«

»Musst du ihn ausrollen. Möglichst gleichmäßig und sorg dafür, dass er schön dünn ist«, instruiere ich Strider und reiche ihm das Nudelholz.

»Wie hast du das, gehandicapt, wie du bist, geschafft?«, erkundigt er sich.

»Mit Hängen und Würgen«, verrate ich ihm. »Ich habe mir immer nur einen Bruchteil genommen und das Nudelholz dann einhändig in der Mitte benutzt.«

Ich imitiere meine vorangegangenen Bemühungen und er lacht.

Es ist, als würde die Sonne aufgehen. Damit meine ich nicht bloß nur sein Strahlen, sondern das, was dieses mit mir macht. Ich bade in dem Leuchten, das von ihm ausgeht. Und weil Strider so ein intensiver Mensch ist, erfüllt es mich mit etwas, das mir vor einer halben Ewigkeit abhandengekommen ist. Möglicherweise sogar mit etwas, das ich nie besessen habe. Seine pure Lebensfreude berührt jedes einzelne Molekül, aus dem ich bestehe. Es durchdringt meinen Körper und meine Seele und mein Herz droht vor lauter Glück zu explodieren. Und das alles bloß wegen seines Lachens.

Gequält schließe ich die Augen, als mir bewusst wird, dass ich verloren bin. Es hätte mir bereits an der Tür klar sein müssen, als mein Herz gehüpft ist und ja, es ist gehüpft – ganz egal, was der rationale, übellaunige Teil in mir darüber zu wissen glaubt.

»Hast du Schmerzen?«, fragt Strider besorgt.

»Ja«, presse ich hervor. »Kann ich dich einen Moment alleine lassen?«

»Klar.« Sein Blick ruht aufmerksam und mitfühlend auf mir. Ehe ich auch dieses Gefühl zu sehr zu genießen beginne, drehe ich mich abrupt herum und eile aus der Küche.

In meinem Zimmer angekommen, setze ich mich auf die Kante meines Betts und versuche Herr über die verwirrenden Emotionen, die Strider in mir auslöst, zu werden.

Was ist das bloß? Warum reagiere ich auf ihn? Auf einen wie ihn …?

Einer wie er? Einer wie er ist mir noch nie untergekommen. Das könnte die Ursache für meine konfusen Gedanken sein, die in meinem Kopf umher rasen, wie ein Fischschwarm auf der Flucht vor dem Angreifer. Ich kann Strider nicht einschätzen. Was will er hier? Warum ist er hergekommen? Warum hat er mich gestern ins Krankenhaus gefahren? Warum bringt mich sein Lachen derart aus dem Konzept? Liegt es an meiner sexuellen Durststrecke? Verliere ich die Fähigkeit, einen klaren Gedanken zu fassen, weil meine Hormone angesichts seiner geballten Attraktivität Amok laufen?

Oder vielleicht ist ja gestern bei dem Sturz nicht nur mein Handgelenk zu Bruch gegangen. Möglicherweise habe ich mir auch den Kopf angeschlagen, denn Fakt ist doch: Ich kann Strider Sinclair nicht ausstehen. Er verkörpert all das, was ich furchtbar finde.

Es ist eine Schande, dass die Surfindustrie einem Kerl die Millionen regelrecht nachwirft, während großartige Surferinnen kaum Beachtung finden und nur einen Bruchteil dessen verdienen. Ist es ein Wunder, dass diese Männer, denen man immer das Gefühl gibt, sie wären etwas Besonderes, zu überheblichen Einfaltspinseln werden? Und Strider ist der Prototyp eines Surfers und ein Ausbund an Großkotzigkeit und Arroganz.

Meine Versuche, mich zur Vernunft zu bringen, scheitern kläglich, als ich an seine Entschuldigung denke. Er klang so aufrichtig und ehrlich schockiert über sein eigenes Verhalten in der Vergangenheit. Abgesehen davon steht er in diesem Moment in der Küche und rollt

Salzteig aus. Für mich. Nicht sonderlich unsympathisch, wie ich zugeben muss. Und dann erinnere ich mich an sein unvergleichliches Lachen, und in meinem Bauch beginnt ein regelrechter Sturm zu toben, als mehrere Millionen Schmetterlinge dort gleichzeitig zu einem Höhenflug ansetzen.

Das darf doch alles nicht wahr sein!

Keine Surfer!, ermahne ich mich. Das hast du dir geschworen. Erinnerst du dich, was der letzte angerichtet hat?

Natürlich tue ich das, schließlich lebe ich seinetwegen in New York. New York! Und ich weiß auch noch ganz genau, wie er mich in seinen Bann gezogen hat. Es war das Gefühl der Verbundenheit gepaart mit seiner Aufrichtigkeit und seinem Humor, die mir zum Verhängnis wurden.

Vermeintliche Aufrichtigkeit, korrigiere ich mich.

Und dennoch fühle ich mich unweigerlich an Strider erinnert. Ich mag, wie er mich ansieht …

Wie du glaubst, dass er dich ansieht! Vermutlich hält er dich, wie all die anderen auch, für die *Wavehunters*-Hure, von der du behauptest, dass du sie nicht bist.

Um ihm also zu beweisen, dass ich nicht so bin, wie er annimmt, muss ich die Finger von ihm lassen. Das ist die logische Konsequenz und da ich ohnehin nichts anderes vorhatte, sollte das doch ein Kinderspiel sein.

Ich atme tief durch, straffe meine Schultern und begebe mich zurück in die Küche, gerade rechtzeitig, um zu sehen, wie Strider vom Teig nascht.

Er verzieht angewidert das Gesicht. Als ich mich räuspere und er mich bemerkt, lächelt er jedoch tapfer und sagt mit vollem Mund: »Echt lecker!«

Es klingt eher wie *»Äscht läcker!«*. Kopfschüttelnd trete ich näher an ihn heran und halte ihm meine in die Tüte gehüllte Linke unter die Nase und befehle: »Ausspucken!«

Er kommt meiner Aufforderung umgehend nach. Ich entsorge den Teigklumpen und reiche ihm anschließend ein Glas Wasser.

»Trink das!«

Er leert es in einem Zug. »Du kannst ziemlich herrisch sein.«

»Wolltest du das wirklich essen?«

Er zuckt mit den Schultern.

»Und es war lecker, ja?«

»Na ja, der Teig war vielleicht ein wenig salzig«, räumt er ein.

»Findest du?«, erkundige ich mich neckend.

Erneutes Schulterzucken seinerseits. »Vielleicht bist du verliebt«, mutmaßt er und sieht mich durchdringend an.

»Nein!« Ich gebe ein prustendes Lachen von mir. »Wie kommst du denn bitte schön darauf?«, erkundige ich mich und frage mich panisch, wie ich mich verraten habe. War es meine Flucht eben? Hat er gemerkt, wie ich ihn anstarre? Aber mal ehrlich, wie könnte ich ihn auch nicht anstarren? Er ist nun einmal wirklich verdammt gutaussehend.

»Das habe ich neulich irgendwo mal gelesen. Durch die Hormone nimmt man den Geschmack von Salz weniger intensiv wahr und daher salzt man stärker.«

Meine Mundwinkel verziehen sich zu einem glückseligen Lächeln, denn gerade hat er bewiesen, dass er nicht nur humorvoll, aufmerksam und attraktiv ist, sondern auch noch belesen. Strider Sinclair wird zunehmend zu einer gefährlichen Mischung.

Er beugt sich an mir vorbei und füllt sein Glas auf. Sein Duft steigt mir in die Nase und ich schlucke heftig gegen das aufsteigende Verlangen in mir an. Unglücklicherweise nutzt mein Hirn ausgerechnet diesen Moment, um mich mit fragmentartigen Strider-Sinclair-Sextraum-Erinnerungsbruchstücken zu foltern.

Seit dem Moment vor dem *Mad Crush*-Store habe ich nicht mehr an den kuriosen Traum gedacht, doch nun packt er mich mit aller Kraft, und drängt sich mir regelrecht auf. Striders Lippen, die meine liebkosen, sein Körper auf meinem und seine Hände, die diesen erkunden.

»Strider«, hauche ich atemlos.

Er blickt mich an. »Ja?«, fragt er erwartungsvoll.

»Ich fürchte, deine Theorie hat einen gravierenden Haken.«

»So?« Seine Stimme klingt rau und verführerisch und zu gerne würde ich der Verlockung nachgeben.

»Ja, in der Tat. Das da …« Ich deute auf den Teig. »… ist Salzteig. Der ist nicht zum Essen gedacht und der muss so salzig sein und wenn der wirklich lecker schmecken würde«, plappere ich weiter, denn irgendwie hilft mir das Reden, mich aus seinem Bann zu lösen, »dann hätte ich wohl wirklich etwas falsch gemacht.«

»Oh«, meint er. Er wendet sich ab, und der Moment, den es ganz, ganz eindeutig zwischen uns gab, ist vergangen. »Tja, das erklärt wohl einiges.« Dann lacht er. »Ich meine, wenn du verliebt wärst, dann wohl nicht nur ein bisschen.«

Nein, dann wohl nicht nur ein bisschen, denke ich und versuche den Schmetterlingen, die nach wie vor in meinem Bauch wüten, keine Beachtung zu schenken. Stattdessen frage ich: »Es hat wohl ziemlich grauenhaft geschmeckt, was?«

»Du machst dir keine Vorstellungen.« Er wirft mir einen mitleidheischenden Blick zu, der in mir erneut das Gefühl auslöst, haltlos verloren zu sein. Er nickt in Richtung des Teigs, den er ganz vorbildlich ausgerollt hat: »Und? Wie geht das jetzt weiter?«

Ich reiche ihm den Plätzchenausstecher in Taubenform. »Einmal in die Schüssel mit Mehl tauchen, und dann ausstechen.« Ich verfolge, was er macht. »Nicht so! Fang am Rand an. Wir möchten ja möglichst viele Anhänger ausstechen und möglichst wenig Überschuss haben.«

»Und? Wie sieht das aus?«

»Noch gut, aber die eigentliche Kunst besteht darin, die fertigen Tauben auf das Blech zu bekommen.«

Aber auch diesen Akt meistert er vortrefflich. Nachdem wir drei Backbleche mit Tauben im Ofen haben, bringen wir gemeinsam die Küche in Ordnung.

Während er die Arbeitsplatte abwischt, knurrt sein Bauch verräterisch.

»Hast du Hunger?«, frage ich unnötigerweise.

»Hört man's?«

»Hätte auch ein Vulkanausbruch sein können.«

»Ich hatte nur Frühstück«, rechtfertigt er das laute Brummen.

»Na, kein Wunder, dass dein Magen nicht gut auf dich zu sprechen ist.« Ich öffne den Kühlschrank und spähe hinein. Strider tritt hinter mich und wirft einen Blick über meine Schulter. »Auf was hast du Appetit?«, frage ich und versuche der Wärme, die er so dicht hinter mir ausstrahlt, keine Beachtung zu schenken. Sie steht jedoch in krassem Kontrast zu der Kälte, die vom Kühlschrank ausgeht, und als ich dann auch noch seinen Geruch – der großartiger nicht sein könnte – inhaliere, werden meine Knie ganz weich.

Ich dachte immer, dass mein Nachbar gut duften würde, doch das ist kein Vergleich zu Striders Geruch. Am dominantesten ist die Meeresbrise, die ihn umgibt. Ich wette, seine Haut schmeckt salziger als der Teig.

»Wie wäre es mit einem Sandwich?«, piepse ich – machtlos gegen so viel attraktive Männlichkeit.

»Mmh«, brummt er unwirsch. Dieses ganze Murren und Knurren ist auch großartig. Es sind Laute, die mir direkt zwischen die Beine schießen.

Himmel, warum muss er bloß so ein unwiderstehliches Komplettpaket sein? Wenn er wenigstens dumm, oder diese Arschlochtendenzen ausgeprägter wären.

»Was dagegen, wenn ich koche?«, erkundigt er sich.

»Hast du denn alles, was du brauchst?« Meine Stimme klingt angesichts seines forschen Vorstoßes ganz wackelig. Sie konkurriert mit meinen weichen Knien und ich weiß nicht, wer als Sieger aus diesem Rennen hervorgehen wird.

»Habt ihr noch irgendwo Nudeln?« Er sieht sich suchend um.

»Klar, ein Zuhause ohne Nudeln ist bloß ein Haus«, scherze ich, doch irgendetwas, das ich gesagt habe, führt dazu, dass die Stimmung zwischen uns kippt.

Er lächelt noch, aber es ist nicht echt. War er mir eben noch so nah, dass man die Funken, die zwischen uns sprühten, greifen konnte, so liegen nun ganze Weltmeere zwischen ihm und mir.

Auf dem Barhocker sitzend beobachte ich, wie er verbissen die Nudeln in das kochende Wasser gibt. Er wirkt so distanziert und unnahbar, dass ich mich nach einer Weile frage, ob ich mir all das bloß eingebildet habe. Gab es diesen Moment überhaupt?

Ich bemühe mich, sein Verhalten nicht persönlich zu nehmen. Was nicht einfach ist, denn aus irgendeinem Grund schmerzt mich die frostige Kälte, die von ihm ausgeht.

Er rückt der Zwiebel mit einer derart grimmigen Entschlossenheit zu Leibe, als sei sie ein Kontrahent in einem Contest. Man spürt Striders unterdrückte Wut in jedem Schnitt. Über die gleißende Helligkeit, die ihn zuvor umgeben hat, hat sich ein Schatten gelegt, der all sein Strahlen schluckt. Ich glaube, selbst wenn Striders Leben davon abhinge, wäre es ihm unmöglich, seine Stimmungen zu kontrollieren. Er trägt seine Laune deutlich sichtbar vor sich her und der Zustand, in dem er sich gerade befindet, ist entsetzlich anzuschauen.

»Hast du eine Auflaufform für mich?«

»Klar.«

»Ich fürchte, ich habe es mit der Menge etwas übertrieben.« Sein Lächeln ist entschuldigend. Es ist ein vorsichtiges Abtasten.

»Schon okay«, erwidere ich und lächle schwach zurück, bevor ich mich auf die Suche nach der großen Schale begebe.

Er packt alles hinein und schiebt es in den zweiten Backofen, der außer zu besonderen Anlässen so gut wie nie genutzt wird.

»So, das hätten wir. Was hältst du davon, wenn du mir das Haus zeigst? Eine Viertelstunde haben wir, bis das Essen fertig ist.«

»Okay«, murmle ich und erhöhe die Temperatur bei den Tauben ein wenig.

Ich führe ihn durch das Haus. Es ist wirklich fantastisch, für meinen Geschmack jedoch zu weit weg vom Meer. Wenn ich könnte, dann würde ich direkt am Strand leben, doch das steht momentan nicht zur Debatte.

»Dein Vater hat eine Männerhöhle?«, erkundigt er sich ungläubig, als ich ihn in den Raum führe, in dem es einen alten Flipper, einen Videospielautomat, einen Tischkicker und einen Billardtisch gibt.

»Nein, das ist der Raum meiner Mom«, sage ich, nur um sein verdutztes Gesicht zu sehen, und in der Tat ist die Verwirrung, die sich darauf spiegelt, zum Kaputtlachen.

»Kleiner Scherz«, rücke ich sein Weltbild wieder zurecht. »Aber ich bin die unangefochtene Pac-Man-Königin … nun ja, vorausgesetzt niemand hat in den vergangenen vier Jahren meiner Abwesenheit meinen Rekord gebrochen.«

Ich nähere mich dem Automaten.

»Du warst vier Jahre weg?«, erkundigt sich Strider hinter mir … dicht hinter mir. Er klingt überrascht.

»Nicht ganz. Etwas mehr als dreieinhalb«, erwidere ich.

»Wieso?«

Wieso? Hat er mir gestern nicht zugehört?

»Wegen der Trennung von Dean und wegen der Rory-Johnson-Sache. Hier zu sein ist … Also auch ohne all das, was gestern geschehen ist, ist das hier für mich nicht leicht.«

Strider gibt einen Laut von sich, der beinahe qualvoll klingt. Ein ähnliches Seufzen entfährt mir, als ich den Apparat anschalte und feststelle, dass Jacob wirklich meinen Rekord geknackt hat.

»Wer ist *King Jacob*?«, will Strider wissen.

»Mein unsäglicher Bruder. Er ist sieben Jahre älter.«

»Du bist also das Nesthäkchen.«

Ungeplant, aber nicht ungewollt … das zumindest sagen meine Eltern immer. Ich ignoriere das Zwicken, das mit der Erinnerung an diese Worte einhergeht. Als Teenager hat mich das Wissen darum, dass ich ein Unfall war, erschüttert.

Meine Eltern lieben mich wirklich und dennoch ist unsinnigerweise dieses Gefühl da, für das es nicht einmal eine Bezeichnung gibt. Etwas in mir fühlt sich schuldig – weil ich ihre Pläne durcheinandergebracht habe, doch es ist mehr als das.

»Ja, ich bin die Nachzüglerin, mit der niemand mehr gerechnet hat. Am wenigsten *King Jacob*. Der fühlte sich auch in der Tat entthront«, verrate ich Strider. »Und du? Hast du Geschwister?«

Er schüttelt den Kopf. »Nicht, dass ich wüsste zumindest. Kann sein, dass mein Dad – ich habe ihn nie kennengelernt – noch mal irgendwo anders einen anderen Bastard in die Welt gesetzt hat. Er war wohl der Typ dafür.«

Strider klingt so bitter, dass ich beiseitetrete und ihm die Konsole überlasse. »Der Automat ist ein Original von *Arcade*. Mein Dad hat auf so einem als Jugendlicher immer gespielt. Er hat es geliebt. Als er dreißig wurde, hat meine Mom ihm den hier geschenkt.« Ich beobachte sein Treiben auf dem Monitor. Er stellt sich gar nicht so dumm an, wobei es ihm recht offensichtlich an Erfahrung mangelt.

Nachdem Strider den Konsolentod gestorben ist, mache ich meinem Namen alle Ehre. *PacTricia* ist zurück! Um Jacobs Rekord zu knacken, reicht es zwar nicht, aber immerhin blamiere ich mich nicht vor Strider.

Und dann – zeitgleich – erinnern wir uns an die Nudeln im Ofen und hechten los. Natürlich habe ich keine Chance, ihn einzuholen, aber als er abrupt stehen bleibt, pralle ich gegen ihn. Mein erschrockener Schrei vermischt sich mit dem meiner Mutter.

»Hi, Mom!«, sage ich und schiebe mich an ihm vorbei. »Wir haben die Nudeln im Ofen vergessen«, entschuldige ich unsere Rennerei.

»Habe ich gerade rausgeholt«, sagt sie mit zittriger Stimme. Noch immer starrt sie Strider an.

»Das ist Strider«, stelle ich ihn vor.

Sie lächelt ihm zu. Scheinbar hat sie sich bereits von dem Schreck erholt.

»Du erinnerst dich. Ich hatte gestern von ihm erzählt. Er ist der, der mich ins Krankenhaus gefahren hat.«

»Der Surfer.«

Strider nickt, tritt vor und reicht ihr die Hand. »Strider Sinclair«, stellt er sich vor.

»Nora Jeffries. Trishs Mom.«

»Es freut mich, Sie kennenzulernen, Mrs. Jeffries.«

»Oh bitte, nennen Sie mich Nora.«

»Gerne«, meint er grinsend. »Wollen Sie vielleicht mit uns essen? Ich habe viel zu viel gekocht.«

Meine Mom wirft mir einen Blick zu, der alles sagt. Ich weiß genau, was sie denkt. Strider hat sie mit einem einzigen Satz in seinen Bann gezogen.

»Wahnsinnig gerne«, erwidert sie. »Ich liebe Käsemakkaroni«, gesteht sie ihm.

»Seit wann?«, werfe ich ein. In diesem Haus gab es noch nie etwas Derartiges.

»Als dein Dad und ich jünger waren, war das unsere Ernährungsgrundlage«, verrät sie mir. »Was anderes konnten wir uns nicht leisten.«

Und sie waren zu stolz, um meine Großeltern um Hilfe zu bitten. Mein Grandpa kann meinem Dad bis heute nicht verzeihen, dass er meine damals erst siebzehnjährige Mutter geschwängert hat. Auch die ganze Sache mit *Hawaiian Flower Power* war ihm ein Dorn im Auge – doch Mom und Dad haben es auch ohne seine Hilfe geschafft. Obwohl meine Eltern sich auch nach all den Jahren aufrichtig lieben und glücklicher nicht sein könnten, hat mein Großvater seine Meinung über meinen Vater nicht geändert. Dabei hat Dad längst bewiesen, dass er nicht der Tunichtgut ist, für den Gramps ihn gehalten hat.

Als hätte ich ihn heraufbeschworen, höre ich, wie erneut die Haustür geöffnet wird.

»Himmel, was riecht denn hier so köstlich?«, fragt mein Dad.

Ich höre, wie er sich der Küche nähert und sehe, wie er bei Striders Anblick stutzt. »Ich wusste gar nicht, dass wir einen Gast zum Abendessen haben, und noch dazu einen so berühmten.«

Er geht auf Strider zu, streckt ihm die Hand hin und stellt sich mit den Worten »Ich bin Ben Jeffries, Trishs Dad.« vor.

Strider ergreift sie. »Es freut mich Sie kennenzulernen, Mister Jeffries.«

»Nennen Sie mich einfach Ben. Fester Händedruck«, befindet mein Dad zufrieden. »Vielen Dank noch mal, dass Sie Trish gestern aus der Patsche geholfen haben.«

Striders Miene verdüstert sich. »Das war doch selbstverständlich«, entgegnet er in lockerem Plauderton, doch ich spüre, dass er sich dazu zwingen muss.

Unsere Blicke treffen sich. Ich schenke ihm ein Lächeln, denn er konnte schließlich wirklich nichts für all das, was gestern passiert ist.

»Nein«, widerspreche ich ihm. »Das war es nicht und ich habe mich auch noch nicht gebührend bei dir bedankt.«

»Warum? Ich durfte dich doch davon abhalten, Mäuse auszuweiden«, meint er und zwinkert mir zu.

Der verständnislose Blick meiner Eltern ist Gold wert.

»Vielleicht erzählst du uns beim Essen, was dein Freund damit meint«, schlägt meine Mom vor. Sie macht sich an einem der Schränke zu schaffen, will mir Teller reichen, damit ich den Tisch decke, und realisiert erst dann, dass ich, gehandicapt wie ich bin, diese nicht entgegennehmen kann.

»Liebling, würdest …«

»Ich mach das schon«, sagt Strider und nimmt sie ihr ab.

Mom gibt mir zwei Gläser, die ich trotz gebrochenem Handgelenk gehandhabt bekomme und sagt: »Deckt den Tisch auf der Terrasse, ja?«

Im Weggehen höre ich, wie Dad sagt. »Da kommst du nichts ahnend nach Hause, und dann steht da Strider Sinclair in deiner Küche.«

»Es kommt noch viel besser«, verrät Mom ihm. »Er hat Käsemakkaroni gemacht.«

Kurz darauf sitzen wir alle gemütlich auf der Terrasse beisammen und lassen uns Striders Essen schmecken. Mit dem Salat, den Mom noch angerichtet hat, reicht der Auflauf locker für uns alle – selbst mit starken Essern wie meinem Dad und Strider.

Die Unterhaltung dreht sich meist ums Surfen. Dad gesteht Strider, dass er einer seiner Lieblingssurfer ist, worüber dieser sich erstaunt zeigt.

»Na ja, als Hawaiianer, da …«

»Oh nein«, winkt Dad ab. »Ich komme ursprünglich aus San Clemente. Ich wohne zwar seit einer halben Ewigkeit der Liebe wegen hier, …« Er lächelt Mom, die ihm gegenübersitzt an. »… aber im Herzen bin ich Kalifornier. Trishs Loyalität hingegen gilt nachweislich den Hawaiianern.«

Galt, aber dass ich mit dem Surfen und allem Drumherum nichts mehr zu tun haben will, weiß Dad schließlich nicht.

»Na ja, dann wird sie in diesem Jahr vermutlich Grund zur Freude haben. So sehr ich es Logan auch wünsche, ich glaube nicht, dass er Brad schlagen kann.«

»Ja, vermutlich hat er nicht die Nerven dafür«, mutmaßt Dad. »Bradley Hoover ist schließlich eine lebende Legende.«

»Vor allem hat er – verglichen mit Brad – zu wenig Erfahrung mit Pipe und Backdoor«, wende ich ein. »Und dann werden die meisten Leute am Strand auch noch Brad anfeuern.«

Strider nickt nachdenklich.

»Aber was wäre das für eine Geschichte!«, füge ich hinzu. »Logans erstes Jahr auf Tour und dann gleich Weltmeister. Das ist eine Story, die ich gerne schreiben würde.«

Die Melancholie, die in dem Satz mitschwingt, entgeht meiner Mutter nicht. Ich spüre ihren besorgten Blick auf mir und zwinge mich zu einem Lächeln.

»Diese Nudeln sind wirklich großartig«, versichere ich Strider, um das Thema zu wechseln. Zum Glück springen meine Eltern direkt auf meine Vorlage an und auch mein Dad erzählt noch einmal, wie oft sie früher Käsemakkaroni gegessen hätten.

Ich nutze die Gunst der Stunde und beginne den Tisch abzuräumen. In der Küche werfe ich einen Blick auf die Täubchen, die noch immer im Ofen aushärten.

»Er ist süß«, sagt meine Mutter im Flüsterton hinter mir. »Ich wollte dir nur sagen, dass wir nichts dagegen haben, wenn er über Nacht bleibt.« Nach einer kurzen Pause fügt sie hinzu: »Und er muss auch nicht im Gästezimmer schlafen. Ich hoffe, das ist dir klar.«

»So ist das nicht, Mom«, bremse ich sie in ihrem Enthusiasmus.

»Wie ist es dann? Ich sehe doch, wie du ihn anschaust.«

Zum Glück muss ich ihr nicht antworten, denn als Nächstes späht sie an mir vorbei in den Ofen und fragt: »Das sind also die ausgeweideten Mäuse, ja? Für mich sehen die aus wie Tauben.«

»Das sind ja auch die, die Strider gemacht hat«, räume ich ein.

»Und was passiert mit denen?«

»Ich dachte, man kann sie an die Stühle hängen, oder an die Gastgeschenke.«

Meine Mutter wirft mir einen strengen Blick zu. »Und wie, Schatz, hast du dir vorgestellt, soll man die aufhängen?«

Und erst in dem Moment wird mir klar, dass ich vergessen habe, all die Täubchen mit einem Loch zu versehen. Verliebte Köche versalzen nicht ihr Essen, weil sie in Gedanken bei ihrem Herzblatt sind, sondern weil die Hormone ihre Geschmackssinne beeinflussen, aber ganz sicher ist mir dieser Fehler unterlaufen, weil Strider mich aus dem Konzept gebracht hat.

Einen Moment lang starre ich noch auf die unschuldig dreinblickenden Täubchen, ehe ich zu lachen beginne. Mom schließt sich mir an und wir glucksen noch immer amüsiert, als Dad und Strider mit dem restlichen Geschirr in die Küche kommen.

»Was ist so lustig?«, erkundigt sich Dad.

Mom klärt ihn auf.

»Echt jetzt?«

Strider späht in den Backofen, als müsse er sich selbst noch mal davon überzeugen und ich zucke schuldbewusst mit den Achseln.

»Nun ja, ich schätze, dass ich dadurch einen guten Grund habe, um morgen wiederzukommen.«

»Das musst du nicht«, beeile ich mich zu sagen. »Mom und ich können das auch …«

»Also, mir wäre es ganz recht, wenn Sie sich der Sache noch mal annehmen. Die Tauben sind ja geradezu weltmeisterlich gelungen«, scherzt sie. »Ich weiß beim besten Willen nicht, ob meine Bemühungen da mithalten würden.«

Ich werfe ihr einen mahnenden Blick zu, den sie jedoch ignoriert.

Strider verabschiedet sich von meinen Eltern und ich bin froh, dass meine Mom ihm nicht anbietet, über Nacht zu bleiben … oder gleich ganz einzuziehen. Bei Kyle und Dean hat sie sich nie so vor Freundlichkeit überschlagen. Im Gegenteil: Mehr als einmal hat sie mich vor ihnen gewarnt und mir gesagt, dass ich aufpassen muss, in diesen Beziehungen nicht unter die Räder zu geraten.

»Deine Eltern sind nett«, meint Strider, als ich ihn an der Tür verabschiede.

»Ja, sie sind ganz in Ordnung.« Nur etwas überfürsorglich.

»Morgen früh will Curtis mich sprechen …«

»Apropos, was macht er überhaupt hier?« Die Frage lässt mich seit dem Anruf im Blumenladen nicht mehr los. Bei meinen Recherchen war nichts über einen Hawaiiurlaub zu finden.

»Wenn die *Pipemasters* vorbei sind, dann drehen wir hier seinen neuen Film. Ich bin sein Stuntdouble«, verrät Strider mir.

»Ah, okay.« Daher dachte er also, ich würde versuchen über ihn an Dixon ranzukommen.

»Der Film heißt *Eiskalte Wellen.* Er spielt in den 90ern und dreht sich um die *Operation Wipeout.* Curtis mimt einen Undercover-Agenten von der *DEA*, der sich unter die Surfer mischt, um dort an Informationen über den Cannabisanbau zu kommen.«

»Klingt ein wenig nach *Gefährliche Brandung*«, erwidere ich.

Strider grinst. »Ich schätze, das ist durchaus beabsichtigt. Also, von daher kann ich erst am späten Mittag vorbeikommen.« Er mustert mich eingehend. »Ich weiß, du hast gesagt, dass ich das nicht tun muss, das ist mir schon klar, aber ich möchte es, okay?«

Ich schlucke gegen die plötzliche Enge in meinem Hals, die die Intensität seines Blicks hervorruft, an und schaffe es, ein zittriges »Okay« über meine Lippen zu bringen.

# KAPITEL 10

## MEERJUNGFRAUEN & MEERESMONSTER

### STRIDER | OAHU | HAWAII | 05.12.2018

»Surfunterricht?« Ich starre Curtis an, als sei er ein Alien. Was zur Hölle glaubt er, wer ich bin? »Surfunterricht kannst du am Waikiki-Beach für hundert Dollar pro Stunde bekommen.«

»Aber ich will von dem Besten lernen. Komm schon, Bro. Wir sind doch Kumpel. Lass mich nicht hängen!«

Ich bin versucht zu erwidern, dass wir nicht immer alle bekommen, was wir wollen. Doch dann erinnere ich mich daran, dass es etwas gibt, das ich von ihm will.

»Wie oft?«, frage ich.

»Täglich zwei Stunden.«

»Täglich eine Stunde und du schuldest mir einen Gefallen.« Ich halte ihm die Hand hin.

»Was immer du willst«, sagt er und schlägt ein.

Das war einfach. Zu einfach.

Ich wusste, dass die Sache einen Haken hat. Ich wusste es! Er macht mich wahnsinnig. Tief durchatmen, ermahne ich mich, doch damit ist es nicht getan.

Bemüht geduldig kaue ich mit Curtis noch einmal die Basics durch. Ich bin mit ihm zu einem abgelegenen Anfängerstrand gefahren, der so gut wie nie besucht wird.

»Tiefe Paddelzüge, bis du das Gefühl hast, dass das Board zu gleiten beginnt«, erinnere ich ihn.

»Ich bin gepaddelt und es ist geglitten.«

»Aber nicht wirklich. Du paddelst, um die Welle überhaupt zu erwischen. Die bewegt sich unter dir durch und du musst dafür sorgen, dass du und das Board so schnell seid, dass sie dich mitnimmt. Und wenn das geschieht, dann gleitest du.« Ich bemühe mich, nicht genervt zu klingen, denn das habe ich ihm nun bereits zum zehnten Mal erklärt.

»Aber …«, beginnt er und ich weiß, er wird nur wiederholen, dass das Board geglitten wäre, aber das ist es nicht.

»Nein, es muss ohne dein Zutun durchs Wasser gleiten! Du versuchst, viel zu früh aufzustehen. Du musst länger paddeln.«

»Das Board ist kaputt«, behauptet er.

Gerade so schaffe ich es, mich von einem »Schwachsinn!« abzuhalten. Mir ist klar, warum er nicht schnallt, was ich von ihm will. Es ist wie Sex. Man denkt, man wüsste, wie es ist und wie es funktioniert, aber man hat keine Ahnung, wie es sich anfühlt, bis es dann passiert ist und das ist auch Curtis' Problem. Er denkt, das Board würde schon gleiten, aber das tut es eben noch nicht.

Seufzend sage ich: »Okay, pass auf, wir machen es so: Wenn du das Gefühl hast, die Welle würde dich mitnehmen, dann paddelst du einfach noch ein halbes Dutzend Mal ganz kräftig, okay?«

Nachdem er den Dreh endlich raushat, bekomme ich ihn gar nicht mehr vom Board runter. Und so werden aus der einen Stunde letztendlich doch zwei.

»Siehst du, am Board lag es nicht«, erwidere ich, als ich uns schließlich zurück zum *Mad Crush*-Haus kutschiere.

Curtis ist völlig stoked und erzählt in einer Tour davon, wie toll es war. »… und diese eine Welle, die …«

Ich weiß genau, welche er meint. Ich war dabei. Habe jede einzelne im Nachhinein mit ihm analysiert und ihm gesagt, worauf er achten muss.

Geduldig habe ich ihm erklärt, dass sein Körper seinen Armen folgt, möchte er also einen Turn machen, dann weisen ihm die Arme den Weg.

Er labert die komplette Fahrt ununterbrochen, und ich wünsche mir nichts sehnlicher, als dass wir am Haus ankommen und ich meine Ruhe habe.

Auch in der vergangenen Nacht habe ich zu wenig Schlaf bekommen, was vor allem daran lag, dass ich einfach nicht einschlafen konnte. Das habe ich vor großen Contests, wenn der Druck auf einem lastet, manchmal. Dieses Mal war es jedoch nicht die Angst zu versagen, die mich vom Schlafen abgehalten hat, sondern die Erinnerungen an den Tag im Haus der Jeffries.

Lange habe ich wach in der Dunkelheit gelegen und meine Entscheidung, dort hinzufahren und Trish mit diesem Hochzeitskram zu helfen, hinterfragt. Noch immer weiß ich nicht, ob der Entschluss clever oder dumm war.

Clever, weil der Tag alles in allem sehr schön war. Trish ist witzig und es hat Spaß gemacht, Zeit mit ihr zu verbringen – zumindest, bis ihre unbedachte Bemerkung mich aus der Bahn geworfen hat.

Ein Zuhause ohne Nudeln ist bloß ein Haus. Was für ein idiotisches Sprichwort. Und falsch ist es obendrein! Bei uns gab es so gut wie immer Nudeln, aber es war dennoch nur ein Haus. Ich hatte nie ein Zuhause.

Trish schon – etwas, das ich ihr gönne – aber das auch schmerzhaft mit anzusehen war. Ihre Eltern sind weit mehr, als bloß in Ordnung. Sie sind großartig. Ich habe mich willkommen gefühlt – und zugleich verloren, weil ich all das, was sie haben, nicht kenne. Weil mir diese Nähe, diese Vertrautheit, diese Achtsamkeit fremd ist. Aus diesem Grund ist der gestrige Abend mit bittersüßen Erinnerungen verbunden, und ich weiß nicht, ob es klug ist, heute noch einmal hinzufahren. Vermutlich nicht.

»… und dann habe ich es geschafft, das Board etwas zu drehen …«, plappert Curtis euphorisch.

Ich verstehe, dass er gerade auf Wolke sieben schwebt. Es gibt einfach kein besseres Gefühl, als im Wasser zu sein und zu surfen.

Umso glücklicher bin ich, als ich den Rest des Nachmittags selbst im Wasser bin. Besonders spektakulär sind die Wellen seit meiner Ankunft nicht gewesen. Natürlich ist Pipe immer eine Herausforderung, keine Frage. Das Riff darunter ist hart wie Beton und ein falscher Sturz kann einem das Genick brechen – wortwörtlich. Die Wahrscheinlichkeit, beim Aufprall bewusstlos zu werden und dann zu ertrinken ist jedoch höher. Selbst

Surfer, die an diesem Strandabschnitt aufgewachsen sind, haben sich hier schon ihre Knochen zertrümmert.

Trotzdem warten wir alle sehnsüchtig auf den angekündigten Swell. Gegen Abend soll die Dünung auf die Küste treffen und spätestens morgen früh werden wir ordentliche Wellen haben.

Während ich im Line Up liege und warte, bis ich an der Reihe bin, wandern meine Gedanken immer wieder zu Trish.

Ich bin froh, dass ich einen Weg gefunden habe, mein Versprechen zu halten. Auch wenn Curtis mich den letzten Nerv kosten wird. Es ist nicht so, als würde ich ihn nicht mögen. Er ist schon ganz okay, aber ich bin einfach kein guter Lehrer, und überhaupt hasse ich es, ständig einen Haufen Leute um mich herum zu haben. So geht es mir am Ende jeden Jahres. Die ganzen Monate auf Tour, das permanente Reisen und all die Leute, die ständig etwas von einem wollen, nerven mich dann. Aber nach den drei Monaten Pause brenne ich im Frühjahr immer wieder aufs Neue darauf, endlich loslegen zu dürfen.

Und dann beginnt der Zyklus von vorne, und spätestens nach dem siebten oder achten Event bekomme ich meinen Koller, bin des Lebens aus dem Koffer überdrüssig und sehne mich nach einem Ende der Strapazen. Dummerweise geht die Tour dann aber erst in die heiße Phase, denn die *Pipemasters* hier auf Hawaii sind nun einmal das Highlight des Jahres und der krönende Abschluss.

Es ist auch nicht so, dass ich Heimweh hätte, denn die Villa in L.A. am Strand ist nun einmal nicht mein Zuhause. So einen Ort gibt es für mich nicht.

Und wieder füllt Trish meine Gedanken. Es hat mich geschockt, dass sie seit dreieinhalb Jahren nicht mehr hier war. Sie gehört so offensichtlich hierher, dass ich mir das kaum vorstellen kann, und als sie gestern von Logan sprach und davon, dass sie gerne eine Story über seinen unglaublichen Einstieg schreiben würde, da kam ganz eindeutig die *Wavehunters*-Reporterin in ihr durch.

Was will sie überhaupt bei *Hot Stars*? Trish interessiert sich doch gar nicht für das Leben der Reichen und Schönen. Zumindest deutet nichts in ihrem Verhalten daraufhin – nicht einmal die Fragen, die sie Dixon stellen möchte. Keine davon passt in so ein oberflächliches Schundmagazin.

Ich erinnere mich, dass Ulises Royo ganz angetan von Trish war. Er sagte, sie wüsste unglaublich viel übers Surfen, die Surfgeschichte, wäre sehr empathisch und würde über eine schnelle Auffassungsgabe verfügen. Zumindest was den letzten Punkt angeht, kann ich mitreden. Trish ist definitiv nicht auf den Kopf gefallen.

Vermutlich hat sie deshalb kein Interesse an mir. Gestern dachte ich zwar einen Moment lang wirklich, dass da etwas zwischen uns wäre. Doch allem Anschein nach habe ich zu viel in die Situation hineininterpretiert.

Dass ich mich so etwas überhaupt fragen muss, ist ein Witz. Frauen wollen mit mir ins Bett. Alle. Zumindest normalerweise, denn bei Trish ist es offensichtlich anders, was verwirrend ist.

Das sollte es nicht sein, denn sie war ja ganz klar. Ihre Regeln waren schließlich ziemlich eindeutig. Ich denke an Cullens dummen Kommentar über den Jagdinstinkt, den ihr unnahbares Verhalten weckt … Denke ich bloß ununterbrochen daran, wie es wäre, sie zu küssen, weil sie klar gemacht hat, dass sie mich nicht küssen wird?

Und dass sie mich nicht küssen will, stößt mir eindeutig sauer auf … Was natürlich auch daran liegen könnte, dass sie bei Rory und Dean kein Problem damit hatte. Was haben die denn bitte schön an sich, was mir fehlt? Denn eigentlich haben die beiden keine Gemeinsamkeiten – weder äußerlich noch von ihrem Verhalten her.

Rory wird von allen geliebt. Die Menschen mögen ihn einfach – ohne Wenn und Aber. Er ist wie ein Handschmeichler … glatt und ohne Ecken und Kanten. Aber kein Mensch ist ohne Ecken und Kanten, was bedeutet, dass er einfach nur eine große Show abzieht. Und da er mit seinen goldenen Locken ausschaut wie ein Engel, nimmt ihm den Scheiß auch jeder ab. Dabei ist Rory einfach nur komplett substanzlos. An ihm ist nichts, aber wirklich gar nichts Besonderes. Keine Ahnung, warum die Frauen so auf ihn abfahren. Willow ist auch ganz vernarrt in ihn, weshalb ich den Idioten häufiger ertragen muss, als mir lieb ist.

Ihrer Meinung nach bin ich eifersüchtig auf ihn. Klar kam sein Erfolg schneller und ja, er hat mich in einigen Heats echt alt aussehen lassen, aber das gehört dazu. So läuft das Business nun mal. Mal gewinnt man, mal verliert man … zugegeben, ich bin kein besonders guter Verlierer, doch ich glaube nicht, dass meine Abneigung gegen Rory Johnson daher rührt. Vielmehr nervt es mich, dass die Leute so dumm sind und auf seine Masche reinfallen – Trish eingeschlossen.

Und was alle an Dean finden, weiß ich auch nicht. Ja, er ist nicht der reiche, verwöhnte Schnösel, für den ich ihn anfangs gehalten habe, denn er arbeitet viel und hart, aber zwischen uns gab es seit jeher diese Spannungen. Wie heißt es immer so schön? Blut ist dicker als Wasser, und dass es zwischen mir und Russel mehr als einmal heftig geknallt hat, hat wohl auch die Beziehung zu seinem Bruder getrübt. Zumindest wüsste ich keinen anderen Grund, weshalb Dean mir gegenüber immer so aggressiv sein sollte.

Weil ich Trish jedoch während der Session nicht aus meinem Kopf bekomme, zahle ich einen hohen Preis. Bei der nächsten Welle versaue ich den Take Off, was zu einem heftigen Wipe-Out führt. Ich gehe straight over the falls, was bedeutet, dass ich rund zwei Meter in die Tiefe stürze, hinein in die sich brechende Welle gesaugt werde, einmal die komplette Maschinerie durchlaufe, um dann nach oben gerissen und endgültig wieder hinab geschleudert zu werden. Ein Schleudergang in der Waschmaschine ist ein Strandspaziergang dagegen.

Ich habe letztendlich Glück und überstehe das Ganze ohne ernsthafte Verletzungen – etwas, das man von meinem aktuellen Lieblingsboard nicht behaupten kann.

Mir bleibt nichts anderes übrig, als zum Strand zu schwimmen und dort die beiden Bruchstücke, in die es mein Brett zerlegt hat, einzusammeln.

Ein Haufen Leute schwirrt, kaum dass ich einen Fuß auf den Sand gesetzt habe, um mich herum, und will wissen, ob ich okay bin. Bis auf einen blutigen Kratzer am Ellbogen bin ich das auch.

Wilder verscheucht die Schaulustigen. Seit dem Tag, an dem er Trish so übel mitgespielt hat, habe ich ihn nicht mehr gesehen, was gut ist. Denn sein Anblick allein reicht aus, um mich erneut auf hundertachtzig zu bringen.

»Alles in Ordnung?«, erkundigt er sich besorgt.

»Geht schon!« Ich schiebe mich an ihm vorbei.

Er folgt mir, als ich durch den Sand zum *Mad Crush*-Grundstück marschiere. »Was war da draußen los, Mann?«, will er wissen, denn mein Timing war einfach beschissen. Den halben Morgen predige ich Curtis, wie er den perfekten Take Off hinbekommt und dann stelle ich mich wie der letzte Kook an.

»Was da draußen los war?«, fahre ich Wilder an und werfe die Einzelteile meines Boards auf das gelbliche Grün. Jeder ausgeblichene Halm kämpft ums Überleben. »Ich kann dir ganz genau sagen, was da draußen los war, Mann! Seit Tagen kehre ich die Scherben auf, die du hinterlassen hast.«

Ich bin ihm dicht auf die Pelle gerückt und ringe mühsam um meine Beherrschung. Sie hängt am seidenen Faden.

»Wovon zur Hölle redest du?«

»Von der Blumenbotin, an der du deine Arschlochseite ausgelebt hast.«

»Was hast du mit der kleinen *Wavehunters-Hure* zu …«

Weiter kommt er nicht, denn in diesem Augenblick erlebt mein Verstand den heftigsten Wipeout ever. Ich klatsche Wilder an die Wand des Schuppens, in dem wir unsere Boards lagern.

»Nenn sie nicht so!« Ich drücke ihn noch fester gegen die Bretter. Unangenehm, denn mein linker Unterarm liegt auf seiner Kehle. »Ich schwöre dir, wenn du sie noch einmal so nennst, dann …«

»Hey!«, höre ich Cullens Stimme hinter mir. »Was geht denn hier ab?«

Er legt seine Hand auf meine Schulter und zieht mich zurück. Ich lasse Wilder los.

»Bist du verrückt geworden?«, zischt Cullen mir ins Ohr. »Willst du, dass sie deinen Vertrag auflösen?«

Wilder stiert mich hasserfüllt an. »Was stimmt bloß mit euch Typen nicht? Lasst euch von jedem dahergelaufenen Flittchen den Kopf verdrehen! Ist euch nicht klar, worauf all diese Weiber es abgesehen haben? Sie sind bloß hinter eurer Kohle her. Ihr könnt ihnen nicht trauen. Keiner von ihnen, aber macht doch, was ihr wollt!«

Er drückt sich an mir vorbei und ich lasse ihn – Cullens mahnende Worte im Ohr – laufen. Bei dem Typ ist Hopfen und Malz verloren, doch was Trish anbelangt, irrt er sich. Sie braucht mein Geld nicht. Offensichtlich ist ihr selbst der Gedanke an das Geld ihrer Familie, das sie einmal erben wird, zuwider.

»Ging es um die Kleine … wie heißt sie noch gleich?«, erkundigt Cullen sich und betrachtet mich argwöhnisch.

»Trish.« Ich könnte kaum frostiger klingen. »Ja, es ging um sie und darum, wie er über sie redet.«

Cullen seufzt.

»Was?«, blaffe ich, weil dieser Seufzer so genervt klingt. »Sie ist nicht so, wie er behauptet hat.«

»Du stehst auf sie!«

»Ich stehe nicht auf sie!« Ich werfe ihm einen vernichtenden Blick zu.

»Oh doch, und wie.«

»Nein, es ist nur so, dass …«

»Dass du auf sie stehst. Ich weiß!«

Nun bin ich es, der seufzt. Cullen ist ein sturer Idiot, der nicht das Geringste schnallt.

»Hey, niemand, der Augen im Kopf hat, kann dir das verübeln, aber sie bringt dich dazu, dumme Sachen zu machen. Wilder an den Kragen zu gehen, war nicht gerade clever.«

Ich erwidere nichts, denn es stimmt. Alles, was er gerade sagt, stimmt. Ich habe einen Mitarbeiter meines Sponsors angegriffen. Das war nicht nur nicht clever, es war dämlich! Richtig, richtig dämlich und es sollte mich nicht wundern, wenn sie meinen Vertrag kündigen und mich zum Teufel jagen …

»Und klar kannst du dir weiterhin einreden, dass du sie lediglich magst und du bloß wegen deines schlechten Gewissens so abdrehst, ABER …« Er macht eine dramatische Pause. »Du irrst dich. Dich kannst du vielleicht verarschen, aber mich nicht. Du erinnerst dich? Ich habe vier ältere Schwestern. Es gibt nichts, was ich noch nicht gesehen oder gehört hätte.«

Ich öffne den Mund, will widersprechen, doch Cullen gibt mir keine Gelegenheit. Gnadenlos fährt er fort: »Lass uns eine Minute ehrlich sein, okay? Sie geht dir unter die Haut. Du würdest Wilder nicht auseinandernehmen wollen und nicht alle Hebel in Bewegung setzen, um deine Schuld zu begleichen, wenn es nicht so wäre.«

Ich beiße mir auf die Innenseite der Wange, denn was er sagt, schmeckt mir überhaupt nicht, dennoch ringe ich mich zu einem Nicken durch.

»Okay, aber wo soll das hinführen? Du kannst nichts mit ihr anfangen – zumindest nicht, ehe du ihr nicht reinen Wein eingeschenkt hast, denn das, mein

Freund, das verspreche ich dir, geht sonst schief. Wenn sie es hinterher erfährt, dann kommt sie sich gnadenlos verarscht vor. Oder hast du es ihr bereits gesagt und sie hat dir großherzig verziehen?«

Ich schüttle den Kopf.

»Das dachte ich mir.«

»Sie mag mich doch schon jetzt nicht! Was soll werden, wenn ich es ihr sage?«, platze ich heraus.

»Du kannst nicht auf Zeit spielen, Mann, denn glaub mir, das macht alles zwischen euch nur schlimmer. Den idealen Moment gibt es für dich nicht.«

»Es gibt kein *zwischen uns*«, erwidere ich und klinge seltsam niedergeschlagen.

Das hier ist frustrierend. Ich will all diese Gefühle, die seit gestern in mir toben, nicht spüren. Trish hat schließlich ganz klargemacht, was sie von einem wie mir will. Nichts! Sie will mich nicht, denn sie verabscheut, wofür ich stehe. Mein ganzes Leben ist ihr zuwider, und wie könnte es das nach allem, was wir ihr angetan haben, nicht sein? Dabei ist mein überaus peinliches Verhalten am Abend unseres Kennenlernens ja nur eine Träne im Ozean. Ich habe sie ein Groupie genannt, dabei habe ich mich ihr bisher förmlich aufdrängen müssen.

Normalerweise betatschen mich die Leute ständig. Mich anzufassen, ist ihnen ein inneres Anliegen, aber Trish hat das bisher vermieden. Kein Kuss, keine Berührungen, so sind die Regeln. Ich habe es verstanden, und ich akzeptiere es, aber es gefällt mir nicht.

»Apropos Zeit, weißt du, wie viel Uhr wir haben? Ich hatte Trish versprochen, dass ich noch bei ihr vorbeikomme.«

»Gleich fünf Uhr«, erwidert er nach einem Blick auf seine *Sir Bouncer*. Nachdrücklich schiebt er hinterher: »Ich kenne kaum jemanden außer dir, der besser darin ist, sich selbst zu sabotieren, Strider. Du musst mit der Kleinen darüber reden, was damals passiert ist, und wenn du heute hinfährst, dann bring es einfach hinter dich.«

Mehr als einmal bin ich in den nächsten zwei Stunden davor, zu Trish zu fahren, doch dann kneife ich jedes Mal im letzten Moment. Um acht Uhr rufe ich sie an.

»Ja?«, fragt sie.

Allein ihre Stimme zu hören, bringt einen Orkan in meinem Inneren zum Wüten. Der Sturm aus Begierde und Verlangen, der von mir Besitz ergreift, ist so heftig, dass ich einen Augenblick zutiefst bereue, nicht doch gefahren zu sein.

»Hey, ich … Ich muss für heute leider absagen.«

»Oh. Okay.«

Sie klingt nicht enttäuscht. Oder doch?

Das nagende Gefühl in mir veranlasst mich hinzuzufügen: »Es gab eine ätzendlange Team-Besprechung und ich bin ziemlich groggy.«

»Klar, kein Ding.«

»Tut mir echt leid.«

»Das ist wirklich kein Problem. Ich … mir geht es heute auch nicht so wirklich gut, von daher geht das echt in Ordnung.«

»Was hast du?«, frage ich und es gelingt mir nicht, meine Besorgnis zu verbergen.

»Das Handgelenk. Heute tut es richtig weh, aber von den Schmerzmitteln wird mir schlecht, also … Egal, ich werde dann einfach früh schlafen gehen.«

»Dann süße Träume.«

Sie schmunzelt. Ich kann es hören. Ich kann hören, wie sich ihre Mundwinkel kräuseln und sie versonnen lächelt.

»Danke. Dir auch.«

Nachdem wir aufgelegt haben, sitze ich auf meinem Bett und starre auf den abgewetzten Boden. Die Dielen sind Zeugen einer anderen Zeit. Dieses Haus ist ein Stück Surfgeschichte und es hat viel erlebt. Die wagemutigsten Männer gingen hier ein und aus. Ich fürchte, nach meinem Anruf eben, gehöre ich nicht mehr in diese Reihen – ganz egal, wie hoch die Wellenberge sind, die ich abreite.

Da mir die Leere in meinem Inneren über den Kopf wächst, und ich sie einfach nicht ertrage, gebe ich mir einen Ruck und gehe zu Cullens Zimmer.

Auf mein Klopfen hin, ertönt ein »Moment!«.

»Deine Momente sind definitiv länger, als die von anderen Menschen«, sage ich, als er nach einer gefühlten Ewigkeit die Tür entriegelt und öffnet.

Erwartet hatte ich, dass er irgendein Groupie in seinem Bett hat, doch der Raum ist außer ihm leer.

Wenn ich eins in der Zeit des Zusammenlebens mit einem Haufen Kerle gelernt habe, dann die Tatsache, dass man keine Fragen stellen sollte, auf die man keine Antwort haben möchte. Und ich will wirklich nicht hören, dass er sich gerade einen von der Palme gewedelt oder Pornos geguckt hat, also frage ich nicht, warum er sich in seinem Zimmer einschließt. Der Laptop auf dem Bett lässt irgendwie beides vermuten, was für einen Profi-Surfer doch recht armselig ist.

»Mag sein«, erwidert er kurz angebunden. »Du bist schon zurück? Hatte gar nicht mitbekommen, dass du weg warst.«

»War ich auch nicht. Hör mal, was hältst du davon, wenn wir in einen Club gehen und ein wenig Party machen, mmh?«

»Du hattest also nicht die nötigen Eier, um es durchzuziehen, was?«

Keine Ahnung, ob es eine Frage ist. Es klingt mehr nach einer Feststellung, von daher erwartet er vermutlich keine Antwort, und da ich sowieso nicht vorhabe, zu dem Thema etwas zu sagen, schweige ich.

Cullen nickt knapp und sagt: »Von mir aus. Ziehen wir in einer Stunde los?«

»Wir könnten vorher irgendwo einen Happen essen«, schlage ich vor, weil ich echt nicht weiß, wie ich die Stunde rumkriegen soll und keinen Bock habe, in meinem Zimmer abzuhängen. Auf die Kids, die unten im Wohnzimmer abhängen – man hört sie bis in den ersten Stock – habe ich aber auch keine Lust.

Manchmal denke ich echt, ich werde zu alt für den ganzen Scheiß. Was furchtbar wäre, aber das Gelaber von Miles und Logan kann ich mir stellenweise echt nicht geben.

»Klar. Dann in zehn Minuten unten?«, fragt Cullen.

Ich nicke, wende mich zum Gehen.

»Hey, und Strider, noch was …«

»Ja?«

»Vielleicht nutzt du die Zeit und machst dich auf die Suche nach deinen Cojones.«

Die Ratte grinst schäbig, ehe sie die Tür zumacht. Dämlicher Mistkerl. Ich habe sehr wohl Eier!

Ach ja, meldet sich eine innere Stimme zweifelnd zu Wort, und warum bringst du es nicht übers Herz, Trish die ganze Geschichte zu erklären? So schwer ist das doch nicht.

Nach einem ausgezeichneten Essen gehen wir ins *DreamWorks*. Der Club gehört einem ehemaligen Rockstar und ist seit Jahren der Ort, an dem ich am liebsten Party mache. Hier lassen sie nicht jeden rein, und dennoch ist es jemandem mit meinem Background möglich, sich hier wohl zu fühlen. Das Ganze ist also weder ein heruntergekommener Saftladen noch ein Schickimicki-Club, sondern einfach eine Location, in der man eine gute Zeit haben kann – ganz ohne Stress. Man wird nicht ständig dumm angemacht, weil nur Prolls dort rumhängen, und aufdringliche Goldgräberinnen, die darauf erpicht sind, sich einen reichen Ehemann zu angeln, gibt es nur vereinzelt.

Cullen gerät an so eine, was an seinem Aufzug liegt. Ich für meinen Teil habe mir nicht die Mühe gemacht, mich in Schale zu werfen, sondern sehe normal aus. Jeans und T-Shirt tun es auch, warum sollte ich eine Anzughose, eine Weste und ein Hemd tragen?

»Man sieht sich«, meint er und zieht mit der attraktiven Brünetten ab.

Ich gehe an die Bar. Noch im *Mad Crush*-Haus habe ich beschlossen, dass ich heute trinken werde. Cullen hat sich ohne Murren bereiterklärt zu fahren, denn schließlich habe ich das die letzten Jahre normalerweise übernommen.

Ich sitze noch keine zehn Minuten da, als ich spüre, dass mich vom anderen Ende des Tresens jemand anstarrt. Die Blondine, die mich unter die Lupe genommen hat, ist – darauf würde ich mein Haus verwetten – Model. Ich winke den Barkeeper heran und spendiere ihr einen Drink, weshalb sie – wie es der Anstand in so einem Fall gebietet – zu mir kommt, sich auf den Barhocker neben meinem schwingt und sich für den Drink bedankt. Keine Ahnung, was sie da geordert hat. Es ist zu pink und feminin, als dass ich einem Cocktail dieser Art jemals Beachtung geschenkt hätte. Sie hingegen ist genau mein Typ.

»Hi«, sagt sie.

»Hi«, erwidere ich.

»Danke für den Drink.«

Der Teil, der nun kommt, zieht sich ewig in die Länge. Ich wünschte, ich könnte einfach vorspulen und dieses Pseudo-Kennenlernen überspringen. Worauf es hinausläuft, ist doch klar. Warum muss ich also mit ihr quatschen? Warum muss ich erfahren, dass sie Arielle heißt?

»Wie die kleine Meerjungfrau?«

Sie kichert. »Ja, genau, und ist es nicht witzig, dass du Surfer bist. Mir kommt es vor wie Schicksal.«

Nein, denke ich, das hier ist kein Schicksal. Das ist bloß Zufall. Ich erinnere mich an Trishs Argumentation.

Erinnere mich daran, wie sie den Tag hat Revue passieren lassen. Wenn ich an so was glauben würde, dann an ihre Version und nicht an diesen Mist.

Obwohl es nicht zielführend ist, frage ich: »Was genau findest du daran schicksalhaft?«

»Na ja, du bist doch dann auch viel im Meer und die kleine Meerjungfrau …«

Sie lächelt süß, aber die Argumentation ist dämlich. Überhaupt ist sie nicht annähernd so witzig wie Trish und es macht einfach keinen Spaß, mit Arielle zu reden. Ihre Hand legt sich auf meinen Unterarm, ihre Finger spielen mit den blonden Haaren darauf. Etwas in mir sträubt sich gegen die erzwungene intime Berührung, doch ich ignoriere es. Ich ignoriere bereits die ganze Zeit, dass sich alles falsch anfühlt. Ich will nicht hier sein. Will mich nicht mit dieser Frau unterhalten, will nicht, dass sie mich anfasst, und doch bin ich aus genau diesem Grund hergekommen.

Das Ziel des Abends ist es, sich Trish aus dem Kopf zu vögeln, denn vor allem will ich eine Sache nicht: Ich will nicht die ganze Zeit an Trish denken.

Also bringe ich all dieses Vorgeplänkel hinter mich und bin angeödet und genervt, als wir schließlich an dem Punkt sind, an dem ich sie einfach nur noch bitten müsste, mit mir zu kommen. Ich habe so gar keinen Bock, diese Frau zu ficken.

Können wir fahren?, texte ich Cullen.

Es ist nicht mal Mitternacht. Keine Viertelstunde später ist er da und wir verlassen den Club. Sein Anhängsel ist er losgeworden. Ich hoffe für ihn, er hatte mehr Spaß als ich.

»Was ist denn mit deiner Wange los?«, fragt er, als wir im Auto sitzen. »Ist das ein Handabdruck?«

Er fasst mich am Kinn, um sich den Schaden näher anzuschauen. Wenn ihm in der schummrigen Cockpit-Beleuchtung auffällt, dass was nicht stimmt, stimmt wohl wirklich was nicht.

Ich schüttle seine Hand ab. Meine Wange brennt noch immer wie Feuer. Arielle hat keine halben Sachen gemacht.

»Yep, und ich schätze, ich habe es verdient.«

»Was zum Teufel ist passiert? Hat dein weltbekannter Strider-Sinclair-Charme versagt? Oder hast du bei den Drinks geknausert?«

Ich schüttle den Kopf. »Nein, mir ist bloß etwas spät aufgefallen, dass es vermutlich nicht klug ist, in der Gegend rumzuvögeln, wenn Trish doch meine Freundin geben soll. Und als ich der Kleinen da drin gesagt habe, dass ich sie nicht bumsen kann, weil ich in festen Händen bin, da hat sie es einfach nicht sonderlich gut aufgenommen.«

Keinen Plan, was ich gedacht habe, aber es passiert, was passieren muss: Statt Mitleid mit mir zu haben, klatscht Cullen lachend in die Hände. Er lacht so heftig, dass er irgendwann nach Luft japsen muss und ihm die Tränen über die Wangen laufen.

Dämlicher Bastard!

»Hey, sie hat mir vorgeworfen, dass es armselig wäre, nur mal seinen Marktwert testen zu wollen und mich geohrfeigt.«

Als ob ich so eine Nummer nötig hätte. Ich kenne meinen Marktwert schließlich.

»Du bist echt zu geil!«, johlt Cullen amüsiert. »Mensch, Alter, warum gibst du nicht endlich zu, dass du hardcore auf die Kleine stehst?«

»Arielle? Beim besten Willen nicht. Ich habe sie schon den ganzen Abend über nur mit reichlich Alkohol ertragen. Die ist keine kleine Meerjungfrau, sondern ein Meeresmonster.«

Erneut ernte ich Gelächter. »Du solltest das mit dem Saufen lieber gleich wieder lassen. Der Alkohol macht dich nicht nur reaktionsschwach, wie man am Schlagschatten auf deiner Wange sieht, sondern auch deine Auffassungsgabe leidet.«

Möglicherweise tut sie das wirklich, denn ich verstehe in diesem Moment bloß Bahnhof.

»Häh?«

»Ich rede von Trish, du Vollpfosten. Dass du die Kleine aus dem Club nicht vögeln wolltest, sollte selbst dir zu denken geben … Ich meine, du besteigst doch auch sonst alles, was nicht bei drei auf den Bäumen ist.«

Er muss gerade reden. Er ist doch noch viel schlimmer als ich.

»Sieh der Wahrheit ins Gesicht. Du bist verrückt nach Trish und zwar so verrückt, dass du es nicht mal hinbekommst, eine andere zu ficken.«

Ich stöhne gequält auf. Warum kann er das Ganze nicht auf sich beruhen lassen? Was will er denn von mir hören? Selbst wenn ich Interesse hätte, wäre es nicht von Bedeutung, denn sie hat keines an mir.

»Was ist dein Problem? Dass Rory schon auf ihr drauf war?«

Mein Kopf ruckt zu ihm herum, doch Cullen zuckt nicht zurück, sondern betrachtet mich aufmerksam.

»Das kotzt dich an, dass ich so über sie rede, oder?«

Gewaltig sogar. Ich bin kurz davor, ihm an die Gurgel zu gehen.

»Du magst sie, Mann!«

»Und wenn schon.«

»Alter, ich verstehe dich nicht. Bei Willow hast du deinen Arsch erst hochgekriegt, als der Zug abgefahren war und nun wiederholt sich das Ganze bei der Kleinen. Ich dachte, du hättest aus deinen Fehlern gelernt.«

»Sie hat kein Interesse an mir und wer könnte es ihr, nach allem, was sie mit Typen wie uns durchgemacht hat, verdenken?«

»Mag sein, aber das hat dich doch noch nie von irgendwas abgehalten. Seit wann gibst du so schnell auf? Du bist Strider Sinclair. Du nimmst dir, was du willst«, erinnert er mich. »Dass du nicht in die Vollen gehst, nicht versuchst, sie rumzukriegen, sagt mir eins: Du willst nicht.«

Sein Blick ruht noch immer auf mir. Er wird zur Last. Unerträglich. Ich atme tief durch und lasse meinen Kopf gegen die Nackenstütze sinken.

»Also, was steckt wirklich dahinter? Was hält dich zurück?«

Cullens Frage lässt mich nicht los. Sie nagt an mir. Die Nacht hindurch, den Tag über und auch, als ich am frühen Abend nach getaner Arbeit vor Trishs Haus stehe, quält sie mich noch immer. Nun ja, eigentlich ist es nicht die Frage, sondern die Antwort darauf.

Die Wahrheit ist nämlich, dass mir all das eine verdammte Angst macht. Ich fühle mich zu Trish hingezogen … maßlos. Diese Anziehungskraft zu unterdrücken, die Kontrolle zu behalten, kostet mich all meine Willenskraft. Sie ist so viel mehr, als nur die Frau, die während eines Interviewtermins Sex mit einem meiner Teamkollegen hatte. Niemals hätte ich es für möglich gehalten, dass sie eine derart faszinierende Persönlichkeit ist. Sie und die Gefühle, die ich für sie habe, verunsichern mich. All meine Erfahrung in Bezug auf Frauen, hilft mir in diesem Moment nicht weiter, denn mit Trish ist nun einmal alles anders. Die Karten sind neu gemischt und dieses Mal steht mein Herz auf dem Spiel. Ich will nicht, dass sie mich ablehnt, weiß aber, dass genau das geschehen wird, wenn ich ihr sage, wie die Dinge in Wahrheit stehen.

Mit dem festen Vorsatz, ihr alles zu beichten, klingle ich. Ich weiß noch nicht, wie ich es ihr sagen soll, aber mir ist klar, dass ich es tun muss. So ungern ich es auch zugebe: Es ist, wie Cullen gesagt hat. Den passenden Zeitpunkt gibt es nicht. Ich kann nur hoffen, dass sie mir verzeiht.

Die Aufregung, die sich mit jedem der schnellen Herzschläge weiter aufstaut, nimmt gigantische Ausmaße an. Meine Hände sind schweißnass und mir ist mehr als bloß unbehaglich zumute. Ich schwöre, so nervös war ich nicht einmal, als es darum ging, ob ich Weltmeister werde oder nicht.

Doch gerade weil Trish solch eine Wirkung auf mich hat, habe ich Angst – etwas, das ich vor Cullen allerdings niemals zugeben würde.

Ich erinnere mich an meine zitternden Hände, als ich ihr das Hemd in der Einfahrt dieses Hauses aufgeknöpft habe. Ich habe unzählige Frauen aus weitaus erotischeren Kleidungsstücken geschält, doch ihr zur Hand zu gehen, hat mich um Jahrzehnte zurückgeworfen und in mir das Gefühl ausgelöst, linkisch, dumm und unerfahren zu sein. Selten in meinem Leben war ich so nervös, wie in diesem Moment und all den Sekunden, die ihm seitdem gefolgt sind.

Die Tür geht auf und ich stehe Trish gegenüber. Unsere Blicke treffen sich und ich weiß, dass ich das Momentum ungenutzt habe verstreichen lassen. In ihrem Blick ist keine Freude, keine Wärme. Es ist nicht so wie vorgestern, als ich unerwartet bei ihr aufgetaucht bin. Da haben ihre Augen zu glühen begonnen … Nun ja, zumindest dachte ich das in diesem Moment, und dann hat sie sich der Situation in der Küche entzogen, und mir dadurch klargemacht, dass ich falschliege.

Trish ist überrascht mich zu sehen, doch sie fragt nicht, was ich hier mache, sondern tritt beiseite, um mich einzulassen. Ich streife die Schuhe ab und folge ihr ins Haus.

In der rechten Hand hält sie ein Buch. Ihr Zeigefinger fungiert als Lesezeichen.

»Was liest du?«

»Bloß einen Liebesroman«, erwidert sie kühl. Obwohl sie keine zwei Meter von mir entfernt steht, trennen uns Welten.

»Worum geht es?«, versuche ich, das Eis zu brechen.

»Um einen Typ, der sich für unwiderstehlich hält. Ein richtiger Bad Boy.«

»Ist es spannend?«

»Nicht wirklich, und ich mag die Message nicht. Er ist ein ziemlich übler Bursche, aber kaum hatte er eine Kostprobe von ihrer magischen Pussy, mutiert er zum Stubentiger.«

»Ihre magische Pussy«, echoe ich verwirrt.

»Ist ein stehender Begriff. Sex mit ihr fühlt sich so fantastisch an, wie mit keiner anderen zuvor, ergo hat sie eine ›magische‹ Pussy, die ihn in ihren Bann zieht.«

»Klingt gut!«, befinde ich.

»War mir klar, dass du so darüber denken würdest. In einem Liebesroman würdest du dich als Bad Boy auch großartig machen.«

Ich bin mir nicht sicher, ob das eine Beleidigung war. »Und was denkst du darüber?«

»Na ja, in erster Linie, dass es viel cooler wäre, wenn er sie als Mensch schätzen würde. Einfach, weil sie über Eigenschaften verfügt, die er anziehend findet, oder weil sie auf einer Wellenlänge sind. Aber leider ist sie eine ziemlich nichtssagende Figur ohne Ecken und Kanten. So angepasst, dass sie beinahe schon langweilig wirkt.«

»Und er?«

»Er ist … Ehrliche Meinung?«

»Immer!«

»Er ist ein totaler Wichtigtuer. Er weiß, dass er bei Frauen gut ankommt und ist zum Kotzen arrogant.«

So wie ich? Denkt sie, dass ich immer noch so bin?

»Warum liest du es dann?«

»Weil ich dazu eine Buchbesprechung schreiben darf, beziehungsweise in diesem Fall wohl eher muss. Aus unerfindlichen Gründen wird die Reihe nämlich extrem gehypt … trotz zweifelhaftem Frauenbild und kruder Magic-Pussy-Message. Aber du bist ja sicherlich nicht hergekommen, um dich mit mir über Bücher zu unterhalten, oder?«

Von ihrer plötzlich wiederkehrenden Verschlossenheit überrascht, brauche ich einen Moment, um mich an den Grund meines Kommens zu erinnern.

»Ich wollte mich wegen gestern entschuldigen und dich zum Essen ausführen. Es gibt da ein paar Dinge, über die ich gerne mit dir sprechen würde«, sage ich schließlich und versuche die verhasste Unsicherheit, die ihr distanziertes Verhalten auslöst, abzuwürgen. Gelingen will mir das nicht. Unwillkürlich frage ich mich, ob sie weiß, dass ich gestern in diesem Club war. Vielleicht war sie auch dort. Vielleicht hat sie mich gesehen. Vielleicht …

»Du brauchst dich nicht zu entschuldigen«, erwidert sie.

Wenn sie wüsste. Das Bedürfnis, den Schaden, den ich gestern angerichtet habe, wiedergutzumachen, nagt an mir.

»Ich weiß, aber ich will es gerne.«

Sie gibt ein freudloses Lachen von sich. »Und ich? Interessiert es dich vielleicht auch, was ich will? Ich habe Pläne für heute Abend, Strider. Du kannst hier nicht auftauchen und erwarten, dass ich alles stehen und liegen lasse, nur weil dir der Sinn danach steht, mich zum Essen auszuführen.«

»Hör zu, ich verstehe, wenn du sauer bist, weil ich dich gestern versetzt habe …«

»Das bin ich nicht!« Sie schüttelt vehement den Kopf.

»Okay, was ist es dann?«, frage ich.

Sie kaut auf ihrer Unterlippe herum und bleibt mir eine Antwort schuldig. Ich betrachte ihre abweisende Haltung. Sie hat die Arme vor der Brust verschränkt und weicht meinem Blick aus.

»Du bist meine Freundin, schon vergessen?«

»Fake-Freundin!«

»Fake-Freundin. Fein. Die Leute sollten uns zumindest einmal zusammen in der Öffentlichkeit gesehen haben, bevor wir morgen Abend gemeinsam auf dem *Wavehunters*-Event aufschlagen.«

»Ich … Ich habe noch mal über alles nachgedacht und bin zu dem Schluss gekommen, dass das Ganze völlig verrückt ist und nichts bringt. Ich …« Sie atmet zittrig ein und aus.

»Machst du gerade einen Rückzieher? Du weißt schon, dass wir einen Deal haben, oder?«

Einen Deal, für den ich mich heute mit Curtis überworfen habe. Natürlich weiß Trish nicht, welches Theater er am Morgen nach der Surfstunde gemacht hat, als ich meinen Gefallen eingefordert habe, dennoch bin ich verärgert darüber, dass sie ernsthaft glaubt, sie käme aus der Nummer noch raus.

»Aber ich kann das nicht«, piepst sie verzweifelt.

»Okay, eigentlich wollte ich es dir beim Essen sagen, aber dann mache ich es eben jetzt: Ich habe mit Curtis gesprochen. Der Interviewtermin steht. Übermorgen um drei Uhr im *Mad Crush*-Haus.«

Ihre Augen weiten sich. Pure Freude spiegelt sich in ihnen. Ich sehe, dass sie glücklich ist, und ich weiß, dass sie dieses Interview braucht, und dennoch zögert sie.

»Wenn es um Dean geht, dann …«, beginne ich, doch sie unterbricht mich hastig.

»Nein! Nein, es geht nicht um ihn. Du hast zwar recht damit, dass es mir egal sein kann, was die Jungs denken, aber wenn die da auf einem Haufen sind … Das wird nicht gutgehen, Strider. Die werden …«

Mit drei schnellen Schritten überbrücke ich die Distanz zwischen uns, nehme ihr Gesicht in beide Hände und versichere ihr eindringlich: »Niemand wird auch nur irgendetwas sagen! Das verspreche ich.«

»Sie werden reden. Aus Respekt vor dir vermutlich nicht offensichtlich, doch hinter deinem Rücken werden sie sich ihre Mäuler zerreißen.«

»Was sollen sie sagen?«

Trish öffnet den Mund.

Mit Sicherheit hat sie einen ganzen Fundus an dummen Sprüchen parat, doch ich lasse sie nicht zu Wort kommen. »Du bist bildschön, klug, unglaublich witzig, und nach allem, was man hört, sehr talentiert …«

Ihr Kopf ruckt hoch, sie reißt entsetzt die Augen auf. Sie schimmern feucht.

Was geht denn hier ab, frage ich mich noch, doch da versetzt sie mir auch schon einen heftigen Stoß gegen die

Brust. Da sie mich kalt erwischt hat, taumle ich zurück, während sie davon hastet.

Einen Moment lang weiß ich nicht, was diese abgedrehte Reaktion hervorgerufen hat, dann fällt der Groschen und ich schlage mir mit der flachen Hand vor die Stirn.

Fuck! Ich wirble herum, setze ihr nach, doch sie ist bereits die Treppe hinaufgeeilt. Ich sehe noch, wie eine weiße Tür ins Schloss fällt. Der dumpfe Laut, der durch das Haus hallt, hat etwas Endgültiges an sich, und einen Augenblick lang droht die Angst, sie verloren zu haben, mich zu lähmen.

# KAPITEL 11
## FUNKENFLUG & FEUERTÄNZER

### PATRICIA | OAHU | HAWAII | 06.12.2015

Was bildet sich dieser Mistkerl eigentlich ein? Er kommt unangekündigt hierher, nachdem er mich gestern versetzt hat, und denkt, ich würde ihn mit offenen Armen empfangen. Er glaubt, ich würde mich von ihm zum Essen ausführen lassen, nur weil er mich darum bittet und sich in Schale geschmissen hat. Ja, in der schwarzen Jeans und dem gleichfarbigen Hemd, sieht er irre gut aus. Verwegen. Sexy. Und dann seine Haare … Verstrubbelt wie immer, etwas zu lang. Sie haben unverschämt im Licht der untergehenden Sonne geglänzt, als ich ihm die Tür geöffnet habe. Ja, selbst seine dämlichen Haare sind unverschämt!

Gott, wie ich diese Überheblichkeit und Arroganz, die er ausstrahlt, hasse. Das ist so typisch für diese Männer. Sie erwarten, dass alle Welt ihnen zu Füßen liegt und man den Boden anbetet, auf dem sie sich bewegen. Glauben sie wirklich, sie wären etwas Besonderes, nur weil sie gute

Surfer sind? Bilde ich mir so viel auf meine Schreibe ein? Nein! Also, warum gehen sie automatisch davon aus, dass sie immer alles bekommen, was sie wollen?

Vielleicht, weil es so ist, gibt der sarkastische Teil in mir zu bedenken.

Ich weiß, er hat recht, denn das ist das wirklich, wirklich Schlimme: Die Erfahrung hat diese Typen genau das gelehrt. Sie bekommen in achtundneunzig Prozent der Fälle genau das, was sie wollen. Ihre Sponsoren überschlagen sich fast, um ihnen jeden Wunsch zu erfüllen. Sie stellen ihnen teure Autos vor die Tür, sehen großzügig über Sexkapaden aller Art hinweg und …

Es klopft.

»Trish, lass mich rein!«, sagt Strider im Befehlston.

Im Leben nicht! Und abgesehen von allem anderen: Ich habe ihm gesagt, dass er mich Patricia nennen soll, aber so ist das mit diesen Typen: Die hören nur, was sie hören wollen und machen auch nur das, was ihnen in den Kram passt.

*Ärgerlich wische ich die Tränen* weg, die bei seinem dämlichen Kommentar wie von selbst zu fließen begannen. Nun ist es amtlich: Auch Strider hält mich bloß für die billige *Wavehunters*-Hure. Ich meine, im Prinzip war es ja nie anders. Bereits bei unserer ersten Begegnung dachte er, ich sei ein Groupie. Warum hätte er seine Einstellung seit damals ändern sollen? Immerhin habe ich ihm und dem kompletten Team mit meinem Rory-Johnson-Ausrutscher ja eindrucksvoll bewiesen, dass sie mit dieser Annahme richtig liegen.

Er klopft noch mal. So heftig, dass die Tür in meinem Rücken vibriert.

»Komm schon, Trish. Das Ganze ist gerade ein saudämliches Missverständnis. Lass mich nicht betteln und öffne die Tür.«

Seine Stimme hat etwas Drängendes.

»Fahr zur Hölle!«, fauche ich. Nur um die hitzigen Worte im nächsten Moment von ganzem Herzen zu bereuen. Genau diese hat Dean vor Russels Tod benutzt. Sie hatten einen schlimmen Streit … wegen Sam. Der Sam, mit der mein Ex nun zusammen ist, und während der Auseinandersetzung haben sie sich nicht nur geschlagen, sondern Dean hat ihm eben auch entgegen geschleudert, dass er zur Hölle fahren soll. Es waren die letzten Worte, die er an seinen kleinen Bruder gerichtet hat, und ich weiß besser als jeder andere, wie sehr er darunter gelitten hat, beziehungsweise es vermutlich immer noch tut.

Strider denkt allerdings gar nicht daran, locker zu lassen. »Du hast das in den falschen Hals bekommen«, behauptet er.

Klar!

»Trish, als ich sagte, dass ich gehört hätte, dass du Talent hast, meinte ich deine Fähigkeiten als Journalistin. Ulises Royo ist ein totaler Fan von dir. Ich selbst habe noch nichts gelesen, das aus deiner Feder stammt, aber er schwärmt in den höchsten Tönen von dem Artikel, den du über ihn verfasst hast.«

Gebannt lausche ich seinen Worten. Wische die Tränen fort und frage mich, ob es stimmt. Wollte Strider wirklich das ausdrücken, oder hat er sich die Story eben aufgrund meiner Reaktion aus den Fingern gesaugt? Natürlich weiß ich, dass Ulises den Artikel liebt. *Ein brasilianisches Wunder – Das Porträt eines Surfstars* lautete die Headline. Es war eine Geschichte, die einfacher nicht zu schreiben wäre, denn Ulises hat mir all das geliefert, was ich brauchte und die Leser lieben. Eine Kindheit in bitterer Armut, die ihn fast in die Arme der Kriminalität trieb, die Liebe zum Surfen, die ihn gerettet hat, sein hart erarbeiteter Erfolg … Auch ich liebe diese Story, aber weil sie so einfach zu erzählen war, ist all das Lob unangebracht.

Dean sah das immer anders. Er fand, dass die Geschichte sich nur so leicht erschlossen hat und erzählen ließ, weil ich einen Draht zu Ulises hatte.

»Kein anderer hätte diese Geschichte schreiben können, nur du«, hat er immer behauptet, wenn ich abgewunken habe und sagte, dass mir nie ein Artikel leichter von der Hand gegangen wäre.

In diesem Moment, in dem ich mich an seine Worte erinnere, fehlt er mir wieder einmal entsetzlich. Er war eben immer mehr, als nur der Mann, mit dem ich geschlafen habe. Er war auch mein Mentor und mein Freund und wir waren nun einmal in beruflicher Hinsicht ein verdammt gutes Team.

»Trish«, reißt Strider mich aus meinen Gedanken.

»Patricia«, korrigiere ich ihn automatisch, während ich noch mit mir ringe, ob ich die Tür öffnen soll.

Kann ich ihm trauen?

»Bitte, Patricia, mach endlich auf.«

Sein ungehaltenes Flehen zupft an meinen Mundwinkeln. Strider Sinclair, wie er leibt und lebt. Und als ich mir vorstelle, wie er da auf der anderen Seite steht, nur durch die wenige zentimeterdicke Tür von mir getrennt, und seine Geduld sich dem Ende neigt, weitet sich mein Herz.

Ich erhebe mich und öffne ihm. Einen Moment lang stehen wir uns gegenüber, starren uns einfach nur an. Seine Miene ist dominiert von Reue und Bedauern.

Ich will gar nicht wissen, was für ein Bild ich abgeben muss. Völlig verheult und …

Vorsichtig geht er einen Schritt auf mich zu. »Es tut mir so leid.«

»Was genau?«, hake ich nach, denn tief in meinem Herzen zweifle ich immer noch.

Der Gedanke, er könne in mir auch bloß ein billiges Flittchen sehen, ist für mich einfach unerträglich.

»Dass es dir so schlecht geht. Dass die ganze Sache dir so entsetzlich zusetzt. Dass du geweint hast. Dass …«

»Aber genau deshalb kann ich nicht mitkommen. Ich bin im Moment so …«, … labil, denke ich, sage jedoch: »… angeschlagen.« Zurück zu sein, ist so wahnsinnig kräftezehrend. Ich bekomme die Begegnung mit Wilder nicht aus dem Kopf, und es ist, als ob all die Gemeinheiten, all die grässlichen Erfahrungen, die ich hier gemacht habe, sich zu einem gewaltigen Berg auftürmen und mich zu erdrücken drohen. Ich schaffe das nicht!

»Eddie would go«, sagt Strider voller Überzeugung.

»Das ist natürlich ein Argument«, entgegne ich. Ein zaghaftes Lächeln umspielt angesichts des geläufigen Sprichworts meine Lippen. Ja, Eddie would go.

»Komm schon, Trish, keine Feigheit vor dem Feind!«

»Bitte nenn mich nicht immerzu Trish. Das hasse ich!«

»Wieso?«, hakt er nach.

»Weil Trish fast wie Trash klingt und ihr mich lange genug wie den letzten Dreck behandelt habt.«

Die Worte sind aus mir raus, ehe ich sie zurückhalten kann.

»Wer sagt so einen Scheiß? War es einer der Jungs?«

Ich weiche seinem durchdringenden Blick aus.

»Okay, es war also einer von den Jungs. Wer?«

»Was spielt das für eine Rolle?«

»Was das für eine Rolle spielt? Du hast den Job, den du geliebt hast, geschmissen, hast Hawaii verlassen, hast deine Familie, die mehr als nur schwer in Ordnung ist, fast vier Jahre lang nicht besucht und eine Abneigung gegen deinen Namen, den ich persönlich übrigens sehr schön finde, entwickelt … also, ich finde schon, dass …«

»Ich habe neu angefangen. In New York, als Patricia … Dieses ganze Gerede von damals ist nicht mehr von Bedeutung«, behaupte ich, doch Strider ist scharfsinnig.

»So?«

»Ja!«, entgegne ich beinahe schon trotzig.

»Trish, wegen der Dinge, die damals geschehen sind, willst du mich morgen nicht begleiten. Es ist nicht vorbei, aber du machst es nicht besser, indem du dich versteckst, oder davonläufst.«

»Du verstehst das nicht …«

»Ich … ich muss dir was sagen«, unterbricht er mich.

Strider hat die Lippen so fest aufeinandergepresst, dass sie kaum mehr als ein schmaler Strich sind. Seine Gesichtszüge sind hart und verschlossen.

»Magst du reinkommen?« Einladend öffne ich die Tür ein Stück weiter.

Er nickt, tritt ein und mein feminines Zimmer, ein Mädchentraum in Weiß, wirkt mit einem Mal völlig verändert. Strider füllt es aus, macht durch seine bloße Anwesenheit mein Reich zu seinem Reich.

Da ich keine zweideutigen Signale aussenden will, setzte ich mich in meinen Sessel, statt auf das Bett. Strider geht zum Schreibtisch hinüber, legt seine Hand auf die Lehne des Drehstuhls und verharrt in der Bewegung. Irgendetwas auf meinem Schreibtisch hat sein Interesse geweckt.

Ich brauche einige Sekunden, bis es Klick macht, dann schnelle ich hoch, stürze vor und …

»Du hast ja mehr Talente, als ich dachte.« Er nimmt die aktuelle *Wavehunters*-Ausgabe, die mit Kristies Zeichnungen versehen ist, in die Hände.

Fuck, denke ich. Und dann, dass er auf mich abfärbt. Zum Glück gelingt es mir, ein beinahe schon gleichgültiges »Danke für die Blumen, aber das war ich nicht« von mir zu geben, dabei schlägt mir das Herz bis zum Hals.

Ich kann seine Stimmung in diesem Moment nicht deuten, weshalb ich – wie immer, wenn ich nervös bin – dazu tendiere zu plappern.

»Meine Bekannte Kristie ist die Illustratorin. Was das Zeichnen anbelangt, bin ich völlig talentfrei.«

Anders als Sam, erinnere ich mich in diesem Moment. Dean hat immer davon geschwärmt, wie gut sie zeichnen kann.

Ich schüttle die Erinnerungen ab und füge hinzu: »Von mir stammen lediglich die Xe, die ich gestern in einem Anfall von akutem Hass auf Rory anstelle seiner Augen gemacht habe.«

»Du hasst uns wirklich, nicht wahr?«, fragt er leise und dieses Mal ist es sehr einfach zu verstehen, was in ihm vorgeht. Er ist verletzt.

»Es tut mir leid«, gestehe ich ihm beschämt. »Kristie hat das auf dem Flug hierher gezeichnet und …«

»Das beantwortet meine Frage nicht«, unterbricht mich Strider. »Hasst du uns? Ich meine, ich weiß, dass ich mich wie ein echter Scheißkerl verhalten habe, als wir uns zum ersten Mal begegnet sind, aber glaub mir, so bin ich schon lange nicht mehr.«

»Ich weiß und du hast dich ja auch entschuldigt. Was Rory betrifft, ist es jedoch etwas völlig anderes. Sein blödes Gelaber hat mir nun einmal alles versaut. Meine Karriere, meinen Ruf, denn sind wir ehrlich, egal was ich tue, für euch werde ich immer die Schlampe sein, die jeden ranlässt.«

»Das ist nicht wahr!«, behauptet Strider, doch er irrt sich.

»Ich wünschte, es wäre so, doch der Vorfall im *Mad Crush* Haus gibt mir recht. Wie also könnte ich Rory nicht hassen? Wegen ihm lebe ich in New York!«

Strider schluckt hörbar.

»Und ich hasse es dort«, presse ich verzweifelt hervor. »Es ist so kalt und hektisch und ich fühle mich vollkommen fremd dort. Auch nach all der Zeit ist es mir nicht gelungen, dort Anschluss zu finden. Selbst meine Wohnung ist mir fremd. Ich will nicht dort sein, aber hier …«

»Aber hier hältst du es nach allem, was geschehen ist, nicht aus, richtig?«

Ich nicke niedergeschlagen. Mein Blick wandert zu dem Magazin in seinen Händen.

»Es tut mir wirklich, wirklich leid«, wispere ich reumütig. »Dich zu verletzen war nicht meine Absicht.«

»Aber so siehst du mich. *Für dich bin ich der California Bad Boy …*«

»Und für dich bin ich bloß ein Groupie.«

»Nein, das bist du nicht! Ich war betrunken und habe Scheiß gelabert, Trish.«

»Und ich kannte dich doch noch gar nicht richtig, als das da entstanden ist.« Ich deute auf das bekritzelte Cover. »Es gab nur dieses Zusammentreffen auf dem *Wavehunters*-Event und da warst du einfach …«

»Ein großmäuliger Mistkerl.«

»Ja, du warst arrogant und selbstverliebt. Vielleicht gefällt es dir nicht, das zu hören, aber so war es.«

»Möglicherweise«, er legt die Zeitschrift zurück auf den Schreibtisch, »war ich aber auch bloß angefressen, weil alle so eine Welle wegen Russel gemacht haben.«

»Hast du dich deshalb so volllaufen lassen? Kamst du nicht damit klar, dass er plötzlich im Fokus stand?«

Striders Anspannung straft sein lapidares Schulterzucken Lügen.

»Er war dabei, Kane zu schlagen und sich erstmalig den Weltmeistertitel zu sichern«, erinnere ich ihn. »Er hatte diesen ganzen Aufstand um seine Person wirklich verdient.«

»Er war nicht dabei, Kane zu schlagen. Er war auf dem zweiten Platz in der Weltranglistenfolge.«

»In seinem zweiten Jahr auf Tour!«

»Mag sein, und dennoch war er dort nur, weil …«

»Er dich zuvor in Frankreich vernichtend geschlagen hatte«, sage ich und fange mir dafür einen feurigen Blick aus Striders babyblauen Augen ein. Selbst heute noch, Jahre später, bringt ihn diese Niederlage zum Kochen.

»*Wer kann, der kann und wer hat, der hat.* Das waren seine Worte, aber er war nicht besser. Er hatte an diesem Tag bloß einfach Glück.«

»Ja«, gebe ich ihm recht. »Rus hatte an diesem Tag das Glück auf seiner Seite, aber so ist das manchmal. Und Rus war gut. Er war nicht irgendein Kook, gegen den du den Kürzeren gezogen hast, sondern er war wahnsinnig, wahnsinnig gut.«

»Oh, bitte!«

»Das ist eine Tatsache!«

Und das weiß er auch selbst. Er erträgt es bloß nicht, dass ich es laut ausspreche. Er quittiert meine Aussage mit einem abfälligen Murren.

»Mag sein. Er war wirklich nicht allzu schlecht«, räumt Strider schließlich widerwillig ein.

»Gegen ihn verloren zu haben, war zumindest keine Schande.«

»Vielleicht, aber es hat mich angekotzt, dass er mir meine Niederlage unentwegt unter die Nase gerieben hat. Ständig musste er seine Überlegenheit raushängen lassen. Wenn einer ein selbstverliebter Trottel war, dann er.«

Leise seufzend gehe ich auf ihn zu, nehme ihm das Magazin aus den Händen und lege es mit dem Cover nach unten zurück auf den Schreibtisch.

»Ihr seid alle irgendwie so«, sage ich und schaue zu ihm auf.

Ich stehe ganz dicht vor ihm. Sein betörender Geruch vernebelt meinen Verstand, und dass ich überhaupt einen sinnvollen Satz herausbringe, ist ein Wunder.

»Und wie könntet ihr nicht so sein? Keiner von euch wäre derart erfolgreich, wenn ihr nichts draufhättet, und dass euch alle ständig erzählen, ihr wärt lebende Legenden, macht es nicht besser. Aber Russel war ganz wunderbar. Trotz all seiner Fehler, und er war ebenso unsicher und hatte Selbstzweifel – wobei er sie gekonnt zu überspielen wusste. Doch auch an ihm haben Niederlagen genagt.«

Ich betrachte Striders Miene. Keine Regung ist zu erkennen. Nicht nur Russel konnte gut bluffen. Allerdings spüre ich die nervöse Unruhe, die von Strider ausgeht, nur allzu deutlich. Einem inneren Impuls folgend greife ich nach seiner Rechten, und halte sie locker in meiner, bevor ich fortfahre.

»Ich weiß, dass Rus sich nach dem verpatzten Finale gegen Kane tagelang in Deans Wohnung verkrochen hat. Er war am Boden zerstört.«

Strider nickt. Jeder mit ein wenig Empathie könnte Russels Reaktion nachvollziehen. Der Sieg war zum Greifen nah und dann hat ihn ein dummer Fehler den Weltmeistertitel gekostet. Ich weiß nur allzu gut, wie frustriert er gewesen sein muss. Striders Daumen streicht hauchzart über meinen Handrücken.

»Dabei ist es egal, ob man auf dem ersten, dem zweiten oder dem fünfzehnten Platz ist. Dieser Rang entscheidet letztendlich nicht über die wirklich wichtigen Dinge im Leben. Er spiegelt nicht wider, ob du ein guter Mensch bist, oder ob du tolle Freunde hast, die für dich durchs Feuer gehen würden, oder ob deine Familie dich liebt, oder du gesund bist … Es ist nur ein Rang und er besagt lediglich, dass du in diesem flüchtigen Moment der Beste bist. Nicht mehr und nicht weniger. Also vergib Rus seinen temporären Höhenflug, denn letztendlich hat er mehr verloren als wir alle zusammen.«

»Wohl wahr«, stimmt Strider mir nachdenklich zu.

»Und wenn ich Kristie noch einmal Instruktionen geben könnte, dann würde ich ihr andere Dinge über dich sagen. Ich schwöre, die Worte selbstverliebt und arrogant würden ganz sicherlich nicht fallen.«

Er schweigt. Ich weiß nicht, ob es ein unversöhnliches oder ein erwartungsvolles Schweigen ist. Zumindest scheint er mir meine Entschuldigung nicht einfach machen zu wollen. Ich werde wohl zu Kreuze kriechen müssen, wenn ich nicht will, dass er ewig schmollt.

»Vielleicht würdest du einen Erste-Hilfe-Koffer in der einen Hand und ein Nudelholz in der anderen halten … Schließlich warst du bereits zweimal mein Retter in der Not.«

Ich lasse meinen Worten einen übertrieben schmachtenden Augenaufschlag folgen, wodurch ich ihn zum Schmunzeln bringe.

»Na ja, die Sache mit dem Salzteig-Zeug hat ja nicht so wunderbar funktioniert«, wirft er ein.

»Der Wille zählt.«

»Ist das so?«, fragt er und mit einem Mal verändert sich die Stimmung zwischen uns.

Vielleicht liegt es an dem dumpfen Grollen, fast schon ein Knurren, das seinen Worten ein verführerisches Timbre verleiht und mir Gänsehaut über den Rücken jagt. Strider drückt meine Hand fester, und einen Moment lang vergesse ich, vor lauter japsendem Herz und unterdrücktem Schauer zu atmen.

»Geh mit mir essen«, bittet er mich.

»Ich kann nicht. Ich bin mit Kristie und den anderen verabredet«, erkläre ich bedauernd. »Wir treffen uns zu einem Luau. Es ist so ein Touristen-Ding in dem Resort, in dem Jacob gearbeitet hat.«

»Und wer fährt dich?«

»Die Mädels holen mich ab. Sie müssten jeden Moment hier sein. Wie viel Uhr haben wir?«

Strider wirft einen Blick auf seine Uhr.

»Kurz nach sieben.«

»Sie sind ohnehin schon zu spät.«

Kaum habe ich den Satz ausgesprochen, klingelt es an der Tür.

»Mist«, fluche ich, denn ich bin noch nicht abmarschbereit.

»Ich muss mich noch umziehen«, erkläre ich auf seinen fragenden Blick hin.

»Dann mache ich wohl mal besser auf.« Er zwinkert mir zu und verschwindet aus meinem Zimmer, das sich mit einem Mal viel zu groß und viel zu leer anfühlt.

Die Tür fällt hinter ihm ins Schloss, während ich meinen Kleiderschrank öffne und einen Moment lang stöhnend dessen Inhalt anstarre. Es gibt gute Gründe, warum diese Kleidungsstücke es nicht geschafft haben, mich nach New York zu begleiten. Den meisten von ihnen bin ich entwachsen. Nicht, was die Größe anbelangt. Die passt noch, aber ich bin inzwischen einfach einige Jahre älter und vieles würde ich daher nicht mehr tragen.

Von unten höre ich frenetisches Juchzen. Er hat die Haustür also geöffnet. Bei der Vorstellung, wie die drei über ihn herfallen und ihn mit Fragen überhäufen, muss ich schwer an mich halten, nicht einfach loszukichern.

Vor allem Jenny wird ihn gehörig durch die Mangel drehen. Ich hoffe bloß, sie plaudert nichts über den

Sextraum aus … zutrauen würde ich es ihr ja. Doch so unverfroren wäre nicht einmal sie. Oder? Kurz ergreift Panik von mir Besitz, dann beschließe ich, in diesem Fall dreist zu behaupten, ich wüsste nicht, wovon sie spricht und dass sie ihre Tabletten nicht genommen *hätte*.

Bei meiner hektischen Suche stolpere ich über das hautenge Stretchkleid, dass ich bei Striders und meiner ersten Begegnung anhatte. Ein Paradebeispiel für ein Kleidungsstück, das ich heute nicht mal mehr unter Zwang anziehen würde. Wobei … Als Basis ist es eigentlich nicht schlecht.

Und so komme ich ein paar Minuten später mit dem Kleid, von dem man bloß den Rock sieht, die Treppe hinunter. Darüber trage ich eine weite, leichte Bluse in knalligem Rot, die ich aus dem Kleiderschrank meiner Mutter gemopst habe. Auch die schwarze Lederjacke gehört ihr. Beides verleiht dem Stretchkleid einen rockigen Touch.

Jenny stößt bei meinem Anblick einen schrillen Pfiff aus.

»You rock, girl!«, grölt sie.

Amy schließt mich zur Begrüßung herzlich in die Arme und bekundet, wie hübsch sie mein Outfit findet und von Kristie bekomme ich zwei nach oben gestreckte Daumen.

Strider hingegen macht Stielaugen, was die beste Reaktion ist, die ich mir vorstellen kann. Ich genieße, wie er mich abcheckt. Seine bewundernden Blicke liebkosen meinen Körper und ich beglückwünsche mich zu meiner Wahl. Einen Moment lang gönne ich mir ein Bad in seiner Aufmerksamkeit, ehe ich zum Aufbruch blase.

Doch das bedeutet auch zugleich Abschied von Strider. Als wir vor der Tür sind und ich in meine Schuhe schlüpfen will, bin ich überrascht, als er vor mir auf ein Knie geht und mir dann hilft, die Riemchen zu schließen.

Die Mädels ergehen sich in Seufzern und machen keinen Hehl daraus, wie romantisch sie es finden, dass er mir zur Hand gegangen ist …

Er lässt ihre Kommentare seelenruhig über sich ergehen, während ich erröte. Denn während sie ihn lobpreisen, liebkosen seine Fingerspitzen dreist meine Fesseln. Meinen warnenden Blick ignoriert er. Stattdessen schaut er zu mir hinauf, und ich habe nie etwas Verführerisches gesehen, als den verlangenden Ausdruck in seinen Augen.

»Danke«, kiekse ich ziemlich willenlos, als er sich wieder vor mir aufrichtet.

»Sehr gerne«, beteuert er.

Ich sehe ihm an der Nasenspitze an, dass er den Zustand, in den er mich versetzt hat, genießt. Seine Augen blitzen amüsiert.

»Begleiten Sie uns doch, Strider«, kommt es von Jenny.

Ich werfe ihr einen überraschten Blick zu. Sie übergeht den Bist-du-völlig-wahnsinnig-Ausdruck darin, und schenkt mir ein zuckersüßes Lächeln.

Ich für meinen Teil brauche dringend Abstand von Strider. Sonst begehe ich noch eine Dummheit, die ich hinterher bitter bereuen werde.

Nie wieder ein Profi-Surfer!, erinnere ich mich an das Versprechen, das ich mir selbst gegeben habe.

Zum Glück ist Strider vernünftig, denn er erwidert: »Nein, das kann ich unmöglich machen. Einen Mädelsabend zu crashen, gehört sich einfach nicht.«

»Nicht einmal für einen verwegenen Draufgänger wie Sie?«, flirtet Jenny schamlos.

»Nun ja …«, räumt er ein.

»Oh, bitte! Geben Sie sich einen Ruck«, fällt mir nun auch Amy in den Rücken und Kristie nickt bekräftigend.

»Wir würden uns so freuen«, wirft sie ein.

»Sie können Amy das nicht abschlagen«, sagt Jenny. »Sie ist schließlich die Braut.«

»Na ja, noch bin ich nicht die Braut aber …«

»Aber abschlagen darf er es dir dennoch nicht«, behauptet Kristie.

»Ja, das stimmt natürlich«, gibt Amy ihren Freundinnen recht. »Es wäre wirklich sehr, sehr unhöflich, wenn …«

»Nun ja, wenn das so ist«, unterbricht Strider ihre Bemühungen, ihn zum Mitkommen zu überreden, »dann schließe ich mich sehr gerne an.«

Was? Nein! Wieso? Verdammt! Atmen!

Wie zur Hölle ist das gerade passiert und warum bringe ich keinen Widerspruch über die Lippen?

Während mein Verstand weiß, dass das böse enden wird, ja mehr noch, böse enden muss, jubiliert mein Herz.

Amy und Kristie bugsieren mich in ihren Mietwagen, wohingegen Jenny sich Strider schnappt. Sie hakt sich vertraulich bei ihm unter und begleitet ihn zu dem Sportwagen, mit dem er hergefahren ist. Mir ist absolut klar, warum sie uns voneinander trennen. Sie wollen uns unabhängig voneinander auf den Zahn fühlen, und kaum sind die Türen geschlossen, geht das Verhör auch schon los. Ohne langes Vorgeplänkel fallen beide über mich her und ich fürchte, Strider geht es mit Jenny nicht viel besser. Sie ist so viel unverfrorener als die beiden, die mich in die Mangel nehmen. Sollte sie ihm allerdings von meinem Sextraum erzählen, dann werde ich sie den Haien zum Fraß vorwerfen oder versehentlich in einen Vulkan schupsen. Zwar wäre dafür ein Ausflug nach Big Island nötig, aber das wäre es mir wert.

»Sie wird ihm doch nichts von dem Sextraum erzählen?« Ich beuge mich zwischen den Sitzen nach vorne und werfe Kristie und Amy einen besorgten Blick zu.

Kristie plustert die Wangen auf und lässt langsam die Luft entweichen. »Tja, Schätzchen, darauf würde ich nicht wetten. Aber keine Sorge. Es könnte schlimmer sein.«

»Ach ja?«, ächze ich, denn mir fällt absolut nichts ein.

»Ja, sie könnte ihm beispielsweise auf der Fahrt einen Blowjob verpassen.«

Ich schnappe geschockt nach Luft, was die beiden zum Lachen bringt.

»Dann hätten wir das zumindest geklärt«, meint Kristie zufrieden.

»Was hätten wir geklärt?«

»Sie meint, dass er dir offensichtlich etwas bedeutet«, hilft Amy mir auf die Sprünge.

»Mag sein«, gebe ich zu. Es bringt ja nichts, es abzustreiten. »Aber da wird nichts laufen.«

»Klar!«

Ich ignoriere die Ironie. »Das ist mein Ernst, Kristie.«

»Und warum nicht, wenn ich fragen darf?«

Weil ich mal was mit Rory Johnson hatte und Strider nicht glauben soll, dass ich für jeden dahergelaufenen Profi-Surfer die Beine breitmache, denke ich bitter, schweige mich jedoch aus.

»Aber er ist verrückt nach dir, meine Liebe. Du kannst doch einen heißen Kerl wie ihn nicht am ausgestreckten Arm verhungern lassen«, redet Amy mir gut zu.

Ein gequältes Stöhnen kommt mir über die Lippen, ich schließe resigniert die Augen und versuche, meine Frustration unter Kontrolle zu bekommen.

»Wenn ich mit ihm schlafen würde, dann würde ich all das bestätigen, was er über mich denkt, also …«

»Was denkt er denn über dich?«

»Na ja, dass ich ein Groupie bin. Ich meine, ich hatte Sex mit Rory Johnson und unglücklicherweise wissen davon eine ganze Menge Leute.«

»Gab es ein Sextape?«, platzt Kristie heraus und ich frage mich, ob Jenny ihr Unterricht im Unangemessene-Fragen-Stellen gegeben hat.

»Nein, natürlich nicht! Er hat bloß mit seiner Eroberung vor seinen Buddys geprahlt. Seitdem denken die Jungs, dass ich … nun ja, halt dass ich …«

»Dass du leicht zu haben bist.« Amy sieht mich mitfühlend an.

»Männer sind solche Arschgeigen!«, ruft Kristie empört aus.

»Ja, und Surfer sind die schlimmste Sorte Mann, die einem unterkommen kann!«

Ich wende meinen Blick ab und schaue zum Fenster hinaus. Zuckerrohr- und Ananasfelder ziehen an uns vorbei, während wir nach Kapolei fahren.

»Das ist in der Tat ein Dilemma. Aber er war so süß, als er sich vor dich gekniet und dir mit den Riemchen geholfen hat.«

»Er war bloß so nett, weil er weiß, dass ich das mit dem Gipsverband nicht hinbekommen hätte.«

»Mag sein, aber immerhin war er nett«, sagt sie.

Was in der Tat ein Argument ist, das sich nicht von der Hand weisen lässt.

»Ja, er ist oft sehr nett, was es nicht gerade einfacher macht, ihm zu widerstehen.« In diesem Augenblick spüre ich die Zerrissenheit nur allzu deutlich. Ich sollte das nicht fühlen, was ich empfinde. Aber Gefühle kann man nun einmal nicht abstellen und je mehr Zeit ich mit Strider verbringe, desto mehr gerate ich in seinen Sog. Das nervöse Flattern, das bei seinem Anblick jedes Mal meinen Bauch kitzelt, lässt sich ebenso wenig ignorieren wie mein wild pochendes Herz.

Als wir schließlich am *Aloha Flair Resort* ankommen, schlägt mein Herz wie zum Beweis derart heftig, dass ich glaube, es würde selbst die Klänge der Trommeln in der Ferne übertönen.

Strider und Jenny kommen lachend zu uns herüber.

Das gefällt mir nicht. Das gefällt mir ganz und gar nicht.

Ruhig bleiben!

»Er ist witzig, du solltest ihn behalten.« Jenny hakt sich bei Amy und Kristie unter und tuschelnd streben sie in Richtung der rhythmischen Laute davon.

»Und? Was hat Jenny erzählt?«, frage ich Strider neugierig, als das unheilige Trio außer Hörweite ist.

»Was gäbe es denn, was sie mir erzählt haben könnte?«, erkundigt er sich verschmitzt grinsend.

»Nichts«, behaupte ich, werde jedoch unter seinem durchdringenden Blick rot.

Er tritt näher an mich heran, seine Finger streifen meine.

»Nichts?«, bohrt er, während seine Finger mit meinen spielen.

Der Hautkontakt mit ihm sendet Hitzewellen durch meinen Körper und ich erinnere mich nicht, dass ich jemals eine Berührung so intensiv wahrgenommen habe.

»Rein gar nichts«, wispere ich und schaue zu ihm hoch.

Er ist nicht viel größer als ich, bloß einen halben Kopf. Eigentlich entspricht er dadurch nicht wirklich der Art Mann, die ich anziehend finde, und doch gab es bisher keinen, der auch nur annähernd solches Verlangen in mir geschürt hätte.

Möglicherweise, denke ich, liegt der größte Reiz darin, dass ich ihn mir verboten habe. Und weil das so ist, entziehe ich ihm meine Hand und wende mich ab, um den anderen zu folgen.

Strider hält mich zurück. »Hey!«

»Ja?«

»Du bist meine Freundin, schon vergessen?«

Mein Herzschlag verdreifacht sich bei seinen Worten. Um mich selbst auf den Boden der Tatsachen zurückzuholen, korrigiere ich ihn. »Fake-Freundin.«

»Richtig.« Er klingt, als wäre es ihm auch erst wieder in den Sinn gekommen, nachdem ich ihn darauf hingewiesen habe. »Aber du sagtest, dass ich deine Hand halten darf.«

»Ja, wenn es unbedingt nötig ist.«

»Es ist unbedingt nötig«, befindet er und verschränkt seine Finger mit meinen. Ich sehe einen Moment lang auf unsere miteinander verflochtenen Hände hinab und überlege, wie ich diese Berührung, die sich durch meinen

Körper brennt und die Begierde ins Unermessliche schürt, unterbinden kann.

»Bitte, Trish, lass mich deine Hand halten«, raunt Strider mir zu, und weil er so lieb bitte sagt und ich es auch will, lasse ich ihn gewähren, und auch das verhasste Trish überhöre ich ausnahmsweise großzügig.

Einen weiteren Platz für ihn zu bekommen, ist zum Glück kein Problem – was vermutlich an seinem Promistatus liegt, denn der Angestellte, den wir deshalb ansprechen, entpuppt sich als Fan, der sich nicht zu schade ist, Strider um ein gemeinsames Foto zu bitten.

Kaum habe ich dem Mann sein Smartphone zurückgegeben, ergreift Strider meine Hand erneut, was die Mädels tuscheln lässt. Ich werfe ihnen mahnende Blicke zu, doch irgendwie verfehlen diese am heutigen Tag ihre Wirkung, denn sie amüsieren sich auch weiterhin prächtig und analysieren jedes Wort und jede Berührung ausgiebig.

»Schlimmer als die WSL-Kommentatoren«, meint Strider und zwinkert mir zu.

»Definitiv.«

»Was sie wohl sagen würden, wenn ich dich küssen würde?«

»Da es ein heftiger Wipe-Out werden würde, denn schließlich darfst du mich nicht küssen, würden sie wohl etwas in der Art sagen wie … *Autsch! Das muss wehgetan haben. Ob sich Strider Sinclair von diesem herben Rückschlag erholen wird? Was meinst du, Bill?*«

Zum Glück nimmt Strider meine Gewaltandrohung mit Humor, auch wenn er sagt, dass meine Regeln zum Himmel stinken.

»Doch ehrlich, ich mag deine Regeln nicht«, fügt er, auf mein Lachen hin, hinzu.

»Tja, damit wirst du wohl leben müssen«, erwidere ich, wohlwissend, dass er sich sowieso nicht an sie hält.

Wir folgen dem Strom der Besucher durch die Lobby hindurch auf die Rückseite des großzügigen Resorts. Dort wurden für das Fest unzählige Tische eingedeckt. Je näher wir kommen, umso lauter wird das kraftvolle Trommeln, das ein einziger Musiker einer Reihe von Standtrommeln, den sogenannten Pahu, entlockt.

Als wir die Terrasse betreten, empfangen uns polynesische Schönheiten in langen Wickelkleidern, die uns zur Begrüßung jeweils eine Lei aus Muscheln umhängen.

»Mahalo«, sage ich. Der traditionelle Kranz hängt locker über meinen Schultern.

Strider bedankt sich ebenfalls mit einem Mahalo. Als ich mich zu ihm herumdrehe, stockt mir der Atem. Im Schein der unzähligen Fackeln, die die Szenerie erhellen, und mit dem Schmuck um seine breiten Schultern wirkt er wie ein König.

Er strahlt eine solche Stärke aus, dass es mir in diesem Augenblick unmöglich erscheint, ihm zu widerstehen.

Reiß dich zusammen, ermahne ich mich, doch als er meine Hand ergreift und mich die breiten Stufen auf die Grünfläche hinabführt, wo die Tische stehen, wünsche ich mir, dass er sie für immer halten würde.

Möglicherweise empfindet er ebenso, denn er lässt sie den ganzen Abend über nur los, wenn es unausweichlich ist. Dies sind dann die Momente, in denen ich mir nichts sehnlicher wünsche, als dass er seine Finger wieder mit meinen verwebt und mit seinem Daumen sanft über meinen streichelt.

Ich versuche, die neugierigen Blicke meiner neuen Freundinnen zu ignorieren, doch das ist nicht einfach, denn die Augen aller drei ruhen unablässig auf uns. Erst als die Show beginnt, stehen wir nicht länger im Mittelpunkt ihrer Aufmerksamkeit.

Unsere kleine Runde genießt das leckere Essen und die stimmungsvolle Vorführung der Hula-Tänzerinnen, die das Publikum mit ihren anmutigen, fließenden Bewegungen verzaubern.

Als der Hotelfotograf zu uns an den Tisch kommt und Strider und mich bittet, enger zusammenzurutschen, zieht mein Begleiter mich besitzergreifend an seine Seite. Ich bin ihm so nah, dass meine Nase fast seinen Hals berührt.

Der Wunsch, die gebräunte Haut dort zu küssen, lodert in mir auf, wird im Bruchteil einer Sekunde zu einem Drängen, dem ich mich nur unter Aufbietung all meiner Willenskraft widersetzen kann.

»Miss, schauen Sie mal zu mir!«

Nur äußerst widerwillig folge ich der Aufforderung des Fotografen und wende mich ihm zu.

Amy bittet ihn um ein Foto der ganzen Truppe und wir rotten uns etwas abseits des Luau zusammen, wo der Mann einige Fotos von uns schießt, bevor er noch einmal ein paar Ganzkörperaufnahmen des – wie er sagt – hübschen Paares machen will. Weder Strider noch ich korrigieren ihn.

»Abzüge können Sie nach der Vorführung an der Hotelrezeption erwerben«, lässt er uns wissen, ehe er sich anderen Gästen zuwendet.

Gerade rechtzeitig zu Beginn der Feuertänzer-Show kommen wir zurück an den Tisch.

Die New Yorkerinnen sind begeistert von den samoanischen Tänzern und ihrer feurigen Darbietung. Die brennenden Fackeln wirbeln durch die Luft, wechseln von einem Mann zum anderen und erhellen dabei deren Gesichter. Viele von ihnen tragen traditionelle Tätowierungen auf dem muskulösen Rumpf und den durchtrainierten Armen. Die wild pulsierenden Trommeln verleihen dem Tanz etwas zutiefst Kriegerisches, das im krassen Kontrast zu den weichen, fließenden Bewegungen der Hula-Vorführung steht, die wir zuvor gesehen haben.

Amy, Jenny und Kristie haben nur Augen für die Männer auf der Bühne. Ich sehe zu Strider, der wiederum mich betrachtet. Ertappt wendet er den Blick ab und ich schmelze dahin. Ich drücke seine Hand und als er wieder zu mir schaut, lächelt er breit. Er sieht in diesem Moment so glücklich aus, dass ich diesen für alle Ewigkeit konservieren möchte.

Leider vergeht der Rest des Abends wie im Flug und viel, viel zu schnell neigt sich das Fest dem Ende zu. Nachdem die letzten Klänge verhallt sind, bedankt sich der Manager des Hotels für das Kommen der Gäste und bei den Tänzern für ihre wundervolle Vorführung. Applaus brandet auf und kurz darauf drängen bereits zahlreiche Besucher nach draußen, während wir noch am Tisch sitzen bleiben.

Unerwartet gesellt sich der Fotograf zu uns und überreicht Strider mehrere Mappen. Strider bedankt sich mit einem Mahalo und wendet sich dann uns zu.

»Vielen Dank, Ladies, für diesen wundervollen Abend«, sagt er und händigt jeder von uns eine der Mappen aus. Neugierig nehmen wir, nachdem wir ihn mit überschwänglichem Dank überschüttet haben, den Inhalt in Augenschein.

Er hat nicht nur die Fotos des heutigen Abends erworben, sondern auch die DVD mit einem Video der Vorführung, auf der sich auch ausgewählte Musikstücke und zahlreiche Fotos der Show befinden, die vermutlich deutlich besser sind, als das, was die Touristen gemeinhin zustande bringen.

Die Aufnahmen von uns zumindest sind wirklich gut. Die, die ich von Strider und meinen Flug-Bekanntschaften zum Abschluss mit Amys Smartphone mache, können damit bei Weitem nicht mithalten. Dabei hat Dean mir während unserer Beziehung den einen oder anderen Trick beigebracht, den er sich bei seiner Schwester, die Fotografin ist, abgeschaut hat. Ganz unbedarft bin ich also nicht und vermeide zumindest die gröbsten Anfängerfehler, trotzdem dauert es ewig, bis ich ein halbwegs brauchbares Foto hinbekomme. Natürlich gibt sich der überkritische, superperfektionistische Anteil in mir mit einem mittelmäßigen Foto nicht zufrieden.

»Moment noch. Ich habe es gleich«, sage ich, als Strider ungeduldig wird.

»Soll ich das vielleicht übernehmen? Ich schaffe das mit links.«

Zum Glück knufft Jenny ihn für seine Frechheiten. Er zuckt heftig zusammen.

»Toll! Nun ist es verwackelt! Hast du wunderbar hinbekommen«, ziehe nun ich ihn auf, woraufhin er lacht und sagt: »Schiebst du mir jetzt dein Unvermögen in die Schuhe? Bist du so Eine?«

Ich strecke ihm die Zunge raus.

»Einfach mal die Klappe halten, Mister Sinclair«, instruiere ich ihn, »denn nun hattest du den Mund auf, und das sieht nicht gerade vorteilhaft aus.«

»Wenn ich nicht vorteilhaft aussehe, dann liegt das allein an deinen Fähigkeiten«, behauptet er dreist und zieht eine alberne Grimasse, die jeden noch so schönen Menschen entstellen würde.

»Sei jetzt lieb und schau hübsch aus«, weise ich ihn an.

Mit vereinten Kräften bekommen wir es dann doch noch irgendwie hin, ein brauchbares Bild zu fabrizieren.

Obwohl ich das Foto gemacht habe, ist er es, bei dem sich die Mädels bedanken.

»Es war mir eine Ehre.«

Kurz darauf stehen wir auf dem Parkplatz und es ist Zeit, Abschied zu nehmen.

»Es macht dir doch sicherlich nichts aus, Patricia heimzubringen, oder Strider?«, fragt Jenny und zwinkert mir unverhohlen zu.

»An dir ist wirklich die geborene Kupplerin vorbeigegangen«, witzelt Amy auf Jennys plumpen Versuch hin, Amor zu spielen.

Kristie kichert und ich erröte aufgrund der wenig subtilen Andeutungen.

Strider bedenkt Jenny mit einem unwiderstehlichen Lächeln. »Nichts anderes hatte ich vor.«

»Und ich? Ich werde gar nicht gefragt?« Gespielt empört stemme ich die Hände in die Hüften.

»Nein, du musst froh und dankbar sein, dass sich einer von uns erbarmt und dich heimfährt, denn anders als du, schaffe ich es mit links, ein Auto zu lenken.« Er deutet auf Jenny: »Und sie auch!« Und dann auf Amy: »Und sie ebenfalls. Und …«

»Ich habe keinen Führerschein«, fällt Kristie ihm ins Wort. Erklärend fügt sie hinzu: »Unbezahlte Knöllchen.«

»Egal, ich denke, ich habe meinen Standpunkt klargemacht, oder? Wir drei …« Er macht eine Geste, die ihn, Jenny und Amy umfasst. »… schaffen das mit links.«

»Du bist sooo witzig!«, meine ich augenrollend und überlege kurz, ob ich ihn mit meinem Gips verhauen sollte.

»Ich weiß! Und attraktiv und erfolgreich und …«

»Wahnsinnig bescheiden«, unterbreche ich ihn und füge hinzu: »Darauf stehe ich bei Männern am meisten.«

»Hat jemand Popcorn?«, fragt Jenny in die Runde hinein.

Amy beginnt in ihrer Tasche nach dem Schlüssel zu suchen. »Ich glaube, wir sollten jetzt gehen und die beiden ihrem Schicksal überlassen.«

»Oh, Strider glaubt nicht an das Schicksal«, werfe ich ein.

»Wenn er meint …« Amy schmunzelt, tritt auf mich zu und schließt mich in die Arme.

»An deiner Stelle würde ich mir gut überlegen, ob du an deinem Vorhaben festhältst. Er ist verrückt nach dir«, flüstert sie mir zu.

Ich drücke sie ganz fest und bin gerührt von ihrer Anteilnahme. »Mache ich«, verspreche ich ihr. »Ich wünsche dir eine wunderschöne Hochzeit.«

Auch von den beiden anderen verabschiede ich mich mit einer Umarmung und jede von ihnen gibt mir noch einen gutgemeinten Ratschlag mit auf den Weg.

Jenny ermahnt mich, die ganze Sache nicht in den Sand zu setzen, weil sie ihn sich sonst umgehend schnappen würde.

»Er ist so eine Sahneschnitte.«

Und Himmel, ja das ist er!

Kristie lässt mich wissen, dass sie der festen Überzeugung ist, dass das Schicksal sehr wohl seine Finger im Spiel hatte.

Dann trennen sich unsere Wege. Strider, der mitbekommt, wie sehr mich der Abschied bewegt, legt mir einen Arm um die Schulter und Seite an Seite gehen wir durch die vom Vollmond erhellt tropische Nacht zu seinem Wagen.

# KAPITEL 12 VOLLMONDMAGIE & VERGANGENHEITSBEWÄLTIGUNG

## STRIDER | OAHU | HAWAII | 06.12.2018

Beide Hände am Lenkrad zu lassen, fällt mir auf der Fahrt zu Trishs Elternhaus, die sich ewig hinzuziehen scheint, unendlich schwer.

Mit jeder Faser meines Körpers sehne ich mich danach, sie zu berühren. Und natürlich will ich mich nicht damit zufriedengeben, lediglich ihre Hand zu halten. Obwohl das so ist, obwohl alles in mir danach drängt, sie zu küssen und sie dann um den Verstand zu vögeln, bin ich dankbar für die spärlichen Berührungen, die sie zulässt.

Trotzdem gab es im Verlauf des Abends mehrfach Situationen, in denen ich beinahe die Beherrschung verloren und sie geküsst hätte. Noch nie in meinem Leben habe ich mich so heftig danach gesehnt, die Lippen einer Frau zu kosten, und ich frage mich schon die ganze Zeit, ob sie mir gestatten wird, es zum Abschied zu tun.

Dass sie mich nicht hereinbitten wird, ist mir klar. In diesem Punkt gebe ich mich keinen Illusionen hin. Ihre

Eltern sind zwar nett, doch ich kann mir nicht vorstellen, dass sie es gutheißen würden, wenn Trish unter ihrem Dach Sex hat. Meine Mom zumindest ist jedes Mal ausgeflippt, wenn ich ein Mädchen mitgebracht habe.

*Verhurter Mistkerl.*

*Du bist genau wie dein Vater.*

Ich atme tief durch und verdränge die verbalen Tiefschläge.

Ich wünschte, ich hätte Trish vorgeschlagen, die Nacht gemeinsam im Hotel zu verbringen. Mir graut es davor, allein ins *Mad Crush*-Haus zurückzukehren. Ich würde jedoch mein Leben darauf verwetten, dass sie mich niemals dorthin begleiten würde, und irgendwie steht mir auch nicht der Sinn danach, sie dort zu vernaschen, wo ich bereits etliche Groupies gevögelt habe.

Wir haben ihr Elternhaus fast erreicht und ich zermartere mir den Kopf, wie ich verhindern kann, dass der Abend endet, als der weiße Hai mich kalt erwischt. Ich brauche einen Moment, um mich zu fangen und den Anruf wegzudrücken.

»Deine Ex?«, erkundigt sich Trish und für einige Herzschläge weiß ich nicht, von wem sie spricht, dann erinnere ich mich an die krude Story, die ich ihr im Bezug auf Willow aufgetischt habe.

»Nein«, ächze ich. »Schlimmer.«

»Schlimmer als deine Psycho-Ex?«

»Yep. Das war meine Mutter.«

»Oh«, meint Trish betreten.

Das Telefon gibt erneut die bekannte Titelmelodie von sich. Ich schalte es aus.

»Solltest du nicht rangehen?«

»Definitiv nicht! Sie hat einen Riecher dafür, wenn es mir gutgeht und ich Spaß habe. Das ist etwas, das sie nicht erträgt, und ich will mir den Abend nicht ruinieren lassen.«

Ich werfe ihr einen kurzen Seitenblick zu, als ich mich daran erinnere, mit wem ich gerade rede. Sie ist Reporterin und auf der Suche nach einer guten Story.

»Das bleibt doch unter uns, oder?«, versichere ich mich.

»Natürlich!«

Klar, für *Hot Stars* taugt der Stoff, den ich zu bieten habe, ja auch wohl kaum.

Einen Moment lang schweigen wir, dann ergreift Trish das Wort. »Es tut mir leid, dass du so ein schlechtes Verhältnis zu ihr hast.«

»Dafür kannst du ja nichts«, entgegne ich gedankenverloren, denn natürlich hat Mom es wieder einmal geschafft: Ich sorge mich.

Sie wird nur betrunken sein, beruhige ich mich.

»Aber dennoch kann es mir leidtun, oder?« Sie legt ihre Hand auf meinen Unterarm. »Es ist schließlich unübersehbar, wie nah dir der Anruf geht.«

Ich zucke mit den Schultern. Die gleichgültige Geste steht in krassem Widerspruch zu meinem aufgewühlten Inneren.

Der Schatten des Anrufs verpestet die Atmosphäre im Auto. Wo vorher Leichtigkeit und eine deutlich spürbare Verliebtheit regiert haben, breitet sich nun ein beklemmendes Gefühl aus. Ich hasse alles an der Tatsache, dass meine Mutter so viel Macht über mich hat. Dass sie, auch wenn ich den Anruf nicht angenommen habe, in der Lage ist, die heitere Stimmung zu trüben.

»Magst du darüber reden?«

»Eigentlich nicht.«

»Und uneigentlich?«

Uneigentlich möchte ich, dass Trish Bescheid weiß – zumindest rudimentär. Und ich möchte, dass sie ihre Hand auf meinem Arm lässt, was sie jedoch nicht tut. Die Nacht absorbiert die Wärme ihrer Haut rasend schnell. Die Stelle, wo ihre Hand lag, fühlt sich kalt und verloren an.

»Sie ist Alkoholikerin«, sage ich, während ich versuche, mit dem Gefühl der Leere klarzukommen, das auf meinem Arm züngelt. »Das war sie schon immer. Seit ich denken kann, ist sie dabei, sich zu Grunde zu richten.«

Ich parke den Wagen vor Trishs Elternhaus. Ihre Familie ist so anders. Hier stimmt einfach alles. Trish ist Dads kleine Prinzessin. Man sorgt sich um sie. Liebt sie.

»Lass uns doch noch spazieren gehen«, schlägt Trish vor.

Ich öffne den Mund, bereit zu erwidern, dass ich das liebend gerne tun würde, als sie hinterherschiebt: »Spazieren gehen ist kein Synonym für Sex. Es ist bloß so eine schöne Nacht und vielleicht bekommst du so den Kopf frei.«

»Was ist ein Synonym?«, frage ich, ohne auf ihren Vorschlag einzugehen.

»Erkläre ich dir auf der Fahrt zum Strand«, meint sie lachend.

Eine Viertelstunde später laufen wir Hand in Hand und barfuß durch den weichen, kalten Sand. Der Vollmond macht jedem Flutlichtscheinwerfer Konkurrenz und es ist beinahe taghell.

Ich weiß nun, was ein Synonym ist. Aus Trishs Bildungsstunde hat sich ein kleines Spiel entwickelt.

»Verabscheuungswürdig«, sage ich.

»Rory Johnson«, erwidert sie wie aus der Pistole geschossen.

»Komm schon. Das war lustig!«, sagt sie, weil ich nicht lache, und das wäre es mit Sicherheit auch, wenn nicht ich derjenige wäre, den sie in Wahrheit verabscheuen müsste.

Cullens Rat drängt sich in mein Bewusstsein. Ich weiß, ich muss es ihr sagen, doch ich weiß beim besten Willen nicht wie. Während ich noch nach den richtigen Worten suche, gibt Trish mir einen neuen Begriff vor.

»Surfen.«

»Das ist einfach«, brumme ich und fühle mich ein wenig in meiner Ehre gekränkt. Traut sie mir nicht mehr zu?

»Ist es das?«

»Wellenreiten.«

»Möp!«

Der Ton klingt wie aus einer Quizshow, wenn der Kandidat eine falsche Antwort gibt.

»Natürlich ist das richtig!«, fauche ich.

»Das ist das, was du denkst und würde ich Wellenreiten meinen, wäre es das auch, aber ich wollte ein Synonym für das Surfen im Internet wissen.«

Ich bleibe stehen, unsere Hände verlieren den Kontakt, weil Trish erst ein paar Schritte von mir entfernt zum Stehen kommt. Als sie sich mir zuwendet, sehe ich den Schalk, der in ihren Augen blitzt. Sie will spielen? Da ist sie genau an den Richtigen geraten.

»Das hast du aber nicht gesagt«, meine ich vorwurfsvoll und entlocke ihr ein schelmisches Grinsen.

Sie zuckt die Achseln. »Du hast ja auch nicht gefragt.«

»Du hast mich reingelegt«, stelle ich gespielt empört fest.

»Vielleicht.« Betont unschuldig klimpert sie mit den unverschämt langen Wimpern. »Möglicherweise habe ich mir aber nur deinen Irrglauben, du wüsstest auf alles die richtige Antwort, könntest alles besser und hättest immer alles unter Kontrolle, zunutze gemacht.«

»Du Biest!«, stoße ich hervor. »Na warte, das wirst du mir büßen.«

Ich mache einen Satz in ihre Richtung, doch da wirbelt sie bereits herum und hechtet davon. Ich setze ihr nach, jage sie. Es wäre ein Leichtes für mich, sie zu erhaschen, doch das ist nicht der Sinn dieses Spiels und so lasse ich sie immer wieder knapp entkommen. Sie quietscht ausgelassen, als es ihr vermeintlich gelingt, mir wieder zu entwischen. Irgendwann jedoch schnappe ich sie. Ich schlinge meine Arme um ihren Körper, ziehe ihren Rücken an meinen Rumpf, hebe sie hoch und wirble gemeinsam mit ihr herum. Sie jauchzt übermütig, und ich glaube, das ist der Moment, in dem ich ihr endgültig und unwiderruflich verfalle.

Schweratmend und an sie geklammert, bleibe ich nach einigen Runden stehen. Der Drehschwindel zwingt mich schließlich doch in die Knie. Trish kommt auf meinem Schoß zu sitzen, legt ihren Hinterkopf auf meiner Schulter ab und blickt zum Himmel.

Ihre Wange schmiegt sich an meine und ich hoffe, dass mein Dreitagebart sie nicht allzu sehr kratzt. Meine Hände liegen auf ihrem Bauch, der sich unter ihren Atemzügen rasch hebt und senkt, und auf meinen Händen wiederum liegen ihre.

Ich könnte sie ewig so halten.

»Browsen«, sagt sie nach einer Weile.

»Was?«

»Das wiederum heißt ›wie bitte‹ und ist kein Synonym, sondern eine Frage des Anstands.«

»Ich bin ein Profi-Surfer«, erinnere ich sie.

»Und das entschuldigt schlechtes Benehmen?«

»Unbedingt! Außerdem bist du doch ohnehin der Überzeugung, ich sei ein Bad Boy.«

»Auch wieder wahr«, meint sie.

Sie dreht ihren Kopf ein wenig in meine Richtung und ist mir so nah, dass unsere Lippen sich beinahe berühren.

»Wir halten uns nicht an Regeln«, warne ich sie, denn selbst wenn in diesem Augenblick die Welt untergehen würde, würde ich sie nun küssen.

Sie dreht sich noch ein wenig mehr, dieses Mal nicht nur mit dem Kopf, sondern mit ihrem gesamten Körper.

»Regeln«, wispert sie und senkt ihre Stirn gegen meine, »werden sowieso völlig überbewertet.«

»Ist das so?«, raune ich ihr zu und glaube, vor unterdrückter Lust fast den Verstand zu verlieren.

Fuck! Diese Frau macht mich wirklich wahnsinnig.

»Ja, und ich wusste schon immer, dass du nicht der Typ fürs Händchenhalten bist.«

»Du irrst dich! Ich habe deine Hand sehr, sehr gerne den Abend über gehalten, und ich kann auch noch warten.«

Trish wirft den Kopf in den Nacken, lacht schallend und bezeichnet mich als schamlosen Lügner und weil es stimmt, weil sie absolut recht hat, nutze ich die Gunst der Stunde, ziehe sie noch enger an mich, und küsse ihren Hals.

»Himmel!«, seufzt sie daraufhin selig, und gibt ein derart sinnliches Stöhnen von sich, dass es mir wirklich schwerfällt, nicht sofort in die Vollen zu gehen.

Ihre Linke gräbt sich in meine Haare. Der Gips drückt dumpf gegen meinen Kopf. Trish zieht ihn zurück und einen Moment befürchte ich, sie wird erneut die Situation crashen und einen Rückzieher machen, doch stattdessen sucht sie mit ihrem Mund meinen.

Forsch geht sie zur Sache, macht keine halben Sachen. Der Kuss, der sich zwischen uns entspinnt, ist frei von jeder Zurückhaltung. Wir sind wie im Rausch, fallen regelrecht übereinander her. Trishs rechte Hand gleitet über meinen Körper, sie schiebt sie unter meinem linken Arm durch, sucht Halt an meiner Schulter. Krallt sich regelrecht fest, während sie hitzig in meinen Mund keucht. Es ist, als müsse sie um ihre Beherrschung ringen, und mir geht es ähnlich.

Unsere Küsse sind so stürmisch, dass meine Lippen brennen und dennoch kann ich nicht von ihren lassen. Meine Zunge leckt in ihren Mund. Auch hier gibt es kein vorsichtiges Herantasten, stattdessen entlädt sich all das, was sich in den vergangenen Tagen zwischen uns an Verlangen aufgestaut hat, schlagartig.

Meine Hände erkunden ihren Körper fahrig, sie bahnen sich den Weg unter die dünne Bluse und finden Trishs Brüste. Ich umfasse sie, knete sie, ziehe den Ausschnitt des Kleides soweit herunter, dass ihre großen Titten die Möglichkeit bekommen, frische Luft zu schnuppern.

Meine Daumen reiben hart über ihre Nippel, die sich mir erregt entgegenrecken.

Trish gibt einen winselnden Laut von sich, als ich ihre Brustwarze zwischen meinen Fingern rolle. Sie streift die Jacke ab. Kurz unterbreche ich meine Liebkosungen, um ihr dabei zu helfen, die Bluse ebenfalls auszuziehen. Beides landet achtlos neben uns im Sand.

Ich widme mich wieder ihren Brüsten, kann nicht genug von ihnen bekommen. Trish küsst mich erneut. Unsere Zungen tanzen wild miteinander und keiner von uns wagt es, den Kuss zu unterbrechen, als sie sich nach hinten in den Sand gleiten lässt und mich mit sich zieht.

Ich folge willenlos, bin im nächsten Augenblick auch schon über ihr, denn ich halte es nicht aus, ihren Körper nicht an meinem zu spüren. Ich stütze mich auf meinem rechten Ellbogen ab, sinke tief in den Sand, dabei würde ich am liebsten jetzt auf der Stelle in ihr versinken.

Geduld, ermahne ich mich, wohlwissend, dass das hier ohnehin ein Selbstläufer ist. Trish schiebt ihr rechtes Bein zwischen meine. Ihr Oberschenkel streift meinen Ständer, der sich hart und verlangend gegen den Stoff meiner Hose drückt.

Ich schiebe meine Hand unter ihren Rock, packe ihren Oberschenkel, ziehe sie enger an mich, sodass wir Bauch an Bauch liegen.

Ich bin heilfroh, dass ich immer ein Kondom dabeihabe, denn das werden wir definitiv gleich brauchen.

Trish stöhnt lustvoll, als ich meine Hand ihren Schenkel hinaufwandern lasse und ihren Hintern umfasse.

Sie keucht meinen Namen. Noch nie hat ihn jemand auf diese Weise ausgesprochen. Etwas Flehendes, etwas Drängendes liegt in ihrer Stimme.

Ich weiß genau, was sie braucht, brauche genau das Gleiche. Sie will mich und ich will sie. Jetzt und hier.

Meine Hand fährt über die Rundung ihres Hinterns, findet von hinten den Weg zwischen ihre Schenkel. Meine Fingerspitzen gleiten über den durchweichten Stoff ihres Slips. Sie ist so feucht, so erregt, so verdammt bereit für mich. Ich kann und will nicht länger warten.

Ihr geht es ebenso, denn sie nestelt ungeduldig an meinem Gürtel herum. Es gelingt ihr, ihn zu lösen und meine Hose zu öffnen. Ihre unverletzte Hand schiebt sich hinein. Fingerspitzen treffen auf Schwanzspitze und ich stöhne heiser auf. Trish umfasst mein bestes Stück mit hartem Griff, und ich muss mich ernsthaft zusammenreißen, nicht augenblicklich in ihre Hand zu spritzen. Es kostet mich alle Selbstbeherrschung und jeden Kniff, den ich seit meinem ersten Mal gelernt habe, um es nicht zu vermasseln.

Während ich das Kondom überstreife, gehe ich im Kopf die verschiedenen Szenarien durch, wer in wenigen Tagen Weltmeister werden könnte. Das Rechnen und die diversen Optionen durchzuspielen, erfordern einiges an Konzentration, weshalb ich fast nur am Rande mitbekomme, wie es sich anfühlt, als ich Trishs Slip beiseite ziehe und ihren Körper in Besitz nehme.

Doch genau das ist der Sinn der Übung – schließlich will ich mich unter keinen Umständen vor ihr blamieren. Ich fliege auf Autopilot, während ich sie an dem Höschen vorbei ficke.

Minutenlang gelingt es mir, den drohenden Orgasmus abzuwenden, indem ich mich von all dem, was geschieht, ablenke. Ich nehme alles um mich herum gedämpft wahr.

Jeden Stoß, jedes Stöhnen, jede Berührung … Ich blende es aus, indem ich meine Augen schließe und mein Hirn mit Dingen martere, an die ich jetzt lieber nicht denken würde.

Ich wäre gerne hier. Würde den Moment gerne auskosten, aber stattdessen ist es harte, anstrengende Arbeit.

Obwohl ich mir alle Mühe gebe, bin ich ständig kurz davor zu kommen. Einzig eiserne Willenskraft und komplexe Berechnungen halten mich davon ab und dann torpediert Trish all meine Anstrengungen, indem sie in meine Haare greift, meinen Kopf zu sich zieht und mich küsst.

Dieser Kuss ist so leidenschaftlich, dass ich mich ihm unmöglich entziehen kann, und ihre Fingernägel auf meiner Kopfhaut geben mir den Rest. Ich gerate in ihren Sog … Das Denken endet abrupt und einige Herzschläge lang prasselt alles ungefiltert auf mich ein. Meine Emotionen konkurrieren mit den zahlreichen Eindrücken. Trish unter mir. Japsend, keuchend, seufzend. Laute so alt wie die Menschheit. Ihr Geruch, die Hitze ihres Mundes, die energischen Bewegungen ihres Körpers, der Gips, der über meinen nackten Arsch scheuert, und ihre Finger, die sich in diesen krallen, ihr Becken, das sich mir entgegen bäumt, die Enge ihrer Pussy, die sich zusammenzieht und wieder und wieder nach meinem Schwanz greift … Trish, die meinen Namen in den Nachthimmel schreit.

Fuck!

Es ist zu viel, doch es gibt auch keinen Grund mehr, sich zurückzuhalten. Trish hatte ihr Vergnügen. Ich lasse los, werde davongerissen. Die Intensität, mit der mein Höhepunkt durch mich hindurchwogt, ist unbeschreiblich.

Trish küsst mein Gesicht, meinen Hals, während ich den Kopf in den Nacken lege und knurrend der beinahe schmerzhaften Brandung der Lust ausgesetzt bin.

Stöhnend sinke ich über ihr zusammen, presse meine schweißnasse Stirn gegen ihre Schulter und bemühe mich zu verdauen, was eben geschehen ist. Mein hektischer Atem prallt gegen die nackte Haut ihres Oberkörpers. Trish streichelt meinen Rücken.

Sekunden vergehen, werden zu Minuten.

Am liebsten würde ich ewig so daliegen – auf und in ihr, aber das Kondom will entsorgt werden.

Ich greife zwischen uns. Mein Handrücken drückt gegen die Innenseite ihrer Oberschenkel, die sich sonderbar anfühlen. Nicht weich und glatt, sondern …

Trish unter mir versteift sich.

»Geh runter von mir!«, stößt sie hervor, als ich meine Hand drehe und zu ertasten versuche, was mich dort irritiert. Meine Fingerspitzen erkunden die Stelle. Was zur Hölle …

Mein alarmierter Blick sucht ihren und im Licht des Vollmonds sehe ich, wie ihr bildschönes Gesicht von einem Schatten verdunkelt wird. Sie schnappt nach Luft und schiebt mich entschlossen von sich. Mir gelingt es gerade noch zu verhindern, dass das Kondom abrutscht.

»Was …«, beginne ich.

»Narben.« Sie weicht meinem Blick aus.

»Wie …« Ich verstumme, bevor ich die Frage gestellt habe, denn ich kenne die Antwort bereits. Kenne sie, weil das, was ich unter meinen Fingerspitzen spüre, zu regelmäßig, zu perfekt ist. Der Schock, der mit der Erkenntnis einhergeht, betäubt mich. Sorge dominiert dort, wo Sekunden zuvor noch stoke Glückseligkeit herrschte.

Trish ringt um Antworten. Sie wirkt beschämt und verzweifelt.

»Können wir einfach keine große Sache daraus machen? Es ist lange her«, wispert sie, während sie sich hastig anzieht.

Keine große Sache daraus machen? Sie hat sich verletzt. Unzählige Male hat sie sich bewusst Schmerzen zugefügt. Wie könnte ich daraus keine große Sache machen? Dass sie sich etwas Derartiges angetan hat, entsetzt mich zutiefst.

Und dann trifft mich eine von den vielen Fragen, die mich in diesem Moment beschäftigen, wie der Schlag einer Keule. Bin ich dafür verantwortlich? Waren all die Anfeindungen der Grund, weshalb sie so etwas getan hat? Weshalb sie sich geritzt hat, oder …

Ich schüttle den Kopf, versuche die Benommenheit loszuwerden, die von mir Besitz ergriffen hat und stehe auf.

»Strider!«, fleht sie.

»Moment«, murmle ich, wende mich ab, beseitige das Kondom, das ich in Ermangelung anderer Optionen mit einem Knoten versehe, und in meiner Hosentasche verschwinden lasse. Dann verstaue ich meinen abgeschlafften Schwanz, bevor ich tief durchatme und mich dann Trish zuwende.

Sie hat sich inzwischen vollständig angezogen.

Ich sehe, wie sie sich auf ihre Unterlippe beißt. Fest. Zu fest. Erneut verletzt sie sich. Sind die Innenseiten ihrer Wangen ebenso vernarbt wie die ihrer Schenkel?

Und warum tut jemand so etwas? Welchen Grund hatte sie, sich so zu quälen? Hasst sie sich? Bei dem Gedanken, dass es so sein könnte, zieht sich mein Herz zusammen.

Ich erinnere mich an ihre Bitte, die ganze Geschichte unter den Tisch fallen zu lassen.

»Sorry, aber ich kann nicht so tun, als wäre alles okay, denn es ist nicht okay. Du verletzt dich selbst. Du …«

»Doch, es ist nicht der Rede wert«, versichert sie mir. »Inzwischen mache ich das nicht mehr. Ich … Strider, dass ich so was gemacht habe, ist ewig her. Ich war jung. Ich wusste nicht, wohin mit mir und meinen Emotionen … Ich …«

Einen Moment bin ich von dem Gefühl der Erleichterung abgelenkt. Zum einen, weil Trish sagt, dass es kein Problem gibt. Zum anderen, weil ich dieses Problem, das es aber sehr offensichtlich einmal gab, nicht verursacht habe.

»Bei Teenagern ist eine depressive Verstimmung nicht selten. Diese kann sich in der Pubertät über Monate hinziehen. Das ist nicht ungewöhnlich«, behauptet sie.

»Aber nicht alle Teenager ritzen sich«, werfe ich ein.

»Nein, natürlich nicht.« Fahrig streicht sie ihre Haare nach hinten. »Ich wollte niemandem zur Last fallen und ich wusste einfach nicht, wie ich das, was ich empfinde, erklären soll. Da war so ein Druck in mir. Er war nicht auszuhalten, aber ich konnte mich auch niemandem anvertrauen.«

»Wieso nicht? Nora und Ben …«

Der unvollendete Satz hängt zwischen uns in der tropischen Luft.

»Es ist kompliziert!«, versucht Trish sich herauszureden.

Ich begreife das nicht. Ihre Eltern sind toll. Sie sind an ihr interessiert. Sie vergöttern sie ganz offensichtlich. Trish hat das, was man ein liebevolles Elternhaus nennt.

»Inwiefern?«, frage ich ungehalten. Es will nicht in meinen Kopf, warum sie sich ihnen nicht anvertraut hat.

»Ich war nicht geplant, Strider!«

Einen Moment lang starre ich sie fassungslos an. Ich bin zu perplex, um zu reagieren. Ich sehe die Parallele zu meinem Leben und fühle mich ihr noch ein Stück mehr verbunden.

»Ich war ein Unfall. Etwas, das einfach so passiert ist. Eine zusätzliche Belastung. Aber ich wollte keine Last sein. Ich wollte alles richtig machen. In allem die Beste sein. Keine Probleme bereiten, nicht in Schwierigkeiten geraten, und ich war ganz fantastisch darin«, erklärt sie und schafft es, diese junge, ambitionierte Trish für mich zum Leben zu erwecken. Ich kann sie beinahe vor mir sehen, wie sie, getrieben von ihren überhöhten Ansprüchen an sich selbst, droht, an dem Druck zu ersticken.

»Ich war das perfekte gute Mädchen und ja, du hast recht. Meine Eltern sind großartig, und sie haben auch immer gesagt, dass ich zwar nicht geplant, aber immer gewollt gewesen sei, aber …«

»Warum haben sie dir so was überhaupt erzählt?«

Nun gilt meine Wut Nora und Ben.

Trish schüttelt den Kopf. »Das haben sie gar nicht, aber Jacob war alt genug, um es mitzubekommen und irgendwann, er war sechzehn oder siebzehn, da bin ich ihm auf die Nerven gegangen und er sagte, er wünschte sich, dass Mom und Dad besser aufgepasst hätten. Ich habe das damals noch nicht geschnallt und ihn gefragt, was er meint, und dann hat er es mir gesagt und behauptet, er wäre lieber ein Einzelkind. Natürlich habe ich geheult und bin zu meinen Eltern gerannt. Sie haben mich getröstet und mir versichert, dass sie heilfroh sind, dass es mich gibt.«

Sie runzelt die Stirn. Denkt nach.

»Soweit ich mich erinnere, haben sie mich nie spüren lassen, dass ich ihren Plänen ins Gehege gekommen bin, aber das bin ich nun mal, und das Wissen darum hat mich irgendwie verändert. Keine Ahnung, ob du das verstehst, aber als ich es erfahren habe, da war ich ungefähr zehn. Bis dahin war ich eigentlich ein ganz normales Kind, aber danach war ich viel lieber und angepasster. Ich war artig. Nicht, weil ich gerne gehorcht habe, sondern irgendwie, weil ein Teil von mir unterbewusst das Gefühl hatte, ich würde ihnen etwas schulden oder ich müsste dankbar sein.«

Sie schluckt beklommen, doch ich verstehe sie besser, als sie denkt.

»Und dann kam ich in die Pubertät und mit vierzehn stand meine Welt kopf. Ich war hormongebeutelt und dann war da zu der allgemeinen Unsicherheit, die, unter der viele in dieser Phase leiden, auch noch dieser Druck in mir. Der Anspruch, alles richtig machen zu müssen, hat mich zermürbt, aber ich habe das nicht kapiert. Das ist mir erst bewusst geworden, als ich begonnen habe, die Vergangenheit aufzuarbeiten.«

»Du warst in Therapie?«, hake ich nach.

»Ja, nachdem ich in New York angekommen bin, ohne jemals richtig dort anzukommen, habe ich mir Hilfe gesucht.«

»Und damals, wie bist du diesem Teufelskreis entkommen?«

Sie lächelt entrückt. »Ich habe mich verliebt und mit einem Mal war meine Welt ganz leicht und unbeschwert. Vergessen waren all der Schmerz und diese stumme Verzweiflung. Ich war glücklich und wir waren fast drei Jahre lang zusammen. Irgendwann war die Verliebtheit weg, aber trennen konnte ich mich nicht von ihm, weil irgendetwas in mir der Überzeugung war, dass dann alles wieder so werden würde, wie es war, bevor wir zusammengekommen sind. Doof, nicht wahr?«

Vielleicht, aber ich wage es nicht, mir ein Urteil darüber zu bilden.

»Und wie bist du doch noch von ihm losgekommen?«

Sie zuckt mit den Schultern. »Ich traf Dean, und war sofort Feuer und Flamme. Er hat am College einen Vortrag gehalten und berichtet, was sie bei *Wavehunters* so machen und wie die Arbeitsprozesse sind. Ich hing an seinen Lippen und habe jedes Wort aufgesogen wie ein Schwamm«, gesteht sie mir. »Am Ende des Tages wusste ich, dass ich dort mein Praktikum machen und dass ich Dean Reynolds heiraten will.«

Sie schenkt mir ein beinahe entschuldigendes Lächeln, als ich scharf die Luft einziehe. Ihre Worte treffen mich unvermittelt und hart. Sie haben die Wucht einer Abrissbirne und bringen all das, was sich zwischen uns aufgebaut hat, ins Wanken.

»Nun ja«, sie gibt ein freudloses, leicht verlegenes Lachen von sich, »offensichtlich ist alles anders gekommen.«

In der Tat, *während ihre Wahl schon immer auf Dean Reynolds fiel*, ist sie nun mit mir hier. *Einem Typ wie mir …*

Was muss das für eine Enttäuschung sein?

Heiß und beißend fließt die Eifersucht, die ihre Worte in mir heraufbeschworen hat, durch meine Adern. Mit einem Mal macht alles Sinn. Kein Wunder, dass sie nicht scharf darauf ist, auf das *Wavehunters*-Event zu gehen und ihn wiederzusehen.

*Ich weiß nicht, ob ich seinen Anblick ertrage*, drängen sich ihre Worte mit der Brutalität einer Sturmflut in meinen Kopf.

Ihre Familie glaubt, dass sie bei *Wavehunters* aufgehört hat, weil sie die Trennung von Dean nicht verkraften konnte … Ich erinnere mich an das Gefühl, das ich hatte, als sie das sagte. Ich wusste, dass da etwas dran ist. Ich wusste es, aber irgendwie ist dieses Wissen in den vergangenen Tagen in Vergessenheit geraten.

Fuck! Fuck! Fuck! Was bin ich bloß für ein Idiot! Ich sollte doch am besten wissen, dass Sex und Liebe nicht unbedingt Hand in Hand gehen. Wie oft habe ich am Strand irgendeine Tussi gefickt, von der ich am nächsten Tag nicht mal mehr den Namen wusste?

Die Erkenntnis ist derart niederschmetternd, dass ich am liebsten das Weite suchen würde, doch das geht nicht. Ich kann Trish hier nicht mitten in der Nacht alleine lassen – ganz egal, wie unerträglich mir ihre Nähe in diesem Augenblick vorkommt.

»Komm, ich bring dich heim«, brumme ich und mache mich auf den Weg.

Keine Niederlage in einem Wettkampf war jemals schmerzhafter. Ich fühle mich geschlagen. Von Dean Reynolds besiegt. Ausgerechnet von ihm, diesem gelackten Wichtigtuer. Aber Trish, sorry Patricia, passt natürlich viel besser zu einem wie ihm als zu mir.

Ihre Eltern haben es zu etwas gebracht. Sie sind Kids aus einem guten Elternhaus. Ihre Familien sind vermögend. Deans Vater, Sean Reynolds, ist eine lebende Legende. Ein Pipeline-Surfer erster Güte, der das Zeug zum Superstar gehabt hätte, wäre er nicht gleich zu Beginn seiner Karriere schwer verunglückt. Danach war eine Laufbahn als Profi-Surfer undenkbar – zu gravierend waren die Folgeschäden.

Ein einziger Fehler, ein einziger heftiger Wipe-Out, der seinen Körper auf dem Riff zerschmettert hat, ließ all seine Träume platzen.

Ich will nicht wissen, wie er sich gefühlt haben muss – und doch kann ich es mir in diesem Augenblick besser als jemals zuvor vorstellen. Trishs Herz gehört seinem Sohn, während meines … Nun ja, ob es ihr gehört, weiß ich nicht, doch zumindest schlägt es in ihrer Nähe deutlich schneller.

Dass Trish mir unter die Haut gegangen ist, lässt sich wohl schwerlich leugnen, und ich komme mir bescheuert vor, weil Cullen von Anfang an recht hatte – wie so oft.

Fuck, ich kann gar nicht sagen, wie sehr mich das ankotzt. Warum hat dieser Trottel es gesehen und ich nicht? Und wann und wie ist das überhaupt passiert? Ja, wann bitte schön habe ich mich in Patricia Jeffries verliebt? War es bei ihrer Ankunft am Flughafen, als sie lachend und juchzend in den Armen ihres Vaters lag? Oder als sie mich umgeholzt hat und wir zusammen auf dem Strand vor dem *Mad Crush*-Haus gelandet sind? Oder womöglich, als sie mich zusammengestaucht hat, weil ich dachte, wir hätten möglicherweise Sex gehabt und ich hätte es vergessen?

Als ob ich den Sex mit ihr jemals vergessen könnte … Ich erinnere mich an unsere Unterhaltung vom Mittag. Natürlich ist diese Magic-Pussy-Geschichte Quatsch, aber vielleicht hätte es sich für mich – wenn ich jünger und unerfahrener wäre – so angefühlt. Vielleicht hätte ich meine Gefühle nicht zuordnen können. Aber der Sex mit Trish war anders. Er war – auch wenn es bloß eine schnelle Nummer am Strand war – viel intimer, viel bedeutender … zumindest für mich.

Der Weg zurück zum Auto zieht sich endlos hin. Mir war gar nicht bewusst, dass wir zuvor so weit gelaufen sind.

Ich wünschte, ich könnte die Zeit zurückdrehen und zu diesem Moment springen, als wir unbeschwert über den Strand gejagt sind.

Wann ging verdammt noch mal alles in die Binsen? Wie sind wir an den Punkt gelangt, an dem wir uns jetzt befinden und frustriertes Schweigen zwischen uns herrscht? Es ist, als hätten wir uns nun, nachdem die Leidenschaft sich Bahn gebrochen hat, nichts mehr zu sagen.

Wobei, das stimmt nicht! Es ist einfach nicht wahr. Es gäbe eine Menge Dinge, die ich ihr gerne sagen würde. Angefangen damit, wie schön ich fand, was zwischen uns passiert ist, hin zu der Tatsache, wie schrecklich es für mich ist, dass sie noch Gefühle für Dean hat.

Trish hat ihre Arme um ihren Körper geschlungen und stapft, die Lippen fest aufeinandergepresst, durch den Sand, während ich mich bemühe, die Kontrolle über mein gekränktes Ego zu behalten und nichts zu sagen, das ich später bereuen werde.

Wie kann sie so verblendet sein? Wie kann sie nach all der Zeit noch immer glauben, dass Dean Reynolds jemand ist, mit dem sie zusammen sein möchte?

Fuck, sie ist doch sonst nicht so beschränkt!

Aber Dean nach all der Zeit noch hinterherzuhecheln, ist einfach nur dämlich.

Nicht minder idiotisch ist jedoch der Umstand, dass ich nicht geschnallt habe, dass Trish ihrem heißgeliebten Dean noch immer verfallen ist. Aber vielleicht habe ich es auch bloß ignoriert, weil ich – wie war das noch gleich? – dem Irrglauben unterliege, dass ich auf alles die richtige Antwort wüsste und alles besser könnte und sowieso großmäulig und selbstverliebt bin. Möglich, dass mir diese Überheblichkeit zum Verhängnis wurde. Vielleicht dachte ich, Dean Reynolds sei keine ernstzunehmende Konkurrenz. Nein! Das dachte ich nicht bloß vielleicht. Das ist so! Und Trish müsste einfach nur die Augen aufmachen, um das zu erkennen. Mir wirft sie vor, ein Bad Boy zu sein? Dean Reynolds hat sich wie ein Karnickel durch diesen Bundesstaat gerammelt.

Was zur Hölle will sie mit diesem Typ? Und abgesehen davon: Er ist nicht mehr auf dem Markt! Er ist jetzt mit Sam zusammen. Denkt sie wirklich, sie hätte noch eine Chance bei ihm? Und wenn ja, will sie ihn dann zurückerobern? Ist das ihr Plan? Verfolgt sie eine Strategie? Und wie passe ich da rein? Bin ich der neue Rory? Bin ich der Typ, mit dem sie ihn eifersüchtig machen will? Und was war das gerade eben am Strand?

Verdammt! Was für eine abgefuckte Scheiße!

Mein Inneres ist ein gigantischer Mahlstrom. Dort brodelt und gärt es. Es gibt kein Entkommen. Zu stark ist der Sog aus Schmerz und finsteren Gedanken.

Wie kann ihre Wahl Dean Reynolds sein? Wie?

Doch ich halte mich an meine goldene Regel: Stell keine Fragen, auf die du die Antwort nicht wissen willst. Und ich will wirklich nicht wissen, warum sie ihn mir vorzieht. Ich glaube, sie bildet sich da einfach etwas ein. Sie macht aus ihm jemand, der er nicht ist. Ihr Dean ist bloß ein Konstrukt … Geschaffen aus ihren Fantasien und der rosaroten Brille, durch die sie ihn betrachtet.

Ich bin erleichtert, als wir endlich den Wagen erreichen. Trishs Nähe, die ich zuvor so sehr genossen habe, quält mich, seit die ungeschönte Wahrheit an die Oberfläche geschwemmt wurde. Wie Treibmüll am Strand liegt sie nun da und modert vor sich hin.

Es gibt keine Chance für uns, das ist mir jetzt klar. Der Gedanke sticht, brennt und ätzt mehr, als es der Kontakt mit einer Feuerqualle jemals könnte. Was irrwitzig ist, denn vorher habe ich nicht mal an ein *uns* gedacht. So weit war ich überhaupt noch nicht, vielleicht auch, weil mir durch Cullen bewusst war, dass es das aufgrund meines Geheimnisses gar nicht geben kann.

Ich hätte es ihr sagen müssen … vorher. Nun ist es zu spät.

Nun, sage ich mir, ist es aber auch scheißegal. Ich schulde Trish nichts. Ich muss keinen reinen Tisch machen. Wenigstens ein Gutes hat dieser Mist zumindest. Sie wird niemals erfahren, dass ich für all ihre Probleme verantwortlich bin. Ich werde niemals den enttäuschten Ausdruck in ihren Augen, vor dem ich mich so gefürchtet habe, sehen. Wir sind quitt. Das hier ist vorbei! Damit muss ich mich abfinden. Ich kann nicht erzwingen, dass sie das Gleiche empfindet wie ich. Auch andere Mütter haben schöne Töchter, tröste ich mich, aber in mir jault etwas protestierend auf.

Sie hat beschlossen Dean zu heiraten … Er war schon immer ihre erste Wahl, erinnere ich mich nachdrücklich. Was kapierst du daran nicht, Alter? Sie liebt ihn und nicht dich! Warum sollte sie auch etwas für dich empfinden? Das hast du schließlich überhaupt nicht verdient. Du hast ihr Leben ruiniert, als du aller Welt gesteckt hast, dass Rory Johnson gerade bei ihr einen wegsteckt.

Ich kotze Brocken bei der Erinnerung daran!

Während ich in den Wagen steige und meine Schuhe anziehe, frage ich mich, wie sie sich von diesem Mistkerl ficken lassen konnte.

Ich erinnere mich an die Gründe, weshalb sie angeblich keinen Sex mit ihm hatte.

*Ich habe es nicht getan, weil er gerade Weltmeister geworden ist und ich habe es auch nicht getan, um mir einen reichen Kerl zu angeln oder an eine gute Story zu kommen.*

Ist das so? Und wenn das alles stimmt, was sie gesagt hat, trifft das dann auch auf mich zu? Was hat sie bewogen, eben mit mir diese Nummer zu schieben? Hatte sie es einfach nur mal wieder nötig, und ich war gerade greifbar?

Ich starte den Wagen und fahre los. Wir sind bereits ein paar Minuten unterwegs, als Trish sich räuspert. »Hör mal, ich …«

Ja?, denke ich hoffnungsvoll.

»… also, ich habe mir das überlegt und ich werde morgen mitkommen.«

Kurz wende ich meinen Blick von der Straße ab, schaue sie an. Vielleicht ist doch noch nicht alles vorbei, bevor es überhaupt angefangen hat. Möglicherweise … Die Blase platzt, als sie hinzufügt: »Wir haben schließlich einen Deal, oder?«

Ihre Hände in ihrem Schoß ringen miteinander – zumindest, soweit der Gips das zulässt. Der gleiche Gips, der eben meinen Hintern wundgescheuert hat, als ich bis zum Anschlag in ihr gesteckt habe.

Darum geht es ihr also, um den beschissenen Deal! Ich bin maßlos enttäuscht. Sonst würde sie mich nicht begleiten? Oder will sie mitkommen, um Dean zu sehen?

»Ja, wir haben einen Deal«, erkläre ich tonlos, obwohl ich am liebsten einen Rückzieher machen würde, denn allein die Vorstellung, morgen mit ihr und Dean – ihrer großen Liebe – in einem Raum sein zu müssen, erscheint mir unerträglich. Sie ist so schmerzhaft, dass ich fürchte, dass ich den Abend nicht durchstehen werde.

»Ist es okay, wenn ich Musik anmache?«, frage ich, denn ich ersticke an meinen quälenden Gedanken.

»Klar!«, nuschelt Trish kaum hörbar, und schaut zum Fenster hinaus.

Ich schalte das Radio an. Reagan Sweets singt *Haltlos* … Na toll, deprimierender geht es kaum.

*… du beherrschst meine Gedanken und mein Herz,*
*es zerreißt mich,*
*die Sehnsucht ist so stark,*
*so ungebrochen,*
*doch ich bin nur ein Fragment,*
*ein Schatten meiner selbst.*

*Ich bin haltlos verloren,*
*weiß nicht mehr weiter,*
*ich bin müde und kraftlos,*
*du warst Futter für meine Seele,*
*deine Liebe war mein Antrieb,*
*ich laufe …*

Keine Ahnung, wohin sie läuft. Ist mir auch egal. Ich schalte um. Auf dem nächsten Kanal bekomme ich die *Rockin' Romeos* rein. Die Band um Leadsänger Silas Saint hat es echt drauf. Zwar haben sie auch einige schnulzige Balladen, doch der Song, der gerade läuft, ist ein temporeiches Stück, das inzwischen zur Partyhymne an der Westküste wurde.

»Ist das okay?«

»Passt schon«, erwidert Trish wenig enthusiastisch. Immerhin sieht sie nicht mehr aus dem Fenster, wobei die mondbeschienene Landschaft zweifelsohne ihren Reiz hat.

»Live sind die Jungs fantastisch!«, versuche ich Konversation zu machen. Nicht, weil mir groß nach Reden zumute wäre, sondern einfach, um mich abzulenken. »Ich habe sie auf dem *Endless Spring-Festival* in San Clemente gesehen. Das war echt eine Show.«

Erneut breitet sich Schweigen zwischen uns aus.

»Wegen morgen noch mal …«, beginnt Trish, als wir in die Zufahrt zur *Hawaiian Flower Power* Plantage einbiegen. »… wie machen wir das? Holst du mich ab? Treffen wir uns dort? Oder …«

»Ich hole dich ab. Passt achtzehn Uhr?«

Ich halte vor dem Haus ihrer Eltern und schaue zu ihr rüber. Sie antwortet mir mit einem Nicken, öffnet die Tür und steigt aus.

Kurz überlege ich, ob ich sie nicht zur Haustür bringen soll, doch als sie mich mit einem »Gute Nacht, Strider!« abspeist, lasse ich es bleiben. Ich sehe ihr nach, als sie davongeht, und die Emotionen, die in mir wüten, zerreißen mich beinahe.

Das soll es also gewesen sein? Wir haben Sex und danach gehen wir zum geschäftlichen Teil über?

Ich dresche einmal heftig auf das Lenkrad ein, treffe – unfähig, wie ich bin – die Hupe, weshalb Trish zusammenzuckt und sich erschrocken umdreht.

Ich hebe die Hand und zwinge mir ein Lächeln auf die Lippen. Coolness ist alles in meinem Job …

»Fuck!«, murmle ich seufzend, als sie sich wieder umdreht und die wenigen Meter bis zur Haustür geht.

Wie hat dieser fantastische Abend bloß so desaströs enden können? Wann und wo habe ich die falsche Abzweigung genommen? Ich sollte sie zur Haustür bringen, ich sollte sie küssen … doch allein der Gedanke, das zu tun, während ihr Dean im Kopf herumspukt, bereitet mir Höllenqualen.

Ich warte, bis Trish im Haus ist und die Tür hinter sich geschlossen hat, bevor ich den Wagen wende.

Auch zurück im *Mad Crush*-Haus kennt meine Frustration kein Limit, und da ich maßlos gereizt bin, verdrücke ich mich direkt nach oben, obwohl einige Jungs noch im Wohnzimmer abhängen und Party machen.

Als ich jünger war, hätte ich mich zu ihnen gesellt, mich maßlos betrunken und dann irgendein Groupie gefickt, doch die Zeiten sind schon lange vorbei.

Nachdem ich die Tür hinter mir verriegelt habe, lehne ich mich mit dem Rücken dagegen und atme scharf durch die geschlossenen Zähne ein und aus. Einmal. Zweimal. Dreimal. An meinem aufgewühlten Zustand ändert sich dadurch nichts. Ich komme mir vor wie der letzte Idiot.

Es war von Anfang an klar, dass Trish noch nicht über Dean hinweg ist. Jedes Mal, wenn die Sprache auf ihn kam, war sie wie ausgewechselt. Sie war am Boden zerstört, als ich ihr gesagt habe, dass er noch mit Sam zusammen ist und sie *Nauti Gal* gegründet haben. Das hat sie wirklich getroffen.

Und wieder frage ich mich, ob ich mir – selbstverliebt, wie ich bin – bloß eingebildet habe, dass da etwas zwischen uns ist. Es scheint so. Ich denke an den Abend zurück und erinnere mich, wie wild entschlossen Trish war, nichts zuzulassen, das über Händchenhalten hinausgeht. Und nicht mal das wollte sie. Ich habe sie mehr oder weniger angefleht, sie überhaupt berühren zu dürfen. Wie kam es also zu ihrem plötzlichen Sinneswandel? War es Mitleid, weil ich ihr von meiner Mutter erzählt habe? Oder hat sie meinem Drängen nachgegeben, weil das leichter war, als nein zu sagen? Wollte sie den Sex am Ende ebenso wenig wie das Händchenhalten? Hat sie es einfach nur über sich ergehen lassen?

Schwachsinn! Sie hat es eindeutig genossen. Das Stöhnen und Keuchen kann man faken, aber die Art, wie sich ihre Pussy rhythmisch um meinen Schwanz geschlungen hat, nicht.

Fuck, wenn ich daran denke, werde ich hart, und wenn ich hart werde, dann kann ich nicht denken … Ich schiebe die Erinnerung an den Sex beiseite, denn Fakt ist nun einmal, sie wollte keinen haben, als wir losgezogen sind. Sie sagte schließlich noch, dass Spazierengehen kein Synonym für Sex ist. Warum? Weil sie dachte, ich könnte ihren Vorschlag in den falschen Hals bekommen und über sie herfallen?

Oder möglicherweise hat sie es gar nicht ernst gemeint. Menschen sagen schließlich viel, wenn der Tag lang ist. Man darf ihnen nicht alles glauben. Vielleicht wollte sie bloß deutlich machen, dass sie schwer zu haben ist. Manche Frauen glauben ja, dass sie die Unnahbare mimen müssten, um interessant zu wirken. So sehr ich die Herausforderung auch schätze, würde ich auf Eroberungszüge stehen, wäre ich Raubritter oder Pirat geworden und kein Profi-Surfer.

Abgesehen davon hat sie am Strand die Initiative ergriffen. Sie hat mich geküsst. Ich habe … nein, nein, ich habe sie zuerst geküsst. Ihren Hals … Fuck, dieser weiße, schlanke Hals. Sie hat etwas von Schneewittchen. Das dunkle Haar, die helle Haut. Die roten Lippen …

Ich erinnere mich, dass irgendwer sie nach der Nummer mit Rory Johnson mal Schneeflittchen genannt hat. Und irgendwer meinte, dass er sich fragt, wie ihre Lippen sich um seinen Schwanz anfühlen würden.

Ich schiebe dieses Gespräch, bei dem ich mich auch nicht gerade mit Ruhm bekleckert habe, beiseite. Ich erinnere mich, dass ich damals behauptet habe, ich hätte sie theoretisch gerne gefickt, wenn Rory nicht schon auf ihr drauf gewesen wäre und sie verseucht hätte.

Einen Moment lang bedauere ich einfach nur, was für ein ausgemachter Arsch ich damals war und bin heilfroh, dass Trish nicht mitbekommen hat, dass ich jemals so einen Mist von mir gegeben habe. Zum Glück war sie damals nicht im Haus.

Meine widerlichen Gemeinheiten von damals kleben an mir. Ich habe ein schlechtes Gewissen und fühle mich schuldig, weil ich nicht besser als der Rest der Jungs war. Ich war so ein kleiner Pisser.

Hätte ich die Gelegenheit dazu, ich würde meinem früheren Ich die Fresse polieren – und zwar ohne Rücksicht auf Verluste.

Die Worte, die ich damals gesagt habe, quälen mich … sie quälen mich beinahe mehr als die, die sie über mich gesagt hat. Damals, als wir uns zum ersten Mal getroffen haben, war ich all das, was sie mir nun vorwirft.

Ich löse mich von der Tür, schnappe mir mein Duschzeug und ein Handtuch und gehe ins Bad, um die Vergangenheit abzuwaschen.

Während ich unter der Dusche stehe, wird mir klar, dass Trish und ich nicht quitt sind.

Mehr als einmal habe ich in der Vergangenheit dumme Dinge über sie gesagt, und so wütend ich auch gerade auf sie bin: Das hat sie nicht verdient – weder damals, noch jetzt.

Es ist nur ein Abend, sage ich mir, um mir selbst Mut zuzusprechen. Ein Abend, den ich schon irgendwie überstehen werde.

Es ist nicht bloß ein Abend, begehrt ein Teil von mir auf, denn am Tag drauf kommt Trish für das Interview ins *Mad Crush*-Haus.

Die eine Stunde! Die bekommst du auch noch rum!

Und danach trennen sich unsere Wege, denn wenn das vorbei ist, haben wir beide getan, was wir vereinbart hatten.

Mit dem Handtuch um die Hüfte schleiche ich nach einer ausgiebigen Dusche durch den Flur zurück in mein Zimmer.

Schlaflos liege ich anschließend im Bett und finde keine Ruhe. Es ist beinahe vier Uhr morgens, als ich mich auf die Suche nach meinem Handy begebe. Ich finde es in der Hosentasche – nicht ohne zuvor in der anderen auf das benutzte Kondom gestoßen zu sein.

Ich entsorge es im Papierkorb, schalte dann mein Handy an und werde mit einem Haufen Nachrichten von meiner Mutter bombardiert. Eine ist schlimmer als die andere – zumindest, ist das, was ich verstehe, schlimm, denn der Großteil der wirren Texte erschließt sich mir nicht. Es ist ein krudes Kauderwelsch. Ein Beweis dafür, dass sie stockbesoffen war, als sie es geschrieben hat.

Ich lösche die Nachrichten und sende dann eine an Trish.

Es tut mir leid,
wie der Abend verlaufen ist,

schreibe ich, denn das bedauere ich in der Tat.

Das war so nicht geplant.

Die nächste halbe Stunde verbringe ich damit, auf Antwort zu warten, bevor ich genervt aufgebe und es noch mal mit Schlafen versuche.

*»Du hast mein Leben ruiniert!«, kreischt Trish und schlägt zu.*
*Ihre Ohrfeige schmerzt, doch ihre Worte treffen mich härter.*
*»Ich hasse dich!«*
*»Du bist ein arroganter Mistkerl!«*
*»Selbstverliebte Typen wie du …«*
*»Ihr seid alle gleich.«*
*»Abtreiben lassen hätte ich dich sollen!«*

Selbst meinem träumenden Unterbewusstsein ist klar, dass dieser letzte Satz nicht dort hingehört. Alarmiert schrecke ich auf. Schweratmend komme ich nur langsam zu mir.

Mein erster Griff, als ich mich halbwegs beruhigt habe, gilt dem Handy. Keine Nachricht von Trish.

Als ich die Nachricht noch mal lese, kommt sie mir idiotisch vor.

Also nicht, dass ich überhaupt
Pläne gehabt hätte.

Ich lese beide Nachrichten noch mal und komme zu dem Schluss, dass die letzte es nicht besser macht.

Es tut mir leid, wie der
Abend verlaufen ist.
Das war so nicht geplant.

Klingt, als würde ich es bedauern, und obwohl ich mich entsetzlich fühle, kann ich den Sex nicht wirklich bereuen, denn dafür war er einfach zu gut.

Und *›Also nicht, dass ich überhaupt Pläne gehabt hätte.‹* hört sich schwer nach einer Entschuldigung an und irgendwie so, als hätte ich doch alles von langer Hand geplant.

Gerade will ich noch einmal einen Versuch starten, mich zu erklären, da schreibt sie:

Das ist gut zu wissen.
Ich hatte das auch nicht
vor, aber es ist nun mal passiert.

Ich denke über eine halbe Stunde über diesen Satz nach. Lese ich da Bedauern aus ihm heraus? Es klingt so, oder? Trish bereut es. Ich bin mir sicher. Aber vielleicht ist es auch so eine Shit-happens-Haltung, die sie da an den Tag legt. Frei nach dem Motto: Nun lässt es sich sowieso nicht mehr ändern.

Sollte ich schreiben, dass ich es nicht bereue? Dass ich es im Gegenteil ganz wunderbar fand und jede Sekunde davon genossen habe – nun ja, zumindest die, nachdem ich den inneren Kampf gegen die Lust verloren hatte.

Aber dieser Kuss, mit dem sie mich im wahrsten Sinne des Wortes um den Verstand gebracht hat, war einfach zu gut. Ich rolle mich auf den Rücken und schließe die Augen, damit ich das Erlebte besser Revue passieren lassen kann. Wir sind wieder am Strand und sie liegt ein weiteres Mal unter mir. Ihre Beine weit und willig für mich gespreizt und ich nehme mir, was mir gehört. Sie. Ich nehme sie, und als sie kommt, da stöhnt sie nicht nur meinen Namen, sondern auch, dass sie mich liebt.

# KAPITEL 13
# KATZENJAMMER & KATERSTIMMUNG

## TRISH | OAHU | HAWAII | 07.12.2018

Katzenjammer nennt man wohl den Zustand, in dem ich mich nach der heißen Nummer am Strand befinde. Ich wusste immer, dass ich Sex mit Strider Sinclair bereuen würde, und siehe da … Es ist gekommen, wie es kommen musste.

*Wir beide sind gekommen, wenn du dich erinnerst*, höre ich seine Stimme in meinem Kopf.

Ja, eine derart unpassende Bemerkung sähe ihm wirklich ähnlich.

Ich äuge auf das Display meines Handys. Noch immer keine Antwort. Vielleicht ist er beleidigt. Möglicherweise ist für ihn undenkbar, dass eine Frau nicht gleich mit ihm ins Bett will … Allerdings habe ich, was das betrifft, auf ganzer Linie versagt, denn wir haben es ja nicht mal bis ins Bett geschafft.

Doch was ich ihm geschrieben habe, stimmt. Ich hatte wirklich nicht vor, mit ihm zu schlafen – nicht zu diesem

Zeitpunkt zumindest und schon gar nicht wie irgendein Groupie am Strand.

Warum konnte ich seinen Verführungskünsten nicht widerstehen? Warum habe ich mich gestern bloß so mitreißen lassen?

Nach der Aktion am Strand hält Strider mich mit Sicherheit für ein Flittchen und – nachdem er meine Narben entdeckt hat – vermutlich außerdem noch für einen kompletten Freak.

Ich seufze laut.

»Alles okay?«, fragt Susan besorgt.

Sie sitzt mit mir am Frühstückstresen in der Küche, wo ich versuche, zumindest ein paar Bissen Toast herunterzuwürgen. Ich habe keinen Hunger. Die vergangene Nacht liegt mir bleischwer im Magen.

»Alles bestens!«, behaupte ich, doch es gelingt mir nicht, die Niedergeschlagenheit aus meiner Stimme zu verbannen.

»Warum glaube ich dir bloß nicht?« Sie schenkt mir ein mitfühlendes Lächeln. »Hat es etwas mit dem sexy Surfer, von dem Nora erzählt hat, zu tun? Wie heißt er doch gleich? Strider?«

Bei der Erwähnung seines Namens zieht sich mein Herz schmerzhaft zusammen.

»Ja, so heißt er«, murmle ich.

»Ungewöhnlicher Name. Hieß dieser König in *Herr der Ringe* nicht so? Ich meine den, der von Viggo Mortensen gespielt wurde, weißt du?«

»Ja, Strider ist einer der Namen, die Aragorn verwendet«, erinnere ich mich.

»Und nun streift er durch deine Gedanken, statt durch die Wälder von Mittelerde?«

Ertappt beiße ich mir auf die Unterlippe.

»Schon okay, wenn du nicht drüber sprechen möchtest«, lenkt Susan ein.

»Er ist nicht mein Typ«, sage ich, und weil das so doof klingt, füge ich hinzu: »Und ich nicht seiner.«

»Und dennoch hat es gefunkt, oder?«

Es hat mehr als nur gefunkt, denke ich matt, nicke allerdings bloß.

»Ich weiß, wie das ist. Denn glaub mir: Ich hatte nicht vor, mich in deinen Bruder zu verlieben, und du weißt mit am besten, dass ich eigentlich nicht in sein Beuteschema passe.«

Ich erwidere nichts, aber sie hat recht. Jacob und Strider bevorzugen vermutlich den gleichen Frauentyp. Nettes, unkompliziertes Partyluder … Blond und vollbusig … Nun ja, zumindest vollbusig kann ich bieten.

Ein weiterer unglücklicher Seufzer entfährt mir.

»Es kann gutgehen«, beschwört Susan mich.

»Es kann aber auch schrecklich schiefgehen«, werfe ich ein, und erinnere mich dann, dass das bereits geschehen ist.

Nachdem Strider mich gebumst hat, war er entsetzlich kühl und abweisend. Er hat mich nicht mal zur Haustür gebracht, sondern dann auch noch wie ein Vollidiot zum Abschied gehupt. So was ist doch echt das Letzte! Aber so typisch für einen Kerl wie ihn. Hauptsache cool! Pfff!

Dann fällt mir ein, was ich gerade gesagt habe und komme mir selten dämlich vor.

»Also nicht das mit Jacob und dir«, sage ich hastig. »Das wird super!«

Susan gluckst belustigt und erwidert: »Doch! Auch das kann schiefgehen, Trish. Es gibt keine Garantie, die uns vor Enttäuschungen schützt. Es ist immer ein Risiko, aber ich habe für mich beschlossen, dass dein Bruder dieses Risiko wert ist, und bisher hat es sich gelohnt. Ich war noch nie in meinem Leben so glücklich.«

SEUFZ!

Das ist mal romantisch.

»Gestern war ich das auch noch«, verrate ich Susan im Flüsterton.

»Und dann?«

Zähneknirschend gestehe ich: »Dann war ich so blöd und habe mit ihm geschlafen und nun …«

»Aber das ist doch toll, oder?«, fragt Susan verständnislos.

»Er ist ein Surfstar, ein Haufen Frauen ist hinter ihm her und scharf darauf, es mit ihm zu tun, weißt du?«

»Und du glaubst, er denkt, du wärst wie sie?«

Schulterzuckend erwidere ich: »Ich fürchte schon. Ich hatte wirklich nicht vor, so weit zu gehen. Er war schlecht drauf und ich dachte, wenn wir einen Spaziergang machen, dann bekommt er den Kopf frei und vergisst seine Probleme … Tja, und darüber habe ich irgendwie meine moralischen Grundsätze vergessen, denn ich bin eigentlich nicht der Typ für eine schnelle Nummer am Strand. Und danach war er auch total schräg drauf.«

»Warum? Was hat er denn gesagt?«

Da ich nicht vorhabe, ihr die ganze Geschichte zu erzählen, sage ich: »Fast gar nichts. Wir haben noch darüber gesprochen, dass wir heute auf dieses Event gehen, aber ich glaube, ich lasse das doch lieber bleiben.«

Der Gedanke allein, es könnte wieder wie gestern auf der Rückfahrt vom Strand sein, sorgt dafür, dass ich mich ganz elend fühle.

»Ich finde, du solltest gehen und herausfinden, warum er sich so sonderbar verhalten hat. Männer sind ja manchmal komisch, wenn ihnen alles zu eng und zu viel wird. Vielleicht …«

»Es war bloß ein Quickie am Strand, Susan. Die ganze Nummer war weder sonderlich intim noch romantisch. Ich habe ihm nicht gesagt, dass ich ihn liebe …«

»Aber du tust es?«

Ich zucke hilflos mit den Achseln. »Ich weiß nicht. Zumindest bin ich ziemlich krass in ihn verknallt, oder war es … Ach, ich weiß doch auch nicht. Er hat sich wie der totale Volltrottel aufgeführt und abgesehen davon, habe ich nichts anzuziehen.«

Susan klatscht in die Hände und bricht in schallendes Gelächter aus.

»Was ist so lustig?«

»Mit der Ausrede habe ich auch versucht, mich um ein Date mit deinem Bruder zu drücken.«

»Wirklich?«, frage ich ungläubig. Was für ein Zufall! Oder …

»Ich schwöre es! Komm schon, das ist ein Fingerzeig des Schicksals.«

Schicksal! Ja, klar, höhnt der Teil in mir, der immer zu allem etwas Negatives zu sagen hat. Innerer Kritiker nannte meine Therapeutin ihn.

Aber wenn es doch Schicksal ist? Was, wenn all diese Frauen – Mom, Kristie und Amy –, die so viel älter und reicher an Lebenserfahrung sind, recht haben? Was, wenn Strider …

»Trish, du bist es dir schuldig herauszufinden, was da zwischen euch ist oder eben nicht ist«, durchbricht

Susans Stimme meinen Gedankengang. »Nur so hast du Klarheit und kannst zur Ruhe kommen. Abgesehen davon, hast du doch schon zugesagt und ihn jetzt so kurzfristig hängen zu lassen, wäre extrem unhöflich.«

»Ich bin mir sicher, er findet eine andere Begleiterin«, murre ich und spüre bei dem Gedanken daran ein so heftiges Reißen in meinem Inneren, dass ich unweigerlich eine Grimasse ziehe.

Susans Blick ruht mitfühlend auf mir. »Ich will dir nicht sagen, Trish, was du zu tun hast, aber du musst da heute Abend hingehen.«

»Ich weiß«, nuschle ich.

Meine zukünftige Schwägerin klatscht enthusiastisch in die Hände. »Super, dann wäre das ja geklärt! Und nun mach dich fertig! Wir kaufen dir ein Kleid, in dem du diesen Typ umhaust.«

Als ich zwanzig Minuten später zurück in die Küche komme, hat Susan alles geplant und uns außerdem noch einen Waxingtermin sowie Mani- und Pediküre gebucht.

»Und das alles bloß für einen Kerl«, brumme ich ein wenig undankbar, denn ich hasse Waxing. Dabei sind gar nicht die Schmerzen das Problem, sondern die Tatsache, dass irgendwelche fremden Menschen die Narben sehen.

Ganz oft vergesse ich inzwischen zwar, dass ich sie überhaupt habe, aber nach Striders Reaktion gestern, bin ich mir ihrer nur allzu bewusst.

»Nein, du tust das nicht für den Kerl, sondern um dich heute Abend großartig zu fühlen und diesem Kerl gewachsen zu sein.«

»Du meinst wohl eher ›gewachst‹ zu sein«, scherze ich.

Das richtige Kleid zu finden, kostet uns den halben Vormittag. Ich brauche etwas Elegantes, etwas, das Klasse ausstrahlt und mich nicht wie ein Pipeline-Flittchen aussehen lässt. So nennen die Jungs nämlich die Bikinischönheiten, die sich am Strandabschnitt vor dem *Mad Crush*-Haus rumtreiben, um im Bett eines erfolgreichen Profi-Surfers zu landen.

Mir ist das gleich. Ich habe nichts gegen Groupies, ich will bloß nicht für eines gehalten werden – oder, dass eines seine Krallen in Strider schlägt.

»Hier werde ich nicht fündig.« Müde hänge ich das bordeauxrote Kleid zurück, das vom Schnitt her ganz gut gewesen wäre, mich dann aber wegen einer Unmenge von Glitzer auf der Vorderseite gequält das Gesicht verziehen lässt.

Ich klinge verzweifelt, denn das ist bestimmt der sechste oder siebte Laden und nirgendwo habe ich ein Kleid gesehen, dass mir auch nur im Ansatz gefällt. Wir verlassen das Geschäft und machen uns auf den Weg zum nächsten. Susan hat etwas von einer kleinen Boutique direkt am Strand gesagt, doch irgendwie habe ich die Hoffnung längst aufgegeben. Wenn das so weitergeht, dann muss ich nackt auf dem *Wavehunters*-Event aufkreuzen.

Wir kommen am *Mad Crush*-Store vorbei und mein Blick bleibt an Striders Poster im Schaufenster hängen. Es zeigt ihn in seinem Element. Er reitet eine wunderschöne Welle. Backdoor, wenn ich mich nicht irre.

»Oh, mein Gott! Das ist es, Trish!«, quietscht Susan von der anderen Straßenseite her. Ich sehe zu ihr rüber und entdecke etwas Rotes hinter ihr, genau kann ich es nicht sehen, da das Kleid zu weit hinten steht, was mir jedoch auffällt, ist, dass die Hände von Poster-Strider genau auf diesen Laden deuten. Verrückt!

Ich reiße mich von Striders Anblick los, überquere hastig die Straße und komme neben Susan zum Stehen.

»Wow!«, entfährt es mir.

»Ja, nicht wahr? Das würde dir irre gut stehen.«

»Ja, aber das ist auch irre teuer.« Ich deute auf das Preisschild. Fast sechshundert Dollar soll das gute Stück kosten.

»Weißt du schon, was du zur Hochzeit anziehst?«

»Dafür ist es dann doch zu heiß, fürchte ich.« Das raffinierte Twistkleid wirkt vom Schnitt her beinahe gediegen. Es ist bodenlang, die engen Ärmel reichen bis zum Handgelenk und der Ausschnitt ist nicht übermäßig tief. Allerdings machen zwei Dinge dieses gute Stück zu einem echten Hingucker: Der knallrote Satinstoff und der hohe Beinschlitz. Dieser ist wirklich sündig.

»Vielleicht für die Feier am Abend?«

»Das wäre natürlich eine Überlegung wert«, murmle ich, denn Fakt ist, ich will es haben. Und es ist ja auch nicht so, als könnte ich es mir nicht leisten. Ich bin eben bloß sparsam.

»Da gibt es nichts zu überlegen.« Susan schnappt meine Hand und zerrt mich hinter sich her in den Laden.

»Wow, du siehst großartig aus!«, sagt sie, kaum dass ich aus der Umkleidekabine getreten bin. »Du musst es nehmen.«

Ich drehe mich vor dem Spiegel und begutachte mich kritisch. Das Kleid ist ziemlich heiß.

»Komm schon, es sieht verboten gut aus.«

»Ich weiß, das ist ja das Problem.« Für diesen Abend ist es fast schon zu gewagt.

»Nimm es!«, drängt Susan mich. »*Das* ist dein Kleid! Es ist perfekt für dich!«

Ich schaue zu ihr. »Und was ist mit *deinem* Kleid?«

»Mein Kleid?«

»Ja, dein zuckersüßes Brautkleid, das noch immer im Laden hängt und bittere Tränen weint, weil du es wegen dieser ausgewachsenen Prinzessinnen-Fantasie verschmäht hast.«

»Hey, das hatten wir doch schon. Ich …«

»Ich sage dir jetzt auch nicht, was du zu tun hast«, gebrauche ich ihre Worte von vorhin, »aber du musst dieses Kleid am Tag deiner Hochzeit tragen.«

»Aber deine Mutter und deine Großmutter werden enttäuscht sein, wenn ich …«

»Dazu haben sie aber kein Recht, Susan. Es ist eure Hochzeit und dein großer Tag.« Ich mache einen Schritt auf sie zu und fasse sie an den Händen. »Du musst dich wohlfühlen, und du siehst in diesem Kleid bezaubernd aus. Es verleiht dir einen Glanz, wie es dieser Albtraum aus Tüll nie könnte.«

Susan lacht. »Es ist wirklich ziemlich scheußlich, oder?«

Ich zucke mit den Achseln. »Eigentlich nicht, aber es ist einfach nicht dein Kleid, und das weißt du auch.«

»Dafür ist das hier dein Kleid. Nimm es, und du wirst sehen, Strider wird den ganzen Abend lang keine andere anschauen.«

Ermuntert von Susans Worten, kaufe ich das Kleid, nehme ihr aber das Versprechen ab, dass sie an der Hochzeit ihr Kleid trägt.

Hübsche goldene Sandalen mit hohem Absatz gehen kurz darauf ebenfalls zu Lasten meiner Kreditkarte. Der Abend wird mich eine ordentliche Stange Geld kosten.

Die Zeit bis zum Waxing-Termin reicht noch für ein schnelles Mittagessen. Auf die Minute genau betreten wir den Schönheitssalon und ehe ich mich's versehe, liege ich in meiner Kabine und gebe mir alle Mühe, den Blick der Kosmetikerin, der zwischen angewidert und mitleidig schwankt, zu ignorieren.

Sie macht sich kommentarlos an die Arbeit. Ich beiße die Zähne aufeinander, während ich die schmerzhafte Waxing-Prozedur über mich ergehen lasse und von nicht minder schmerzhaften Gedanken an Strider geplagt werde.

Ich wünschte, ich wüsste, was in ihm vorgeht. Warum war er gestern so sonderbar?

Weil er bekommen hat, worauf er von Anfang an aus war – danach gab es einfach keinen Grund mehr, nett zu dir zu sein.

Ich kann die unerbittliche Seite in mir aufgrund so viel Dummheit beinahe abfällig Schnauben hören, und doch will ein Teil von mir nicht glauben, dass es wahr ist. Der Abend war bis zu dem überstürzten Sex perfekt. Strider war süß und witzig … Himmel, wie hätte ich ihm während des Luau nicht völlig verfallen können?

Ob er mir inzwischen geantwortet hat?

Das ist gut zu wissen. Ich hatte das auch
nicht vor, aber es ist nun mal passiert.

Steht in unserem Chat als letzte Nachricht. Warum hat er noch immer nicht darauf reagiert? Andererseits: Was sollte er auch schreiben. Ja, ist es? Das wissen wir schließlich beide.

Aber er könnte beispielsweise schreiben, dass er sich auf heute Abend freut … Vermutlich ist dem aber nicht so. Vermutlich ist er meiner nach gestern einfach überdrüssig.

Was, wenn er gar nicht mehr will, dass ich mitkomme?

Ich glaube, wenn er nicht kommen würde, um mich abzuholen, wäre ich am Boden zerstört. Aber ich kann ihn natürlich schlecht fragen, ob er vorhat, mich zu versetzen, daher tippe ich:

Und? Bereitest du dich schon auf den großen Abend vor?

Diesmal kommt die Antwort umgehend.

Inwiefern?

Na ja, machst du dich schon zurecht?

Es ist erst fünfzehn Uhr.

Männer! Wie gemein ist das denn bitte schön? Gerade bin ich offiziell neidisch, dass ich keiner bin. Ich tippe:

Entschuldige, ich vergaß, dass du ein Kerl bist.

Wie kannst du das nach gestern Abend vergessen?

Ups! Fettnäpfchen.

Ich meinte, dass ich vergessen habe, dass Männer das anders machen und nicht, dass du ein Mann bist.

Aber das hast du geschrieben.

Aber nicht gemeint! Ich sitze nur
bereits seit Stunden bei
der Maniküre,

behaupte ich, denn dass man mich gerade im Schritt wie ein Huhn rupft, möchte ich ihm lieber nicht verraten.

Cool, ich hatte schon Sorge,
du würdest doch noch einen
Rückzieher machen.

Mmh, hatte er davor wirklich Angst oder sagt er das einfach nur und ist eigentlich enttäuscht, dass ich es nicht mache.

Ich war kurz davor.
Das gestern war alles
ziemlich schräg.

Ja, das war es. Wenn
du nicht möchtest, dann ...

Mir jetzt den schwarzen Peter zuschieben und mich entscheiden lassen, was wir machen? Na toll! Und schlauer bin ich dadurch auch nicht! Ihm gestehen, dass ich schon möchte, aber nur wenn es nicht wieder so peinlich wird, wie gestern, ist schließlich keine Option, also tippe ich:

Nur, wenn du es auch möchtest.

Du weißt, dass ich das möchte.

Als ich die Wörter lese, hämmert mein Herz freudig in meiner Brust – zumindest einen Moment lang. Dann frage ich mich, wieso er denkt, dass ich das wissen müsste. Ich bin schließlich keine Hellseherin. Woher soll ich denn wissen, was er fühlt? Wäre er gestern nach dem Sex nicht so kalt gewesen, dann wäre das natürlich etwas anderes. Ich habe ja nicht erwartet, dass er mir sagt, dass er den Abend genossen hat und den Sex toll fand, aber so wie er dann gestern drauf war, nachdem er die Spuren meiner Vergangenheit entdeckt hat … Natürlich bin ich davon ausgegangen, dass er mich für total gestört hält und sich deshalb so benimmt – oder wahlweise, dass er nach dem Sex immer so ein Arsch ist. Also, wie hätte ich wissen sollen, dass er immer noch möchte, dass ich ihn begleite? Und dann fällt es mir wie Schuppen von den Augen. Natürlich will er, dass ich ihn begleite. Das ist schließlich mein Teil des Deals! Er will seiner Ex demonstrieren, dass es zwischen ihnen ein für alle Mal vorbei ist. Himmel, was bin ich manchmal für eine begriffsstutzige Kuh. Beinahe hätte ich mich bis auf die Knochen blamiert!

Super. Dann bis später.

Ich freue mich.

Ja, ich freue mich auch,

schreibe ich abschließend, doch nein, ich freue mich ganz und gar nicht. Er will mich bloß an seiner Seite haben, um Willow klarzumachen, dass es sich ausgestridert hat.

»Das ist scheiße!«, fasst Susan die ganze Situation treffend zusammen, als ich ihr auf dem Heimweg alles erzähle.

»Das Bescheuerte ist, dass ich es in dem Moment wirklich vergessen hatte. Ich dachte ernsthaft, er würde sich freuen, dass ich ihn begleite. Ich bin so naiv!«

»Wow!«, entfährt es Strider, als er mich pünktlich zu Hause abholt. »Du siehst umwerfend aus.«

»Danke«, erwidere ich lächelnd und fühle mich gleich ein wenig besser. »Hast du dir etwas in der Art vorgestellt? Meinst du, es wird funktionieren?«

Er sieht mich verwirrt an, seine Stirn liegt in Falten und ich habe den Wunsch sie zu glätten, weil sie ihn so ernst erscheinen lassen und gar nicht zu ihm passen wollen.

»Das mit Willow …«, helfe ich ihm auf die Sprünge.

»Ja, denke schon. Sorry, ich … Habe ich dir schon gesagt, wie wunderschön du in diesem Kleid aussiehst?«

Ich erröte, zupfe verlegen an einer Strähne meiner Haare und fühle mich geschmeichelt, weil mein Outfit ihn so offensichtlich aus der Fassung gebracht hat. Sein Blick wandert von meinem Fuß, über mein Bein hinauf zu der Stelle, wo der Stoff endet.

»Ist ein ziemlicher Hingucker, was?«, meine ich.

»Kann man wohl sagen.« Er starrt noch immer mein Bein an, woraufhin ich mich gezwungen sehe, ihn zu knuffen.

»Strider!«

»Ja, sorry, aber … Fuck!«

»Soll ich mich umziehen?«

»Was? Nein!«

»Ich würde es tun. Ich kann schließlich nicht riskieren, dass du dich den ganzen Abend wie ein Idiot benimmst.«

Strider fährt sich mit der Rechten durch die Haare. »Entschuldige. Ich … Ich werde nicht wieder hinschauen. Wollen wir gehen?«

Galant bietet er mir seinen Arm an und ich hake mich unter.

Wieder einmal stelle ich fest: Er kann charmant sein, wenn er will. Was bedeutet: Gestern Abend wollte er es bloß nicht sein, und so sehr es mir auch widerstrebt, das zuzugeben, aber es hat mich verletzt.

Beim Auto angekommen öffnet er mir die Tür und wenige Minuten später lenkt er den Wagen auf den Highway in Richtung Norden.

Ich schaue zu Strider hinüber, denn immer wieder spüre ich seine Blicke auf meiner Haut. Dieser Beinausschnitt verfehlt seine Wirkung nicht. Die Intensität, mit der Strider seine Augen über mein Bein wandern lässt, löst ein nervöses Kribbeln in mir aus.

Unruhig rutsche ich in dem Sitz hin und her und verfluche die Tatsache, dass die Fahrt noch eine halbe Ewigkeit dauern wird. Zur Linken befindet sich der Hafen von Haleiwa, wir fahren gerade erst über die weiße, eindrucksvolle Bogenbrücke, die als Markenzeichen der Stadt gilt und über den Anahulu führt.

Wie soll ich so eine knapp halbstündige Fahrt überstehen?

»Strider!«, ermahne ich ihn. »Du hast versprochen, nicht zu gucken.«

»Dieser Beinausschnitt macht es einem aber verdammt schwer«, versucht er sich herauszureden und wieder wandert sein Blick über meinen Oberschenkel.

»Schau auf die Straße!«

Er gibt ein missmutiges Brummen von sich, kommt meiner Aufforderung jedoch nach, während ich mich insgeheim darüber freue, dass sein Interesse allem Anschein nach doch nicht völlig verblasst ist.

»Bist du aufgeregt?«, fragt er.

»Ja«, wispere ich.

»Du wirkst total ruhig.«

»Meine Hände sind schweißnass und kalt«, gestehe ich ihm.

Wie um sich zu versichern, greift er nach meiner Linken. Seine Finger umfassen meine.

Ich bin ergriffen von der fürsorglichen Geste – zumindest, bis seine Fingerspitzen über die nackte Haut meines Beins zu wandern beginnen.

»STRIDER!«

Er hat nicht einmal genug Anstand, um beschämt dreinzublicken.

»Du bist unmöglich!«

»Ich? Ich halte mich exakt an die Regeln!«

»Wie bitte?«, platzt es aus mir heraus.

»Keine Küsse und kein Gefummel in der Öffentlichkeit, aber das hier, Täubchen, ist nicht die Öffentlichkeit.«

»Finger weg!« Ich bin wild entschlossen, ihm keine freie Hand zu lassen, auch wenn jede Faser meines Körpers sich nach ihm sehnt – zumal ihm der maßgeschneiderte Anzug unfassbar gut steht. Er ist die fleischgewordene Versuchung.

»Und wag es bloß nie wieder, mich Täubchen zu nennen«, schiebe ich ungehalten hinterher. Mal ernsthaft, von allen Kosenamen ist das wohl der bescheuertste. Vermutlich hat er ihn genau deshalb gewählt.

»Was hast du gegen Täubchen, mein Täubchen?«

»Offensichtlich nichts, was hilft! Niemand hat ein wirksames Mittel gegen Tauben, Strider. Sie sind die Ratten der Lüfte. Ich als New Yorkerin …«

»Moment mal! Zum einen bist du vieles, aber keine New Yorkerin. Egal, wie sehr die sich dort auch anstrengen: Die bekommen Hawaii niemals aus dir raus. Und zum anderen sind Tauben völlig verkannte Wesen. Eine Menge Leute sagen eine Menge blöder Sachen über sie, dabei sind die armen Täubchen viel besser als ihr Ruf. Abgesehen davon wärst du ja auch gar keine New Yorker Straßentaube, sondern eine von diesen hübschen weißen Hochzeitstauben. Allerdings nicht aus Salzteig. Ich mag keinen Salzteig. Der schmeckt widerlich und du …«

»Strider!«, unterbreche ich ihn.

»Was denn jetzt? Wenn ich mich nicht an die Regeln halte, gibt es Ärger und wenn ich mich an die Regeln halte, dann ist es auch nicht richtig.«

Darauf erwartet er hoffentlich keine Antwort. Er schaut zu mir herüber. Mimt die Unschuld in Person, und ich schwöre, wenn Blicke töten könnten, dann müsste ich seine Leiche in der Waimea Bay, die wir gerade passieren, versenken.

»Pass auf, dass ich dich nicht disqualifiziere«, warne ich ihn.

Oberhalb der Klippen thront dieses architektonische Monster, das Rory Johnson sich vor ein paar Jahren gekauft hat. Das Ding ist grässlich, ein Schandfleck. An jedem anderen Ort der Welt wäre es ein tolles Haus, aber nicht hier. Nicht hier, wo es diese wunderschöne Bucht und die umliegende Natur dominiert und sie sich unterwirft.

Dieser protzige Bau aus Glas, Stahl und Beton ist all das, was Hawaii nicht ist. Von ihm geht eine grausame Kälte aus, und wenn Blicke Häuser zum Einsturz bringen könnten, dann … Aber meine Blicke vermögen gar nichts zu leisten, wie es scheint.

Ganz im Gegensatz zu Striders, die wieder und wieder die durch den Schlitz freigelegte Haut scannen und sie zum Glühen bringen.

Himmel! Ich hoffe, er kriegt sich wieder ein und das geht nicht den ganzen Abend lang so.

Egal wie, sage ich mir, du wirst ihm widerstehen. Du wirst, auch wenn er es darauf anlegt und alle Register zieht, nicht erneut mit ihm ins Bett fallen … oder in den Sand … oder … Eine Welle von möglichen Szenarien brandet durch mich hindurch. Eines heißer als das andere. Strider, der mich gegen irgendeine Wand vögelt. Er hinter und tief in mir. So wie gestern, so wie … Ja, Trish! Und danach war er voll der Arsch. Also weg mit all diesen Bildern! Kein Sex mit Strider Sinclair. Weder in meinem Kopf noch sonst wo. Nie wieder!

»Alles in Ordnung?«, fragt er, als könnte er hören, wie mein Körper nach ihm ruft und wie sich etwas in mir weidwund gegen das Tabu auflehnt. Doch er ist tabu. Ende!

»Alles bestens!« Hoffentlich bemerkt er nicht, wie es mir wirklich geht.

»Keine Sorge, Täubchen, ich passe auf dich auf«, verspricht er mir.

Schon wieder Täubchen? Mein Kopf ruckt zu ihm herum, ich bin kurz davor, ihm seinen abzureißen, da bemerke ich den verschmitzten Zug um seine Mundwinkel.

»Das«, warne ich ihn, »solltest du lieber lassen!«

»Was denn?«, fragt er gespielt ahnungslos.

»Wir hatten eine Abmachung!«

»Ja, und ich werde dich in der Öffentlichkeit auch nicht so nennen, Täubchen. Versprochen!«

Das beruhigt mich zumindest etwas.

»Wird Dixon auch da sein?«

Strider nickt. »Er wollte kommen.« Gut, bei einem Hollywoodstar wie ihm, weiß man schließlich nie. Bekanntlich ändert deren Terminkalender sich ja im Sekundentakt.

Okay, dann lohnt sich das hier wenigstens. Ich stehe das durch, weil es Teil des Jobs ist. Es ist Teil unseres Deals. Ich brauche diese Story und heute Abend in diesem Haifischbecken zu schwimmen und Striders aktuelle Flamme zu geben, ist der Preis.

*Es gibt keinen Grund zur Sorge. Niemand wird dich bei lebendigem Leib fressen*, beruhigt mich der toughe Teil in mir.

Doch allein der Gedanke an das niederschmetternde Erlebnis im *Mad Crush*-Haus vor ein paar Tagen reicht aus, damit sich die Frequenz meines Herzschlags verdoppelt.

»Du wirst das wunderbar machen, Trish«, meint Strider und fügt hinzu: »Und wenn du dir wegen Curtis Gedanken machst: Das ist absolut unnötig. Er wird dir binnen Sekunden verfallen sein.«

Ich schaue zu ihm hinüber, woraufhin er mir ein aufmunterndes Lächeln schenkt.

»Erinnerst du dich wirklich an meine Bedingungen?«, erkundige ich mich, weil er wieder die verhasste Abkürzung benutzt.

»Klar, Täubchen, aber wie ich sagte: Das hier ist nicht die Öffentlichkeit.«

»Strider!«, warne ich ihn, als er mir vergnügt zuzwinkert. »Kannst du dich bitte einmal benehmen? Du nimmst das Ganze nicht ernst!«

Er sieht erneut zu mir herüber, dieses Mal schaut er mir direkt in die Augen. »Oh doch! Ich nehme das Ganze sehr ernst, glaub mir!«

Seine Worte stürzen mich in einen tosenden Strom aus Fragen. Was meint er mit *das Ganze*? Meint er uns? Gibt es ein uns? Und wenn ja, was versteht er unter ernst nehmen?

Er wendet seinen Blick ab, sieht hinaus auf die Straße. Seine Kiefer mahlen wieder. Ich wünschte wirklich, ich wüsste, was in ihm vorgeht.

Und ich wünschte mir von ganzem Herzen, dass ich nicht so völlig kopflos auf ihn reagieren würde. Seine Blicke und seine Berührungen haben meinen Körper bereits wieder entflammt. Sie haben ihn für sich eingenommen, doch seine Worte, die Ernsthaftigkeit, mit der er sie gesagt hat, sind es, die mich dazu bringen könnten, all meine guten Vorsätze zu vergessen.

»Bist du bereit?«, fragt er, als er den Wagen vorfährt.

»Ich denke schon. Kannst du zumindest versuchen, dich an die Regeln zu halten?«, frage ich.

»Welche Regeln?« Er zwinkert mir zu, sagt dann jedoch artig: »Patricia, keine albernen Kosenamen, keine Küsse, kein Gefummel. Vertrau mir, das kriege ich hin. Also lass es uns hinter uns bringen.«

Er steigt aus, gibt einem der Männer vom Parkservice die Schlüssel und lässt es sich dann nicht nehmen, mir die Tür zu öffnen, auch wenn dafür ebenfalls ein Mitarbeiter des Hotels bereitsteht. Strider reicht mir die Hand. Sein Blick liebkost mein Bein, ehe er meine Augen findet.

»Darf ich bitten?« Galant hält er mir seine Hand entgegen.

Ich ergreife sie und lasse mir aus dem Wagen helfen.

Kaum haben wir das Auto verlassen, bricht die Realität über mich herein. Ich bin so entsetzlich nervös. Dabei wird niemand etwas Dummes zu mir sagen. Niemand wird sich Ärger mit Strider Sinclair einhandeln wollen. Trotzdem fürchte ich mich vor dem Getuschel, das wir unweigerlich verursachen werden.

Ich atme tief durch und versuche, meine Aufregung in den Griff zu bekommen.

»So schlimm?«, erkundigt Strider sich leise.

Ich nicke.

»Wenn ich vor einem Heat aufgeregt bin, dann wackle ich immer mit den Zehen«, verrät er mir. Er streckt mir kommentarlos seine Hand hin und ich ergreife sie. Seine Finger umschließen meine, und Seite an Seite gehen wir an den dicken weißen Säulen und den anderen Gästen vorbei zum Eingang des Resorts.

Kaum haben wir die Lobby betreten, bricht das große Aloha über uns herein. Von Liebe ist allerdings nicht viel zu spüren. Stattdessen brennen die neugierigen Blicke auf meiner Haut. Schleichen sich unter den roten Satinstoff meines Kleides. Ich versuche hübsch auszusehen und zu lächeln.

Strider macht mich ständig mit irgendwelchen Leuten bekannt. Ich bin nicht bei der Sache, habe die meisten Namen binnen von Sekunden wieder vergessen, denn all die Menschen, die mich merkwürdig ansehen, sind nicht mein einziges Problem.

Irgendwo in der Menschenmenge steckt Dean.

Ich lasse meinen Blick durch die Lobby schweifen, versuche ihn ausfindig zu machen, doch kann ihn nirgendwo entdecken.

Striders Hand findet den Weg auf meinen unteren Rücken. Ich schaue zu ihm und sehe den verkniffenen Zug, der seine Mundwinkel umspielt.

Gerade als ich ihn frage, was los ist, gesellt sich der einzige Mensch, auf den ich mich wirklich gefreut habe, zu uns. Ulises Royo hat die fünfunddreißig bereits überschritten, seine Karriere neigt sich langsam dem Ende zu, und er weiß, dass er niemandem mehr etwas beweisen muss. Das unterscheidet ihn von den meisten anderen in diesem Raum.

Er zieht mich an seinen kompakten Körper, und drückt mich so herzlich an sich, dass mir einen Moment lang die Luft wegbleibt. Ulises ist nicht sonderlich groß, aber für einen Surfer recht breit, und so verschwinde ich einen Augenblick lang in seiner Umarmung.

Als ich daraus wieder auftauche, werde ich mit einem Haufen Fragen bombardiert. Wie es mir geht. Was ich jetzt mache.

Während ich Ulises Rede und Antwort stehe, vergesse ich den Trubel um uns herum und entspanne mich zum ersten Mal an diesem Abend. Seine Herzlichkeit und sein aufrichtiges Interesse machen es mir aber auch leicht. Er erzählt mir von seinen Kindern, die ich kennenlernen durfte. Seine Tochter ist inzwischen sechzehn geworden und es gab eine große Party.

Strider klinkt sich kurz ein, fragt, was ich trinken möchte und ob er Ulises auch etwas mitbringen soll, und begibt sich dann an die Bar. Die Stelle an der eben noch seine warme, schützende Hand lag, fühlt sich mit einem Mal kalt an. Mit Striders Abgang schwindet auch meine Selbstsicherheit, oder wie sonst lässt sich das Gefühl der Leere, das ich gerade empfinde, erklären?

»Und dann hat meine Kleine jetzt ja diesen Jungen kennengelernt«, lenkt Ulises meine Aufmerksamkeit wieder auf sich.

»Lass mich raten: Er ist furchtbar!«

»Einer der schlimmsten Sorte! Hat keine Manieren. Ich würde ihr zu gerne sagen, was ich von diesem aufgeblasenen Idioten halte, aber das würde ihn vermutlich nur noch interessanter machen. Du weißt ja: Nichts ist reizvoller als die Dinge, die gefährlich oder verboten sind.«

»Doch, die Dinge, die gefährlich *und* verboten sind«, entgegne ich lachend und äuge zur Bar, wo Strider steht und darauf wartet, dass der eingespannte Barkeeper ihm Beachtung schenkt.

Auf ihn trifft beides zu, und er ist zweifelsohne reizvoll. Nur mühsam reiße ich meine Augen von seinem V-förmigen Kreuz los. Dieser Anzug sitzt aber auch unverschämt gut.

Ulises ist mein Blick nicht entgangen.

»Er hat noch nie ein Mädchen mit zu dieser Veranstaltung gebracht. Er nimmt immer nur welche mit, wenn du verstehst, was ich meine.«

Ich verstehe leider nur allzu gut, was er meint.

»Wir …« … sind kein Paar, will ich sagen, doch dann erinnere ich mich daran, dass ich heute Striders Freundin gebe, damit Willow ihn sich endlich aus dem Kopf schlägt.

Als er mir vor ein paar Tagen gesagt hat, dass sie mit ihm zusammen war, konnte ich es mir überhaupt nicht vorstellen. Aber damals hatte ich schlicht und ergreifend einen falschen Eindruck von ihm. Heute verstehe ich, warum sie ihn nicht loslassen kann, denn selbst nachdem er sich gestern so unmöglich aufgeführt hat, kann ich ihm nicht wirklich böse sein.

An Ulises gewandt sage ich: »Es ist alles noch so frisch. Keine Ahnung, ob es funktionieren wird.«

»Dass er dich hierher mitgenommen hat, bedeutet etwas.«

Ich wünschte, es wäre so. Ich blicke noch einmal zu ihm und sehe, wie er gerade seine Ex zur Begrüßung umarmt. Die Eifersucht trifft mich so unvermittelt, dass ich nach Luft japsen muss.

Auch diese Reaktion entgeht Ulises nicht.

»Keine Sorge, da ist nichts. Sie sind nur gute Freunde«, versucht er mich zu beruhigen.

»Sie ist seine Ex«, murmle ich und wundere mich darüber, dass er sie so anstrahlt.

»Willow? Wer behauptet denn solch einen Unsinn?«, fragt Ulises empört.

»Strider«, erwidere ich verunsichert, weil es keinen Sinn macht, wie er sie behandelt. Sie lachen zusammen. Da ist so eine Herzlichkeit, so eine Wärme …

Ulises Miene verfinstert sich. Der Gong ertönt, was bedeutet, dass es Zeit wird, in den Veranstaltungssaal zu gehen und uns an die Tische zu setzen.

»Wir klären das später, aber glaub mir: Zwischen den beiden läuft nichts, und soviel ich weiß, ist da auch nie etwas gelaufen.« Er bietet mir seinen Arm an. »Lass uns reingehen.«

Ich sehe noch einmal unsicher in Striders Richtung, der noch immer ins Gespräch mit seiner Was-auch-immer-sie-ist vertieft ist.

Mir gefällt nicht, wie er sie ansieht. Auf mich wirkt es nicht so, als gäbe es zwischen den beiden ein Problem. Ich kenne ihn inzwischen gut genug, um zu wissen, wann er gezwungen lächelt und das tut er nicht. Im Gegenteil, er zeigt aufrichtiges Interesse an ihr.

Der Versuch, aus der Sache schlau zu werden, führt in eine Richtung, die mir ganz und gar nicht gefällt. Was, wenn Ulises recht hat? Was, wenn da wirklich nie etwas zwischen den beiden war?

Die Antwort auf die Frage, warum er mir dann diese Story aufgetischt hat, liegt auf der Hand. Es gibt nur eine logische Erklärung. Ich bin nicht hier, um ihr klarzumachen, dass es vorbei ist, sondern um sie eifersüchtig zu machen. Er ist es, der nicht über sie hinwegkommt.

Der Gedanke brennt ein Loch in meine Brust und einen Moment lang drohe ich an meinen Emotionen zu ertrinken.

Die nächsten eineinhalb Stunden sitze ich neben Strider und versuche, mir von meiner Unsicherheit nichts anmerken zu lassen.

Zum Glück moderiert nicht Dean die Veranstaltung, wie er es früher immer getan hat. Stattdessen steht sein Vater, Sean Reynolds, auf der Bühne. Mein ehemaliger Chef ist nicht nur eine hartgesottene Pipeline-Legende und eine echte Lokalgröße, sondern durchaus auch redegewandt – zumindest wenn er nicht gerade sturzbetrunken ist. Als ich mit Dean zusammen war, kam das quasi ununterbrochen vor, aber allem Anschein nach hat Sean sein Alkoholproblem überwunden, und auch Deans kleiner Schwester Joe, die neben ihm steht und die anwesenden Gäste begrüßt, geht es offensichtlich besser.

Sie hat unglaublich unter dem Tod ihres Zwillingsbruders gelitten und war Deans größte Sorge. Von ihm fehlt zum Glück nach wie vor jede Spur.

Während die verschiedenen Kategorien abgehandelt werden, drehen sich meine Gedanken ausschließlich um Strider und Willow. Je länger ich die Situation an der Bar analysiere, desto mehr komme ich zu dem Schluss, dass er ihr sehr zugetan wirkte. Ihre Gesellschaft war ihm nicht unangenehm – im Gegenteil, ich bin überzeugt davon, dass er sich gefreut hat, diese Frau zu sehen. Nein, so offen und herzlich reagiert niemand auf seine verhasste, nervtötende Ex-Freundin.

Das alles kommt mir vor wie ein schlechter Film, denn genau das hatte ich schon mal. Dean hat auch versucht, über Sam, von der er bitter enttäuscht war, hinwegzukommen. Ihre kranke Beziehungsscharade wurde auf meinem Rücken ausgetragen und nun geschieht das Gleiche noch einmal.

Story of my life … Ich verliebe mich und werde nach Strich und Faden verarscht. Verrückterweise schmerzt das hier weitaus heftiger, als das Beziehungsende mit Kyle oder Dean, dabei sind Strider und ich nicht mal ein Paar. Wie kann ich mich ihm so zugehörig, so verbunden fühlen, wenn wir doch noch dabei sind, uns kennenzulernen?

Ich atme tief durch, versuche meine Enttäuschung herunterzuwürgen. Energisch schlucke ich gegen die aufsteigenden Tränen an.

»Und nun kommen wir zu dem für uns bedeutendsten Ereignis des Abends«, sagt Joe in diesem Augenblick. »Dieser Programmpunkt, die Verleihung der Russel

Reynolds Trophäe, liegt uns sehr am Herzen. Dafür bitte ich den Präsidenten der Russel Reynolds Foundation, meinen Bruder Dean, auf die Bühne.«

Unter lautem Beifall gesellt sich Dean zu dem Rest seiner Familie. Sam begleitet ihn.

Ich beobachte das ganze Schauspiel, als wäre ich gar nicht da, und ein wenig fühlt es sich genauso an. Ich stehe völlig neben mir, bin in meinem Strider-Sinclair-Liebesdrama gefangen. Meine desaströsen Gefühle erfordern all meine Aufmerksamkeit, sodass ich Dean nicht einmal richtig wahrnehme.

Sein Anblick ist weit weniger schmerzhaft, als ich es mir jemals hätte vorstellen können. Erst als er ins Mikro spricht und seine tiefe Stimme etwas in mir zum Leben erweckt, löse ich mich aus dem dämmerartigen Zustand, in den ich abgedriftet bin. Mein Körper reagiert auf Deans Stimme. Erinnert sich, wie es war, wenn er mir vor dem Einschlafen gesagt hat, dass er mich liebt. Ich hingegen erinnere mich daran, dass alles gelogen war.

Dass alles gelogen ist.

Ein gequälter Seufzer schlüpft über meine Lippen, und ich kann nicht anders. Ich wende meine Augen von Dean und dem Geschehen auf der Bühne ab und schaue zu Strider.

Unsere Blicke kreuzen sich, verhaken sich ineinander. Seiner ist forschend, meiner … Ich weiß es nicht, aber ich glaube nicht, dass ich verbergen kann, wie es in mir aussieht. Ich drohe hier und jetzt auseinanderzubrechen. Ich hätte alles ertragen können. Dean, das Getratsche, doch nur, weil Strider an meiner Seite war, weil ich tief in meinem Inneren gehofft habe, ich würde ihm etwas bedeuten. Weil ein Teil von mir der Meinung war, er meinte uns, als er eben im Auto sagte, dass er das Ganze ernst nehmen würde.

Strider greift nach meiner Hand, doch ich entziehe sie ihm und wende mich von ihm ab. Wenn dieser offizielle Part des Abends vorbei ist, dann werde ich diese Farce beenden. Ich werde ein Taxi nach Hause nehmen.

Zur Hölle mit Strider Sinclair und all diesen Kerlen, die meinen, sie könnten ungestraft auf den Gefühlen einer Frau herumtrampeln.

# KAPITEL 14
# LIEBESDRAMA & LIEBESDIENSTE

## STRIDER | OAHU | HAWAII | 07.12.2018

Mein Blick ruht nach wie vor auf Trish. Ihrer klebt gebannt an dem verschissenen Dean Reynolds. Bis er aufgetaucht ist, war alles okay – zumindest dachte ich das. Ich dachte, es hätte etwas zu bedeuten, dass sie errötet ist, als ich ihr an der Haustür ein Kompliment zu diesem Hammerkleid gemacht habe. Ich war überzeugt davon, dass ihre Verlegenheit daher gerührt hat, dass ich sie begehre und ich dachte wirklich, sie hätte begriffen, was ich meinte, als ich sagte, dass ich das Ganze zwischen uns sehr ernst nehmen würde.

Doch gegen Dean Reynolds komme ich ganz offensichtlich nicht an.

Während ich Trish nun betrachte, blutet mein Herz. Die Wunde, die sie geschlagen hat, als sie mir ihre Hand entzogen hat, schmerzt. Man müsste meinen, ich sei im Umgang mit Zurückweisung geübt, doch dass sie mir die

Möglichkeit, ihr Trost zu spenden, verwehrt hat, hat mich schwer getroffen.

Es tut mir unendlich leid, dass Deans Auftritt sie so erschüttert – nicht nur für mich, sondern in erster Linie für sie. Sie hat sich völlig in sich zurückgezogen, und ich weiß im Moment gar nicht, was mir mehr zu schaffen macht: Dass er nach all der Zeit solche Macht über sie hat, oder dass es mir nicht gelingt, mich gegen ihn zu behaupten.

Warum will sie ihn und nicht mich?

Ich bin froh, als Sean schließlich den offiziellen Teil für beendet erklärt, die Lichter angehen und wir nach draußen in die Lobby streben. Wir schwimmen mit der Masse, werden hinausgespült und landen etwas abseits der Menge.

»Bist du okay?«, frage ich besorgt.

»Klar. Ich bin hart im Nehmen.« Genauso klingt sie auch. Kalt, distanziert und unnahbar. Sie schaut sich um. Ich denke schon, sie hält die Augen nach Dean offen, doch stattdessen fragt sie: »Wo steckt eigentlich Dixon?«

Ich lasse ebenfalls meinen Blick über die Menge schweifen, kann ihn jedoch nirgendwo entdecken.

»Keine Ahnung!«, brumme ich, genervt davon, dass sie bloß an das dämliche Interview denkt, während ich gerade leide wie ein Hund.

Allerdings habe ich nun mal Erfahrung mit unerwiderter Liebe. Meine Mom war eine großartige Lehrmeisterin und ich habe meine Lektion gelernt: Ich brauche niemanden in meinem Leben und komme gut alleine klar.

»Wir hatten einen Deal!«, blafft Trish mich an. »Du hast gesagt, er würde hier sein. Aber ich hätte mir denken können, dass du versuchst …«

»Ich versuche gar nichts«, drope ich ihr in ihre Attacke. »Er sagte, er würde hier sein. Ich bin aber nicht sein Babysitter, also zick mich nicht an, verdammt noch mal.«

Sie presst die Lippen aufeinander. Tränen schimmern in ihren Augen und alles in mir schreit danach, sie in meine Arme zu schließen, aber ich durfte ja noch nicht mal ihre Hand halten.

»Entschuldige«, murmle ich. »Ich sehe nach, ob er was geschrieben hat.« Ich zücke mein Handy und finde in der Tat eine Nachricht von ihm.

Sorry, Mann, schaffe es
heute leider doch nicht.

Steht der Termin mit
meiner Freundin morgen?

Seine Antwort kommt quasi umgehend:

Ja, habe ich doch gesagt.
Ich stehe zu meinem Wort,
auch wenn ich dich nach wie
vor für ein Arschloch halte.

Ein Deal ist ein Deal.

Wohl wahr! Und was
habe ich daraus gelernt?

???

Mach keine Deals mit
dem Teufel persönlich.

Ich lächle bei seinen Worten und hoffe, dass er mir meine Aktion nicht allzu lange nachträgt.

»Er hat geschrieben. Schau«, sage ich an Trish gewandt und halte ihr das Handy mit dem geöffneten Chatverlauf unter die Nase, damit sie sehen kann, dass ich sie nicht verarscht habe.

Während sie liest, lasse ich meinen Blick erneut über die Menge wandern. Dean, Sam und ein paar andere Leute stehen beisammen. Sie schauen zu uns herüber. Sid Henson erzählt etwas, woraufhin alle lachen – alle, nur Dean Reynolds nicht.

Mir wird heiß und kalt, als ich sehe, wie Deans Gesichtsfarbe sich verändert und sein Kopf in unsere Richtung ruckt. Sam greift nach ihm, versucht ihn zurückzuhalten, doch er wirbelt zu ihr herum, brüllt etwas.

Sein »Ich bring den Wichser um!« übertönt das allgemeine Gemurmel, zu dem die einzelnen Stimmen sich vermengt haben. Dann reißt er sich los und marschiert wie ein wütender Stier auf uns zu. Hinter ihm versetzt Sam Sid einen Stoß, fährt ihn an. Ich verstehe nicht, was sie sagt, dafür ist es um uns herum zu laut, aber sie ist wütend. Sie setzt Dean nach, den nur noch wenige Meter von Trish und mir trennen.

Er will Stress? Er kann Stress kriegen – und ich lasse diesem Arschloch gewiss nicht den ersten Schlag.

Er will mich umbringen? Soll er es doch versuchen, der dämliche Mistkerl.

Ich weiß, dass er die besseren Karten hat. Er ist größer, er ist breiter, er hat mehr Muskelmasse. Der Typ ist ein Schrank, aber er ist auch der Bastard, wegen dem ich gerade durch die Hölle gehe. Er ist der Mann, der für mein Leid verantwortlich ist und es ist meine gequälte Seele, die nach Rache schreit.

Er stürmt noch immer auf mich zu, ist fast in Reichweite, da setze ich mich in Bewegung, trete ihm entschlossen entgegen und schlage hart und schnell zu. Dean sieht es nicht kommen. Ich erwische ihn kalt, lande einen geraden Hieb mitten in sein Gesicht. Das Knacken seiner Nase, als ich diese zertrümmere, ist Musik in meinen Ohren – auch wenn meine Hand verdammt wehtut. Der überraschte Ausdruck in Deans Augen ist den Schmerz jedoch allemal wert. Ich schüttle meine Rechte einmal heftig.

»Fuck!«, flucht er, krümmt sich und hält seine Hände vor sein blutendes Gesicht.

»STRIDER!«, kreischt Trish schockiert.

Nur Sekunden später brüllt Sam ebenfalls meinen Namen, und mit einem Mal bilden wir den Mittelpunkt der Party. Die Umstehenden mustern uns neugierig.

Dean richtet sich wieder auf, der Ausdruck in seinen Augen ist mörderisch.

»Was war das denn bitte schön?«, fragt er kalt. Blut fließt aus seiner Nase und ich wünschte, ich hätte fester zugeschlagen, denn Dean sieht aus, als würde er mit mir gleich den Boden aufwischen.

»Hast du gedacht, ich überlasse dir den ersten Schlag, oder was?«

»Wovon zur Hölle redest du, Mann?«

»Hey, du hast gedroht mich umzubringen, was glaubst du, was ich da mache? Stillhalten und zusehen?«

»Du bist so ein Schwachkopf, Strider!«, blafft Sam mich an. »Er meinte Rory!«

»Rory?«, frage ich verwirrt.

Ironisch und so laut, dass Sid sie hören muss, sagt Sam: »Ja, unser Freund Sid musste seine scheißdämliche Klappe aufreißen und …«

Ich nicke verstehend. Sam verstummt.

»Lass mich raten, er hat behauptet, dass Trish mit Rory geschlafen hat.«

Ich würde drauf wetten, dass es zu der Info keine Zeitangabe gab, was erklärt, warum Dean Amok läuft und Rory an den Kragen will.

Sid grinst hämisch, als Dean sich an Trish wendet. »Und? Hast du?«, presst er hervor.

Trish verschränkt die Arme vor der Brust. »Ich wüsste nicht, was dich das angeht.«

Das sehe ich ebenso. Überhaupt steht es ihm nicht zu, so mit ihr zu reden. Ich trete, dem Drang Trish zu beschützen folgend, näher an sie heran.

»Das geht mich sehr wohl etwas an! Rory ist schließlich der Vater meines Neffen. Meine Schwester …«, beginnt Dean, wird jedoch von eben dieser Schwester unterbrochen. Ich habe gar nicht bemerkt, wie Joe sich einen Weg durch die Schaulustigen gebahnt hat.

»Himmel, Dean!«, raunzt Joe ihn erbost an. »Das ist doch Jahre her. Warum machst du wegen dieser Sache so einen Aufstand?«

»Was meinst du mit ›es ist Jahre her‹?«, erkundigt er sich.

War der Typ schon immer so schwer von Begriff, oder habe ich möglicherweise doch zu fest zugeschlagen?

»Damals, als Rory und ich getrennt waren, da hatten die beiden was miteinander und Rory hat es mir später gesagt, weil er nicht wollte, dass es komisch wird, sollten wir uns irgendwann mal treffen.« Sie schaut sich um und meint dann lakonisch: »Woher hätte er auch wissen sollen, dass seine Beichte vergebene Liebesmüh ist? Du hast wirklich ein Talent dafür, den größtmöglichen Schaden anzurichten, Deany Boy.«

Sie wendet sich Trish zu und schließt sie zur Begrüßung in die Arme. Trishs verdutztem Gesichtsausdruck nach, hat sie mit einer solchen Reaktion nicht gerechnet.

»Wie geht es dir?«, erkundigt Joe sich und ignoriert ihren vor sich hin blutenden Bruder. Vermutlich ist sie von ihm Schlimmeres gewohnt.

»Na ja«, meint Trish zögerlich. »Irgendwie habe ich mir den Abend etwas anders vorgestellt.«

Joe lacht. »Verständlich. Du weißt ja, wie Dean ist, wenn es um mich geht.« Sie rollt theatralisch mit den Augen. »Dann neigt er dazu, völlig überzogen zu reagieren.«

»Ich erinnere mich«, nuschelt Trish.

»Ich bin anwesend«, murrt Dean. »Kann mir mal jemand einen Lappen oder so geben, Strider, dieser Sack, hat mir die Nase gebrochen.«

»Du bist ja auch auf ihn zugestürmt wie ein Geisteskranker!«, zickt Joe ihn an. »Und wie er aussieht, schlägt er gleich noch mal zu, wenn du Trish nicht etwas netter behandelst.«

»Ich bin nett«, behauptet Dean.

»Ach ja? Ich finde übrigens, jetzt wäre ein toller Zeitpunkt, um sich für all den Mist, den du mit ihr abgezogen hast, zu entschuldigen! Du warst damals so ein widerliches Ekel, und wie oft hast du gesagt, dass es dir leidtäte, wie alles geendet hat. Doch kaum bekommst du die Gelegenheit, reinen Tisch zu machen, da führst du dich auf wie ein Neandertaler auf Steroiden.«

Es ist bemerkenswert anzusehen, wie Dean schuldbewusst die Augen schließt, während seine kleine Schwester ihm die Leviten liest. Fast habe ich Mitleid mit ihm, aber nur fast …

Er wendet sich Trish zu, der man – würde man sie nicht so gut kennen, wie ich es inzwischen tue – ihre Nervosität nicht anmerkt.

»Joe hat recht, Trish. Ich schulde dir eine Entschuldigung. Für eben, weil ich so ausgetickt bin, aber vor allem für das, was ich damals getan habe … ich … ich kann dir gar nicht sagen, wie entsetzlich leid mir das tut. Ich verstehe, wenn du nicht mehr mit mir redest. Was ich getan habe, und vor allem was ich dir an den Kopf geworfen habe, war unverzeihlich. Ich weiß das!«

Sein Tonfall hat nun etwas Flehendes an sich.

»Es war nie meine Absicht, dir wehzutun. Ich habe mich so schäbig benommen und als ich gesehen habe, wie sehr ich dich damit verletzt habe und du es mir vor Augen geführt hast, da … Ich hätte das niemals sagen dürfen, niemals! Es war gemein und wahnsinnig unfair. Du warst für mich da, als Russel starb …«

Seine Stimme bricht und er braucht einen Moment, um sich zu sammeln. Er ist nicht der Einzige in diesem Raum, dem in diesem Moment die Tränen in den Augen stehen.

Sam ergreift seine Hand.

»… du hast all meine Launen ertragen, hast mir geholfen, das Magazin zu retten … ich weiß nicht, wie ich all das ohne dich ausgehalten hätte, Trish, und dann habe ich etwas so Brutales getan. Ich schäme mich entsetzlich dafür, wie ich dich behandelt habe. Ich weiß, ich kann es nicht wiedergutmachen, aber ich will, dass du weißt, wie leid es mir tut.«

Er senkt den Blick und niemand würde an seinen Worten zweifeln.

»Danke, Dean«, wispert Trish sichtlich ergriffen von der öffentlichen Entschuldigung.

Gerade als sich die Lage zu entspannen scheint, platzt Willow in die Runde und erfasst die Situation unglücklicherweise auf einen Blick. Chandler folgt ihr, hält sich aber im Hintergrund.

»Strider!«, kreischt meine beste Freundin empört und baut sich vor mir auf.

Oh verdammt! Das gibt Ärger!

»Hast du …« Sie deutet auf Dean. »… etwa meinen Sponsor geschlagen?«

»Ja, aber ich hatte gute Gründe dafür.«

»Ach ja? Und welche?«, verlangt sie zu wissen.

»Ich dachte, er will mich umbringen«, erkläre ich.

Ihr Blick bohrt sich in meinen. Der Ausdruck in ihren Augen ist hart und unnachgiebig.

»Na ja, oder es zumindest probieren. Er ist auf mich losgegangen. Was hätte ich tun sollen? Also, habe ich ihn halt ausgeknockt.«

»Eine Sache, Alter, wollen wir mal grundlegend klarstellen: Du hast mir vielleicht die Nase gebrochen, aber ausgeknockt hast du mich nicht«, meint Dean in herablassendem Ton, und ich bin versucht nachzulegen, nur um ihm zu beweisen, dass ich ihn wirklich k.o. schlagen kann.

»Warum bist du überhaupt auf ihn losgegangen?«, will Willow von Dean wissen.

»Es war ein Missverständnis. Es ging um Trish …«

Willow reißt ihre Augen auf. »Um *die* Trish?«, fragt sie an mich gewandt, während Trish schräg hinter ihr bei der Nennung ihres Namens überrascht aufhorcht.

Fuck, hätte ich Willow vorhin an der Bar bloß nichts von Trish und meinen Gefühlen für sie erzählt. Kein Wunder, dass sie nun neugierig auf die Frau, die mir den Kopf verdreht hat, ist.

»Wo ist sie? Ich will sie kennenlernen.«

Trish räuspert sich und kommt zu mir.

Ich öffne den Mund, will Trish und Willow miteinander bekannt machen, doch da sagt Trish: »Ich bin nicht seine Freundin. Das behauptet Strider nur, weil er auf dich steht und dich eifersüchtig machen wollte.«

»Was?«, fragen Willow und ich unisono.

Ich erhole mich zuerst von Trishs haltloser Behauptung. »Ich stehe nicht auf sie!«, widerspreche ich energisch.

»Gut so, sonst hätten wir auch ein Problem.« Chandler tritt an Willows Seite und mustert mich prüfend. Ich speise ihn mit einem genervten Blick ab.

Nun ist es Trish, die perplex blinzelt und versucht zu begreifen, was los ist, aber damit ist sie nicht allein.

»Wie kommst du denn auf so einen Mist?«, frage ich sie.

Sie verengt die Augen zu Schlitzen. »Vielleicht, weil du behauptet hättest, sie wäre deine Ex-Freundin, die die Finger nicht von dir lassen kann. Doch als ihr vorhin zusammen an der Bar standet, hast du sie herzlich begrüßt und …«

»Seine Ex-Freundin? Wir waren nie zusammen!«, empört sich Willow, und ich muss kein Hellseher sein, um zu wissen, dass noch mehr Ärger auf mich zukommt.

Willow wendet sich an mich. Sie stemmt die Hände in die Hüften und funkelt mich ebenso wütend an wie Trish: »Warum erzählst du ihr so was?«

»Mann, Alter, in deiner Haut würde ich jetzt nicht stecken wollen.« Offensichtlich hat Dean schon wieder Oberwasser.

»Halt die Klappe, Dean!«, sagt Sam, woraufhin ich grinse. »Und du, hör auf, so dämlich zu grinsen!«, rügt sie mich. »Los! Raus mit der Sprache! Was hat es mit diesem ganzen Chaos auf sich?«

»Das würde ich auch gerne wissen.« Trish sieht mich mit gerunzelter Stirn an. »Warum lügst du mich an?«

»Um mit dir zusammen sein zu können.« Scheinbar ist meine Erklärung nicht sonderlich verständlich, denn ein einstimmiges »Was?« geht durch die Menge.

»Das heißt ›Wie bitte?‹«, korrigiere ich die Anwesenden, woraufhin Trish lächeln muss – auch wenn sie sich alle Mühe gibt, es nicht zu tun.

»Erinnerst du dich an meinen Vorschlag? An meine Seite des Deals?«, frage ich sie.

Sie nickt.

»Du wolltest meine Hilfe nicht.«

Erneut nickt Trish.

»Du dachtest, ich würde sie dir aus Mitleid anbieten, aber so war es nicht. Ich wollte dir helfen, weil …« Ich verstumme, denn ein Haufen Leute umringt uns und klebt neugierig an meinen Lippen. Ihr vor einer ganzen Meute Schaulustiger meine Gefühle zu gestehen, habe ich nicht geplant. Mein Zögern hat zur Folge, dass Cullen mir zuvorkommt.

»Weil er auf *dich* steht, Schätzchen!«, wirft er ein.

Ich schieße einen angepissten Blick in seine Richtung ab.

»Komm schon, Mann, wir alle wollen Party machen, aber dein unnötiges Liebesdrama hindert uns daran. Nun sag ihr endlich, was Sache ist. So schwer ist es doch nicht.«

Fuck, der Mistkerl weiß nie, wann er besser die Klappe halten sollte. Ich zeige ihm den Finger, drehe mich wieder zu Trish, doch da hat sie die Distanz zwischen uns überwunden und wirft sich förmlich in meine Arme. Ihre Lippen prallen stürmisch auf meine. Ich ziehe sie eng an mich, halte sie ganz fest und bin nicht gewillt, sie loszulassen, während ich ihren Kuss voller Leidenschaft erwidere.

Um uns herum brandet Beifall auf, doch wir lassen uns von dem Gejohle und den Pfiffen nicht stören.

»Nehmt euch ein Zimmer!«, grölt Cullen.

»Ach, halt den Mund!«, weist Willow ihn in seine Schranken.

»Ich finde, wir sollten gehen«, murmelt Trish an meinem Mund.

»Nichts lieber als das.« Ich nehme ihre Hand in meine und dann gehen wir.

Niemand hält uns auf und ich bin maßlos erleichtert, als wir kurz darauf im Auto sitzen.

»Möglicherweise werden sie dich wegen dieser Sache eben von den *Pipemasters* ausschließen.«

Mit ›sie‹ meint Trish die Verantwortlichen der *World Surf League*. »Ja, durchaus vorstellbar.« Nachdenklich lasse ich meinen Kopf gegen das Lenkrad sinken. Durch meine Unbeherrschtheit steht mir ein Haufen Ärger ins Haus. Wilder wird mir die Hölle heiß machen.

»Du hättest Dean nicht schlagen dürfen!«

»Ich dachte, ich müsste ihn schlagen, und wenn ich ehrlich bin, dann wollte ich es auch. Ich war so entsetzlich eifersüchtig auf ihn. Seit du gestern gesagt hast, dass du ihn heiraten willst, da …«

»Wollte!«, korrigiert sie mich. »Damals, vor einer Ewigkeit … Himmel, Strider, du hast doch nicht gedacht, dass ich …« Ihre bestürzte Miene verrät mir, dass sie erkennt, was ich gedacht habe. »Deshalb warst du gestern so kalt und so …«

»Du aber auch!«

»Ich war einen Moment lang … Himmel, es tut mir so leid. Hast du ernsthaft geglaubt, ich hätte noch Gefühle für ihn?«

Ich nicke.

»Habe ich nicht! Das schwöre ich. Dean war richtig, richtig scheiße zu mir. Er …« Sie verstummt.

»Was hat er getan?«

»Du gehst rein und schlägst ihn noch mal, wenn ich dir das verrate«, sagt sie und fügt hinzu: »Also werde ich es dir nicht verraten.«

»Hätte er es verdient?«

»Mehr als das! Es … er hat alles, was jemals gut und richtig zwischen uns war, ausgelöscht. Er hat meine Gefühle für ihn unwiderruflich zerstört. Ich muss mich immer mit aller Gewalt daran erinnern, durch was für eine harte Zeit er damals gegangen ist, um ihn nicht zu hassen. Ich versichere dir: Ich liebe ihn ganz bestimmt nicht mehr.«

Ich weiß nicht, ob sie ahnt, wie gut mir diese Worte tun, aber sie katapultieren mich in ungeahnte Höhen.

»Und abgesehen davon«, sagt sie, »gibt es da diesen anderen, nach dem ich ziemlich verrückt bin.«

»Was?« Ich klinge selbst in meinen Ohren panisch. Welchen anderen? Wovon zur Hölle redet sie und warum lacht sie?

»Ich spreche von dir, du Trottel«, meint sie amüsiert glucksend. Sie hebt ihre Hand, berührt mein Gesicht und streichelt es sanft.

»Du glaubst nicht, wie sehr mich das erleichtert.«

»Weil es stimmt, was Cullen gesagt hat?«

»Was hat er gesagt?«, frage ich neckend. »Der Typ sagt so viel, wenn der Tag lang ist.«

»Er sagte, dass du auf mich stehst.«

Ich lächle sie an. »Ja, aber er hat keine Ahnung, wie sehr.«

Trish beugt sich zu mir und küsst mich verlangend.

»Du musst uns heimbringen. Jetzt!«, sagt sie, nachdem sie den Kuss rücksichtslos unterbrochen hat.

Ich fasse in ihre Haare, ziehe ihren Kopf wieder zu mir heran und küsse sie erneut.

»Noch nicht!«

»Du bekommst mehr davon, wenn wir in meinem Bett liegen«, ködert sie mich.

»Ich warne dich, wenn das ein haltloses Versprechen ist, dann …«

»Ist es nicht«, beschwichtigt sie mich. »Ich denke, ich habe etwas bei dir gutzumachen.«

Ich öffne den Mund, will antworten, dass das gar nicht stimmt und alles nicht tragisch gewesen sei, doch Trish fügt hinzu: »Überleg dir gut, was du jetzt sagst. Ich würde mir wirklich Mühe geben, um deine Gunst zurückzuerlangen.«

»Ist das so?«, presse ich ziemlich kehlig hervor.

»Definitiv!«

»Dann sollten wir wohl wirklich besser fahren, denn du hast richtig, richtig viel wiedergutzumachen.«

Trish zieht lachend die Nase kraus. »Noch lachst du, Fräulein, aber du hast keine Ahnung, was da auf dich zukommt. Ich bin nur sehr schwer zufriedenzustellen.«

»Wirklich?« Sie zieht eine Augenbraue hoch. »Und wenn ich …« Verführerisch beugt sie sich zu mir rüber und flüstert mir ins Ohr, was genau ihr vorschwebt, damit ich ihr wieder zugetan bin.

»Hör auf, so zu rasen«, rügt Trish mich, während wir den Kamehameha Highway Richtung Honolulu hinabfahren. »Wenn wir in eine Polizeikontrolle geraten, dann dauert es noch länger, bis wir zu Hause sind.«

»Ich werde den Cops die Situation einfach erklären. Dann komme ich mit einer Verwarnung davon.«

Trish neben mir lacht kopfschüttelnd in sich hinein.

»Klar!«, meint sie belustigt. »Ich bin sicher, sie werden Verständnis für deine überbordende Libido haben. Nun fahr schon langsamer!«

»Hey, du hast gesagt, ich wäre der geborene Bad Boy. Ich habe einen Ruf zu verlieren.«

»Du hast eine Schlägerei begonnen. Noch dazu aus Eifersucht! Glaub mir, du warst Bad Boy genug für einen Abend.«

»Und?«, frage ich sie. »Wirst du mich dafür reich belohnen? Du kannst direkt damit anfangen, nachdem du Wiedergutmachung wegen dieser anderen Sache geleistet hast.«

»Das klingt vernünftig! Also Fuß vom Gas! Nicht, dass dieser Abend in einem Krankenhausbett endet.«

»Ich mag es, wenn du so herrisch bist, Täubchen!«, behaupte ich lachend und halte mich die restliche Strecke über an die Geschwindigkeitsbegrenzung.

In Pupukea trete ich allerdings auf die Bremse und lenke den Wagen auf den *Foodland* Parkplatz.

»Was machen wir hier?«, fragt Trish verwirrt.

»Kondome holen.«

Trish grinst. »Du magst es, wenn ich herrisch bin, aber ich liebe es, wie du denkst.«

Durch den Zwischenstopp dauert es eine halbe Ewigkeit, bis wir endlich in Trishs Zimmer sind, dann jedoch gibt es kein Halten mehr.

Noch während sie dabei ist, die Tür abzuschließen, dränge ich mich von hinten an sie. Ich reibe meinen Schwanz, der hart gegen den Stoff der Anzughose drückt, an ihren prallen Pobacken.

Trish japst nach Luft, als meine Hand in den Ausschnitt ihres Kleides fährt und ihre Brust umschließt.

»Gefällt dir das?«, frage ich, aber ich kenne die Antwort. Ihr Körper und seine Reaktionen auf meine Berührungen verraten mir alles, was ich wissen muss.

Meine linke Hand schiebt den Satinstoff ihres Kleides beiseite, streichelt ihren Schenkel.

»Dieses Kleid hat mich von der ersten Sekunde an um den Verstand gebracht, Täubchen«, verrate ich ihr.

»Ich weiß.« Sie seufzt, und es hört sich nicht an, als würde sie das bedauern.

»Hat es dir gefallen, dass ich nicht aufhören konnte dich anzuschauen?« Ich zwirble ihren Nippel zwischen meinen Fingern.

Sie schüttelt sachte den Kopf. »Es hat mich verunsichert. Alles, was du seit gestern Abend getan hast, wusste ich nicht einzuordnen. Ich dachte, du …«

»Was dachtest du?«, hake ich nach, als sie mitten im Satz abbricht und er unvollständig zwischen uns in der Luft hängt.

»Dass du mich benutzt hast. Ich dachte, du hättest bekommen, was du wolltest und …«

Ich lasse von ihr ab, fasse sie an den Schultern und drehe sie zu mir herum.

»Tut mir leid. Ich …«

Meine Lippen versiegeln ihren Mund. Meine Hände umfassen ihr Gesicht. Ich küsse sie hungrig. Ich verstehe, dass sie das gedacht haben muss. Mein Verhalten hat keinen anderen Schluss zugelassen und dennoch schmerzt diese Unterstellung.

»Du hast keine Ahnung, wie unglaublich verführerisch du bist. Der Gedanke, ich könnte aus irgendeinem Grund das Interesse an dir verlieren, ist absurd.«

Trish sieht mich zweifelnd an.

»Ich schwöre, es liegt nicht an deiner magischen Pussy«, erkläre ich ernsthaft und bringe sie zum Lachen.

»Witzig!«, nuschelt sie und stupst mit ihrer Nase meine an.

Einen Moment lang schauen wir uns einfach nur in die Augen. Halten der Intensität unserer Gefühle stand, lassen zu, dass diese sich aufbauen … Mein Herz ist so gefüllt mit Glück, dass ich fürchte, es wird jede Sekunde explodieren.

»Ich bin verrückt nach dir.«

Trish will meinem Blick ausweichen, doch ich fasse sie am Kinn.

»Ernsthaft verrückt! So ein Ich-denke-unentwegt-an-dich-und-könnte-nicht-mal-damit-aufhören-wenn-mein-Leben-davon-abhängt-verrückt. Ich will das hier. Ich will dich.«

»Zeig mir, wie verrückt du nach mir bist«, murmelt sie an meinem Mund und dazu braucht sie mich kein zweites Mal aufzufordern. Wir entkleiden einander mit fliegenden Fingern, küssend, fummelnd, lachend. Das schöne Kleid landet auf dem Boden, mein Anzug leistet ihm Gesellschaft, und schließlich liegen wir in Trishs weichem Bett.

»Nackt bist du noch viel schöner«, säusle ich in ihr Ohr, und genieße es, dass ich sie überall berühren kann, überall berühren darf.

»Das sagst du bloß, weil du auf eine Kostprobe von meiner magischen Pussy hoffst.«

»Ich kann warten!«, behaupte ich.

»Du bist so ein grässlicher Lügner.«

Ich ziehe sie enger an mich.

»Die Wahrheit!«

»Nobel!«, spottet sie. »Aber das ist wieder mal so typisch für euch Profi-Surfer. Immer geht es bloß um das, was ihr wollt. Was ist mit dem, was ich will?«

Ich knabbere an ihrem Ohrläppchen. »Was willst du denn?«

»Dich in mir!«, haucht sie verlangend.

»Du willst also eine Kostprobe von meinem magischen Schwanz, ja?«, frage ich und drücke ihn an ihre Schenkel.

Ich liebe es, wenn sie dieses entrüstete »STRIDER!« von sich gibt, und als ich ihr das sage, erwidert sie: »Na, wunderbar. Das ist ja dann ein Grund mehr für dich, dich schlecht zu benehmen.«

»Als ob ich dafür Gründe brauche! Und wenn du mich für schlechtes Benehmen belohnst, wie du das vorhin im Auto angekündigt hast, dann …« Ich lasse den Satz bedeutungsschwanger im Raum stehen.

»Oh je, ich sehe schon: Aus der Nummer komme ich nicht mehr raus, was?«

»Nein, das kommst du nicht.« Ich küsse sie, weil ich – wenn es nach mir ginge – im Moment gar nichts anderes mehr tun würde.

Trish schmeckt, wie sie riecht – fantastisch. Meine Hände wandern über ihren Körper, entdecken ihn, zusammen mit meinen Lippen. Es ist herrlich, ihn zu erkunden. Ihre Haut ist so zart und weich. Unzählige Leberflecken, große und kleine, zieren ihn. Mein Körper, von der Sonne gebräunt, hebt sich deutlich dagegen ab.

»Kann ich dich lecken?«, flüstere ich in ihr Ohr.

»Ich bin sauber, wenn du das wissen willst. Ich … also ja, du kannst …«

»Das meinte ich nicht. Ich meinte, ob ich es darf.«

»Oh«, meint sie. »Natürlich. Also natürlich wolltest du nicht wissen, ob ich …«, stammelt sie verlegen, woraufhin ich lachen muss. »Entschuldige, ich bin so himmelschreiend schlecht in so etwas und habe keine Ahnung, wie diese Dinge gehandhabt werden.«

»Du bist großartig«, widerspreche ich. »Und ich finde es gut zu wissen, dass du sauber bist und ich mir keine Gedanken machen muss. Und nur zu deiner Info: Ich benutze immer Kondome.«

Und weil ich weiß, dass sie weitaus weniger zurückhaltend ist, wenn die Lust regiert, sorge ich dafür, dass diese die Oberhand gewinnt und Trish zu keinem klaren Gedanken mehr fähig ist.

# KAPITEL 15

## GESCHLECHTSVERKEHR & GEWISSENSBISSE

### TRISH | OAHU | HAWAII | 07.12.2018

»Trish, Täubchen, du schmeckst so gut«, gurrt Strider irgendwo zwischen meinen Beinen. »Und du bist so weich und …« Das letzte Wort geht verloren, als er mit seiner Zunge einmal quer durch meinen Schoß streift. Auch ein Strider Sinclair kann nicht gleichzeitig reden und eine Frau zum Höhepunkt lecken.

Was bin ich froh, dass Susan den Waxing-Termin gemacht hat. Er scheint ganz angetan von all der zarten, rosigen Haut zu sein. Ich habe zwar keine Ahnung, was genau er dort macht, aber ich winde mich vor Verlangen an seinem Mund, der wahre Wunder vollbringt.

Strider hat meine Füße auf seinen Schultern platziert und ich bin mir sicher, dass er alles – aber auch wirklich alles – sehen kann. Allerdings ist mir das völlig egal. Ich will, dass er weitermacht. Er darf nicht aufhören … nie wieder.

Ich reibe meine Mitte schamlos an seinem Gesicht. Ich will mehr von seinen Lippen, seinem Kinn, seiner Nase. Seine Zunge fährt in mich, vögelt mich, doch es ist immer noch nicht genug.

Ein Protestlaut entfährt mir, als Strider sich zurückzieht.

»Nein!« Das Wort klingt kläglich.

»Komm her! Setz dich auf mein Gesicht! Reite es!«

Ich zögere.

»Das wird dir gefallen«, lockt er mich, und wie könnte ich ihm widerstehen?

Er streckt die Hand nach mir aus und ich ergreife sie. Er dirigiert mich so, wie er mich haben möchte und was er gesagt hat, war nicht gelogen: Kaum hat er angefangen, erkenne ich die Vorteile, die diese Position hat. Seine kräftigen Hände halten sich an meinem Hintern fest, während seine Zunge durch meine Spalte pflügt. Anfangs bin ich noch zögerlich, habe Angst, ich könnte ihn ersticken, doch irgendwann ist die Lust so groß, dass ich mir völlig enthemmt nehme, was ich brauche. Ich komme lautstark, unfähig mich auch nur ein klein wenig zurückzuhalten.

Als ich danach zusammengekauert mit zittrigen Beinen auf der Matratze liege, beobachte ich, wie Strider sich herumrollt und sein Gesicht, das von meiner Nässe glänzt, an der Bettdecke säubert.

Er rutscht näher an mich heran, küsst mich. Ich kann mich an ihm riechen, kann mich schmecken, finde es spannend und eklig und erregend zu gleich.

»Tut mir leid, dass ich so …« Ich ringe nach dem richtigen Wort. Wollüstig war? Himmel, das würde meine

Oma sagen und es klingt nach Sünde und so, als wäre etwas an dem, was gerade geschehen ist, falsch gewesen. »… so abgegangen bin«, ergänze ich.

»Es war toll, wie du abgegangen bist!«, versichert er mir amüsiert. Ich habe den Eindruck, er macht sich über mich lustig. Doch er küsst meine Schulter und meinen Hals und während er dort viele vereinzelte Küsse verteilt, sagt er: »Ich mag, dass du so leidenschaftlich sein kannst. Man vermutet es nicht, weil du so kontrolliert wirkst, aber wenn du dich fallen lässt, dann …«

»Es fällt mir bloß schwer, mich fallen zu lassen«, verrate ich ihm.

»Wir werden das einfach üben«, meint er und grinst spitzbübisch.

»Ich denke, damit kann ich leben. Willst du, dass ich mich revanchiere?«

»Das hier ist kein Wettstreit, Täubchen. Niemand muss Dinge tun, die er nicht tun will …«

»Oh, ich würde das schon tun wollen, ich kann mich bloß im Moment nicht bewegen«, gestehe ich ihm.

»Habe ich dich platt gemacht?«, fragt er und wirkt sehr zufrieden mit sich.

»Aber so was von!«

»Ist es okay, wenn ich mich bediene?«, fragt er und betrachtet aufmerksam mein Gesicht. Nach kurzem Zögern ringe ich mich zu einem Nicken durch. Ich finde, Strider hat sich einen Vertrauensvorschuss verdient und ich bin gespannt, was er tun wird. Zu meiner Überraschung löst er sich von mir. Ich betrachte seinen einsatzbereiten Penis. Er ist groß und ragt aus kurzen, dunklen Haaren hervor. In diesem Moment ist mir fast egal, was Strider vorhat. Ich will einfach nur, dass er so schnell wie möglich in mir ist.

»Bleib einfach genauso liegen«, sagt er. Er verschwindet aus meinem Sichtfeld. Ich schließe die Augen, denn die Erschöpfung ist überwältigend. Hinter mir höre ich, wie Strider die Kondompackung öffnet und auch das Ratschen, als er eines der kleinen Päckchen aufreißt.

Die Matratze senkt sich, als er sich hinter mich legt. Ich spüre seinen harten kantigen Körper an meinem Rücken, seine Lippen, die meinen Hals liebkosen, behutsam an ihm knabbern, und mir entfährt ein lustvolles Keuchen. Es wird lauter und heiserer, als er unter mein Bein greift, es anhebt und von hinten in mich eindringt. Er penetriert mich vorsichtig. Stoß für Stoß bahnt er sich den Weg tiefer in mich. Seine Hand liegt auf meiner Hüfte und er zieht mich enger an sich.

Bisher war diese Position nicht gerade meine Lieblingsstellung, aber das hier ist so gut. In diesem Moment und in dem Zustand, in dem ich mich gerade befinde, ist es genau das, was ich brauche. Träge und gemächlich bumst er mich, und ich liege einfach da und muss nichts tun, außer es zu genießen. Außer zu nehmen, was er mir gibt.

Eine Weile genießen wir es beide, und ich schätze, er könnte es noch stundenlang auf diese Weise mit mir tun, ohne dass einer von uns kommen würde. Doch so schön es auch ist: Irgendwann schwindet die Schlappheit aus meinen Gliedern und die Lust entflammt aufs Neue. Ich drehe mich auf den Bauch und Strider folgt mir, ohne sich von mir zu lösen. Sein Gewicht drückt mich in die Matratze. Seine Bewegungen werden härter, seine Stöße gewinnen an Kraft. Ich kippe ihm mein Becken entgegen, verlange stumm nach mehr. Sein hitziger Atem prallt auf meinen schweißnassen Rücken. Seine Hoden schlagen bei jeder Bewegung gegen meine frisch gewachste und noch sehr empfindliche Klit. Sein Dreitagebart hat ihr während des wilden Ritts zusätzlich zugesetzt und nun ist dieses Dagegenschlackern eine einzige süße Folter.

Ich genieße es, Strider in meinem Rücken zu haben, genieße seine Kraft und die Intensität des zügellosen Akts, aber auch, wie er mich auf anderer Ebene erschüttert. Eins mit ihm zu sein ist das Paradies auf Erden. Nicht, weil er so heiß und betörend ist, sondern weil es sich anfühlt, als würden wir zusammengehören … und so hat es sich noch nie angefühlt – nicht einmal mit Dean.

Und während Strider mich hart durchnimmt und sich regelrecht an mir abarbeitet, frage ich mich, ob er vielleicht mein Schicksal sein könnte.

»Du bist schon wach? Fuck! Wie lange bist du denn bereits auf?«, murmelt Strider.

Die Frage ist eher, wie ich es geschafft habe, mich aus seinem krakenähnlichen Griff zu befreien und trotz dieser Widrigkeiten – wenn man es denn unbedingt so nennen will – an meinen Schreibtisch gelangt bin.

Ich schaue von dem Interview auf, das ich noch einmal überarbeitet habe. Heute Nacht hatte ich nämlich noch eine großartige Idee. Von wegen Schicksal, zweite Chancen und so.

»Eine Weile schon«, erwidere ich vage, stehe auf und krieche zu ihm ins Bett.

Himmel, verschlafen ist dieser Mann noch unglaublich viel attraktiver. Was ich jedoch am meisten an ihm mag, ist die Tatsache, dass er keinen Hehl daraus macht, dass er wirklich verrückt nach mir ist, und kaum liege ich neben ihm, lüftet er die Decke, damit ich drunter kriechen kann.

Sein Körper ist noch ganz warm. Ich kuschle mich an ihn, atme seinen Geruch ein. Er duftet nach Sex und Schlaf. Es ist verführerisch.

»Was hältst du davon, duschen zu gehen, mmh?«, fragt Strider. Er ist noch ganz schlaftrunken.

»Was hältst du von Sex am Morgen, ehe wir duschen gehen?«

Er lacht, behauptet, ich sei unersättlich und sagt dann: »Sorry, ich muss erst mal für kleine Wellenreiter.«

Auf meinen verwirrten Gesichtsausdruck hin fügt er hinzu: »Schiffen.«

»Oh, ja klar.«

»Fuck, du bist so süß, wenn du rot wirst.«

Ich rolle mit den Augen und mich dann unter der Decke zusammen. Während er im Bad verrichtet, was er zu verrichten hat … Nun ist es offiziell: Strider Sinclair ist auch bloß ein Mensch, denke ich darüber nach, dass ich in seiner Gegenwart vermutlich noch oft in Verlegenheit geraten werde.

Ich kann bloß hoffen, dass ihn meine Zurückhaltung nicht irgendwann nervt. Es sind ja gerade die Dinge, die man an dem anderen am Anfang anziehend findet, die einen später um den Verstand bringen. Er mit seinen Bad Boy-Allüren hat jedenfalls das Potenzial, mich zur Weißglut zu treiben.

Als ich das Wasser der Dusche rauschen höre, bin ich hin- und hergerissen, ob ich ihm dorthin folgen soll. Ich habe das alles ja schließlich schon hinter mir und es bestünde keine Notwendigkeit dazu, allerdings … Der Gedanke an einen nackten, nassen Strider ist zu verlockend, als dass ich der Versuchung widerstehen könnte.

»Hey«, begrüßt er mich überrascht, als ich zu ihm unter das fließende Wasser steige und mich von hinten an seinen muskulösen Körper schmiege.

Meine Fingerspitzen tanzen über seinen gut definierten Bauch, spielen mit den wenigen Härchen, die vom Nabel zu seinem Schritt führen, und landen schließlich genau dort.

»Unersättlich«, stöhnt er gepresst, als meine Hand sich um seinen Penis schließt. Ich leiste etwas Vorarbeit, indem ich meine Hand einige Minuten an seiner Latte auf und ab bewege, ihn melke.

»Gut machst du das«, lobt er mich, als ich ihn frage, ob das so okay ist. »Du könntest noch einen Tick fester …«

Der Rest geht in einem Keuchen unter, als ich meinen Griff verstärke. Ich mache weiter, bringe ihn richtig auf Touren, ehe ich ihn bitte, sich herumzudrehen, vor ihm auf die Knie sinke und ihm einen blase.

Es ist lange her, seit ich das zuletzt gemacht habe. Aber ich denke, Dean hat es mir ganz gut beigebracht, und von daher mache ich mir kaum Sorgen. Mag sein, dass Strider schon bessere Blowjobs bekommen hat, die Wahrscheinlichkeit dafür ist zumindest sehr hoch, aber ich werde mich zumindest nicht blamieren.

Ich genieße die Laute, die über das prasselnde Wasser zu mir dringen. Die halben Sätze, die von seiner Lust beseelt sind und die nicht zu Ende gesprochen werden können, weil das Verlangen sie frisst, animieren mich.

Ich reibe seine Hoden vorsichtig gegeneinander, während ich an seinem Schwanz sauge. Mir ist es unmöglich, ihn sonderlich tief aufzunehmen. Was das angeht, bin ich wahnsinnig empfindlich, aber ich kann dieses Manko zumindest etwas durch ein paar kleine Gimmicks ausbessern. Dean hat, als er mir erklärte, worauf es bei einem guten Blowjob ankommt, nicht mit Insidertipps gegeizt.

»Trish«, fleht Strider, als ich mich mit Hingabe seiner Eichel widme. »Ich … Fuck! Scheiße!« Er schiebt noch ein paar Obszönitäten hinterher, ehe er seinen Schwanz unvermittelt aus meinem Mund zieht, ihn noch ein paar Mal reibt und auf meine Brüste ejakuliert. Netterweise seift er sie danach ein … sehr gründlich.

Anschließend landen wir wieder im Bett, denn scheinbar ist es uns unmöglich, die Finger voneinander zu lassen, weshalb die kommenden zwei Stunden wie im Flug vergehen. Einzig ein Anruf von Wilder unterbricht die romantische Stimmung kurzzeitig. Der Teammanager verlangt eine Erklärung für die Schlägerei am gestrigen Abend, die im Internet für ziemliches Aufsehen sorgt.

»Ich bin nachher im Haus, dann reden wir« Strider klingt angespannt. Ich schmiege mich von hinten an ihn, küsse seine braungebrannten Schultern, fahre mit meiner Nase durch die Haare an seinem Hinterkopf. Sie kitzeln mich. Strider zieht scharf die Luft ein, als ich meine Rechte über seine Brust gleiten lasse und ihn – rein zufällig natürlich – in seine Nippel zwicke.

»Um drei Uhr? Ja, das passt.«

Strider legt auf, dreht sich halb im Sitzen zu mir herum und sieht mich streng an: »Du bist eine ganz schöne Nervensäge, weißt du das?«

»Ich habe gar nichts getan!«

»Klar! Das würde ich auch behaupten«, bekennt er.

»Siehst du! Ich habe von dem Besten gelernt.«

Er grinst. Gott! Ich liebe dieses Grinsen. Ich liebe es, ihn so entspannt und glücklich zu sehen. Wenn er so lächelt, dann ist er wirklich unwiderstehlich. Dann vergesse ich alles, sogar meinen Namen.

»Komm her!«, fordert er mich auf. »Ich habe dir noch viel beizubringen.«

»Ist das so?«, necke ich ihn. »Wer sagt denn, dass ich dir erlaube, mein Lehrmeister zu sein?«

Eine Weile kabbeln wir uns noch, dann bemerke ich, dass ihn etwas bedrückt, und ich weiß auch genau, was es ist.

»Du hast Schiss wegen Wilder!«

Strider zieht eine Grimasse. »Blödsinn!«

»Oh, doch. Nicht wegen ihm persönlich, sondern wegen des Gesprächs. Du hast Angst, dass sie dich vor die Tür setzen.«

Er streitet es nicht ab.

Ich gehe zum Schreibtisch hinüber, wo mein Handy liegt, und schaue, ob ich die Ereignisse des gestrigen Abends finde. *Surf Attack*, einer der großen Konkurrenten von *Wavehunters* hat es online gestellt. In dem dazugehörigen Bericht wird Strider zum Buhmann abgestempelt. Angeblich hat er über Russel gelästert und so Deans Zorn auf sich gezogen.

»Fuck!«, flucht Strider, er hat mich von hinten in die Arme geschlossen und schaut mir über die Schulter.

»Du hast ihm aber auch so gnadenlos eine gezimmert!«, sage ich kopfschüttelnd und weiß nicht, ob es mich entsetzt oder beeindruckt. Dean ist so ein Tier, so viel größer und muskulöser und Strider … Ich will mir gar nicht ausmalen, was passiert wäre, wenn Dean zurückgeschlagen hätte. Strider kann von Glück reden, dass er den Überraschungseffekt auf seiner Seite hatte.

»Du sagtest, dass er richtig, richtig scheiße zu dir gewesen sei.«

»Ja, und ich sagte auch, dass ich dir keine Details verraten werde – zu deiner eigenen Sicherheit!«

»Das war gestern, und damals waren wir noch kein Paar, aber heute liegen die Dinge anders und …«

»Sind wir das? Sind wir denn jetzt ein Paar? Und wenn ja, ändert das wirklich etwas?«

»Absolut!«

Ich werfe ihm einen strafenden Blick zu. »Ach, tatsächlich? Wirst du mir dann auch alles aus deiner Vergangenheit erzählen?«

»Ähm, lass mich kurz überlegen: Nein!«

»Das dachte ich mir.«

»Ja, denn da gibt es nicht viel zu erzählen!«

Ich lege meinen Kopf schief und betrachte ihn. »Ich bin mir sicher, dass es da eine Menge zu erzählen gibt!«

Er dreht mich in seinen Armen herum. »Nein, Trish, da gibt es rein gar nichts. Das hier ist für mich absolutes

Neuland. Mir ist nie jemand nah genug gekommen, um mich zu verletzen. Ich will wissen, was da gelaufen ist. Ich will es wissen, weil wir ihn wiedersehen werden und ich wissen muss, wie ich mich ihm gegenüber verhalten soll, also … Es wäre wirklich toll, wenn du mir erzählen könntest, was genau sich da abgespielt hat.«

Ich denke über seine Worte nach, nehme seine Hand und führe ihn zum Bett, wo wir es uns gemütlich machen. Ich erzähle ihm die ganze Geschichte. Erzähle ihm, was Dean zu mir gesagt hat und wie sehr es mich damals verletzt hat. Kaum habe ich geendet, ist Strider dabei, das Bett zu verlassen. Ich schlinge meine Arme um seine Mitte und verhindere, dass er abhaut, um Dean aufzusuchen und ihn zu verprügeln.

»Den Scheißkerl bringe ich um«, tobt er und aus unerfindlichen Gründen habe ich eine Art Déjà-vu.

»Du wirst ihm kein Haar krümmen!«

Ich bringe Strider aus dem Gleichgewicht und er fällt zurück aufs Bett. Um zu verhindern, dass er einen weiteren Fluchtversuch unternehmen kann, setze ich mich rittlings auf ihn.

»Denk doch mal nach! Es ist gut, dass er das getan hat. Andernfalls gäbe es kein *uns*, Strider. Wenn das damals nicht passiert wäre, wenn ich mich nicht vor lauter Verzweiflung bei Rory ausgeheult hätte und mit ihm ins Bett gefallen wäre, dann wäre alles anders gelaufen, und wir wären nicht hier. Aber ich bin froh, mit dir hier zu sein. Ich …«

Er packt mich im Nacken, zieht mich zu sich hinunter und unterbricht mein Geständnis mit einem wilden Kuss. Er ist wie Strider – roh und ungeschliffen.

Binnen kürzester Zeit ufert das Verlangen aus, und ich bin maßlos erleichtert, als Strider schließlich in mir ist.

Danach liegen wir engumschlungen beieinander, streicheln und küssen uns. Ich kann nicht aufhören, ihn anzufassen und ich habe den Eindruck, dass es ihm ebenso geht, denn auch seine Finger tanzen ununterbrochen über meine Haut.

Als wir gegen Mittag völlig ausgehungert in die Küche kommen, treffen wir dort auf Susan und Mom, die sich und mir vielsagende Blicke zu werfen.

»Hört auf damit!«, rüge ich sie.

»Was denn? Wir waren kurz davor, eine Suchmeldung aufzugeben.«

»Mom!«

»Na ja, zumindest haben wir uns gefragt, ob ihr heute überhaupt noch mal aus deinem Zimmer kommt«, meint Susan feixend und ich spüre, wie ich zu meinem Unmut wieder einmal erröte.

Strider legt mir den Arm um die Schulter, zieht mich an sich und drückt mir einen Kuss auf die Schläfe. Ich schmelze dahin und lasse meine aufkeimende Verlegenheit hinter mir.

»Ich hoffe, es ist okay, dass ich die Nacht hier verbracht habe«, meint er und klingt tatsächlich ein wenig unsicher. Völlig unnötigerweise, denn Mom ist ihm längst verfallen.

»Oh, keine Sorge, ich habe Trish bereits nach unserer ersten Begegnung gesagt, dass Sie ruhig über Nacht hätten bleiben dürfen, und wir haben auch wirklich nichts dagegen, wenn Sie öfter kommen.«

Sie straft meinen flehenden Blick mit Nichtachtung.

Strider geht zu Susan, reicht ihr die Hand und stellt sich vor.

»Susan«, erwidert sie. »Ich bin Trishs Schwägerin in spe.«

»Das dachte ich mir schon. Trish hat mir bereits von dir erzählt.«

»Ist das so? Von dir hat sie noch nie gesprochen.« Sie schafft es, das zu sagen, ohne rot zu werden, und ich will sie am liebsten küssen.

Eine von uns muss ja immun gegen Striders Charme sein.

Er stutzt kurz, überspielt es dann jedoch lässig und entgegnet: »Trish hat eben ihre Prioritäten und sie nimmt ihre Aufgabe als Brautjungfer sehr ernst. Die Hochzeit steht für sie im Moment an erster Stelle. Ich glaube, sie ist mindestens so aufgeregt wie du.«

Susan lächelt. »Ich bin gar nicht aufgeregt.«

»Keine Brautzilla-Anwandlungen?«

Sie schüttelt den Kopf. »Nein. Es ist zwar noch wahnsinnig viel zu tun, aber nichts, was wir nicht mit vereinten Kräften hinbekommen würden.«

Sie wendet sich mir zu.

»Apropos, ist es vermessen zu fragen, ob du möglicherweise doch in Begleitung kommst?«

Ich suche Striders Blick und habe keine Ahnung, was ich erwidern soll.

»Entschuldigung, dass ich gefragt habe. Ich wollte euch nicht in eine peinliche Situation bringen. Wir sind nur gerade dabei, die finale Sitzordnung zusammenzustellen …«

»Wenn du möchtest, dass ich dich begleite«, sagt er, »komme ich sehr gerne mit.«

»Nur, wenn es dir nichts ausmacht«, erwidere ich vorsichtig, und versuche das nervöse Flattern in meinem Bauch unter Kontrolle zu bringen.

»Es wäre mir eine Ehre«, versichert er mir – und das ziemlich glaubwürdig.

Etwas, das ich ihm nicht abnehme, denn es kann unmöglich sein, dass er mich zu einer Hochzeit begleiten möchte. Aber das muss man ihm lassen: Er ist ein wirklich guter Lügner und vermutlich bin ich die Einzige, die Zweifel hegt, denn meine Mutter und Susan sehen ihn an, als hätte er höchstpersönlich etwas so Wunderbares wie Regenbögen oder Sternschnuppen erfunden. Es fehlt bloß noch, dass sie ihm zu Ehren einen Altar aufstellen, wo sie ihm dreimal täglich huldigen.

Ich schaue zu ihm auf. »Das hast du süß gesagt.«

Als könne er meine Vorbehalte und Zweifel spüren, sieht er mir tief in die Augen. »Ich würde dich überall hinbegleiten.«

Wow, denke ich, und kann mich gerade noch so davon abhalten, ihn nicht stürmisch zu küssen.

Als wir kurz darauf gut gesättigt wieder in meinem Schlafzimmer sind, hole ich es jedoch nach.

»Wofür war das denn?«

»Dafür, dass du mit zu der Hochzeit kommst. Ich meine … Du musst das wirklich nicht tun. Das ist …«

Er umfasst mein Gesicht mit beiden Händen. »Trish, ich will mitkommen.«

»Wieso? Ich meine, du …«

»Ja?«

»Strider, komm schon, du bist nicht der Typ, der auf Hochzeiten geht oder eine Frau überall hinbegleitet, du …«

Seine Miene verfinstert sich, weshalb ich hastig einlenke.

»Ich will nicht, dass du dich verbiegen musst.«

»Das tue ich nicht. Wenn ich dich nicht begleiten wollen würde, dann würde ich es nicht machen. Wie ich sagte, Trish, niemand muss Dinge tun, die er nicht tun will – das gilt meiner Meinung nach auch außerhalb des Betts. Doch wenn du wissen willst, weshalb ich dich begleiten möchte …«

»Ja?«

»Du wirst die Brautjungfer sein und …« Er wackelt anzüglich mit den Augenbrauen.

»STRIDER!«

»Komm schon! Dafür sind Hochzeiten doch da.«

»Ja, genau, einzig und allein, damit man die Brautjungfer flachlegen kann. Ausschließlich dafür wurde die Ehe erfunden.«

Meine Ironie prallt an ihm ab. »Exakt!«, stimmt er mir augenzwinkernd zu.

»Du bist sooo ein Romantiker!«

»Bin ich. Es geht mir nämlich wirklich nur darum, Zeit mit dir zu verbringen.« Er beugt sich zu mir, legt seine Hand in meinen Nacken und zieht meinen Kopf zu sich. Der Kuss, der folgt, hätte das Potenzial, ein Buschfeuer auszulösen.

Obwohl uns nicht mehr viel Zeit bis zum Interview bleibt und obwohl ich nach den vergangenen, sehr leidenschaftlichen vierundzwanzig Stunden mittlerweile extrem wund bin, endet der Kuss damit, dass Strider mich noch einmal »schwindelig fickt« – seine Worte, nicht meine.

Weil danach die Zeit knapp wird, habe ich kaum Gelegenheit, aufgeregt zu werden. Strider versichert mir auf der Fahrt zum *Mad Crush*-Haus auch noch einmal, dass es dafür auch keinen Grund gibt.

»Die Jungs werden sich benehmen. Keine Sorge.«

»Apropos, mir ist vorhin noch etwas eingefallen. Und zwar: Sollte Wilder dir dumm kommen, dann musst du die Klick-Rate ins Spiel bringen. Das Video hat eine ungeheure Sichtbarkeit erzielt, und sind wir ehrlich: Etwas anderes interessiert *Mad Crush* nicht. Sie wollen ihr Zeug an den Mann bringen und als Surfer schadet es nicht, wild und ein wenig unangepasst zu sein – zumindest vordergründig. Das bedeutet, dass du frei und unabhängig bist und keinen Wert auf Regeln legst. Keiner von den Jungs da draußen, die die *Mad Crush*-Klamotten kaufen, strebt danach, der perfekte Schwiegersohn zu sein. Du verkörperst ein Image – unerschrocken, wagemutig, cool, und ja, du hast einem Typ, der viel größer ist, die Nase gebrochen. Das ist schon ganz schön crazy und darauf fährt die Zielgruppe total ab. Es gibt also diesbezüglich keinen Grund, weshalb Wilder sich aufregen sollte. Selbst wenn du für die *Pipemasters* gesperrt werden solltest, was ja fraglich ist, weil man es auch als Notwehr werten könnte, ist das nicht so tragisch. Es bedeutet bloß, dass du wirklich, wirklich böse warst und bestraft gehörst und auch das ist okay. Niemand will den Good Guy, wenn er den Bad Boy haben kann.«

Er schnaubt abfällig. »Als ob ich so furchtbar wäre! Ich bin diesem Ich, das auf alles und jeden wütend war, schon so lange entwachsen. Ich lasse meinen Frust nicht mehr an anderen aus, lasse mich nicht mehr zulaufen bis ich im Koma liege oder einen Filmriss habe und …«

»Darum geht es doch gar nicht. Es geht darum, dass du Wilder die Argumentationsgrundlage entziehst. *Mad Crush* brüstet sich doch damit, wild und sexy zu sein. Das ist ihr

Image und du hast diesem mit deiner Aktion in die Hand gespielt. Du musst da auch gar nicht weiter drauf eingehen, wenn du das nicht magst. Frag ihn, ob er gesehen hat, wie viel Klicks das Video hat und erinnere ihn daran, dass jede Art von Publicity letztendlich gute Publicity ist.«

Strider sieht nicht sehr überzeugt aus.

»Und wenn Mad Crush dich rausschmeißen sollte, dann wären sie echt ziemlich bescheuert. Du bist doch ihr großer Fisch.«

»Noch«, murmelt er. »Gib der Sache noch vier, fünf Jahre, dann hat sich das von allein erledigt.«

Wie bei allen Profi-Sportlern läuft die Zeit gegen ihn. Allerdings gibt es auch Profi-Surfer, die bereits vierzig sind und sich erst dann aus dem Business zurückziehen. Denn wenn man auf diesem Niveau surft, dann ist es das: ein Job. Einer, den man machen muss, egal, ob man Lust hat oder nicht, und bei all dem Druck kann sie einem eben auch abhandenkommen.

Davon ist Strider jedoch weit entfernt. Er brennt darauf, Wettkämpfe zu surfen, und dass er gesperrt werden könnte, kotzt ihn an – da kann er sich noch so viel Mühe geben, es zu verbergen. Ich weiß, dass die *Pipemasters* sein Lieblingsevent sind.

»Alles wird gut«, spreche ich uns beiden Mut zu, denn als er den Wagen parkt, habe ich mit einem Mal heftiges Herzklopfen.

Ich spüre der aufkeimenden Angst nach, gehe ihr auf den Grund. Es ist nicht das Interview, das meine Hände schweißnass werden lässt, sondern der Gedanke, dieses Haus, an das ich so viele schlechte Erinnerungen habe, zu betreten.

»Vor nicht einmal einer Woche habe ich hier schon mal gestanden«, sage ich, nachdem wir ausgestiegen sind.

»Aber das war etwas anderes, okay? Jetzt bist du mit mir hier. Niemand wird etwas sagen, und Curtis kann froh sein, dass du ihn interviewst. Du wirst das großartig machen. Das ist die Chance deines Lebens.«

Er hat recht, erinnere ich mich. Das ist die Chance, die ich brauche, um mir Aufmerksamkeit zu verschaffen und zu zeigen, was in mir steckt.

»Ich war wild entschlossen, Ihnen das Leben zur Hölle zumachen«, gesteht Curtis – ich darf ihn Curtis nennen – mir am Ende des Termins.

Zwanzig Minuten waren für das Interview angesetzt. Daraus sind fünfundvierzig geworden, und wir haben über Gott und die Welt gesprochen.

»Was hat Sie davon abgehalten?«, erkundige ich mich, schließlich wäre es verständlich gewesen, nach dem, wie das Interview zustande gekommen ist. Denn Strider ist ein ziemlicher Lügner, und ich fürchte, ich muss ein ernstes Wort mit ihm reden. Laut Curtis hat Strider ihn nämlich ordentlich über den Tisch gezogen und mehr oder weniger genötigt, diesem Interviewtermin zuzustimmen.

»Sie erinnern mich an jemanden, den ich sehr mochte.«

Ich muss etwas enttäuscht aussehen, denn er fügt rasch hinzu. »Sie können sich nicht vorstellen, wie erfrischend es ist, wenn einem in dieser Branche jemand mit ehrlichem Interesse begegnet – und zwar nicht, weil man gerade im aktuellen Blockbuster mitspielt, der alle Kinokassen sprengt.«

Ich nicke verständnisvoll. Hinter die Fassade zu schauen, ist das, was mich bei meinen Interviewpartnern reizt. Ich will herausfinden, wie sie ticken und daher habe ich mit Curtis erst einmal darüber gesprochen, warum es ihm so wichtig war, diesen Film zu produzieren. Vordergründig ist *Eiskalte Wellen* ein knallharter Actionstreifen, doch mit der Drogenproblematik enthält er eine Message, die Curtis sehr am Herzen liegt. Seine persönlichen Motive herauszufinden war spannend, ebenso seine persönliche Entwicklung. Mit der Produktion dieses Stoffs verwirklicht Curtis sich einen Lebenstraum.

»Ich hoffe dennoch sehr, dass der Film einschlägt wie eine Bombe.« Auch wenn bisher keine einzige Szene gedreht wurde und bloß die Vorbereitungen laufen, bin ich überzeugt davon, dass ein Perfektionist wie Curtis sein Bestes gibt und das Gleiche von seiner Crew verlangt.

»Und ich hoffe, dass wir uns auf der Premiere sehen werden – selbst wenn Sie in Begleitung von Strider Sinclair dort auftauchen.«

Er reicht mir zum Abschied die Hand.

Mein Blick streift wie zufällig die roten Rosen, die auf einer Kommode stehen. Einige von ihnen haben schon ein paar Blätter verloren, die dekorativ verstreut um die Vase herumliegen.

Curtis ist mein Blick nicht entgangen.

»Blumen von meiner Ex-Frau zum Geburtstag.« Er klingt nicht so, als hinge der Himmel voller Geigen.

»Die Blumen mögen ja von Ihrer Ex-Frau sein, aber die Worte auf der Karte stammen von ihrer Assistentin«, lasse ich ihn aus einem Impuls heraus wissen.

»Sie sind von Emily? Woher wissen Sie das?«, fragt er hellhörig geworden.

Ich erinnere mich an das Gerücht, Curtis hätte eine Affäre gehabt. Hat er seine Frau mit deren Assistentin betrogen? Egal, denke ich, denn das ist nicht das, was mich interessiert – nicht wirklich zumindest. Der Schwerpunkt meiner Story ist ein anderer, und auch wenn die Welt da draußen nach Details über Curtis Liebesleben lechzt, werde ich diese nicht publik machen. Ich weiß schließlich am besten, wie es sich anfühlt, wenn Dinge aus dem Privatleben nach außen dringen.

Kurz ist sie da, die Erinnerung an Rory Johnson und an das, was wir in diesem Raum getrieben haben.

Curtis hat sich vielmals entschuldigt, dass das Interview in seinem Schlafzimmer stattfinden muss. Es war ihm sichtlich unangenehm und mir im ersten Moment ebenso, doch ich verstehe die Notwendigkeit. Das *Mad Crush*-Haus ist zwar eines der größten an der North Shore, doch zu dieser Jahreszeit ist es haltlos überfüllt.

»Das ist eine lange Geschichte«, versuche ich mich aus Curtis' Frage herauszuwinden.

»Dann machen Sie eine kurze daraus«, fordert er mich auf und ähnlich wie Strider Sinclair ist Curtis Dixon ein Mann, zu dem man nicht so einfach Nein sagen kann.

Ich gebe ihm also eine Kurzfassung der Geschehnisse und oute mich als Blumenbotin. Wilders Fehlverhalten lasse ich unerwähnt, denn dann müsste ich darüber sprechen, was mit Rory war und das will ich auf keinen

Fall. Ich erwähne jedoch Strider und unsere Begegnung, und dass er mich ins Krankenhaus gebracht hat, wo ihm klargeworden ist, dass ich eine Schnüfflerin bin, die hinter einer heißen Story her ist.

»Sie wissen, dass ich eigentlich keine Interviews mehr gebe, nicht wahr?«

»Deshalb war die Story ja so interessant.«

»Sie haben keine einzige Frage zu meinem Privatleben gestellt«, sagt er. »Dabei ist das doch der Teil, der alle Leute brennend interessiert.«

Ich räuspere mich, etwas verlegen, denn meine nächsten Worte haben das Potenzial, falsch aufgefasst zu werden: »Das ist mit ziemlicher Sicherheit so. Aber Sie sind eine eindrucksvolle Persönlichkeit. Mich interessiert nicht, mit wem Sie schlafen, oder welche sexuellen Vorlieben Sie haben. Sie haben mehr zu bieten als oberflächliche Informationen wie diese. Nichts davon macht Sie zu dem Menschen, der Sie sind, und es sagt nichts darüber aus, was Sie denken, fühlen und hoffen.«

Curtis Dixon lächelt mich an und sagt: »Hätte ich gewusst, wie Sie denken, hätten Sie mich auch in der Uniform einer Blumenbotin interviewen dürfen.«

Wir verabschieden uns endgültig von einander und mit klopfendem Herzen steige ich die Treppe hinunter, wo ich Cullen begegne. Er lungert vor der Tür herum, aus der vor wenigen Tagen Wilder und er gekommen sind. Sie ist nur angelehnt, weshalb Cullen leise spricht, als er mich mit den Worten »Sie sind noch da drin.« empfängt.

»Und?«, frage ich, höre jedoch von drinnen Wilders Stimme, die sagt: »Mal ehrlich, was zum Teufel hast du dir dabei gedacht?«

»Klingt nicht so berauschend« Cullen sieht gequält aus.

»Und das alles für eine Frau! Ich fasse es nicht!«

»Sie ist nicht irgendeine Frau!«, widerspricht Strider ihm und mein Herz macht einen freudigen, kleinen Hüpfer.

»Wohl wahr!« Wilders Stimme ist höhnisch.

»Vorsicht«, warnt Strider ihn.

»Sonst was? Gehen dann wieder die Pferde mit dir durch? Klatschst du mich wieder an die Wand, oder brichst du mir gleich die Nase wie Dean Reynolds, denn diesen Mist, den *Surf Attack* berichtet, glaube ich nicht für fünf Sekunden. Ich war schließlich dabei. Es ging bloß um die Kleine.«

»Es geht nicht um Trish!«

»Wir sollten nicht lauschen.« Cullen wendet sich in diesem Moment zum Gehen, aber ich kann nicht anders – schließlich sprechen sie eindeutig über mich.

Wilder gibt ein frostiges Lachen von sich. »Richtig!«, sagt er, als würde er sich an etwas erinnern, dann schnaubt er noch einmal abfällig. »Strider Sinclair tut nie etwas, wenn es ihm nichts nützt.« Eine Pause folgt. »Es ging dir nicht darum, zwischen ihre Beine zu kommen, sondern – und das ist der gelebte Egoismus – du legst dich so ins Zeug wegen deines schlechten Gewissens.«

»Trish, wir müssen jetzt gehen!«, beschwört Cullen mich von der Seite her. Ich nähere mich dem Türspalt. Seine Hand umfasst mein Handgelenk. Sein Griff ist eisern.

»Komm mit!«

»Nein«, wispere ich energisch. Mein Herz klopft mir bis zum Hals. Ich weiß nicht warum, aber Angst hat von meinem Körper Besitz ergriffen.

»Ich meine, hättest du diese Sache damals mit ihr und Rory nicht ausposaunt, dann …«

Ich blinzle verwirrt, schaue hilfesuchend in Cullens Richtung, doch seine erschrockene Miene verrät mir, dass etwas an Wilders Vorwurf dran ist.

Eiswasser lässt meine Venen gefrieren, durchströmt meinen gesamten Körper, der augenblicklich taub wird.

»Er … er hat was?«, frage ich Cullen, der den Mund öffnet, um sich zu erklären … nein, nicht sich zu erklären, um zu erklären, was Strider getan hat.

»Trish«, flüstert er beschwörend. »Es ist nicht so, wie du denkst.«

Er zieht mich hinter sich her. Weg von Wilders Büro, in dem der Mann steht, der … Ja, was hat er eigentlich getan? Woher wusste er, dass Rory und ich Sex hatten, und …

»Hey, Trish, hör mir zu!«

Ich versuche, mich auf Cullens Gesicht zu fokussieren, doch meine Gedanken huschen wild und panisch in meinem Kopf umher. Ich weiß nicht, was ich denken soll. Ich fühle bloß das Entsetzen in jeder Faser meines Körpers.

»Als Strider euch in flagranti erwischt hat, wusste er nicht, dass *du* mit Rory zugange warst, okay? Er dachte, du wärst irgendein Groupie, und hat sich darüber ausgelassen, aber …«

Aber ich war nicht irgendein Groupie. Ich war ich und ich war nicht da, um mit Rory Johnson rumzubumsen, ich war da, um ein Interview zu führen. Ich habe Geschäftliches mit Privatem vermischt, habe meinen Ruf als ernst zu nehmende Journalistin verspielt und alles verloren.

Langsam beginne ich das Ausmaß zu begreifen, verstehe, wie sich alles zusammengefügt hat und auch, wieso Strider überhaupt bereit war, mir zu helfen. Wilder hat recht. Es ist sein schlechtes Gewissen. Nur deshalb war er so nett zu mir, nur deshalb hat er mich ins Krankenhaus gefahren, hat diesen Deal konstruiert, hat … Oh mein Gott, denke ich erschüttert. Ich presse die Hand vor meinen Mund, wanke, weil meine Beine den Dienst versagen wollen. Cullens besorgter Blick raubt mir auch noch das letzte bisschen Atemluft. Meine Lunge fühlt sich leer an, während mein Kopf schwirrt, als würde ein Schwarm Bienen ihn umkreisen.

»Es tut ihm leid, okay! Er bedauert es zutiefst. Trish, komm schon, der Mann ist verrückt nach dir. Er …«

Nein, das ist ja das ganze Problem. Er ist nicht verrückt nach mir. Er fühlt sich bloß schuldig. Nichts zwischen uns war echt. Alles war eine einzige große Lüge, geboren aus Striders Wunsch heraus, alles wieder geradezubiegen.

»Ich … ich muss gehen!«, stoße ich hervor, dränge mich an Cullen vorbei und verlasse das *Mad Crush*-Haus erneut fluchtartig. Dieses Mal durch die Vordertür.

# KAPITEL 16
## HIOBSBOTSCHAFT & HOFFNUNGSSCHIMMER

### STRIDER | OAHU | HAWAII | 08.12.2018

»Du hast keine Ahnung, wovon du sprichst!«, fahre ich Wilder an, bevor ich einlenke und sage: »Ja, natürlich hatte ich ein schlechtes Gewissen, als ich erkannt habe, was Trish durch meine unbedachte Äußerung ertragen musste.«

»Sie hätte ja nicht …«

»Nein«, stimme ich ihm zu. »Das hätte sie nicht tun müssen, aber sie wollte es tun.«

»Scheinbar tut sie es sehr gerne.« Er sieht bei diesen Worten so überheblich aus, dass ich ihm am liebsten eine verpassen würde.

»Und was, wenn es so wäre?«

»Sie ist eine kleine Schlampe, Strider!«

»Rede nicht so über sie«, herrsche ich ihn an.

»Verdammt! Mach die Augen auf. Sie …«

»Du irrst dich, Wilder! Du siehst bloß, was du sehen willst, aber du bist blind!«

»Ich? Wer hat denn hier seine rosarote Brille auf. Die Kleine hat dich um den Finger gewickelt und zwar …«

Mein Handy klingelt. Ich schaue kurz aufs Display. Schnappe nach Luft, als ich dort *Olympia Medical Center* lese.

»Ich muss da rangehen!«, lasse ich Wilder wissen, und verlasse ohne weitere Erklärungen sein Büro.

»Strider Sinclair«, melde ich mich, sobald ich auf dem Flur stehe. Krachend fällt die Haustür ins Schloss, verschluckt die Worte meines Gesprächspartners.

»… Ihre Mutter. Es sieht sehr schlecht aus. Sie sollten dringend herkommen. Wir fürchten …«

»Strider!«, spricht Cullen mich von der Seite her an. Er wirkt aufgebracht. »Ich …«

Ich deute mit aufgerissenen Augen auf das Telefon. Nicht jetzt, versuche ich ihm wortlos mitzuteilen, doch er versteht es nicht.

»Trish!«, stößt er hervor, und gewinnt mit diesem einen Wort meine volle Aufmerksamkeit.

»Was ist mit ihr?«, frage ich.

»… akutes Organversagen aufgrund ihrer …«

»Sie hat gehört, was Wilder zu dir gesagt hat. Sie weiß Bescheid.«

»… es wäre wirklich sehr wichtig, dass Sie kommen.«

»Wo ist sie jetzt?«

Cullen deutet zur Haustür.

»Auf der Intensivstation. Ihnen bleibt nicht mehr viel Zeit, um Abschied zu nehmen, Mister Sinclair.«

»Danke!«, murmle ich und beende das Telefonat. Einen Augenblick lang zwingen mich all die Dinge, die gerade mit geballter Wucht über mich hereingebrochen sind, dazu, die Augen zu schließen.

»Ich habe versucht, sie aufzuhalten, aber …« Cullen hält kurz inne und fragt dann besorgt: »Alles okay?«

Ich schüttle den Kopf.

»Mann, du siehst scheiße aus. Mach dir mal keinen Kopf, wenn du ihr alles erklärst, dann …«

Ich atme tief durch. »Ich muss nach L.A.«, presse ich gequält hervor.

»Was? Wieso? Nein, Bro, du musst …«

Ich schüttle den Kopf. »Meine Mutter liegt im Sterben, Cullen.«

»Fuck!«, sagt er.

Ja, in der Tat. Ich wusste es. Wusste, dass es nur noch eine Frage der Zeit ist, bis sie es so weit ist. Jahrzehntelang hat sie darauf hingearbeitet, und dennoch ist es hart. Ich war hautnah dabei, während sie sich zu Grunde gerichtet hat, und trotzdem bin ich nicht darauf vorbereitet.

»Kann ich was für dich tun?«

»Ja, kannst du Wilder Bescheid geben? Ich muss packen.«

Während ich wahllos meine Sachen zusammensuche und einen Flug buche, rufe ich Willow an. Sie erklärt sich bereit, mich zu fahren. Bietet sogar an mitzukommen, doch das lehne ich ab. Danach versuche ich mein Glück bei Trish. Wie zu erwarten, geht sie nicht ran. Ich schicke ihr eine kurze Nachricht. Schreibe ihr, dass es mir unendlich leidtut, dass sie es auf die Weise erfahren hat, und weiß genau, dass alles, was ich sage, nicht ausreicht, um es wiedergutzumachen.

Auf dem Weg zum Flughafen starre ich auf das Handy.

»Warum kommt Trish nicht mit?«, will Willow wissen.

Ich zucke mit den Achseln, weiß nicht, wie ich ihr das alles erklären soll.

»Sie sollte bei dir sein.«

Das sollte sie. Jetzt. Und für immer. Aber ich habe es versaut …

»Sag mir, was ist los, Strider! Habt ihr euch gestritten?«

»Nein, nicht wirklich. Ich habe vor ein paar Jahren ziemlichen Mist gebaut … Ich meine, ich habe etwas richtig, richtig Schlimmes getan. Wobei, eigentlich war es nicht schlimm, nicht wirklich. Aber es hatte schlimme Auswirkungen.«

»Was? Ich verstehe bloß Bahnhof! Kannst du mir bitte einfach sagen, was los ist?«

»Es ist egal! Trish wird nie wieder mit mir reden, und das absolut zu Recht. Ich habe ihr Leben ruiniert, und sie hasst mich.«

»Das tut sie nicht, Strider. Wie könnte sie dich denn hassen? Du bist so ein toller Mensch, so ein großartiger Mann, du …«

»Nein, Willow!«, knurre ich. »Du weißt nicht, was ich getan habe. Du hast keine Ahnung, was geschehen ist, und …«

»Dann sag es mir doch.« Beschwörend sieht sie mich an.

Aber ich kann nicht. Ich würde es nicht ertragen, wenn sie mich auch noch verachten würde, und darum schweige ich. Den Rest der Fahrt über starre ich aus dem Fenster und denke an Trish und an das, was ich verloren habe.

»Und was, wenn du dich bei ihr entschuldigst? Sie hat Dean verziehen und das nach allem, was er ihr angetan hat.«

»Woher weißt du davon?«, frage ich erstaunt.

»Von Sam. Sie ist meine Freundin, schon vergessen?«

Ja, irgendwie schon. Der Gedanke, mit irgendwem von *Mad Crush* befreundet zu sein, und damit meine ich nicht die anderen Surfer, ist so abwegig, dass ich immer außer Acht lasse, dass so etwas überhaupt möglich ist. Aber *Nauti Gal* ist klein. Es ist ein junges Unternehmen und Sam ist … Nun ja, Sam ist Sam. Man muss sie einfach mögen. Natürlich ist Willow mit ihr befreundet.

»Also, wenn sie Dean diese miese Aktion verziehen hat, dann …«

Sie lässt den Satz unvollendet und schaut abwartend zu mir herüber, doch das ist nicht das Gleiche. Dean hat ihr bloß das Herz gebrochen, aber ich bin nicht nur für all die Gemeinheiten verantwortlich, die sie in den vergangenen Jahren ertragen musste, sondern sogar dafür, dass sie Hawaii verlassen hat.

»Du kannst sie doch nicht einfach so aufgeben«, wispert Willow geschockt.

»Verdammt noch mal, Willow«, brause ich auf. »Ich kann es nicht ändern. Das ist nichts, was sich jetzt und hier klären lässt. Es braucht Zeit. Glaubst du, mir gefällt das? Ich fühle mich absolut machtlos. Ja, vielleicht vergibt sie mir. Aber sicherlich nicht heute oder morgen. Ich habe mein Möglichstes getan, um es wiedergutzumachen und ihr zu dem Neustart zu verhelfen, den sie verdient hat.«

»Aber du liebst sie doch«, protestiert Willow hilflos, und ja, ich liebe Trish so sehr, dass es mich innerlich zerreißt zu wissen, dass sie mich von nun an hasst.

Ich sehe meine beste Freundin an und sage: »Aber manchmal, Willow, ist Liebe einfach nicht genug, verstehst du?«

Sie presst die Lippen aufeinander und schüttelt den Kopf.

Als sie mich zum Abschied in die Arme schließt, sagte sie: »Du irrst dich, Strider, Liebe ist alles, worum es in Wahrheit geht.«

Wenn Liebe alles ist, worum es in Wahrheit geht, dann bin ich ein Versager. In meinem Leben gibt es keine Liebe. Das erkenne ich, als ich das Krankenzimmer meiner Mutter betrete.

Man hat sie inzwischen verlegt, oder richtiger: Zum Sterben abgeschoben. Sie befindet sich abseits des Trubels in einem kleinen Zimmer am Ende des Gangs. Ruhe vor der letzten Ruhe.

»Kommen Sie zurecht?«, fragt die Schwester, die mich dorthin begleitet hat.

Ich nicke schwach.

»Sie können ihre Hand nehmen und mit ihr reden«, erklärt sie.

Erneut nicke ich, unfähig weiter in den Raum hineinzugehen oder an etwas anderes zu denken als daran, dass ich zu spät komme. Man hat mir mitgeteilt, dass meine Mutter nicht mehr aufwachen wird. Wie lange sie noch durchhalten wird, konnte mir jedoch keiner sagen. Zumindest ist sie derart mit Schmerzmitteln vollgepumpt, dass sie hoffentlich nicht mehr viel von allem, was um sie herum geschieht, mitbekommt.

Ich betrachte sie, wie ich sie seit Jahren nicht angeschaut habe. Intensiv und aufmerksam. Wäre da nicht der verhärmte Zug um ihren Mund, würde sie beinahe friedlich aussehen.

Natürlich hat ihre Sucht deutliche Spuren hinterlassen. Der Alkohol hat sie entstellt, hat sie für die Umwelt gut sichtbar gezeichnet. Ihr rötliches Gesicht wirkt aufgedunsen und ist von den typischen Äderchen an Nase und Wangen, die starke Trinker haben, durchzogen.

Sie war einmal so hübsch. Ich weiß es, weil ich Fotos von ihr gesehen habe. Bilder, auf denen sie jung ist und aus vollem Herzen lacht … Sie hat gerne gefeiert.

Keine Ahnung, wie alles gekommen ist, wie es nun ist. Hat sie einfach irgendwann die Kontrolle verloren? Oder ist etwas vorgefallen, das sie zur Flasche greifen ließ? Etwas Schreckliches, wegen dem sie ihren Kummer ertränken musste – und wenn ja, bin ich dieses Schreckliche, wie sie es so oft gesagt hat? Habe ich wirklich ihr Leben zerstört? Der Gedanke, dass es so sein könnte, lässt mich erschaudern.

Ich löse mich aus meiner Erstarrung, gehe in das Zimmer hinein und stelle einen Stuhl neben ihr Bett.

»Hi, Mom«, sage ich, nachdem ich mich gesetzt habe. Erst in diesem Moment merke ich, wie zerschlagen ich mich fühle. Es ist bereits mitten in der Nacht. Ich bin schon jetzt erschöpft, dabei liegt der wirklich anstrengende Teil noch vor mir. Ich bemühe mich, mich dagegen zu wappnen, bin mir allerdings nicht sicher, ob das überhaupt möglich ist.

Tief durchatmen, sage ich mir. Und Ruhe bewahren. Doch in mir herrscht ein einziges Chaos.

Es fühlt sich sonderbar an, meiner Mutter so nah zu sein, ohne dass sie kreischt und mich zum Teufel wünscht. Ich wage nicht, ihre Hand zu ergreifen. Stattdessen sitze ich einfach da – reglos und darauf bedacht, ihren Schlaf nicht zu stören. Ich weiß, sie haben gesagt, dass sie nicht mehr zu sich kommen wird, und dennoch fürchte ich mich beinahe ebenso sehr davor, dass es trotzdem geschieht, wie ich es mir wünsche.

Eine große Aussöhnung am Sterbebett. Worte, die alles wiedergutmachen. Ein letzter klarer Moment, bevor man bühnenreif dahinscheidet, doch so etwas gibt es nur in kitschigen Hollywoodfilmen.

Ich bin zu spät gekommen, und selbst wenn meine Mutter noch ansprechbar gewesen wäre, sie hätte mir wahrscheinlich bloß noch ein letztes Mal gesagt, was für eine endlose Enttäuschung ich war.

Während ich dasitze und warte und verzweifelt versuche, diese Befangenheit, die angesichts des nahenden Todes meiner Mutter von mir Besitz ergriffen hat, abzustreifen, huschen meine Gedanken immer wieder zu Trish.

Ich zücke mein Handy, werfe einen Blick auf das Display, aber wie zu erwarten, hat sie sich nicht gemeldet.

Sei kein Idiot, rüge ich mich. Es gibt keinen Grund, weshalb sie sich bei dir melden sollte, denn ihr Leben hast du definitiv ruiniert.

Die Vorstellung, sie ebenfalls für immer verloren zu haben, ist derart schmerzhaft, dass ich sie rasch von mir schiebe. Jetzt und hier ist sowieso kein Platz für mein Liebesdrama.

Wieder betrachte ich meine Mutter. Auch wenn es so aussieht, als würde sie lediglich schlafen, so trügt der Schein.

Ihr Herz schlägt langsam und gleichmäßig. Ich kann es auf dem Monitor, der neben dem Bett steht, sehen. Eine Weile lang schaue ich dem Anschwellen und Abklingen des Ausschlags zu. Wie Wellen strömen die grellgrünen Linien über den Bildschirm. Ich kann mich der hypnotischen Wirkung nicht entziehen. Die Zeit fließt dahin, verliert an Bedeutung.

Hin und wieder macht sich der Kampf, der im Körper meiner Mutter wütet, bemerkbar. Dann stöhnt sie leise. Ein Aufbäumen ihrer Seele, die versucht sich loszureißen. Schmerzen, die vermutlich jede Faser ihres Seins durchdringen … Ich frage mich, wie es sich anfühlt. Wie ist es zu sterben?

Stunden vergehen. Stunden, in denen ich mir wünschte, meine Mutter hätte früher so eisern an ihrem Leben festgehalten, wie sie es nun tut. Ich wünschte, sie hätte die Kraft, diese Energie, die sie jetzt noch hier hält, aufgebracht, um sich von ihrer Sucht zu befreien.

Die Erkenntnis, dass es kein Zurück mehr gibt, dass es zu spät ist, dass sie nicht mehr zu retten ist, überwältigt mich und treibt mir die Tränen in die Augen.

Ich versuche den Schmerz auszuklammern, versuche mich gegen ihn zu stemmen, doch er überwältigt mich. Die Tränen beginnen zu fließen und ich weine um sie und ihre verschwendeten Chancen. Ich weine darum, dass sie nie mehr als dieses Leben im Schatten ihrer Sucht geführt hat, und darum, wie unglücklich und verbittert sie gewesen ist. Ich weine, weil sie so leiden musste und auch um den kleinen Jungen, der ich einmal war und der von diesem Leben gezeichnet wurde. Ich weine, weil wir nie eine echte Beziehung zueinander hatten, denn das, was es gab, wurde nun einmal von ihrer Sucht dominiert. Ich weine, weil die Einsamkeit, die ich in diesem Moment verspüre, überwältigend ist und mich an meine Kindheit erinnert. Ich weine, weil alle Hoffnung stirbt.

Als ich ihre Hand greife, tue ich es nicht, um ihr Trost zu spenden, sondern weil ich den Halt bei ihr suche, den ich nie gefunden habe. Doch ich finde ihn auch jetzt nicht.

Ihre Hand fühlt sich fremd in meiner an. Die Haut ist kühl und pergamentartig. Ich umfasse sie von der anderen Seite mit meiner Rechten und halte sie umschlossen. Denke darüber nach, wie das sein kann. Ich bin von ihrem Blut. Kann es wirklich sein, dass da diese unüberbrückbare Distanz zwischen uns ist? Wie ist das möglich? Doch so sehr ich mich auch bemühe, ein Gefühl der Vertrautheit will sich einfach nicht einstellen. Dennoch stütze ich meine Ellbogen aufs Bett, lege meine Stirn an unsere Hände und versuche, mit dem wirren Mix aus Gedanken und Gefühlen zurechtzukommen.

Die Trauer und den Schmerz ungefiltert zuzulassen ist schwer, und ich weine um das, was war, und das, was niemals sein wird.

Keine Ahnung, wie lange ich dort sitze und dem Sturm meiner Emotionen ausgeliefert bin. Erst, als sich eine Hand auf meine Schulter legt, tauche ich wieder aus den Tiefen des Labyrinths auf, in das ich mich verirrt habe.

Ich hebe den Blick, und kann nicht verhindern, erleichtert aufzuschluchzen, als ich Trish sehe. Sie sagt nichts, tritt bloß dichter an mich heran. Ich lege die Hand meiner Mutter neben ihrem Körper auf dem Bett ab und schlinge meine Arme um Trishs Mitte. Sie lässt es geschehen, lässt zu, dass ich mein Gesicht an ihren Bauch drücke. Mehr noch, sie hält mich, streichelt meine Schultern und meinen Kopf, während ich sie bebend umklammere und mich zweifelnd frage, ob das gerade bloß ein Traum ist.

Mein Herz ist erfüllt von Dankbarkeit, Liebe, Erleichterung, Angst, Schmerz und Trauer. Ich wusste nicht, dass ein Mensch gleichzeitig zu all diesen Emotionen fähig sein kann.

»Schhhhh!«, beruhigt Trish mich. »Ich bin da. Ich bin da und ich gehe nicht weg.«

»Danke, danke, danke.«

»Schon gut«, sagt sie, und in diesem Moment ist alles gut, obwohl zugleich gar nichts gut ist.

Trish hält mich noch immer engumschlungen, als der gleichmäßige, langgezogene Piepton des EKGs verkündet, dass es vorbei ist.

Ich schaue zu dem Gerät. Der Monitor zeigt eine Nulllinie an.

Wie versteinert nehme ich wahr, dass das Krankenhauspersonal ins Zimmer kommt. Vitalfunktionen werden noch einmal überprüft, doch ich weiß, dass meine Mutter tot ist. Ich kann es an ihrer entspannten Miene sehen. Ihr toter Körper wirkt erleichtert und vielleicht ist das auch so. Möglicherweise war ihre gequälte Seele nichts weiter als eine große Last, von der er nun befreit ist.

Ich könnte es ihm nicht verdenken, und auch ich empfinde zu einem Teil ebenso. Allerdings sind meine Gefühle sehr widersprüchlich. Sie schwanken zwischen

Erleichterung, bodenloser Erschöpfung, Wut und dem Gefühl eines großen Verlusts.

Was das angeht, verstehe ich mich selbst nicht so genau, denn ich habe nichts verloren. Nicht wirklich zumindest – nur die vage Hoffnung, dass es doch ein glückliches Ende geben könnte. Die Chance auf eine Annäherung. Die Möglichkeit, eine echte Mutter zu haben. All diese Wünsche, von denen ich bis heute nicht einmal wusste, dass ich sie insgeheim noch habe, sind mit ihr gestorben.

»Es tut mir so leid«, wispert Trish. Ihre Finger fahren durch meine Haare, kraulen meinen Nacken.

»Mir auch«, murmle ich geschlagen.

Als wir das Krankenhaus schließlich verlassen, tun wir das Hand in Hand. Wir fahren nicht raus nach Malibu, sondern checken in einem Hotel in der Nähe ein.

Noch immer haben wir kein Wort über uns gesprochen. Bisher gab es dafür keinen Raum – ganz gleich, wie sehr es mir auf der Seele brennt zu erfahren, was Trish hier macht. Wie es aussieht, hat sie jedoch nicht vor, mir von der Seite zu weichen, denn wir beziehen lediglich ein Zimmer.

Die luxuriöse Ausstattung steht in krassem Kontrast zu dem Raum im Krankenhaus, in dem meine Mutter gestorben ist. Der Gedanke fühlt sich surreal an. Ich weiß, dass sie tot ist, fühle es aber nicht. Weiß es vielleicht auch irgendwie doch noch nicht. Ich kenne diese Diskrepanz, kann mich daran erinnern, ähnlich empfunden zu haben, als ich zum ersten Mal Weltmeister wurde. Früher oder später werde ich es in seiner Gesamtheit begreifen. Dann werde ich akzeptieren, dass es wirklich vorbei ist – jetzt und für immer.

Wir frühstücken auf dem Zimmer. Es ist inzwischen später Vormittag. Zuletzt hatte ich einen Riegel aus dem Krankenhausautomaten gegessen. Viel Hunger habe ich trotzdem nicht – nun, nachdem das einzige Gefühl, zu dem ich im Moment noch fähig bin, maßlose Erschöpfung zu sein scheint.

Ein wenig holt mich die Realität ein, als ich schließlich in die Badewanne steige, die Trish für mich vorbereitet hat.

»Gib Bescheid, wenn du fertig bist«, sagt sie. Sie beugt sich über mich und küsst mich auf die Stirn.

Ich greife nach ihrer Hand. »Warte! Würdest du … Könntest du dir vorstellen, dass …«

Fuck, so schwierig ist das doch nicht. Reiß dich zusammen, Mann, schnauze ich mich gedanklich an.

Trish sieht mich abwartend und unbeeindruckt von meinem Gestammel an.

»Magst du mir Gesellschaft leisten?«, frage ich, und komme mir wie ein Idiot vor, weil ich mein Glück überstrapaziere. Sie ist hergekommen. Sie kam, um mir beizustehen, und nun konfrontiere ich sie mit all dem, was zwischen uns nicht mehr stimmt, was durch mich kaputt gegangen ist.

Trish erwidert nichts, beginnt jedoch damit sich auszuziehen. Ich reiche ihr die Hand, um ihr beim Einsteigen in die moderne, ovale Wanne, die mitten im Raum steht, behilflich zu sein. Sie kniet sich zwischen meine Schenkel, bevor sie ihre Arme um meinen Hals schlingt und ihren Körper auf meinen gleiten lässt – darauf bedacht, dass der Gips nicht nass wird.

Haut auf Haut liegen wir da. Ihr Gesicht nur Zentimeter von meinem entfernt. Das Bedürfnis, sie zu küssen, wird übermächtig, doch ich widerstehe ihm. Das Gleiche gilt für den Drang, meine Hände über ihren feuchten Körper gleiten zu lassen.

»Es tut mir leid«, sage ich.

»Ich weiß«, erwidert sie schlicht.

»Ich wollte das nicht. Ich hatte keine Ahnung …«

Zeige-, Mittel- und Ringfinger ihrer rechten Hand berühren meine Lippen, unterbinden meinen Erklärungsversuch.

»Auch das weiß ich.«

Ich nehme ihre Hand in meine, ziehe sie nach unten und platziere sie auf meiner Brust.

»Lass es mich erklären.« Meiner Bitte haftet ein flehendes Drängen an. Ich muss sie einfach wissen lassen, wie sich alles ereignet hat und dass es nie meine Absicht war, sie bloßzustellen oder zu verletzen.

»Das ist nicht nötig. Es gibt nur eine Sache, die ich wissen muss …« Sie schluckt hörbar und weicht meinem Blick aus.

»Ja?«

»Ich …«

Was auch immer es ist, es kostet sie alle Überwindung es anzusprechen.

»Liebst du mich?«

»Mehr als alles auf der Welt.«

»Bist du sicher? Oder ist es, wie Wilder gesagt hat? Ist es nur dein schlechtes Gewissen, das …«

»Nein, definitiv nicht!« Wäre ich mir bis heute nicht sicher gewesen, dann wäre ich es seit dem entsetzlichen Moment, in dem ich geglaubt habe, dass ich sie für immer verloren habe.

Ich umfasse ihr Gesicht mit beiden Händen, liebkose ihre Nase mit meiner und versichere ihr: »Ich liebe dich! Ich liebe dich wirklich! Das hier ist so viel mehr als bloß eine verrückte Verliebtheit. Ich kann mir ein Leben ohne dich nicht vorstellen, Trish. Mir ist klar, wie das klingt, weil alles noch so frisch ist, aber ich weiß es. Ich weiß, dass du mein Schicksal bist.«

Sie lächelt zaghaft. »Du glaubst aber doch gar nicht ans Schicksal«, erinnert sie mich.

»Möglich. Ich weiß es nicht, aber was ich weiß, ist, dass ich an uns glaube, und ich möchte mich bei dir dafür bedanken, dass du hergekommen bist.«

»Das ist doch selbstverständlich.«

Ich schüttle den Kopf, denn das ist es unter Garantie nicht.

»Ich musste kommen. Ein Typ, auf den ich unheimlich stehe, hat mal gesagt, dass man für die Dinge, die einem wichtig sind, kämpfen muss.«

Es dauert einen Moment, bis ich mich, übermüdet und völlig fertig, daran erinnere, wie ich ihr genau das gesagt habe.

»Gerade habe ich keine Kraft zum Kämpfen«, gestehe ich Trish.

»Ich weiß, und deshalb bin ich hier.«

Ihre Lippen streifen meine erst flüchtig, dann intensiver. Wir küssen uns und ich weiß, mit ihr an meiner Seite werde ich nicht nur diesen schrecklichen Tag überstehen, sondern auch alle zukünftigen Schlachten gewinnen.

# EPILOG

## HOLLYWOOD HILLS & HOCHKARÄTER

### TRISH | LOS ANGELES | EINEINHALB JAHRE SPÄTER

»Wow!«, entfährt es Willow neben mir, als wir auf die Dachterrasse hinaustreten. Der Anblick, den West Hollywood unter uns bietet, ist atemberaubend. Chandler legt Willow einen Arm um die Schulter.

Reagan Sweets, die – wie sich herausgestellt hat – eine enge Freundin von Willow ist, stößt einen leisen Pfiff aus. »Ich meine, ich habe inzwischen echt viel gesehen, aber das …«

Auch Reagan ist in Begleitung – allerdings stehen ihr gleich zwei Männer zur Seite. Meine Neugier diesbezüglich wurde bereits befriedigt: Das Trio hat den Artikel über Polyamore-Beziehungen bereits gegengelesen und abgesegnet.

London Hyatt, die mit ihrem Verlobten Tanner Norton da ist, beugt sich zu ihm. Die getuschelten Worte, die ich aufschnappe, lassen vermuten, dass sie sich gerade Inspiration für ihre Hochzeit holt, und wer könnte es ihr verdenken. Ein großer Pavillon erstreckt sich über die gesamte Breite der Terrasse.

»Na, da hat er sich ja nicht lumpen lassen«, sagt Holden Fanning. Zwischen ihm und Curtis herrscht mittlerweile Waffenstillstand – alles andere würde auch die Arbeit an ihrem gemeinsamen Projekt erschweren.

»Curtis hat sich bei dieser Premierenfeier wirklich selbst übertroffen«, stimmt Holdens Frau Becca ihm zu.

Und ja, es ist wirklich himmlisch. All diese Lichter und die fließenden, weichen Stoffe, die sich im Wind bauschen. Es ist in der Tat alles sehr romantisch.

Sofort bedaure ich es noch mehr, dass Strider heute nicht dabei sein kann, doch ich habe vor, ihn würdig zu vertreten.

*Eiskalte Wellen* ist ein großartiger Film geworden. Zahlreiche spektakuläre Actionszenen halten die Zuschauer in Atem. Auch Willow hat einen kleinen Auftritt als Stuntdouble. Im Film schnappt sie Curtis' Figur eine Welle vor der Nase weg.

Das Highlight sind jedoch meiner Meinung nach nicht die großartigen Surfaufnahmen und das tolle Porträt der Szene an sich, sondern die subtile Message, die dem Actionstar so am Herzen liegt. Curtis erhebt nicht mahnend den Zeigefinger, sondern veranschaulicht eindrucksvoll, welch Milliardengeschäft im Drogenhandel steckt.

»Trish«, begrüßt er mich, als Willow und ich zu ihm hinübergehen, um ihm zu seinem Erfolg zu gratulieren. Er schließt mich in die Arme, begrüßt dann Willow und stellt uns seine Begleiterin vor.

»Das hier ist Emily. Liebling, du und Trish, ihr kennt euch bereits vom Telefon. Sie ist die Journalistin, die diesen großartigen Artikel über mich geschrieben hat, den sie in der New York Times unterbringen konnte. Einen Großteil des Medienrummels um den Film haben wir sicherlich ihr zu verdanken.«

Sofort widerspreche ich, doch Dixon lässt keinerlei Einwände zu.

»Wenn das so ist, muss ich ja gleich doppelt dankbar sein«, sagt Emily mit einem warmen Lächeln.

Verwirrt sehe ich sie an. »Wieso das?«

»Ohne Sie und Ihren dezenten Hinweis auf die Karte wären wir nicht zusammen.«

»Das ist witzig, denn ohne Curtis wäre ich wohl kaum mit meinem Freund zusammengekommen«, lasse ich sie wissen. »Er war Stuntdouble bei diesem Film.«

»Dieser Surfer?«, fragt sie, woraufhin ich nicke.

Curtis seufzt bekümmert. »Furchtbar, dass Strider heute nicht hier sein kann.«

»Ja«, stimme ich ihm zu und spüre in diesem Moment, wie sehr ich ihn vermisse, dabei ist es erst drei Tage her, seit wir uns zuletzt gesehen haben.

»Wo steckt er?«, erkundigt sich Emily.

»Ein Fotoshooting für *Mad Crush* auf Bali.« Ich verkneife mir, meine Vermutung zu äußern, dass Wilder diesen Termin absichtlich auf den Premierentag gelegt hat.

In diesem Leben werden der Teammanager und ich mit Sicherheit keine Freunde mehr.

Jemand kommt zu uns herüber und flüstert Curtis etwas zu.

»Die Damen, ich bitte vielmals um Entschuldigung, doch ich muss auf die Bühne und meine Rede halten«, verkündet er bedauernd, gibt Emily einen Kuss und verschwindet dann in der Menge.

Willow und ich bleiben bei Emily stehen und unterhalten uns noch eine Weile. Sie erzählt von dem Hawaii-Urlaub, den sie und Curtis im Anschluss an den Kinostart planen. Ruhe und Zweisamkeit nach all der Arbeit.

Ich unterdrücke einen sehnsüchtigen Seufzer, denn ein Liebesurlaub wäre genau das, was Strider und ich einmal bräuchten, um uns zu entspannen.

Das Leben an seiner Seite ist ein Leben auf der Überholspur, doch ich möchte keinen Tag missen.

»Ladies and Gentlemen«, schallt Curtis' Stimme durch den Raum.

Die Gespräche verstummen und alle blicken erwartungsvoll zur Bühne.

»Ich bin kein Mann der vielen Worte.«

Gelächter geht durch die Reihen.

»Zumindest heute nicht«, bekennt er jovial.

Erneut erntet er einige Lacher.

»Und so bedanke ich mich für das zahlreiche Erscheinen an diesem besonderen Abend und übergebe das Wort an eine Person, die maßgeblich bei dieser Filmproduktion mitgewirkt hat und tief in der Surfszene verwurzelt ist: Ich begrüße herzlich Mister Strider Sinclair.«

Mir bleibt bei der Nennung von Striders Namen fast die Luft weg. Verwirrt schaue ich zu Willow, die ebenso verblüfft wirkt.

Applaus brandet auf, als Strider sich zu Curtis gesellt. Sein Anblick in dem schwarzen Smoking verschlägt mir die Sprache. Himmel, sah er schon immer so verdammt gut aus? Die drei Tage, die wir notgedrungen getrennt waren, kommen mir wie eine Ewigkeit vor, und am liebsten würde ich die Bühne stürmen, um ihn zu küssen.

»Was macht er hier?«, frage ich Willow, denn ich kann es nicht fassen, dass er dort oben steht.

Curtis übergibt das Mikrofon an Strider.

»Guten Abend«, sagt er und ich erschauere beim Klang seiner sonoren Stimme, die mir direkt zwischen die Beine schießt.

Es ist beinahe peinlich, was für eine Wirkung er auch nach all den Monaten noch auf mich hat.

»Mein Name ist Strider Sinclair und ich war Curtis' Stuntdouble bei den Surfszenen, doch deshalb stehe ich heute nicht hier. Ich stehe hier, weil ich eine besondere Person in diesem Raum überraschen möchte.«

Ich schnappe nach Luft und schlage mir die Hand vor den Mund, als hinter ihm mein Gesicht auf eine gigantische Leinwand übertragen wird. Unwillkürlich sehe ich mich nach der Kamera um, die mich einfängt. Mit einem Mal sind meine Knie ganz weich.

»Hi, Trish«, sagt er und lächelt in die Menge.

Ich weiß, er hat da oben auf der Bühne einen gewaltigen Spaß. Ich kann es ihm ansehen.

Ich für meinen Teil schaue mich hilfesuchend nach Willow um, die seitlich neben mir steht, aber so, dass die Kamera sie nicht erfasst.

»Du fragst dich sicherlich, warum ich nicht bei diesem Fotoshooting auf Bali bin, wie ich behauptet habe. Ich weiß, wir hatten uns darauf geeinigt, dass es keine Geheimnisse zwischen uns geben soll, aber in den letzten Wochen hatte ich doch eines vor dir. Eines, das dir hoffentlich gefällt. Ich bin sogar gewillt, es dir zu verraten, aber dafür müsstest du auf die Bühne kommen.«

Noch einmal schaue ich zu Willow. Passiert das gerade wirklich?, frage ich sie stumm.

»Nun geh schon!«, drängt sie mich.

Die Menge teilt sich, als ich in Richtung Bühne laufe. Meine Knie zittern so heftig, dass ich nicht sicher bin, ob es mir gelingt, die Stufen hinauf zu erklimmen.

Beifall wird geklatscht, als ich auf Strider zugehe. Er öffnet die Arme und ich gleite in seine Umarmung, drücke ihn an mich und es fühlt sich an, als würde ich nach Hause kommen.

»Hi, Täubchen!«, sagt er, nachdem ich mich von ihm gelöst habe, und zwinkert mir zu.

»Ich wusste, dass du neugierig sein würdest, um was für ein Geheimnis es sich handelt.«

An das Premierenpublikum gewandt erklärt er: »Sie ist nicht nur seit achtzehn Monaten die Frau an meiner Seite, sondern Patricia Jeffries ist auch eine hervorragende Journalistin. Und Neugier ist bei dem Job quasi eine Grundvoraussetzung, nicht wahr?«

Zustimmendes Gemurmel wird laut.

»Also, meine neugierige Schönheit. Ich trage inzwischen schon eine ganze Weile ein Geheimnis mit mir herum, und heute ist der Tag, an dem ich es mit dir teilen möchte.«

Atemlos sehe ich mit an, wie er eine kleine Schachtel aus der Hosentasche zieht und vor mir auf ein Knie sinkt.

»Das ist es«, fährt er fort und klappt die Schachtel auf. Sie ist aus schwarzem Samt und in der Mitte befindet sich ein ziemlich eindrucksvoller Ring.

»Ja!«, stoße ich hervor, woraufhin der ganze Saal in lautes Gelächter ausbricht.

»Trish, Täubchen, so funktioniert das nicht«, erinnert mich Strider. »Das ist wie bei einem Interview. Ich stelle eine Frage, du antwortest. Verstanden?«

Er genießt meinen Fauxpas sichtlich.

»Frage. Antwort. Nicht umgekehrt. Neuer Versuch?«

»Würdest du mich dann bitte einfach fragen, damit ich schnell Ja sagen und dich dann küssen kann?«

»Eine Frau, die weiß, was sie will! Habe ich mal erwähnt, dass ich es mag, wenn du so herrisch bist?«

Um uns herum brandet wieder Gelächter auf, doch für mich klingt es, als käme es aus weiter Ferne. In diesem Moment gibt es nur den bildschönen Mann, der vor mir kniet, und mich.

»Also, Trish, dann mache ich es kurz. Eigentlich wollte ich groß und breit davon erzählen, wie wunderbar du bist und wie sehr du mein Leben bereicherst, aber wenn du es kurz haben willst, dann muss ich mir das wohl sparen. Und ich werde dann wohl auch nicht erwähnen können, dass die letzten eineinhalb Jahre die schönsten meines Lebens waren, oder ich gar nicht wüsste, wo ich jetzt ohne dich wäre. Echt schade, dass niemand hier etwas von deiner magischen …«

»STRIDER!« Mein panischer Schrei irritiert ihn nicht im Geringsten, ungerührt fährt er fort: »… Fähigkeit, mich immer zum Lachen zu bringen, erfahren wird.« Er zwinkert mir unverschämt zu.

Zehn Jahre meines Lebens hat er mich gerade gekostet. Er wollte Pussy sagen. Ich weiß es. Ich weiß, dass er über meine magische Pussy reden wollte. Himmel! Er bringt mich noch um, oder ich ihn …

»Also, willst du, Patricia Jeffries, die Liebe meines Lebens, mich, Strider Sinclair, heiraten?«

»Ja!«, sage ich noch einmal, lasse ihm gerade so genug Zeit sich aufzurichten, ehe ich ihm um den Hals falle und ihn leidenschaftlich küsse.

»Ich liebe dich so sehr«, verrate ich ihm, als sich unsere Lippen voneinander gelöst haben.

»Ich dich auch, Täubchen, aber das ist ja kein Geheimnis.«

## KNUTSCHORGIEN & KUSSMUND

### STRIDER | OAHU | HAWAII | 04.12.2020

»Wo steckt denn deine bessere Hälfte?«, erkundigt Cullen sich im Flüsterton. Sean Reynolds steht auf der Bühne und hält die Begrüßungsrede.

Das frage ich mich auch, denn eigentlich sollte Trish schon lange hier sein. Ihr Flug aus L.A., wo sie ein Interview mit den *Rockin' Romeos* geführt hat, hat Verspätung und wir haben uns darauf geeinigt, dass sie direkt herkommt. Unter keinen Umständen würde sie das *Wavehunters* Event verpassen wollen – schließlich ist es unser Kennenlerntag.

Ich werfe gerade einen Blick auf meine *Sir Bouncer*, als jemand an mir vorbeigreift und einen Drink vor mich stellt.

»Den habe ich nicht bestellt«, sage ich und drehe mich um.

Als ich sehe, dass es Trish ist, schiebe ich den Stuhl zurück, greife nach ihrer Hand und ziehe sie auf meinen Schoß.

»Dich hingegen schon!«

Ich küsse sie.

»Geht das schon wieder los! Ihr seid schrecklich. Seit ihr geheiratet habt, wird das immer schlimmer!«

Ich löse meine Lippen gerade lang genug von Trishs, um ihm zu sagen, dass er die Klappe halten soll.

»Kommt schon! Wir wissen inzwischen alle, dass ihr euch vor Wiedersehensfreude beinahe überschlagt, aber könnt ihr euch nicht ein Beispiel an Challow nehmen? Die …«

»Strider hat recht. Cullen, halt die Klappe«, sagt Willow, die zusammen mit Chandler ebenfalls an unserem Tisch sitzt. »Und wenn du uns noch einmal Challow nennst dann …«

»Aber euch gibt es alle bloß im Doppelpack. Das ist grässlich!«

Keine Ahnung, was Willow erwidert, denn Trish ist wirklich gut darin, meine Aufmerksamkeit auf sich zu ziehen. Sie trägt das gleiche Kleid wie an jenem Abend, als wir ein Paar geworden sind, weil sie weiß, wie sehr ich es mag.

»Oh, bitte«, jammert Cullen, »ihr nicht auch noch! Leute, wenn ihr nicht sofort mit euren Knutschorgien aufhört, suche ich mir einen anderen Platz.«

»Neid der Besitzlosen«, kommentiert Chandler sein Rumgeheule.

»Ja, wir sollten ihm dringend eine Frau organisieren. Eine, deren Kussmund ihn ebenso um den Verstand bringt, wie der von Trish mich.«

Ich ernte einen ausgestreckten Mittelfinger für meine Bemerkung von Cullen und ein amüsiertes Schmunzeln von meiner Frau.

»Das schaffe ich schon noch selbst!«, brummt er verdrießlich. »Abgesehen davon: Für jemanden, dem seine Frau fast abhandengekommen wäre, würde ich den Mund mal nicht so vollnehmen.«

»Ich bin ihm nicht fast abhandengekommen, der Flug hatte bloß Verspätung.«

»Ja, mit der Pünktlichkeit hast du es nicht so. Das wissen wir alle. Ich meine, wie lange hast du jetzt gebraucht, um ihm diesen Drink zu servieren?«

Trish legt die Stirn in Falten, denkt einen Moment lang nach und erwidert dann: »Sieben Jahre. Kann das sein? Aber hey, er soll froh sein, dass ich ihm seinen Whiskey on the Rocks überhaupt gebracht habe. Damals habe ich mir geschworen, dass eher die Hölle zufriert, als dass ich ihm einen Drink hole.«

Alle lachen, nur mich plagt das schlechte Gewissen.

Trish scheint es zu spüren. Sie kann mich lesen, wie ich die Wellen lesen kann. »Entspann dich, California Bad Boy. Du kannst ihn ruhig trinken.«

»Was hältst du davon, wenn ich ihn mit dir teile, mmh?«

Trish räuspert sich. »Das geht nicht.«

»Wieso nicht?«

»Der Arzt hat mir gesagt, dass ich vorerst keinen Alkohol trinken darf.«

»Welcher Arzt und warum darfst du nichts trinken?«, frage ich alarmiert. Unsere Freunde sehen uns aufmerksam an.

Trish räuspert sich und erklärt dann in ruhigem Tonfall: »Weil in meinem Zustand dringend davon abgeraten wird Alkohol zu konsumieren, Strider, deshalb.«

Es dauert bestimmt drei Sekunden, bis ich begreife, was meine Frau mir gerade mitgeteilt hat. Ein Stein fällt mir vom Herzen. Die Erleichterung wird von einer Welle purer Glücksgefühle weggespült.

»Bist du …«, hake ich nach, weil ich Gewissheit brauche.

Trish grinst breit und nickt zur Bestätigung.

Auf einmal fühle ich mich glücklicher als damals, als ich zum ersten Mal den Weltmeistertitel gewonnen habe. Ich ziehe sie enger an mich, küsse sie stürmisch und so leidenschaftlich, dass sie mich schließlich japsend von sich schiebt. »Langsam, du Draufgänger, das Baby bekommt keine Luft!«

Ich lache und küsse behutsam ihr Gesicht, ehe ich zulasse, dass unsere Freunde uns zu der frohen Neuigkeit gratulieren.

»Bist du glücklich?«, fragt Trish mich, nachdem sich die erste Aufregung gelegt hat.

»Mehr als du dir vorstellen kannst, Täubchen«, erwidere ich und drücke ihre Hand. »Und mehr als ich verdient habe.«

»Du hast alles Glück der Welt verdient, Liebling. Zwar hätte ich mir bei unserer ersten Begegnung niemals vorstellen können, dass ich mich einmal in dich verlieben würde, aber es ist passiert.«

»Bereust du es?«

Trish wendet sich mir zu. Sie legt ihre rechte Hand auf meine Wange und sieht mir tief in die Augen.

»Ich habe es bisher keine Sekunde lang bereut.«

»Ich werde dafür sorgen, dass es so bleibt«, verspreche ich ihr und dann, weil ich es immer noch nicht wirklich glauben kann, sage ich: »Wir bekommen wirklich ein Baby!«

Trishs Lippen verziehen sich zu einem breiten, glückseligen Grinsen. Sie sieht völlig stoked aus. »Ja, wir bekommen wirklich ein Baby.«

»Das ist perfekt.« Und genau so fühlt sich mein Leben in diesem Moment an: Absolut vollkommen.

# LESETIPP

Du bist neugierig auf die Reynolds Brüder geworden, oder kannst nicht genug von heißen Surfern bekommen? Dann lerne meine Waves-of-Love-Reihe kennen.

Oder haben es dir Willow, Chandler und ihre Freunde angetan? Ihre Geschichten findest du in meiner Millionaires Club Reihe.

**Sex, Surfen, Hawaii: Die leidenschaftlich-erotische Roman-Reihe »Waves of Love«**

# KLAPPENTEXT

**»Waves of Love – Sam & Russel: Ganz oder gar nicht«**

Russel Reynolds ist der neue, aufsteigende Stern am Himmel der Profisurfer-Szene. Er ist reich, attraktiv und lebt nach dem Motto ›Ganz oder gar nicht‹. Russel verfolgt seine Ziele ohne Rücksicht auf Verluste. Als er sich in Samantha verliebt, erreicht sein Egoismus jedoch ungeahnte Ausmaße, denn Sam ist die Frau, die sein Bruder Dean seit einer gemeinsamen Nacht begehrt. Obwohl Russel um Deans Gefühle weiß, beginnt er eine leidenschaftliche Beziehung mit Sam. Doch die Dinge sind nicht so, wie sie scheinen, und als er erkennt, was sich wirklich zwischen Sam und seinem Bruder zugetragen hat, muss er sich entscheiden. Er könnte schweigen und Sam heiraten, oder die Wahrheit ans Licht bringen und riskieren sie zu verlieren …

**»Waves of Love - Sam & Dean: Haltlos verloren«**

Nach dem Tod seines Bruders Russel ist für Dean Reynolds nichts mehr, wie es war. Ihre letzte Begegnung endete in einem gewaltigen Streit, und noch immer hasst ein Teil von Dean Russel. Zugleich kämpft er mit extremen Schuldgefühlen, denn er fühlt sich verantwortlich für Russels Tod und begehrt zudem noch dessen Verlobte Samantha. Aus Erfahrung weiß er allerdings, dass es ein großer Fehler wäre, sich auf Sam einzulassen, denn auf sie ist kein Verlass. Deans Verzweiflung ist grenzenlos, und weder belanglose Affären noch Drogen lindern seinen Schmerz. Als er sich völlig zu verlieren droht, ist ausgerechnet Sam zur Stelle und reicht ihm ihre helfende Hand. Ist es möglich ihr trotz allem zu vertrauen? Und findet Dean einen Weg ihr zu verzeihen?

**Einzelband L.A. Millionaires Club – Chandler**

Bei seinen millionenschweren Investments riskiert der attraktive Chandler, der als der begehrteste Junggeselle LAs gilt, lediglich sein Vermögen. Als er die junge Pro-Surferin Willow Ramsey trifft und sich Hals über Kopf verliebt, ist es jedoch sein Herz, das mit einem Mal auf dem Spiel steht. Willow hingegen hat nach ihrer letzten Beziehung die Nase voll von gut aussehenden Männern, die sich nicht festlegen, aber alles haben wollen. Gelingt es dem Millionär Willow von seinen ernsthaften Absichten zu überzeugen, um mit ihr den unkalkulierbaren Schritt in eine gemeinsame Zukunft zu wagen?

**Tristan – Chandler – Jayden: Sie alle haben eines gemeinsam:**

Sie sind schwerreich und atemberaubend attraktiv. Ihr Leben ist Luxus pur. Es besteht aus schnellen Autos, schönen Frauen und einem privilegierten Lebensstil.

Manche empfinden ihren Reichtum als Last, andere wissen mit ihrer Zeit nichts anzufangen und wieder andere leben nur für die Arbeit und suchen Zerstreuung in belanglosen Affären.

Doch sie sind mehr als bloß Freunde. Sie sind eine verschworene Gemeinschaft. Sie halten zusammen – egal, was auch passiert – und stehen immer füreinander ein.

# GLOSSAR

**ALOHA:** Liebe, Zuneigung, Nächstenliebe, Mitgefühl und vieles mehr

**THE EDDIE / EDDIE WOULD GO:** Eddie Aikau war ein hawaiianischer Surfer und Rettungsschwimmer. Er ist eine Legende und nach ihm wurde ein legendärer Big Wave Contest (The Eddie) benannt. Eddie would go ist ein geläufiges Sprichwort, denn er stürzte sich wagemutig selbst in die größte Brandung, um Ertrinkende zu retten.

**DUDE:** ähnliche Bedeutung wie Alter, Kumpel, Bro

**HULA:** traditioneller hawaiianischer Tanz

**KOOK:** Abfällige Bezeichnung für einen Surfanfänger

**LINE UP:** Das Line Up liegt hinter der Brechungslinie der Wellen. Dort sammeln sich die Surfer, um dann eine Welle nehmen zu können.

**LUAU:** eine Kombination aus Hula-Vorführung und traditionellem Essen

**PIPELINE/BANZAI PIPELINE/PIPE:** Surfspot an Oahu North Shore. Es ist ein sogenannter Reef Break. Die Welle bricht auf dem darunterliegenden Riff. Pipeline gilt als eine der schönsten und gefährlichsten Wellen der Welt. Man kann sie nach rechts (Pipeline Backdoor) oder nach Links (Pipeline Left) surfen.

**WIPE OUT:** Bedeutet den Sturz vom Board.

**OVER THE FALLS GEHEN:** Ist eine besondere Form des Wipe Outs. Man stürzt vom oberen Wellenbereich in den unteren, weil man mitgerissen wird.

**SHAKA:** Geste mit der Bedeutung »Cool!«, »Locker!«, »In Ordnung!«

**SHIPSTERN BLUFF:** Surfspot vor Tasmanien

**SPOT | SURFSPOT:** Stelle an der man surfen gehen kann, viele Surfspots haben Namen, berühmte Spots sind u.a. Pipeline, Mavericks, Chopes, Jaws

**STOKED SEIN:** Wenn alles gut läuft beim Surfen und man aus dem Wasser kommt, hat man ein breites Grinsen im Gesicht und verspürt ein Gefühl absoluter Glückseligkeit. Man ist stoked.

**SWELL:** die Dünung, die ankommenden Wellen

**REINDROPPEN /DROP IN:** Einem anderen Surfer die Vorfahrt nehmen. Ich verwende es aber gerne, wenn sie sich ins Wort fallen, weil es quasi das Gleiche ist.

# DANKSAGUNG

Zwar bin ich die Autorin dieses Buchs, doch »California Bad Boy« wäre ohne die tatkräftige Unterstützung einer Vielzahl von Menschen nicht entstanden. Bei ihnen möchte ich mich im Einzelnen bedanken.

Zuerst einmal ist mein Mann, besser bekannt als #nerdboy, zu erwähnen. Babe, ich weiß, es war wieder eine harte Zeit, aber ich gelobe Besserung beim nächsten Buch – wie immer. Danke für alles, vor allem dafür, dass du mir den Rücken freihältst. Mein Dank richtet sich außerdem an meine Kinder. Ihr seid großartig.

1000 Dank an meine Lektorin Serena Avanlea von »Herzensbücher schreiben«. Deine Anmerkungen und Anregungen waren unglaublich hilfreich und inspirierend. Das Gleiche gilt für meine liebe Freundin Anja, die mir seit meinem Debütroman »Ein Surfer zum Verlieben« mit Rat und Tat zur Seite steht. Maßgeblich mitgewirkt hat auch meine Korrekturelfe Sabine, die als Mia Leoni wunderbare Romane schreibt.

An dieser Stelle möchte ich weiteren sehr lieben, sehr begabten Kolleginnen danken. Meinen Musketieren Kathrin Lichters aka Liv Keen und Isabella Muhr aka Zoe M. Lynwood sowie Nicole Wellemin alias Nikki West, Aurelia Velten und last but not least Carin Müller, auch bekannt als Charlotte Taylor. Danke für eure Mühe, Geduld und euren Beistand im vergangenen Jahr. Ihr seid großartig und ich wünsche euch alles Glück und allen Erfolg der Welt.

Mein Dank gilt außerdem den engagierten Bloggern und Bücherliebhabern, die mich so wunderbar unterstützen sowie meinen fantastischen Testleserinnen Heike, Katja, Anastasia, Chantal, Diana, Olga und Antje und dir, liebe Leserin/lieber Leser, danke ich dafür, dass du mein Buch gekauft hast. Ohne dich könnte ich meinen Traum vom Schreiben nicht leben.

# WEITERE BÜCHER DER AUTORIN

**von Ava Innings**

Waves of Love – Sam & Russel: Ganz oder gar nicht
Waves of Love – Joe: Sog der Leidenschaft
Waves of Love – Rory: Vermächtnis der Angst
Waves of Love – Brad: Schatten der Vergangenheit
Waves of Love – Sam & Dean: Haltlos verloren
Waves of Love – Endless Summer: 20 Kurzgeschichten
Millionaires Club: NY Millionaires Club – Finn
Millionaires Club: LA Millionaires Club – Chandler
Millionaires Club: LA Millionaires Club – Tristan
Millionaires Club: LA Millionaires Club – Hunter
Millionaires Club: Miami Millionaires Club – Noah
Millionaires Club: Miami Millionaires Club – Tanner
Millionaires Club: Las Vegas Millionaires Club – Jayden
Millionaires Club: Miami Millionaires Club – Holden
Millionaires Club: Miami Millionaires Club – Ashton
Devon‘s Darkness – Verlorenes Herz
Millionaires Club Quickies: Der Sammelband mit 30 Kurzgeschichten

**von Violet Truelove:**

Ein Surfer zum Verlieben (Band 1)
Ein Fotograf zum Verlieben (Band 2)
Ein Rockmusiker zum Verlieben (Band 3)
Ein Surfer zum Verlieben 2 – Ein Surfer fürs Leben (Band 4)
Ein Cop zum Verlieben (Band 5)
Ein Geist zum Verlieben (Band 6)
Ein Fotograf zum Verlieben 2 – Ein Fotograf fürs Leben (in Arbeit)
Amor`s Five: Sieben Minuten Himmelreich

**Nichts ist attraktiver als ein Bad Boy mit dunklen Geheimnissen …**

Das zumindest stellt Parker fest, als sie auf den Bruder ihrer Nachbarin trifft. Devon, groß und tätowiert, übt eine nahezu unwiderstehliche Anziehung auf sie aus. Parker ist allerdings von der ersten Sekunde an klar, dass er nichts als Ärger bedeutet. Daher beschließt sie, sich von ihm fernzuhalten. Leider hat sie die Rechnung ohne ihre Tochter Zoey gemacht, denn diese findet nicht nur Gefallen an Sir Lancelot, Devons zahmer Ratte, sondern versteift sich darauf, dass der Bad Boy der ideale Vater für sie sei. In der Tat hat dieser mehr zu bieten, als es auf den ersten Blick scheint, doch dunkle Geheimnisse rauben ihm den Schlaf. Wird er Parker trotz allem davon überzeugen können, dass er der Richtige für sie und Zoey ist?

Der erste Roman der erfolgsverwöhnten Bestsellerautorin Lindsay Lovejoy handelte von dem hartgesottenen Profisurfer Palmer Warden. In Erklärungsnot gerät die Autorin, als die Vorlage für diese Romanfigur, der Surfstar Warden Palmer, in ihr Leben tritt.

Kann der Bad Boy dem Traumtypen aus ihren Romanen das Wasser reichen? Oder muss Lindsay erkennen, dass sie all die Jahre für ein Produkt ihrer Fantasie geschwärmt hat?

Sie nennen ihn **DAS BIEST VON MANHATTAN.** An der Wall Street ist er eine Institution. Frauen liegen ihm zu Füßen, und Männer wollen sein wie er. Auf den ersten Blick hat Valerian Thorn alles, was ein Mann sich wünschen kann.

**MARIA DE LA ROSA HAT NICHTS** Seit dem Tod ihrer Eltern vor sechs Jahren tut Maria alles, um ihrem fünfzehnjährigen Bruder ein gutes Leben zu ermöglichen. Ihren großen Traum – als Konzert-Cellistin die Welt zu bereisen – hat sie auf Eis gelegt. Stattdessen hält sie sich und ihren Bruder als Straßenmusikerin und Kellnerin über Wasser.

**EIN UNFALL, DER ALLES VERÄNDERT** Als Marias Spiel Valerian eines regnerischen Tages so sehr verzaubert, dass er den Straßenverkehr um sich herum total vergisst, kommt es zu einem folgenschweren Unfall. Nachdem er aus dem Koma aufwacht, ist der einstige Börsenguru verflucht zu einem Leben in Dunkelheit und Schmerz. Auch in Marias Leben schlägt das Schicksal zu, und ihr Bruder begeht eine Dummheit, die ihn in große Gefahr bringt. Um ihn zu schützen, bleibt Maria nichts anderes übrig, als sich dem Mann auszuliefern, der davon überzeugt ist, sie sei für seinen Untergang verantwortlich.

Jay Holden. Eishockeystar. Liebevoller Vater. Gequälte Seele.

Der alleinerziehende Jay Holden, Captain des Eishockeyteams der Chicago Ice Tigers, glaubt nach dem Tod seiner Frau schon lange nicht mehr an eine neue Liebe. Doch dann blickt er in Holly Matthews Augen und seine Welt gerät aus den Fugen, denn Holly gleicht seiner verstorbenen Frau bis aufs Haar.

Auf der Suche nach Antworten kommen Holly und der attraktive Sportler sich gefährlich nahe und müssen sich schließlich fragen: Ist ihre Begegnung Schicksal oder bloß ein übler Scherz des Universums?